ㄷ·
향

사랑, 그 설렘에 취하고 향기에 물들다.

닻
향

사랑, 그 설렘에 취하고 향기에 물들다.

보일락
말락

바나 장편 소설

c o n t e n t s

프롤로그

"스물아홉? 나 아주머니 아니면 안 쓰는 거 몰라?"

상진이 한쪽 눈썹을 홱 휘어 올리자 문혁은 검지 손가락을 빳빳하게 치켜세웠다.

"하루. 딱 하루만 써 보고 결정해. 그 후에도 싫다고 하면 아줌마든 아저씨든 구해 줄 테니."

의기양양한 표정으로 하는 문혁의 말을 상진이 딱 잘랐다.

"쓸데없는 짓이야."

소파 위에 긴 다리를 척 꼬고 앉아 있는 상진이 결 좋은 머리칼을 기다란 손가락으로 보기 좋게 쓸어 넘겼다. 조각같이 생긴 예술적인 얼굴을 살짝 찌푸리자 짙은 눈썹이 휘어 올라갔다. 시원하게 뻗은 눈 안에 박힌 짙은 검회색 눈동자가 차갑게 빛나는 것을 바라보며 문혁이 자세를 바꿔 타이르듯 말했다.

"쓸데없는 짓이든 아니든, 일단 이번엔 내 말대로 해 봐. 어차피 하루가 멀다 하고 갈아 치워 대는데 거기에 하루 더 보태는 게 힘든 일은 아니잖아?"

문혁의 싱글거리는 얼굴을 넘겨다보던 상진이 눈을 가늘게 떴다.

"그럴 만한 가치가 있다는 건가?"

기다렸다는 듯 문혁의 눈이 반짝거렸다.

"그러엄. 내가 더럽게 깐깐한 진상진 니놈 때문에 이 바닥의 프로페셔널한 일류 중에 초일류를 스카우트해 왔다는 거 아니냐?"

스스로 생각해도 꽤나 자랑스러운 듯 문혁이 입술 끝을 기분 좋게 늘렸다.

"뭐야? 그게."

상진이 심드렁하게 반응하자 기대했던 반응이 아니라는 것이 역력히 드러난 표정으로 문혁이 버럭거렸다.

"야! 내가 얼마나 힘들게 스카우트했는지 알아? 남은 계약 기간 위약금 두 배 쳐서 물어 주고, 안 놔준다는 그 집 마나님 설득하느라 안 쓰던 미남계까지 썼다고, 내가!"

자신의 말마따나 마담께나 후리고 다닐 듯한 인형같이 예쁘장한 미모를 지닌 문혁이 자신의 노력을 무시하느냐며 길길이 격노했다. 그러자 상진이 미간을 좁히곤 한 발 물러섰다.

"알았으니까 진정해. 그러니까 네 말은, 네가 스카우트한 사람이 그렇게 대단한 사람이라는 거지?"

"그래. 그거라니까! 쉽게 말하자면 이런 거야. 비서계에도 A급, 특A급이 있듯이 이쪽 가사도우미 세계에도 특A급이 존재한단 말이지. 이 여자가 바로 그 범주에 속하는 사람이고."

"흐응."

상진이 심드렁한 얼굴로 마지못해 추임새를 넣어 주자 문혁은 더욱 목소리에 힘을 실어 설명했다.

"어느 정도냐면, 한 번 이 여자를 기용한 데는 절대 안 놔주려고 눈 뒤집고 가드를 치는데, 그럼에도 맨날 사방팔방에서 스카웃 전쟁이 벌어지는 그런 사람이란 말이야! 들리는 소문으로는 그 여자 때문에 마담들 사이에서 공정거래 조항이 체결될 정도래."

"미친."

제대로 들어 주려고 했으나 상진은 저도 모르게 코웃음을 쳤다. 문혁이 그의 반응을 보고 답답한 표정으로 말했다.

"어어? 웃어? 너 지금 내 말 안 믿냐?"

"믿고 안 믿고를 떠나 말 같아야 들어 주지. 그딴 헛소리 할 바엔 차라리 네가……."

그 때 대문 벨소리가 청아하게 울려 퍼졌다. 문혁은 잽싸게 일어서서 현관 쪽으로 몸을 돌렸다.

"야! 온 모양이다. 어쨌든 내 말대로 딱 하루! 하루만 써 보고 말해. 알았지? 어차피 밑져야 본전이잖아!"

황급히 당부의 말을 쏟아 낸 문혁이 현관 쪽으로 걸어가다가 못 미더운 듯 다시 고개를 홱 돌리며 말했다.

"그리고 제발인데 그놈의 독설 좀 자제하고, 성질 좀 자제해라. 응? 부탁이다. 이제 팔자에도 없는 남의 집 도우미 아줌마 찾아다니는 짓 좀 그만하고 싶다고! 지긋지긋해. 아주 그냥!"

진저리가 난다는 표정으로 속사포처럼 쏟아 낸 문혁이 마치 제

집인 양 뛰어나가 인터폰을 눌러 대문을 열어 줬다. 상진은 소파에 비스듬히 앉은 채로 문혁이 설레발치며 현관 밖까지 마중 나가는 걸 보고 있었다.

밑져야 본전이라…….

곧 현관 쪽에서 문혁의 시끌시끌한 목소리가 들렸다.

"기다리고 있었습니다! 하하하. 찾는 건 어렵지 않으셨죠? 여기가 워낙 보안이 대단한 동네라. 하하하. 뭐, 익히 잘 아시겠지만요. 하하하."

말끝마다 추임새같이 하하하를 넣고 있는 문혁을 상진이 눈살을 찌푸리며 보고 있는데 그 뒤에서 가는 선의 여자가 나타났다.

……딱딱하군.

그 여자를 처음 본 순간, 상진의 머릿속에 처음 떠오른 생각은 그거였다.

전체적으로 가느다란 실루엣의 여자는 금방 제대로 형체를 파악할 만큼 그의 시야 안으로 들어왔다. 동그랗고 작은 머리통이 꽉 쪼일 정도로 졸라맨 파마기 없는 긴 생머리, 80년대나 입었을 법한 고리타분할 정도로 단정한 라인의 흰 블라우스와 검정 바지…….

취향 한번 올드하네.

그녀의 외모를 위아래로 훑던 상진의 미간이 더욱 좁혀졌다.

블라우스 단추는 제일 윗칸까지 빡빡하게 채울 것까진 없잖아? 보기만 해도 숨 막힐 지경이네. 거기다 저 두꺼운 안경은 뭐야? 돋보기야?

어느새 바로 앞까지 성큼 다가와 정중하게 인사하는 지안을 보고서야 상진은 정신을 차렸다. 요즘 보기 힘든 차림과 분위기의 여자기에 넣 놓고 보고 있던 모양이다.

"처음 뵙겠습니다. 이지안이라고 합니다."

문득 상진의 눈이 가늘어졌다. 놀라운 건 그 촌스러운 차림과 달리 맑고 차분한 목소리만이 아니었다.

……이 여자 뭐야?

인사를 마친 지안이 담담한 표정으로 상진을 보고 있었지만 상진은 아직 소파에 앉은 채 삐딱한 시선으로 지안을 올려다보고만 있었다.

"야! 뭐 해? 인사해야지. 인사."

뒤에 서 있는 문혁이 황급히 말하는 건 귀에 들어오지도 않았다. 상진의 눈썹에 더욱 힘이 들어갔다.

안 보여. 보이지 않아. 아무것도.

상진이 그녀에게서 눈을 떼지 않은 채 소파에서 천천히 일어섰다. 지안은 자신 앞에 선 모델같이 생긴 남자가 내뿜는 위압적인 분위기와 생각보다 더 큰 키에 내심 놀랐지만 겉으론 전혀 내색하지 않았다.

상진은 지안을 뚫어지게 바라보다 한 손을 슥 내밀었다.

"진상진입니다. 호칭은 그냥 진 이사라고 하시죠."

"네. 반갑습니다. 진 이사님."

지안이 하얀 손을 뻗어 그의 손을 잡았다. 그녀의 얼굴에 걸쳐 있는 커다란 안경이 거실 조명 빛을 번쩍거리며 반사시켰다. 무사히 인사가 끝나자 문혁은 안도의 한숨을 내쉬었고 상진은 희미한 미소를 띠운 채로 지안을 내려다봤다. 그녀는 여전히 안경에서 레이저빔이라도 쏠 듯 번쩍거리며 무표정한 얼굴로 상진을 올려다보고 있었다.

　하, 재미있군그래.

　그의 입술 끝이 비스듬히 휘어 올라갔다.

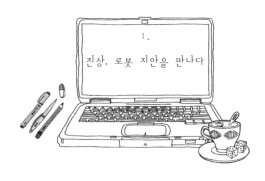

1.

진상, 로봇 지안을 만나다

뉴욕의 빌딩 숲 가운데 우뚝 솟아 있는 기하학적인 외관 디자인을 갖춘 스튜어트 빌딩.

이 빌딩의 73층 미팅 룸은 전면이 통유리로 되어 있어 허드슨 강을 포함한 시내 정경이 시원하게 내려다보였다. 뉴욕 내에서도 손꼽히는 투자전문 기업 '스튜어트'의 가장 좋은 회의실답게 조망권에 특별히 신경을 쓴 티가 여실히 드러났다.

밤엔 꽤 볼만하겠군.

상진은 탁 트인 전면 유리 밖에 서늘한 시선을 둔 채 무표정한 얼굴로 그렇게 생각하고 있었다. 긴 다리를 시원하게 꼰 그의 몸은 날렵한 블랙 슈트에 감싸여 핏 좋은 모델 같은 분위기를 풍기고 있었다. 적당한 길이의 결 좋은 머리칼이 단정하고 매끄러운 이마를 타고 부드럽게 흘러 내려와 있고 그 아래 굵은 선으로 펼쳐진 눈썹과 높은 콧날이 남성적인 분위기를 풍겼다.

시원하게 뻗은 눈 안에 담긴 매혹적인 검회색 눈동자가 마주 앉은 남자에게 향했다.

「서류를 확인했지만 우리 쪽에선 그 액수에는 회의적입니다. 제시하신 금액에서 5% 정도는 디스카운트 되어야 적당하지 않을까 싶은데요. 아시다시피 요즘 세계적으로 경기가 불황의 늪에 빠져 극심한 침체기를 겪고 있지 않습니까.」

말쑥한 정장을 차려입은 마른 체구의 백인 남자가 하는 말에 상진의 한쪽 눈썹이 슬쩍 추켜 올라갔다.

「5% 말입니까?」

「그렇습니다.」

차가운 은테 안경을 쓴 백인 남자가 짐짓 진중한 표정으로 고개를 끄덕였다. 이번 한국과의 대체에너지 부분 투자협력 MOU를 담당하고 있는 그는, 미국에서 상위에 랭크되어 있는 이 회사를 대표하는 마크 테일러였다. 마크는 절대 그 이상의 에누리는 없다는 듯 냉정한 표정이었다.

— 원래 계약 조건도 다른 곳에 비하면 엄청나게 괜찮지만…… 애송이 동양놈에겐 일단 세게 질러 놓고 나가는 게 좋겠지. 한 번 밟아 줘야 주제넘은 짓은 안 할 테니.

냉철한 마크의 얼굴 위로 치졸한 계산속이 둥실 떠올랐다. 상진은 날카로운 시선으로 그의 얼굴을 쳐다보다가 입술 끝을 시니컬하게 말아 올렸다.

「만약 저희 쪽에서 그 단가 이하로는 할 마음이 없다면?」

상진이 말하자 마크가 어깨를 으쓱하더니 아쉽다는 듯 고개를 저었다.

「그렇다면 아쉽지만 이번 계약은 없던 일이 되겠지요. 저도 그걸 바라지는 않지만 말입니다.」

— 허어, 이 맹랑한 동양놈이 강자를 놔? 계약을 없는 일로 하다니, 말도 안 되는 소리. 지금까지 여기에 들인 돈이 얼만데?

얼굴에 떠오른 말과는 전혀 다른 여유로운 표정을 지어 보인 마크가 덧붙였다.

「누차 말하지만 이 건에 관심을 보이는 투자회사들은 비단 한국만이 아니라 미국, 영국, 프랑스와 동유럽권까지 다양하게 분포되어 있습니다. 그 점을 다시 한 번 확실히 하고 싶군요. 미스터……진을 위해서.」

힘을 내요 미스터 김도 아니고, 미스터 진에 유독 힘을 실은 마크의 아쉬울 것 없다는 듯한 느긋한 표정에 상진은 그의 푸른 눈동자를 강하게 응시했다. 마치 속을 훤히 꿰뚫는 듯한 강한 시선에 여유로운 표정을 유지하고 있는 마크의 목울대로 침이 꿀꺽 넘어갔다.

— 어쭈? 그 눈은 뭔데? 그렇게 뚫어져라 바라보면 내 속이 보일 것 같아? 어림도 없지. 내가 지금껏 나이, 국적, 성별을 불문하고 철저히 우리 쪽에 유리하게 성사시킨 계약이 몇 건인지나 알아? 이 애송아.

「저를 위해서라…….」

마크가 한 마지막 말을 되뇌며 상진은 야수처럼 강한 번뜩임을 지닌 눈동자로 계속 그를 바라봤다. 스마트한 웃음을 유지하고 있는 마크의 얼굴에 서서히 경련이 일고 있었다.

「그렇습니다. 미스터 진을 위한 저의 특별한 성의죠. 지금까지 봐 온 시간도 있고 말입니다.」

　— 그러니까 모든 걸 간파하고 있다는 듯한 그 눈 좀 치우라고. 동양 인치고는 꽤 매끈하게 생겼다만 잘생겨 봐야 어차피 동양…… 아니, 솔직히 상당히 잘생기긴 했군. 너희 회사 설마 남자로 미인계를 쓰는 건 아니겠…….

「그럼 이 계약, 파기하는 걸로 하죠.」

기분 나쁜 마크의 생각을 싹둑 잘라 내듯 상진이 말했다.

「잘 생각하셨……. 네, 네? 뭐라구요? 파기?」

상진이 냉정한 목소리로 내뱉자 그럴 줄 알았다는 얼굴로 환하게 웃으려던 마크가 깜짝 놀란 표정을 지었다. 전혀 예상하지 못했던 말인지 그의 얼굴에 가면같이 둘러져 있던 미소가 떨어져 나갔다.

「아니 그게……. 무, 무슨 말입니까? 계약을 파기하자는 말입니까?」

상진은 당황스러워하는 마크의 표정을 보며 서늘한 미소를 지었다.

「이쪽에서도 그 단가 밑으로는 할 마음이 없거든요. 지금까지 이어졌던 길고 긴 협상테이블이 유종의 미를 거둘 수 있는 순간이었는데, 아쉽게 됐습니다. 그럼.」

상진이 그 말을 하고 지체 없이 자리에서 일어서자 마크의 안 그래도 허연 피부가 밀가루처럼 창백해졌다.

「아, 아니. 잠깐. 잠깐만요. 미스터 진!」

　— 빌어먹을! 이게 무슨 개소리야? 상하 개념을 확실히 하기 위해 동양놈 콧대 먼저 눌러놓고 진행하려고 했더니만 뭐? 파기?? 안 돼! 그랬다간 보스에게 내가 죽어!

넓은 미팅룸을 가로질러 곧장 문 쪽으로 향하는 상진을 뒤따라 가며 마크가 다급하게 외쳤다.

「알겠습니다! 계약서에 나와 있는 그대로 그냥 진행하는 걸로 합시다, 그럼!」

마크가 제 페이스를 잃어버리고 내지른 소리에 거침없이 걸어가던 상진의 걸음이 우뚝 멈췄다. 매혹적이지만 차가운 분위기가 오싹할 정도로 흐르는 그의 얼굴이 마크에게로 향했다.

「아니요. 지금까지 양사 간 수도 없이 조율해 가며 맞춘 계약 조건까지 단번에 번복하려고 드는 당신의 행동에 당신 회사를 더 이상 믿을 수 없다는 생각이 들었습니다. 믿을 수 없는 상대와 어떻게 이런 큰 프로젝트를 공동으로 진행할 수 있겠습니까? 아까 말씀하신 다른 회사와 진행하는 걸로 하시죠.」

섬뜩할 정도로 냉혹한 목소리가 흘러나오자 마크는 등허리가 오싹해졌다.

― 아니, 사실 없어! 너희보다 높은 단가를 제시한 회사는 없다고!

「정말 그렇게 하시겠습니까? 후회하실 텐데요.」

마크는 미소를 띠운 채 필사의 포커페이스를 보이며 마지막 승부수를 띄웠다. 여기서 매달리면 끝이다. 비즈니스란 단 한 치의 틈을 보인 순간 모든 것이 끝장난다.

상진이 표정 변화 없이 마크를 보고 있다가 담담하게 말했다.

「그렇게 되도 별수 없겠지요. 저희는 이익보다 믿음을 중요시합니다.」

「……!」

― 이런 빌어먹을!

당혹스러움이 가득한 마크의 얼굴에 떠오른 본심을 확인하고 다시 돌아서는 상진의 등을 향해 그의 한숨 섞인 목소리가 흘러나왔다.

「알았습니다. 저희가 과욕을 부린 건 인정하죠. 계약 사항보다 3% 더 얹어 드리겠습니다.」

상진이 뒤돌아보자 마크가 허탈한 표정으로 어깨를 으쓱했다.

「이건 제 실수니까요. 그럼 되겠습니까?」

— 젠장. 보스한테 능력 인정 좀 받으려다가 이게 무슨 꼴이야. 3%면 측정한 이득에서 손해가 얼만데…….

마크의 얼굴 위로 복잡한 그의 심경이 지나가고 있었다. 상진의 완고한 입술이 부드럽게 휘어지며 달콤한 중저음을 내뱉었다.

「5%.」

「뭐. 뭐요?」

마크의 눈이 충격으로 크게 떠졌다. 믿기지 않는다는 듯 안경테를 추켜올리는 그에게 상진이 미소를 띤 얼굴로 쐐기를 박았다.

「저희에게 다시 믿음을 주시려면 에누리 없이, 똑같은 숫자의 퍼센트로 보여 주지 않으시면 안 될 겁니다. 당신이 말한 5%. 그 이하로는 안 됩니다.」

「그…… 그런……!」

마크의 형편없이 일그러진 시퍼렇게 질린 얼굴 위로 각종 욕설과 함께 패닉에 빠진 그의 속마음이 떠올랐다.

— 이익보다 믿음을 중요시한다며! 이 더럽게 치사한 자식아!

빌딩 로비를 벗어난 상진은 대기하고 있던 리무진 위로 올라탔다. 정중히 문을 열어 준 비서가 상진이 차에 타자 문을 닫고 반대편으로 빠르게 돌아 운전석으로 갔다.

"어떻게 됐습니까?"

운전석에 올라타자마자 비서인 광훈이 궁금함을 참지 못하고 성급하게 물었다. 상진은 차창 위에 팔을 올려 여유롭게 턱을 괴며 말했다.

"5% 추가."

"오! 그게 정말입니까? 역시 대단하십니다!"

— 오! 정말 놀라워! 대단해!

광훈의 놀라움과 환희가 서린 얼굴 위로 그의 말과 똑같은 생각이 지나갔다. 무심한 눈길로 그 얼굴을 룸미러로 보며 상진은 피식 웃고는 휴대전화를 꺼냈다.

"접니다. 네. 말씀드렸던 액수에 맞췄습니다. 지금 바로 한국으로 들어가겠습니다."

감탄사가 이어지는 상대방의 말을 대강 넘긴 그가 전화를 뚝 끊었다. 그러나 평소처럼 바로 다시 주머니에 넣지 않고 휴대폰을 가만 바라보고만 있자 상진을 흘끗거리던 광훈이 물었다.

"어디 또 연락하실 데라도 있으십니까?"

"아무것도 아니야."

상진은 미간을 찌푸리며 휴대전화를 바지 주머니에 찔러 넣었다. 그의 시선이 다시 무심하게 창밖으로 향하자 광훈은 그에게서 시선을 거두고 신이 나선 운전에 몰두했다.

"회사에서 다들 기뻐하겠습니다. 특히 차 상무님께서요."

"그렇겠지."

여전히 시선을 차창 밖으로 둔 채로 상진이 대답했다. 복잡한 뉴욕 거리에는 다양한 인종의 사람들이 어딘가로 바쁘게 지나가고 있었다. 빽빽하게 이어진 빌딩 숲 사이를 눈으로 훑던 상진의 미간이 바짝 좁혀졌다.

역시 전화는 하지 않는군.

그의 단단한 턱이 팽팽히 당겨졌다. 그럴 거라 예상은 했지만 역시 연락이 오지 않았다. 그럼에도 자신이 같은 뉴욕에 있다는 것을 알면서 연락하지 않는다는 것에 화가 치밀었다. 그리고 그 사실에 아직도 이렇게 연연하는 스스로에게 더욱 분노가 일었다.

상진이 신경질적으로 차창에 달린 커튼을 치고 차 시트에 머리를 기대고 눈을 감았다.

"도착하면 깨워."

"네."

광훈이 대답하며 그의 잠을 방해하지 않도록 리모컨으로 실내등을 어둡게 조절했다.

서울로 돌아온 상진은 그의 성과를 치하하는 회식 자리를 겨우 빠져나와 차에 올라탔다.

축하고 뭐고 받을 기분은 아니었지만 그가 이루어 낸 성과에 모두가 격앙되어 있어 쉽사리 빠져나오지 못했다. 피곤한 몸이 물 먹은 솜처럼 무겁게 축축 처지는 기분이었다.

"피곤하시죠? 안색이 안 좋은데 괜찮으십니까?"

광훈이 운전대를 잡고 룸미러를 힐끗거리며 상진의 안색을 살폈다.

"입 다물고 운전이나 해."

눈을 감고 있는 그의 얼굴은 광훈의 말대로 안색이 좋지 않았다. 날렵하지만 선이 굵은 남자다운 얼굴에 우뚝 솟은 높은 콧날과 샤프한 턱선이 오늘따라 한층 더 날카롭게 보였다. 곰 같은 우직한 체형과 멧돼지도 때려잡을 듯한 험상궂은 얼굴을 가진 광훈에겐 정말 부러운 마스크와 몸매였다.

— 내가 저 얼굴과 몸을 가지면 매주 여자를 갈아 치울 텐데 수도승도 아니고 왜 달려드는 여자들을 죄다 철벽 방어해 대는 건지 원……. 에잉. 아깝네. 아까워. 그 몸 그렇게 쓰려면 나나 주지.

슬쩍 뜬 시야 사이로 광훈의 투덜거리는 속마음이 룸미러에 비치자 상진은 눈썹을 모으고 다시 눈을 감아 버렸다. 눈을 감고도 조금 전 회식 자리에서 있었던 그들의 속마음이 다시 눈앞에 펼쳐졌다.

'정말 잘했어! 축하하네. 진 이사! 이 건으로 이번 인사 때 승진은 따 놓은 당상이겠군. 안 그래? 하하하!'

— 어린놈이 어디까지 치고 올라오려고……. 이거 이러다 내 자리까지 넘보는 거 아냐?

'자네 덕분에 우리 대호의 미래는 아주 밝아. 앞길이 창창해졌어! 아주 대단한 일을 했네. 차 상무가 자네를 특별히 아끼는 이유가 있구먼!'

— 지 혼자만 사는 세상도 아니고 아주 혼자 잘났군. 무슨 놈이 한 번을 안 미끄러져? 독종 같으니…….

'진 이사님! 정말 축하드려요! 비서팀들 다들 난리난 거 아세요? 완전 멋있으시다구요. 물론 저를 포함해서요. 오호호~ 자. 한 잔

더 받으세요. 이사님임~'

— 침 줄줄 흘리고 있는 고 여시들 제치고 내가 먼저 일을 벌여야 할
텐데……. 아니 이 남자가 무슨 심장을 돌덩이로 만들었나 아까부터 눈
웃음 보내는데 왜 이렇게 안 넘어와? 안 되겠어. 이렇게 되면 취하게라
도 만들어서 일을 벌여야지. 자, 어서 쭈욱 들이켜라구요. 쭈욱!

요사스럽게 눈을 빛내며 추근거리던 비서과 여직원을 생각하자
상진의 머릿속이 지끈거렸다.

웃기지도 않는군. 누구 마음대로?

생글생글 웃으며 치근대는 여직원들이나, 허허 웃으면서 속으론
자기 자리 빼앗길까 봐 안달이 난 상사들이나, 겉모습으론 축하한
다고 하면서 속으론 시기심으로 똘똘 뭉친 동기들이나 하나같이 역
겨웠다.

예전엔 이런 겉과 속이 다른 사람들의 본심에 욕지기가 치밀 정
도로 비위가 뒤틀렸지만 지금은 아니다. 짜증스럽긴 해도 크게 연
연하지는 않을 정도로 많이 익숙해져 있었다. 하지만 피곤한 건 사
실이었다.

"이사님. 도착했습니다."

광훈의 말에 상진은 감고 있던 눈을 천천히 떴다. 차는 어느새
그의 집 앞에 세워져 있었다. 상진이 낮게 한숨을 내쉬며 차에서
내리자 광훈이 얼른 창문을 열고 말했다.

"수고 많으셨습니다. 들어가셔서 푹 쉬십시오!"

"이 비서도 수고했어. 들어가 봐."

"넵! 월요일에 뵙겠습니다!"

광훈은 상진이 인상을 쓰는 것에는 전혀 연연하지 않은 채 기차

화통을 삶아 먹은 듯한 큰 소리로 우렁차게 대답하고는 차를 출발 시켰다.

씽씽 차를 몰아 순식간에 골목을 빠져나가는 모습을 잠시 지켜 보던 상진이 피곤한 얼굴을 쓸며 대문 안으로 들어갔다.

그가 살고 있는 집은 너른 정원을 갖춘 커다란 2층 단독주택이 었다. 정원에 잘 가꿔진 소나무와 분재들이 있고, 화강암으로 이루 어진 돌계단을 밟아 올라가야 안채와 바깥채로 나뉜 고급스러운 저 택이 나온다.

현관을 열고 집 안으로 들어오자마자 상진의 매끈한 이마가 단 번에 구겨졌다.

"아주머니!"

버럭 내지르는 소리에 소파 위에 한쪽 다리를 턱 걸친 채 질펀하 게 누워 자고 있던 가사도우미 아줌마가 퍼뜩 놀라 발딱 일어났다.

"아유! 깜짝이야. 언제 오셨대?"

입가에 묻은 침을 손등으로 대충 닦으며 아줌마가 급히 다가왔 다. 상진이 얼굴을 험상궂게 굳힌 채 식당을 턱짓으로 가리켰다.

"제가 분명 오늘 밤 도착하니 식사만 준비해 두고 바깥채로 넘 어가시라고 말했을 텐데요."

"그, 그랬어? 그게 오늘이었나? 에이, 뭐 일하다 보면 그런 것 까먹을 수도 있는 거지. 안 그러우? 밥이야 지금 금방 차리면 되 고, 차린 다음에 바깥채로 후딱 넘어가면 되는 건데."

졸린 얼굴로 하품을 쩌억 하며 실실 웃는 아줌마의 얼굴을 상진 이 어이없다는 표정으로 바라봤다.

— 어린놈이 말하는 꼬라지하고는……. 암튼 딱딱하기가 철벽같다니

가. 유도리가 없어요, 유도리가. 성깔이 저렇게 개망나니 같으니까 멀쩡한 허우대 가지고도 여태 애인도 없는 거지. 쯧쯧……

아줌마의 얼굴 위로 버젓이 떠오른 적반하장 격 속마음에 상진의 눈빛이 더욱 날카로워졌다. 뭔가 말을 하려던 상진이 피곤한 표정으로 한숨을 내쉬곤 계단 쪽으로 몸을 돌렸다.

"됐습니다. 밥 먹을 생각 사라졌으니 당장 넘어가시죠."

"아유, 그럽시다. 그래요."

아줌마는 보란 듯이 빈정거리더니 뒷머리를 북북 긁으며 현관으로 걸어갔다. 기가 찬 얼굴로 팔짱을 낀 채 아줌마의 뒷모습을 보고 있던 그의 얼굴이 갑자기 차가워졌다.

"……아주머니."

"또 뭐유?"

낮게 깔리는 상진의 말에 현관문을 열려던 아줌마가 홱 돌아봤다. 아줌마 옆에 있는 5단짜리 도자기 선반을 바라보는 그의 표정이 냉기를 뿜어낼 듯 싸늘했다.

"그 선반 세 번째 칸에 있던 물색 도자기, 어디 있습니까."

아줌마의 어깨가 눈에 띄게 흠칫거렸다.

"아, 무…… 무슨 도자기 말하는 거유? 물색? 그런 것도 있었나?"

이리저리 눈을 굴리며 생각하는 체하는 둥글넓적한 아줌마의 얼굴 위로 걸레질하다 박살 나 버린 도자기의 행방이 떠올랐다.

그때 빠직 소리와 함께 상진의 인내심의 끈이 끊어졌다.

"당장 짐 싸서 이 집에서 나가시죠. 더 이상 아주머니 못 쓰겠습니다."

"뭐, 뭐요? 아니 내가 무슨 잘못을 했다고⋯⋯. 사람을 이리 갑자기 내쫓는 게 어딨어?"

아줌마의 벌겋게 달아오른 얼굴 위로 온갖 육두문자가 춤을 췄다. 그 얼굴을 싸늘히 내려다보며 상진이 말했다.

"어디 있긴요, 여기 있습니다. 오늘까지 일한 건 계좌로 입금해드릴 테니 당장 짐 싸서 나가세요. 그럼."

"아니 이런 법이 어디⋯⋯!"

안 나겠다고 버티는 아줌마를 억지로 문 밖으로 밀어낸 상진이 현관문을 쾅! 소리 나게 닫았다. 밖에서 아줌마의 거친 항변이 들렸으나 들은 체도 하지 않고 문을 잠근 뒤 성큼성큼 식당으로 들어갔다. 그러고는 정수기의 차가운 물을 컵에 따랐다.

"후우."

벌컥거리며 물을 들이켜자 머릿속에 가득 찬 열기가 그제야 조금 가시는 것 같았다. 상진은 가슴이 들썩거릴 정도로 숨을 크게 내쉬고는 한 팔을 싱크대 위에 걸치고 휴대전화를 빼 들었다.

"나야."

— 너인 거 알아, 인마. 이번엔 또 뭐야?

문혁이 내심 불안한 목소리로 물었다.

"가사도우미 새로 구해. 당장."

— 뭐? 또? 야! 내가 니 비서도 아니고⋯⋯ 아니 그것보다 무슨 놈의 도우미를 하루가 멀다 하고 갈아 치워? 그 바닥에 너네 집 안 거친 아줌마는 씨가 말랐어. 이 자식아!

역시 불길한 느낌이 사실로 드러나자 문혁이 그럴 줄 알았다는 듯 버럭거렸다.

"시끄럽고 당장 알아보기나 해."

― 이 진상 진짜…… 누가 지 이름 진상진 아니랄까 봐 진상질이야? 알았어! 기다려, 자식아. 바로 알아볼 테니까.

상진은 뚝 끊긴 전화기를 내려 보며 인상을 찌푸렸다.

"어차피 오케이 할 거면서 시끄럽게 굴긴……."

자신이 가장 싫어하는 별명으로 부른 게 몹시 언짢았지만 문혁의 노고를 인정하지 않을 순 없으니 특별히 그냥 넘어가기로 했다.

문혁은 학창시절 상진의 질풍노도 시절을 겪는 동안 유일하게 옆에 남아 준 친구였다. 그 이유 하나만으로 팔자에도 없던 사내놈 뒤치다꺼리까지 해 주고 있어야 하냐며 허구한 날 투덜거리기는 했지만 그래도 늘 상진의 옆에서 일일이 챙겨 주는 게 문혁이었다.

상진은 휴대전화를 잡은 채로 식당을 빠져나와 2층으로 성큼거리며 올라갔다. 오늘 거의 제대로 먹은 것도 없이 술만 마셨기에 위가 쓰리다고 아우성이었다. 하지만 바짝 곤두서 있는 신경이 집에 와서까지 날카롭게 유지되자 밥이고 뭐고 푹신한 침대에 당장 눕고 싶은 생각뿐이었다.

간단히 샤워만 하고 곧바로 침대 위로 쓰러지듯 누운 상진은 이마 위에 팔을 얹고 낮게 한숨을 내쉬었다. 하루가 무척이나 길고 피곤한 기분이었다.

"스물아홉? 나 아주머니 아니면 안 쓰는 거 몰라?"

다음 날 아침. 문혁이 오자마자 하는 말에 상진이 한쪽 눈썹을 휙 휘어 올렸다.

"하루. 딱 하루만 써 보고 결정해. 그 후에도 싫다고 하면 아줌마든 아저씨든 구해 줄 테니."

"쓸데없는 짓이야."

지금까지 겪어 온 젊은 여자 도우미를 떠올린 상진이 인상을 찌푸리고 고개를 내저었다. 하지만 문혁이 지지 않고 그 여자가 얼마나 프로페셔널한 도우미인가를 상진에게 설파하기 시작했다.

"그딴 헛소리 할 바엔 차라리 네가……."

상진이 더 듣기 싫다는 듯 말하는 순간 대문 벨소리가 울렸다. 문혁은 이때다 하고 잽싸게 문을 열어 주러 뛰쳐나갔다.

"기다리고 있었습니다! 하하하. 찾는 건 어렵지 않으셨죠?"

너스레를 떨며 여자를 데려온 문혁을 상진이 소파 위에 앉은 채로 맘에 안 든다는 시선으로 올려다보고 있었다. 그런데…….

뭐지?

그 여자를 본 순간, 상진의 검회색 눈동자가 충격을 받은 듯 크게 흔들렸다.

"처음 뵙겠습니다. 이지안이라고 합니다."

단정한 차림으로 깍듯이 인사하는 그녀에게서 상진이 눈을 떼지 않은 채 소파에서 천천히 일어섰다.

"진상진입니다. 호칭은 그냥 진 이사라고 하시죠."

"네. 반갑습니다. 진 이사님."

지안이 하얀 손을 뻗어 그의 손을 잡았다. 상진은 지안의 얼굴을 날카롭게 응시했다. 커다란 안경을 쓰고 있는 여자의 얼굴엔 아무런 속마음이 떠올라 있지 않았다. 그저 안경을 쓴 여자의 맨얼굴만 있을 뿐이었다.

믿을 수 없다는 듯 상진의 눈이 가늘어졌다.

아무것도 보이지 않는다니…… 이 여자, 정체가 뭐야?

고급스러운 페이즐리 패턴의 암막 커튼이 살짝 벌어진 틈새로 햇빛이 한 자락 스며들고 있었다. 천천히 눈을 뜬 상진이 반사적으로 미간을 찌푸렸다.

몇 시지?

인상을 찌푸린 채 침대 위에서 몸을 일으켜 시계를 확인했다. 침대맡의 전자시계 버튼을 누르자 번쩍 밝아진 액정 위로 7시 05분이라는 시간이 떠올랐다. 평소 아무리 늦게 자도 동이 트기 전 눈을 뜨는 습관이 있는데 미국 출장 여파로 시차 적응이 안 되는 모양이었다.

상진은 뻐근한 뒷목을 주무르며 침대에서 빠져나와 침실 안의 욕실에 들어가 샤워를 했다. 씻고 나니 정신이 좀 드는 기분이었다. 상쾌한 향의 스킨을 바르고 어두운 색 면바지와 깔끔한 셔츠를 입고 수건으로 덜 마른 머리칼을 두드리며 계단으로 향했다.

"……?"

계단을 내려오는 상진의 얼굴에 의아스러움이 서리더니 발걸음이 천천히 느려졌다. 고소한 참기름 향과 된장찌개의 깊고 칼칼한 향이 식당 쪽에서 새어 나오고 있었다.

지금껏 수많은 가사도우미를 거친 경험으로 생긴 후천적 능력이 있다면 음식의 향기만으로 맛의 여부를 대강 알 수 있다는 거였다. 어릴 때부터 늘 이 집 안에 함께 있어 주는 사람은 엄마도, 아빠도 아닌 가사도우미였다. 그래서 본의 아니게 다양한 도우미들의 수만큼 다양한 전국 각지의 음식 맛을 뇌에 장착하게 된 것이다.

이 여자, 음식 솜씨가 상당하군.

후천적으로 발달한 후각이 그렇게 말하고 있었다. 점차 강해지는 음식 냄새를 맡으며 상진은 식당으로 들어섰다.

"일어나셨습니까?"

식당으로 들어선 상진을 발견한 지안이 어제와 같은 단정한 차림으로 깍듯하게 허리를 굽혀 인사했다.

식당 입구에 비스듬히 선 상진이 미간을 살짝 찌푸리고 지나치게 정중하게 인사하는 그녀를 위아래로 훑어봤다. 완벽하게 틀어 올려 묶은 머리 아래 드러난 매끈한 이마와 촌스러운 안경 위에는 오늘도 아무것도 떠올라 있지 않았다.

그냥 얼굴, 그냥 사람 얼굴이라니.

늘 사람 얼굴과 속마음을 한 세트로 묶어 생각할 수밖에 없던 상진에겐 다시 봐도 신선한 광경이었다.

"……."

상진이 인사에는 대답도 하지 않고 그녀를 빤히 쳐다만 보고 있자 지안은 가볍게 싱크대 쪽으로 다시 몸을 돌리며 말했다.

"이제 찌개만 다 되면 식사 준비가 끝나니 앉으세요."

"그 안경, 취향입니까?"

상진이 툭 내뱉는 말에 지안이 고개를 돌려 상진을 바라봤다.

"눈이 많이 안 좋기 때문에……. 혹시 안경이 무슨 문제가 되나요?"

두꺼운 안경테를 추켜올리며 지안이 묻자 상진이 시니컬한 표정을 한 채 식탁 의자를 빼내 앉았다.

"문제랄 건 없지만 그 커다란 걸 하고 있으면 코가 주저앉지 않나 해서 말입니다."

"아뇨. 그런 일은 없습니다."

지안이 진지하게 대답하고 보글보글 끓고 있는 찌개 쪽으로 시선을 돌렸다. 상진은 퉁명스러운 표정으로 지안을 힐끗 쳐다보고는 시선을 식탁 위로 옮겼다.

이건 뭐야? 한정식이야?

상진의 눈이 가늘어졌다. 넓은 아일랜드 식 식탁을 가득 메울 만큼 많은 반찬이 빼곡히 차려져 있었다. 분명 어제 처음 온 여자가 언제 이 많은 요리를 다 한 건지 부추김치, 열무김치, 배추김치, 오이김치까지 김치 4종 세트에 박나물, 취나물, 호박무침, 김자반, 마늘쫑, 콩나물 무침, 연근조림에 굴비까지 상 위에 올려져 있었다.

첫날이라 꽤 힘을 준 모양이군.

하지만 그래 봐야 얼마 못 가기 마련이다. 처음엔 상다리가 휘어져라 음식들을 올리고는 날이 갈수록 반찬 가짓수가 줄어드는 걸 한두 번 목격한 그가 아니니 이런 정도로는 눈 하나 꿈쩍도 않는다.

"밥은 당뇨에 좋은 녹두완두콩밥으로 했습니다."

지안이 김이 모락모락 올라오는 뚝배기를 식탁 위에 올린 뒤 하얀 밥공기에 연둣빛 탱글한 콩이 콕콕 박힌 윤기 잘잘 흐르는 밥을 상진 앞에 놔주며 말했다.

"콩 싫어하는데요. 당뇨도 없고."

상진이 턱을 괸 채로 밥공기를 보며 심드렁하게 말하자 지안이 단정하게 선 채로 로봇처럼 대답했다.

"완두콩엔 단백질, 섬유질, 당질, 칼슘 등과 비타민A, 비타민B,

비타민C, 나이아신이 들어 있어 당뇨뿐만 아니라 피로회복이나 심장, 장에도 좋고 여러 가지로 몸에 좋은 식품이니 입맛에 맞지 않더라도 드셔 보시는 게 좋습니다."

"아아, 그렇습니까? 그런데 전 단백질이니 섬유질이니 비타민이니 아무리 넘치게 들어 있어도 내 입에 안 맞으면 안 먹는 사람이거든요."

상진이 지안을 빤히 보며 시니컬한 목소리로 대꾸했다. 어린애 같은 반찬투정이라는 걸 알면서도 상진은 괜히 이 여자를 도발해 보고 싶었다. 다른 사람처럼 속을 알 수 없으니 더 떠보고 싶어지는 이상한 기분이었다.

"……그렇습니까?"

가만히 로봇처럼 서 있던 지안이 순식간에 다가오더니 밥공기를 낚아채 가져갔다.

훗. 이 정도로 기분 나쁜 티를 내다니. 아직 멀었군.

상진이 코웃음 치며 그렇게 생각하고 있는데 지안은 싱크대 위에 밥그릇을 놓고 깨끗한 젓가락으로 접시 위에 콩을 하나씩 집어내기 시작했다. 맹금류가 콩을 낚아채듯 날랜 손놀림으로 휘리릭 콩을 말끔히 제거한 지안이 다시 그의 앞에 하얀 쌀밥만 남은 밥공기를 척 올렸다.

"그럼 앞으로는 가능한 한 콩이 주재료인 요리는 배제하도록 하겠습니다. 그래도 영양을 위해 콩 맛이 덜한 반찬류로 만들어 볼 테니 정 입맛에 맞지 않으시면 언제든 말씀해 주세요."

지안의 목소리는 상진의 행동을 유치한 어린아이의 반찬투정으로 단정시킬 만큼 사무적인 목소리였다. 괜히 기분이 나빠진 상진은 미간을 좁힌 채 수저를 들어 올렸다.

뒤로 물러나 있던 지안은 그가 식사를 시작하자 조용히 식당을 빠져나갔다. 하지만 필요한 게 있으면 언제든 부르라는 듯 식당 입구와 멀어지지 않은 곳에서 이것저것 정리하며 분주히 움직이고 있었다.

젠장. 우습게 됐군.

상진이 쓴웃음 지은 채 숟가락으로 된장찌개를 떠서 맛을 봤다.

"……?"

그의 얼굴에 순간 의아함이 서렸다. 곧 젓가락을 들어 부추김치를 먹어 봤다. 된장찌개와 마찬가지로 간이 아주 잘 배어 있고 마치 수십 년간 그의 요리만 담당한 사람처럼 입에 딱 맞았다.

그러고 보니 오늘 식탁 위에 올라온 음식들은 다 그가 좋아하는 반찬들이었다. 어제 귀찮다 싶을 만큼 좋아하는 메뉴와 싫어하는 메뉴에 대해 물어보고 입맛이 어떤지 짠 걸 좋아하는지 단 걸 좋아하는지 꼬치꼬치 캐묻더니 놀라울 정도로 그의 입맛에 딱 맞는 음식을 만들어 냈다.

상진은 어느새 수저를 열심히 움직이며 밥 한 공기를 뚝딱 비워 냈다. 사실 완두콩밥은 그가 아주 좋아하는 밥이었다. 조금 전엔 그저 심술이었을 뿐이었지만 이제 와서 그런 본심을 내보일 순 없는 노릇이었다. 결국 완두콩이 들어간 부분으로 푸짐하게 한 그릇 더 퍼다 먹고 싶은 욕구를 참아 누르며 수저를 놓고 일어섰다.

어느새 나타난 지안이 남긴 반찬의 양을 재빠르게 눈으로 스캔하더니 순식간에 식탁을 깨끗하게 정리했다. 남은 음식과 그릇을 정리하고 냉장고 안에 차곡차곡 넣는 군더더기 하나 없이 깔끔한 행동이 마치 평생 이 집에서 일해 온 사람 같았다.

"디저트는 뭐가 좋으시겠습니까? 쿠키를 구워 놓은 게 있는데 홍차나 로즈마리차에 잘 어울릴 것 같습니다."

"그냥 커피만."

스튜어디스 같은 상냥한 목소리에 상진은 대충 대답하고 도망치듯 계단 쪽으로 향했다. 밥은 먹는 둥 마는 둥 시늉만 하고 더럽게 맛없다며 심술궂게 일갈해 줄 생각이었는데, 마치 음식에 농락당한 사람처럼 허겁지겁 지안이 차려 준 음식을 먹었다는 게 자존심을 건드렸다.

이렇게 열심히 음식을 먹어 본 지가 언제더라? 기억나지 않는다. 아니, 아예 그런 기억이 없었다. 그런데 왜 하필이면 저 여자가 만든 음식을…….

기분 나쁜 얼굴로 계단을 올라간 상진이 서재 안으로 들어가 문을 거칠게 닫았다.

"커피 가져왔습니다."

지안이 상진의 서재로 가져온 커피도 그의 입맛에 딱 맞았다. 커피 맛에 예민한 그가 직접 심혈을 기울여 내리던 커피와 지나치게 흡사한 맛을 가진 커피를 맛보게 되자 그의 미간이 더욱 좁아졌다.

"입맛에 안 맞으십니까? 다시 타 올까요?"

상진의 표정을 살피던 지안이 마치 커피 리필해 드릴까요? 라고 묻는 커피숍 점원 같은 말투로 묻자 상진이 고개를 저었다.

"됐습니다. 나가 보시죠."

"네."

지안이 조용히 서재 문을 닫고 나갔다. 계단을 내려가는 자분자분한 발소리를 들으며 상진은 커피 잔을 내려놓고 등을 의자 깊숙이 묻으며 팔짱을 꼈다.

이 기분은 뭘까?

저 여자와 있으면 기분이 이상해진다. 아무것도 읽히지 않는 사람은 처음이라서? 아니면 무서울 정도로 입맛에 딱 맞는 음식을 만들어서? 이유는 모르겠지만 어쨌든 그랬다. 상진은 눈을 가늘게 뜨고 훈김이 모락모락 올라오는 카푸치노 빛깔의 커피 잔을 응시했다.

'말하자면 비서계에도 A급, 특A급이 있듯이 이쪽 세계에도 특A급이 존재한단 말이지. 한 번 이 사람을 쓴 데는 절대 안 놔주려고 눈 뒤집고 가드를 치는데, 그럼에도 맨날 사방팔방에서 스카우트 전쟁이 벌어지는 사람이란 말이야.'

문득 실없는 소리라 치부했던 문혁의 말이 떠올랐다. 그의 말대로 특A급 가사도우미는 처음 접해 봐서 느껴지는 이질감일까? 커피 잔을 노려보며 곰곰이 생각하던 상진은 머리를 절레절레 흔들었다. 그러고는 내려 뒀던 까만 뿔테 안경을 다시 쓰고 모니터로 시선을 돌렸다.

알 게 뭐람.

상진은 아래층에 있는 여자에게 쏠린 신경을 거둬들이고 일에 몰두하기 시작했다.

뒷목이 뻐근해진 상진은 내내 보고 있던 모니터에서 시선을 떼고 뻣뻣한 목을 이리저리 돌렸다. 시계를 보니 벌써 점심때가 훌쩍 지나 있었다.

상진은 일중독에 가까울 정도로 일을 많이 한다. 주말에도 특별한 일이 없는 한 항상 서재에 틀어박혀 일만 하는지라 보통 정신차리면 저녁때가 돼 버린 적이 많은데 오늘은 꽤 빨리 시계를 본편이었다.

"……카페인이 더 필요한 모양이군."

그 이유를 단순히 카페인 때문이라고 스스로 규정한 상진이 안경을 벗고 의자 위에서 일어나 서재를 나왔다. 계단을 내려가던 그의 발걸음이 또 멈칫거렸다.

항상 도우미를 고용했기에 늘 정돈되어 있다고 믿어 의심치 않던 집 안이 지금까지는 원래의 집이 아니었다는 듯 가열차게 빛을 뿜어내고 있었다. 매끄러운 바닥은 얼굴이 비칠 정도로 반짝반짝 광을 냈고, 유리는 아예 창이 존재하지 않는 것처럼 투명해 보였으며, 소파고 장식장이고 테이블이고 모두 새것처럼 자체 발광을 시전하고 있었다.

그의 시선 끝에 거실 한 구석을 빠른 속도로 물걸레질하고 있는 여자의 모습이 잡혔다.

걸레질하는 동안 머리카락 한 올 떨어뜨리지 않겠다는 강한 의지가 엿보이는 단단히 틀어 올린 머리칼 위에 새하얀 위생모가 빠른 움직임에 맞춰 휘날리고 있었다. 커다란 안경 아래로 마스크를 한 채 세제를 넣은 분무기를 칙칙, 분사해 가며 놀라운 속도로 뽀득뽀득 닦아 내는 손놀림에는 일말의 군더더기도 없었다.

"생활의 달인 같은 데라도 나갈 생각인가."

위에서 들려온 목소리에 폭풍 걸레질을 하던 지안이 문득 움직임을 멈추고 고개를 들어 올렸다. 한 손으로 마스크를 내리자 표정 없는 지안의 얼굴이 드러났다. 여전히 얼굴의 반 이상이 두꺼운 안 경에 뒤덮인.

"죄송합니다. 청소 중이라 못 들었는데 방금 저에게 뭐라고 하셨 습니까?"

"아무것도 아니니 하던 일 하시죠. 전 커피나 타서 올라갈 테 니."

"제가 해 드릴⋯⋯."

"걸레 만진 손으로 할 거 없으니 됐습니다."

상진은 지안에게 내뱉듯이 말하곤 식당으로 들어갔다. 걸레질하 느라 때가 꼬질꼬질하게 묻은 양손을 바라본 지안은 할 수 없다는 듯 다시 몸을 숙여 걸레질을 시작했다.

이상한 여자라니까. 청소기 종류별로 다 있는데 왜 맨손으로 저 러고 있어?

커피머신을 작동시키며 상진은 방금 전 지안의 모습을 떠올리고 있었다. 그러다 문득 궁금해졌다.

그녀의 두꺼운 안경알 너머 보이는 차가울 정도로 깨끗한 저 눈 동자 속에 도대체 무슨 생각이 숨겨져 있는 걸까?

한 번 떠오른 궁금증은 커피를 타서 다시 서재로 올라온 뒤로도 계속됐다.

아줌마 외에 미혼의 젊은 여자는 도우미로 기용하지 않는다는 원칙은 예전엔 없는 것이었다. 과거에는 그런 조건과 상관없이 무 작정 기용하다 보니 의도치 않게 젊은 여자들의 지나친 호감과 추 근거림에 상황이 매우 피곤해지곤 했었다.

그건 회사에서도 마찬가지였지만 회사는 어떤 종류의 추근거림도 적당히 피해 갈 수 있었다. 하지만 항상 같이 있어야 하는 집에서는 그게 되질 않았다. 그중엔 대놓고 그의 침실에 쳐들어온 여자들도 있었다.

평소에는 잊고 사는 자신의 외모를 자신에게 흑심을 품은 여자들의 노골적인 작업으로 재차 깨닫게 되는 기분 더러워지는 상황이 연속해서 발생하자 아예 미혼의 젊은 여자는 도우미의 조건에서 배제시켜 버렸다.

그렇다면 저 여자는?

저 여자도 겉으론 태연해 보여도 속으론 그 여자들처럼 흑심을 숨기고 있는 걸까?

궁금하지만 유일하게 속마음이 보이지 않는 여자니 알 수 없는 노릇이고……. 제발 좀 누군가의 더러운 속마음 따위 그만 보고 살았으면 싶었는데 막상 그런 상대가 나타나니 왜 이렇게 궁금해지는 거지? 저 여자의 행동이 다른 여자들과 달라서?

"진 이사님?"

"……네?"

갑자기 뒤에서 들려온 목소리에 상진이 흠칫 놀라 고개를 들었다. 언제 들어왔는지 지안이 이상하다는 표정으로 그를 보며 서 있었다.

"몇 번 불렀는데 대답이 없으셔서요. 설마 제가 주무시는 걸 깨운 건……."

"눈 뜨고 자는 취미는 없습니다. 무슨 일이죠?"

상진이 안경을 추켜올리며 묻자 지안이 말했다.

"점심 식사 아직 안 하셨는데 언제쯤 드실 예정이십니까?"

"점심은 커피면 됩니다. 그런데…… 이지안이라고 했었나?"

"네. 맞습니다."

상진은 그녀의 얼굴을 쳐다보다가 시선을 한 번 쭈욱 내렸다 훑어 올렸다. 노골적인 시선에도 지안의 표정에 변화가 없자 상진이 한쪽 입술을 비틀어 올렸다.

"나이도 어려 보이는데 남의 집 파출부나 하다니. 능력을 안 키운 겁니까, 아니면 능력이 없는 겁니까?"

상진은 최대한 이죽거리는 표정을 지으며 지안을 바라봤다. 이렇게 긁고 있는데 가만있을 거야? 하는 표정으로 지안의 표정을 응시했지만 그의 기대와는 달리 지안의 표정은 바람 한 점 없는 잔잔한 호수처럼 평온하기만 했다.

"그건 저도 잘 모르겠습니다. 식사 생각 없으시면 대신 간식거리라도 가져올까 하는데 혹시 따로 드시고 싶은 거라도 있으십니까?"

로봇처럼 단조로운 목소리에 오히려 기분이 상한 건 상진이었다. 그의 눈썹 한쪽이 매섭게 휘어 올라갔다.

"잘 모르겠다니, 그건 지금 내 말을 무시하는 건가?"

상진이 으르듯 말하자 지안이 대답했다.

"아니요. 그런 게 아니라 딱히 대답해 드릴 말이 없기에 그랬을 뿐입……."

"왜 대답할 말이 없지? 이 일밖에 할 수 있는 게 없으면 능력이 없는 거 아닙니까? 만약 능력이 있다면 다른 일 다 놔두고 남의 집 치우는 일이나 하고 있겠느냐고. 내 말 틀렸습니까?"

지안의 말을 끊고 강하게 몰아붙였지만 상진이 원하는 일말의 표정 변화라든가, 하물며 아주 조금의 목소리 떨림도 일어나지 않았다. 그녀는 그저 차분한 목소리로 로봇처럼 대답할 뿐이었다.

"진 이사님께서 그렇게 느끼신다면 그게 맞는 것 같습니다."

"……하."

사납게 노려보던 상진이 어이없다는 듯 헛웃음을 내뱉었다. 그의 기대와는 달리 지안의 표정은 그저 평온했고, 또 평온했다. 오히려 자존심이 확 상한 얼굴로 심기 불편한 표정 변화를 다이내믹하게 보여 주고 있는 건 상진이었다.

"내가 그렇게 느끼면 그런 거라니. 우는 애 달래는 것도 아니고, 상대하기 싫다 이겁니까? 이지안 씨."

"그런 건 아닙니다. 오해하셨다면 죄송합니다."

앵무새처럼 대답하는 지안을 상진이 눈을 가늘게 뜬 채 노려보다가 홱 고개를 돌렸다.

"엎드려 절 받기는 취미 없으니 그만 나가 봐요."

"그럼 잠시 후에 요기할 것들을 챙겨 올라오겠습니다."

지안이 뒤로 물러서며 말했다.

"마음대로 하시죠."

"네."

기분 나쁜 기색이 역력한 상진의 말에도 지안은 전혀 개의치 않은 듯 차분하게 대답하고는 조용히 서재를 나갔다.

탁. 문이 닫히고 나자 상진은 안경을 벗어 책상 위에 거칠게 내려놓으며 크게 숨을 몰아쉬었다.

"빌어먹을!"

기분이 아주 더러웠다. 전혀 반응하지 않는 상대의 아무것도 보이지 않는 맨얼굴을 보고 있는 것이 이렇게 짜증이 치솟는 일인 줄 몰랐다.

어린 시절, 처음 남의 마음을 읽었을 때는 무척 당혹스러워했던 걸로 기억한다.

6살 무렵이라 자세히 기억나지는 않지만 무척 낯설고 이상했으며 무서웠던 감정이 아직까지 남아 있다. 본인 스스로도 혼란스러운 일인데 거기에 더해 그 사실을 알게 된 주변인의 반응은 날카로운 상처가 되어 아직도 그의 가슴속 깊숙이 박혀 있다.

때로 상처가 있다는 걸 잊지 말라는 듯 벌어져 피를 흘리며.

그래서 그 후로는 누구에게도 말하지 않았다. 질풍노도의 청소년기에 스스로를 컨트롤하지 못해 들키게 됐던 문혁을 제외하고는 누구에게도 그 사실을 말하지 않았다. 하지만 언제부턴가 남의 마음이 보이는 데도 익숙해졌고 오히려 자신에게 유리한 상황으로 그 능력을 이용하기까지 할 정도로 익숙해졌다.

사람은 결국 어떤 환경에서도 적응하게 되어 있는 것이다.

하지만 스스로 능력에 지나치게 적응해 버린 모양이다. 그래서 남의 본심이 보이지 않는다는 게, 상대가 무슨 생각을 하고 있는지 전혀 모른다는 게 이렇게 답답한 일인 줄 몰랐다. 그러니까, 어떻게 하면 저 여자의 로봇 같은 포커페이스를 벗겨 내 버릴까에 몰두하게 되는 이유는 아마 그거일 것이다. 불안하니까. 남의 마음이 보이지 않는다는 것에……

그런데 도대체 왜 이렇게 화가 나는 거지?

똑똑.

그때 노크 소리와 함께 지안의 목소리가 들렸다.

"실례합니다. 잠시 들어가도 되겠습니까?"

"그러시죠."

상진이 대답하자 지안이 문을 열고 들어왔다. 그녀의 손엔 예쁘게 깎인 각종 과일과 직접 구운 달달한 쿠키가 담긴 접시와 커피잔이 든 트레이가 들려 있었다.

"드세요."

책상 위에 간식 접시와 새 커피 잔을 놓아두고 빈 잔을 트레이 위에 올린 채 뒤돌아서려는 지안에게 상진이 말했다.

"이지안 씨."

"네."

지안이 트레이를 든 채로 돌아봤다. 그녀를 바라보는 상진의 관능적인 입술에 옅은 미소 한 자락이 스쳐 지나갔다.

"스물아홉이라고 했죠?"

"맞습니다."

지안이 끄덕거리자 상진의 입가에 떠올라 있는 미소가 더 진해졌다.

"그만하면 안경 치우고 여기저기 조금만 손보면 그럭저럭 봐줄 만해질 것 같은데, 내가 남자 하나 소개시켜 줘요? 재취 자리긴 하지만 돈 좀 있는 늙은이라 이런 일 그만두고 사람 부릴 수 있는 입장이 될 텐데."

"……."

조소하듯 싸늘히 흘러나오는 상진의 말에 지안은 잠시 말없이 그를 바라봤다.

매뉴얼처럼 감정 없는 멘트가 바로 나오지 않자 상진은 드디어

저 포커페이스가 무너지는 모습을 볼 수 있을 거란 생각에 내심 기대가 차올랐다.

두꺼운 안경알 너머로 빤히 상진의 얼굴을 바라보던 지안이 눈을 몇 번 깜빡거리더니 입을 열었다.

"말씀 다 하신 거죠?"

"……네?"

상진의 눈썹이 휘어 올라가자 지안이 태연하게 안경을 추켜올리며 말했다.

"아직 청소할 게 많아서요. 말씀 다 하신 거면 그만 내려가 보겠습니다."

지안은 트레이를 들고 상쾌한 얼굴로 뒤돌아서서 순식간에 방을 빠져나갔다. 닫힌 방문을 멍하니 바라보고만 있던 상진이 미간을 확 일그러뜨렸다.

젠장.

드디어 목석같은 저 얼굴에도 표정이라는 게 떠오르려나 했더니, 단지 다음 말을 기다린 것뿐이었다니? 아니 저 여자는 자존심이라는 게 아예 결여되어 있나? 이만큼 긁어 놨으면 뭔가 반응이랄 게 있어야 할 거 아냐!

상진은 씩씩거리며 거칠게 머리를 쓸어 올렸다. 원래 사람에게, 더구나 여자에게 이 정도까지의 독설을 하는 취미는 없었다. 저 여자 반응 하나 보겠다고 그런 말까지 했는데 돌아오는 거라곤 넌 짖을 테면 짖어라, 난 관심 없다 태도라니……. 도대체 저 여자가 뭐라고 이렇게 신경에 거슬리는 건데?

상진은 이미 식어 버린 원두커피를 단숨에 들이켜곤 크게 숨을 내쉬었다.

좋아, 이지안.

어디까지 그 잘난 포커페이스를 유지할 수 있는지 한번 해봐. 그 가면 내가 제대로 벗겨내 줄 테니…… 어디 한번 해보라고!

가슴을 들썩이며 한참 숨을 고르던 그의 매혹적인 검회색 눈동자가 예리하게 빛났다.

지안은 일과를 마치고 바깥채로 건너왔다.

이 일을 승낙한 이유 중 하나는 고용주의 집인 안채와 떨어져 있는 독립적인 바깥채에서 생활할 수 있다는 거였다. 전에 일하던 곳과 아직 계약 기간이 끝나지 않은 상태라 난감한 차였는데 문혁이라는 분이 무슨 조화를 부린 건지 전 고용주인 마 부인께선 너그러이 웃으며 보내 주셨다.

바깥채는 그간 이 집에 상주 도우미로 있던 사람들이 쓰던 곳이라 그런지 사용하기 불편한 점도 없었고 생각보다 상당히 넓었다.

정말 다행이야.

지안은 콧노래라도 부르고 싶었지만 딱히 생각나는 노래가 없어서 그만두기로 했다. 아무도 없는 집에서 무표정한 얼굴로 콧노래를 흥얼흥얼거리는 자신의 모습을 상상하니 조금 무섭기도 했다.

지금은 자신의 커리어를 인정받아 어디로 스카우트 되든 환경이 괜찮은 편이었지만 예전엔 고용주가 생활하는 안채 안에 쪽방 하나 덜렁 내어 주고 지내라고 하는 경우도 있었다. 그럴 때는 욕실 쓰는 것도 불편하기 짝이 없었는데 여긴 지금껏 생활했던 곳 중에서도 아주 시설이 좋은 축이었다.

겉으로는 냉소적이며 까칠해 보이는 남자지만 도우미들을 위해 이런 공간을 만들어 둔다는 것 자체에서 그의 성품을 알 수 있었다.

무엇보다 여긴 지안이 좋아하는 욕조까지 있었다.

노인네처럼 뜨거운 물에 들어가 한참 동안 몸을 지지는 걸 좋아하는 지안에겐 그럴듯한 욕조가 있는 넓은 욕실이 딸려 있다는 것은 매우 만족스러운 조건이었다. 여기서 사용하는 요금이 별도로 청구되는지 어떤지도 모른 채 물을 펑펑 쓸 수는 없는 노릇이라 당분간 목욕은 참기로 했다. 뜨거운 물로 샤워만 하고 나오는데 마침 전화벨이 울렸다. 액정을 확인한 지안의 입술 끝이 부드럽게 휘었다.

"응. 지유야."

— 언니. 거긴 괜찮아? 오늘 옮겼다고 하길래 어떤가 해서.

대학원에 다니고 있는 여동생 지유였다.

"괜찮아. 따로 지낼 수 있는 공간이 있어서 지내기도 편하고 고용주도 좋아."

— 그래도 거기 남자 혼자 산다면서……. 언니는 지금까지 항상 가정이 있는 곳에서만 일했었잖아. 애도 있고 아줌마도 있는 데서. 그런데 이번엔 왜 그런 위험한 데로 간 거야? 언니, 남자는 다 늑대야. 남자치고 소심하거나 귀여운 늑대는 있을지언정 늑대 아닌 놈은 없대. 집도 멀지 않은데 잠이라도 여기 와서 같이 자. 응?

"왔다 갔다 하면 그게 더 피곤해. 넌 그런 거 신경 쓰지 말고 공부나 열심히 해."

— 그래도…… 정말 괜찮겠어?

"응. 정말 괜찮아, 지유야. 쓸데없는 걱정하지 말고 언니가 없을 땐 네가 제일 언니니까 동생들 밥 잘 챙겨 먹이고, 5층이라고 안심하지 말고 창문이랑 문 꼭꼭 잠그고."

— 언니도 참. 우리가 애야? 어련히 알아서 다 하려고. 알았어. 언니도 걱정하지 말고 피곤할 텐데 일찍 자.

"그래. 그럼 끊는다."

지안이 물기 젖은 머리칼을 한 채로 서서 끊긴 전화기를 잠시 바라봤다.

늘 숙소가 제공되는 곳으로 일자리를 구하는 이유는 4남매가 복닥복닥 좁은 집에 조금이나마 여유를 주고 싶어서였다. 다 큰 애들 안 그래도 몸도 크고 개인공간도 필요할 텐데 자신까지 거기에 한 몫 보태고 싶지는 않았다.

지안은 다섯 남매 중 장녀로서 일찍 돌아가신 어머니를 대신해 늘 희생하는 마음으로 동생들을 돌보며 살아왔기 때문에 이런 배려는 마치 숨 쉬는 것처럼 자연스러운 일이었다.

돈 버는 데서 뭉텅 떼어간 재능이 돈 나가는 데만 몰아서 발달한 생활력이 지나치게 없는 아버지를 대신해 그녀는 초등학생 때부터 이웃집 순자 아줌마네 청소를 시작으로 생활비를 벌기 시작했다.

'아유~ 넌 무슨 애가 이렇게 청소를 잘 하니? 지안이 너만 왔다 가면 집이 번쩍번쩍해진다. 고마워.'

'감사합니다.'

어머니의 정에 목마른 지안에게 어머니 또래의 아주머니들의 칭찬은 무척이나 기쁜 일이었다. 초등학생이지만 야무진 손끝으로 그

애만 다녀가면 온 집 안이 번쩍번쩍 광채가 나 이사한 것 같다는 소문이 동네에 파다하게 돌자 지안은 매일 하교 때마다 집집마다 번갈아가며 청소 일을 뛰느라 바빠졌다.

단가도 점점 올라갔다. 부르는 데는 많고 몸은 하나뿐이라 체계적인 관리가 필요했다.

매주 부르는 집도 있었고 심지어 이미 도우미가 있지만 개미가 바닥에 미끄러지는 놀라운 기적을 맛본 뒤 하루가 멀다 하고 불러대는 집도 있어서 세 달 주기로 계약직 예약을 받기로 했다.

각종 로비가 이어질 만큼 치열한 경쟁 끝에 계약이 정해지고 한 번 계약한 곳에선 절대 그녀를 놔주지 않아 몸값은 점차 높아졌다. 덕분에 그녀를 포함한 다섯 남매는 무사히 학창시절을 보내고 대학까지 들어갈 수 있었다.

그렇게 개인시간이 전혀 없는 시간을 보냈음에도 그녀는 우리나라에서 세 손가락 안에 꼽히는 일류대에 들어갔고, 그 후에도 한결같이 가사도우미 일을 이어 갔다.

'아비 같지 않은 지 아비 대신 동생들 뒷바라지하느라 좋은 대학 나오고도 남의 일만 하는 거 봐요. 에구, 딱해. 저 착한 것이 무슨 죄가 있다고……'

지안의 상황을 아는 사람들은 늘 그녀를 안쓰럽게 생각했지만 그녀 스스로는 그렇게 생각하지 않았다.

지안은 이 일이 무척 좋았다.

어릴 때부터 더럽고 엉망진창이던 공간을 자신의 손으로 깨끗하게 변신시키는 일이 마치 마법 같다는 생각이 들 정도로 청소가 좋았다. 학교에서도 온갖 청소를 도맡아 한 결과로 늘 선행상과 더불어 내신에 가산점을 받았고, 주변 평가도 좋았으며, 비록 함께 놀 시간이 없어 항상 친구가 없었지만 자신이 번 돈으로 식솔들을 챙길 수 있다는 데에 늘 감사했다.

"후훗."

지유의 전화를 받아 기분이 좋아진 지안은 입가에 미소를 매단 채로 휴대전화를 내려놓고 덜 마른 머리칼을 수건으로 톡톡 두드리며 책상 앞에 앉았다.

그녀가 늘 사용하는 작은 스탠드를 켜고 내일 준비할 식단과 필요한 식재료를 빠짐없이 체크해 꼼꼼히 수첩에 적었다. 다 적은 뒤 노트북을 켜고 요즘 준비 중인 원예심리치료사 자격증 취득을 위한 온라인 강의 동영상을 열었다.

번쩍거리는 도수 높은 안경을 손가락으로 추켜올린 지안의 맑은 눈동자가 급속도로 진지해지며 강의 내용 속으로 몰두해 들어갔다.

상진은 침대 위에 누웠지만 쉬이 잠이 오지 않았다.

오후부터 저녁까지 틈나는 대로 지안을 관찰했지만 그녀는 마치 집안일을 완벽히 수행하는 로봇처럼 처음부터 끝까지 일, 일, 일이었다. 마치 이지안이라는 로봇 메모리에는 '일' 밖에 입력된 것이 없는 것처럼.

거기에 아침과 전혀 다른 18첩 반상이 올라오자 그는 또 한 번 충격을 받았다.

도대체 뭐야. 이 여자?

자기소개 때 한 한식, 중식, 일식, 양식에 복어요리 자격증까지 모든 요리 관련 자격증을 섭렵하고 있다는 말이 농담이 아니었나?

하긴 전혀 농담할 성격으론 보이지 않긴 했다. 그가 좋아하는 메뉴가 장르를 가리지 않고 고루 식탁 위에 올라오니 상진으로서는 안 먹고 버티기가 힘들었다. 아무리 생각해도 그렇게 입맛이 동했던 기억은 없는데 지안이 차린 식탁 앞에선 이상하게 자제력을 잃고 젓가락이 춤을 췄다.

거기다 놀라운 속도로 집 안 구석구석을 닦아 대더니 상진이 있는 2층을 제외하곤 정원의 돌계단까지 번쩍번쩍 광이 났다.

아니 돌계단에 왜 광이 나는 거야?

갈수록 미스터리다.

상진은 함정에 빠진 기분으로 그녀에 대한 관찰을 멈출 수가 없었다. 정말 이상한 여자였다. 로봇이 아닐까 싶을 정도로 모든 행동에 군더더기가 없어 마치 자로 잰 것처럼 정확했다. 혹시 정말 로봇 아닐까? 그래서 속마음이 보이지 않는 거라면…… 충분히 가능성이 있다.

무엇보다 그의 심사를 뒤틀리게 만드는 이유는 따로 있었다.

독하게 마음을 먹고 아무리 강한 독설로 신경을 득득 긁어도 전혀 반응이 없다는 거다.

'옷이 그게 뭡니까? 70년대 공순이도 아니고. 촌스럽다는 게 뭔지 모릅니까?'

'죄송합니다.(무표정)'

'휴대폰은 무슨 어디 고물상에서라도 주워 온 건가? 요즘 그런 구식은 찾지도 못할 텐데 거참, 신기하군요.'

'그렇습니까?(무표정)'

'여긴 나 미끄러지라고 이렇게 미끄덩미끄덩하게 해 놓은 겁니까?

자빠져서 뇌진탕 걸리기 딱 좋겠네.'

'죄송합니다.(무표정)'

무표정, 무표정, 무표정……. 이제 알타리 무만 봐도 진저리가 쳐질 지경이다. 그리고 무슨 놈의 말대답이 죄다 죄송합니다, 감사합니다, 그렇습니까, 괜찮습니다아? 여기가 군대야? 다나까로 가게? 물론 오그라들 정도로 유치하고 같잖은 시비라는 건 잘 알고 있지만 그렇게 대놓고 무시할 건 없잖아?

상진이 분에 못 이겨 씩씩거리다가 신경질적으로 이불을 머리 위까지 끌어당겼다. 자세를 이리저리 바꿔 봤지만 머릿속엔 그 여자 생각만 눈덩이처럼 커져 가고 있었다.

"젠장, 내가 왜 그 여자 때문에 전전긍긍해야 되는 거냐고!"

스스로도 짜증이 나 셀프버럭을 시전했지만 답답한 마음은 해소되지 않았다. 이유를 알 수 없는 불면의 밤은 그렇게 깊어만 가고 있었다.

지안이 상진의 집으로 온 첫 주말이 지나고 월요일이 되었다.

그녀가 본격적으로 일을 하기 시작한 지 겨우 하루 지났을 뿐인데 주말 사이에 온 집 안에서 광채가 나고 있었다.

아침식사를 마친 상진이 서재로 올라가자 지안이 커피를 타서 들어왔다. 지안이 들어서자 진회색 티셔츠에 블랙진을 입고 있는 상진이 모니터에 향하고 있던 시선을 돌렸다.

"이사님. 드릴 말씀이 있습니다. 오늘 출근하신 동안엔 2층을 청소할까 하는데요."

마치 2층이 비길 기다렸다는 듯 지안이 커피 잔을 책상 위에 올려놓으며 말하자 상진이 한쪽 눈썹을 휘어 올렸다.

"그래서요?"

2대 8 가르마를 단정하게 타서 힘껏 올려 묶은 지안의 로봇 같은 얼굴을 바라보며 상진이 물었다. 지안은 커다란 안경을 추켜올리며 대답했다.

"미리 알리지 않고 개인적인 공간에 손을 대는 걸 싫어하시는 분들도 계시기에 말씀드리는 겁니다."

"어차피 지안 씨 하는 일이 그거 아닌가? 마음대로 해요."

상진이 그녀가 가져다 준 커피 잔을 들어 올리며 퉁명스럽게 말했다.

"감사합니다."

지안이 고개를 살짝 숙이고 조용한 발걸음으로 그의 서재를 빠져나갔다. 상진은 문이 닫히는 걸 확인한 뒤에 다시 화면으로 시선을 돌렸다. 밤사이 저 여자 생각에 골머리를 앓은 걸 생각하면 목구멍까지 울화가 치밀었지만 커피를 들이켜며 꾸욱 내리눌렀다.

"뭡니까?"

출근 준비를 하기 위해 드레스 룸으로 들어갔던 상진이 식당으로 내려와 얼굴을 굳히고 지안에게 말했다.

"네?"

싱크대에 광을 내고 있던 지안이 의아스러운 표정으로 뒤돌아보자 상진이 미간을 바짝 좁혔다.

"왜 남의 옷에 멋대로 손을 대냔 말입니다. 당신이 내 아내도 아닌데 왜 내가 입을 옷까지 지정해서 걸어 두는 겁니까."

그 말에 잠시 생각하던 지안이 생각난 듯 말했다.

"결례가 되었다면 죄송합니다. 모시던 사모님이 매일 회사에 출근을 하셨는데 제가 아침마다 챙겨 드리는 일이 습관이 되어서 저도 모르게 준비했습니다."

"하. 별걸 다 하는군."

"죄송합니다. 이사님께서 원하지 않으신다면 앞으로는 하지 않도록 하겠습니다."

거듭 사과하는 지안을 바라보며 상진이 인상을 찌푸렸다.

"됐습니다. 정 그렇다면 그 대단한 도움 한번 받아 보도록 하죠."

"아……. 그러시겠습니까?"

지안이 다행이라는 듯 살짝 안심한 표정을 지었다. 보일 듯 말 듯 한 묘한 표정의 변화를 물끄러미 주시하고 있던 상진이 몸을 돌려 식당을 빠져나갔다.

다시 2층으로 올라가 드레스 룸에 들어간 상진은 지안이 얌전하게 옷걸이 위에 걸어 둔 코디대로 갈아입고 슬쩍 거울을 봤다. 고급스러운 다크네이비 슈트와 화이트 칼라의 드레스셔츠, 블랙 실크 타이에 행거치프까지 모든 소재와 컬러감이 완벽한 조화를 이루고 있었다.

뭔가 트집 잡을 것이 있나 뚫어져라 거울 속을 쳐다보고 있던 상진은 턱을 치켜들고 타이를 손으로 가볍게 흔들었다.

"……뭐 나쁘진 않군."

낮게 중얼거린 상진이 장식장에서 메탈 손목시계를 골라 손목에 채우고 드레스 룸을 나왔다. 1층에서 기다리고 있던 지안은 상진이 내려오자 준비하고 있던 텀블러를 내밀었다.

"이건?"

상진이 습관적으로 미간부터 좁히고 지안에게 물었다.

"녹즙입니다. 아침에 드렸을 때 안 드신다고 하셔서 따로 담았으니 회사에서라도 드셨으면 해서요."

"됐습니다."

상진은 짧게 대답하고 텀블러를 무시한 채 지안의 앞을 지나쳤다. 그녀도 두 번 권할 생각은 없는지 텀블러를 든 채로 조용히 그를 따라 현관 밖으로 나왔다. 지안이 뒤따라 정원으로 나오는 것을 흘낏 쳐다본 상진이 차가운 말로 제지했다.

"나올 것 없으니 들어가시죠."

"현관 앞에서 인사드리는 건 예의가 아니라고 생각하고 있습니다. 대문까지만 나가겠습니다."

뭐가 예의가 아니란 거야? 완벽한 도우미의 매뉴얼에 그런 항목이라도 있다는 거야?

이해할 수는 없지만 지안이 요지부동으로 선 채로 말하자 상진은 귀찮다는 듯 고개를 돌리고 다시 걷기 시작했다. 성큼성큼 걸어간 그가 대문을 열자 지안이 뒤에서 공손히 허리 숙여 인사했다.

"조심히 다녀오십시오."

상진이 대답도 하지 않고 대문을 열고 나갔다. 집 앞에는 언제나처럼 광훈의 차가 대기하고 있었다. 큰 보폭으로 걸어 차에 올라타자 광훈이 밝게 웃으며 말했다.

"좋은 아침입니다. 이사님. 주말 잘 보내셨습니까?"

"전혀."

상진이 인상을 구긴 채로 대답하고는 광훈의 얼굴을 빤히 쳐다봤다. 그의 시선에 광훈이 제 얼굴을 손으로 슬슬 쓸었다.

"왜 그렇게 보십니까?"

"아침부터 퉁퉁 부은 이 비서 얼굴을 보니 속이 뒤집혀서. 어제 라면 먹고 잤나?"

"어? 그걸 어떻게 아셨어요? 귀신이네, 귀신."

광훈이 놀랍다는 듯 고개를 저으며 차를 출발시켰다. 그에겐 상진의 독설이 모친의 잔소리만큼이나 익숙한 터라 전혀 거슬리지 않았다.

상진은 평소처럼 긴 다리를 꼰 채 차창에 팔을 올려 턱을 괴고 창밖의 사람들을 무심한 눈빛으로 응시했다.

역시…… 아니군.

그의 입에서 낮은 한숨이 흘러나왔다. 길거리를 지나다니는 사람들의 얼굴엔 오늘도 어김없이 그들의 속마음이 떠올라 있었다. 누군가와 대화를 하지 않는 이상 머릿속엔 대부분 돈 생각뿐인 각박한 삶을 사는 사람들 때문에 한숨이 나오는 건 아니었다. 그저 지안에게서 아무것도 보이지 않아 혹시 능력이 사라진 것이 아닐까 하고 기대했던 자신에게 한숨이 나오는 거였다.

하지만 현실은 여전했다. 광훈의 얼굴에서도, 사람들의 얼굴에서도 여전히 혼란스러운 생각들이 둥실둥실 떠올라 있었다.

"그런데 이사님."

광훈의 말에 상진이 시선을 룸미러로 돌렸다. 운전대를 잡고 룸미러를 쳐다보며 시선을 맞춘 채 광훈이 말했다.

"또 옷 사셨습니까? 이사님은 몸매가 좋으시니 항상 옷발이 잘 살긴 합니다만 오늘은 유독 쌔끈해보이는데요?"

"단어선택하곤……. 이 비서 무슨 조폭이야? 쌔끈이 뭐야, 쌔끈이? 웨이터도 아니고."

"하하. 뭐 그만큼 보기 좋다는 것이죠. 칭찬입니다."

진짜 조폭처럼 화통하게 웃고 있는 광훈을 향해 눈살을 찌푸린 상진이 다시 차창 밖으로 고개를 돌렸다. 그의 머릿속으로는 광훈이 칭찬한 옷을 코디해 준 여자, 녹즙을 담은 텀블러를 내밀고는 자기 맘대로 대문 앞까지 따라 나와 배웅하던 이지안이 지나가고 있었다.

"……하, 어디서 부인 행세야?"

상진이 저도 모르게 낮게 중얼거린 소리를 용케 알아들은 광훈이 인상을 팍 구겼다.

"이거 왜 이래요? 저도 이사님같이 독설만 하는 남편 싫습니다. 아니 이사님이 남편이라니…… 으으, 그런 끔찍한 말은 입에도 담지 마시라고요."

"뭐야?"

광훈이 투덜거리자 상진은 어이없는 실소를 흘렸다.

회사에 도착한 이후에도 그에게 인사하는 여직원들에게서 광훈과 비슷한 소리를 들었다.

"어머! 이사님 오늘 완전 모델 같으세요. 너무 너무 멋있으시다~"

"이대로 화보 찍으면 딱 남성 패션지 표지모델이겠는데요? 원래 축복받은 몸매에 이기적인 얼굴이셨는데 거기에 감각적인 코디까지 겹쳐지니 딱 화룡점정 찍으셨어요!"

여기저기서 쏟아지는 코디 칭찬을 듣고 보니 상진은 자신도 자각하지 못하는 사이 괜히 손가락으로 타이를 매만지게 되고 허리도 더 꼿꼿이 펴고 걷게 됐다.

오만하게 허리를 쭉 편 채로 임원전용 엘리베이터를 타고 오르던 중 멈춘 층에서 차한성 상무가 올라탔다. 그를 본 상진과 광훈이 고개를 숙여 인사하자 한성이 반가운 얼굴로 상진의 어깨를 두드렸다.

"여어, 우리 진 이사. 이번 뉴욕 건 성공리에 완수했다는 소식 듣고 안 그래도 따로 부르려고 했네. 아주 수고가 많았어."

"과찬이십니다."

상진이 고개를 숙이자 한성이 흐뭇한 얼굴로 그를 바라봤다.

"겸손할 것 없어. 사내란 자고로 본인의 공도 보란 듯이 인정할 줄 알아야 하는 법이야. 이번 일이 회사활로가 더 크게 열리는 계기가 됐으니 아주 큰일을 한 거네. 이로써 이번 인사 때 승진은 확정이라고 봐도 되겠군 그래. 축하도 할 겸 조만간 술 한잔하지."

"네. 알겠습니다."

한성이 상진의 어깨를 가볍게 툭 치고 엘리베이터에서 내렸다. 한성의 얼굴에는 그의 말과 전혀 다를 바 없는 대견함이 묻어나 있어 상진의 입술엔 슬몃 미소가 지어졌다.

상무인 차한성은 겉과 속이 다르지 않는 몇 안 되는 사람 중 하나였다. 적어도 그에게 하는 말들은 늘 본심에서 우러나오는 것임을 알 수 있었다. 어쩌면 한성이 상진의 아버지와 오랜 지기라 더 그럴 수도 있겠지만 상진은 그런 호의에서 따스함을 느끼곤 했다.

"진 상무님께는 보고드리셨습니까?"

광훈이 하는 말에 상진의 부드러웠던 얼굴이 단번에 딱딱해졌다.

싸늘한 눈빛으로 광훈을 보며 상진이 말했다.

"왜 그래야 하지?"

"네? 그야, 아들이 이런 큰일을 해낸 데다 방금 전 차 상무님 말씀으론 진 상무님도 원하시던 주요 핵심멤버로 이번에 승진하실 텐데 당연히 좋아하시지 않겠…… 아, 아닙니다."

상진의 칼날처럼 날카롭게 번뜩이는 눈초리에 당연하다는 듯 말을 늘어놓던 광훈이 얼른 조개처럼 입을 꾸욱 다물었다.

이사실로 들어서자 비서들이 기다렸다는 듯 일어섰다.

"이사님. 오셨어요?"

"좋은 아침이에요. 이사님."

— 어머머머. 이사님 오늘 슈트빨 대박.

— 몰카라도 찍고 싶은 핏이다. 완전!

얌전하게 자리에서 일어서며 생긋 웃는 얼굴로 인사를 하는 비서들에게 상진은 고개를 살짝 숙여 끄덕이곤 바로 집무실로 들어가 버렸다.

저렇게 알기 쉬우면 좀 좋아?

굳이 마음이 보이지 않더라도 얼굴 가득 사심을 드러낸 저 기분 나쁠 정도의 솔직함이 오늘은 평소보다 한층 더 견딜 만했다. 로봇 같은 얼굴로 포커페이스를 유지하며 무슨 생각을 하는지 전혀 알 수 없는 답답함보다는 훨씬 낫지 않은가.

클래식한 커다란 마호가니 책상 위에 브리프케이스를 올려놓으며 상진은 목석같은 지안의 얼굴을 생각하고 있었다.

습관인가? 그 여자를 만난 지 이틀 만에 그 여자 생각을 습관적으로 떠올린다는 건 분명 문제가 있다고 생각하는데…….

상진은 미간에 굵은 주름을 지으며 의자 위에 털썩 앉았다.

뭔가 좋지 않은 조짐이다.

"어서 오십시오."

현관 앞까지 마중 나와 단정하게 서서 인사하는 지안을 보며 상진이 한쪽 눈썹을 휘어 올렸다.

음식점 앞 빨간 발깔개도 아니고, 어서 오십시오가 뭐야?

"네."

상진은 짧게 대답하며 로봇처럼 아무 표정 없는 지안의 얼굴을 못마땅한 표정으로 훑어봤다. 분명 하루 종일 엄청난 에너지로 집 안을 구석구석 밀고 닦아 댔을 텐데 아침과 마찬가지로 전혀 흐트러짐 없는 단정한 차림새도 마음에 들지 않았다. 왜 이렇게 하나하나 다 거슬리는 건지…….

"식사는 하셨습니까?"

지안이 현관 앞을 지나 2층 계단을 향해 걸어가는 상진을 뒤따라가며 물었다.

"아직입니다."

"그럼 바로 준비하겠습니다. 목욕물 받아 드릴까요?"

"샤워만 할 거니 됐어요."

"알겠습니다. 그럼 식사만 준비하겠습니다. 샤워하시고 내려오……."

"그런데."

앞서 가던 상진이 지안의 말을 막더니 빙글 뒤돌아섰다. 지안이 안경을 추켜올리며 그를 바라보자 상진의 매혹적인 눈이 가늘어졌다.

여전히……안 보이는군.

하루 종일 얼굴에 속마음을 당당히 띄우고 다니는 사람들만 보다가 아무것도 보이지 않는 얼굴을 보니 또 신기한 기분이었다. 그런데 왜 이 여자만 안 보이는 거지?

"……?"

상진이 자신의 얼굴을 뚫어져라 응시하자 지안의 얼굴에 의문스런 표정이 스쳐 지나갔다. 이맛살을 살짝 찌푸린 상진이 한 손을 허리에 짚고 문틀에 팔을 걸친 채 지안 쪽으로 상체를 살짝 숙였다. 남성적인 체취와 은은한 향수향이 지안의 콧속으로 스며들었다. 그가 고개를 숙일수록 그들의 얼굴 사이 간격이 조금씩 가까워졌다.

"그런데, 어디까지 따라올 생각이죠?"

상진이 드레스 룸 안에 한 발짝 들어온 상태에서 문틀 너머에 서 있는 지안을 내려다보며 낮게 물었다.

"상의 이리 주십시오."

지안은 상진의 얼굴이 가까이 다가와 있다는 것은 관심도 없다는 듯 손을 내밀며 담백하게 말했다.

"……뭐요?"

상진이 눈썹을 일그러뜨리자 지안이 다시 한 번 또박또박 말했다.

"입고 계신 상의, 제가 정리할 테니 벗어 주세요."

순간 상진은 자신의 방금 행동이 이 여자를 자극하려고 일부러 한 행동이라는 것을 깨닫고 내심 충격을 받았다. 자신이 이 정도로 가까이 다가가면 어떤 여자든 볼을 붉히며 시선을 피하는 모습을 보였으니 이 여자도 당연히 그러리라 생각한 것이다. 그래서 일부러 도발하듯 가까이 다가갔는데…… 전혀, 아무런 반응이 없다니?

"됐습니다. 쓸데없는 것까지 참견할 필요 없으니 가서 일 보세요."

상진은 차갑게 얼굴을 굳힌 채로 내뱉고는 문틀에서 팔을 떼고 거칠게 문을 닫았다. 코앞에서 문이 닫혔으니 조금쯤은 당황해도 좋으련만 문밖에 서 있는 지안은 지극히 평온한 목소리로 말했다.

"그럼 식사 준비할 테니 샤워하시고 내려오십시오."

지안이 다시 계단을 내려가는 소리가 들리자 문 앞에서 넥타이를 풀던 상진의 얼굴이 확 구겨졌다.

하, 도대체가…….

넥타이를 푸는 그의 손길이 거칠어졌다. 어떤 말로 도발하든 시종일관 무반응으로 대응하는 지안에게 상진은 점점 오기가 치솟고 있었다.

그날, 저녁식사를 마친 상진은 서재에 앉아 앞에 휴대전화를 두고 고민에 잠겼다. 팔짱을 끼고 턱을 매만지며 휴대전화만 노려보다가 마침내 결심이 섰는지 손을 뻗었다.

통화가 연결되는 동안 상진의 입술에서 긴장된 한숨이 새어 나왔다. 이윽고 몇 번의 신호음이 울린 뒤 상대방이 전화를 받았다.

"접니다."

상진의 목소리에서 약간의 긴장이 흘렀다.

세탁실에서 한참 빨래를 하고 나오니 이미 자정이 훌쩍 넘어 있었다. 어깨를 두드리며 바깥채로 넘어가려던 지안은 홈 바에 불이 켜져 있는 걸 보고 그쪽으로 다가갔다. 1층에 있는 홈 바에는 와인 쿨러와 위스키 등 각종 주류가 상비되어 있어 간단하게 술을 마시기엔 충분한 공간이었다. 지안은 청소할 때 말고는 자세히 살펴본 적은 없었는데 상진이 앉아 있는 걸 보고 가까이 다가갔다.

"이사님."

지안의 목소리에 위스키 병을 따르려던 상진이 고개를 돌렸다. 그녀를 확인한 상진이 미간을 좁혔다.

"아직 여기 있었던 겁니까? 벌써 넘어간 줄 알았는데."

"할 일이 조금 남아서 세탁실에 있었습니다. 그런데⋯⋯."

지안은 상진의 손에 들린 술잔과 독한 위스키 병을 번갈아 보더니 다시 입을 열었다.

"혹시 괜찮으시다면 제가 칵테일을 만들어 드려도 되겠습니까? 이 시간에 그런 도수 높은 술을 드시면 위와 간에 부담이 되실 테니 가벼운 칵테일이 좋으실 것 같은데요."

"흐응. 그런 것도 할 줄 압니까? 됐습니다. 뭐 칵테일이라 봐야 소맥이나 폭탄주 만들려는 생각일 거 같은데."

상진이 코웃음 치자 지안이 돋보기안경을 추켜올리며 말했다.

"저 조주기능사 자격증 있으니 믿으셔도 됩니다."

"그런 게 왜 있지? 정말 별 게 다 있군. 여차하면 바텐더라도 할 생각입니까?"

"이럴 때 필요하니까요. 잠시만 기다려 주십시오."

지안이 정중하게 말한 뒤 홀연히 주방으로 사라졌다가 트레이 위에 각종 칵테일 재료와 과일 등을 가득 챙겨 들고 다시 나타났다.

"시작하겠습니다."

재료를 주르륵 나열해 놓은 지안이 진지한 눈빛으로 안경을 추켜올리며 말했다.

상진이 인상을 살짝 찌푸린 채 지안이 빠릿하게 움직이는 모습을 바라봤다. 지안은 상진의 옆자리에 앉아 보드카와 토닉워터 블루큐라소, 얼음, 레몬과 체리를 죽 늘어놓고는 투명한 칵테일 잔에 순식간에 섞더니 체리 하나를 사뿐 올렸다.

이것 봐라?

청량하고 시원한 빛이 감도는 블루빛 칵테일을 뚝딱하고 만들어 그의 앞에 척 놓아주자 상진의 눈동자에 의외심이 번졌다.

"블루라군입니다. 지금은 재료가 이것밖에 없어 어쩔 수 없지만 술을 좋아하신다면 다음에는 미리 준비해서 좀 더 제대로 된 칵테일을 만들어 드리겠습니다."

상진이 홈 바 조명에 지안의 안경이 번뜩이는 것을 의심의 눈초리로 보고 있다가 앞에 놓인 영롱한 빛깔의 칵테일 잔을 들어 올렸다. 한 모금 마시자 입안이 순식간에 상큼한 향으로 가득 찼다. 확실히 제대로 된 칵테일 맛이었다.

그의 반응을 살피는 듯한 지안의 시선을 뒤늦게 의식한 상진은 확연히 드러난 만족스러운 표정을 잽싸게 지우고 미간을 좁혔다.

"너무 약하잖아."

상진이 투덜거리자 지안이 대답했다.

"독한 술은 몸에 안 좋습니다. 이 정도가 다음 날 부담도 적고, 위나 간에 손상도 줄여 줍니다. 한 잔 더 만들어 드릴까요?"

그녀의 얼굴을 빤히 보던 상진이 어깨를 으쓱하고는 칵테일 잔을 다시 입으로 가져갔다. 그 모습을 보며 지안은 다시 병을 열고 칵테일을 만들기 시작했다.

바지런한 그녀의 손을 힐끗 쳐다보며 칵테일을 마시는 그의 머릿속으로 조금 전 아버지와 했던 통화내용이 지나갔다.

'보고드릴 게 있어서 전화드렸습니다. 이번에 뉴욕 건 계약 성공적으로 체결했습니다.'

'그럼 다음 인사이동 때는 승진할 수 있겠구나. 축하한다.'

그 말이 다였다. 이번 계약이 뉴욕에서 있었다는 걸 빤히 알고 있으면서도 왜 여기까지 왔으면서 연락도 하지 않았냐는 흔한 인사치레조차 없었다.

"하……."

짧게 헛웃음 친 상진이 이내 입술 끝을 비틀었다.

아버지가 뉴욕으로 간 지 벌써 25년이 흘렀다. 그리고 그 뒤로 아버지는 단 한 번도 그를 만나려 하지 않았다. 주기적인 전화통화만이 그들 부자를 이어 주는 유일한 실이었고 그나마 통화에서 아버지가 가장 많이 하는 말은 어서 승진해서 핵심 임원진에 속하라는 말뿐이었다.

그 말에 반항이라도 하듯 상진은 독기를 품고 미친 듯이 일했다. 모든 시간을 일에 투자하고 자신의 능력까지 적절하게 이용해 가며 젊은 나이에는 믿기지 않는 속도로 승진에 승진을 거듭했다. 그래서 이번 승진으로 회사를 이끌어 가는 실질적 임원 자리까지 올라가게 된 것이다.

하지만 그런다고 해도, 아버지는 만나자는 말을 하지 않겠지…….

아마 영원히.

그 이유를 누구보다 잘 알고 있는 상진은 피식 실소를 흘리며 남은 칵테일을 한 입에 털어 넣었다. 가만히 서서 그를 지켜보고 있던 지안이 조제해 놓은 푸른빛 새 칵테일을 상진 앞에 내려놓았다.

"그것만 드시고 그만 주무세요. 늦었습니다."

지안의 말에 청량감이 감도는 블루빛의 글라스를 바라보던 상진의 한쪽 눈썹이 위로 바짝 치솟았다.

"이지안 씨. 당신이 뭔데 내가 술 마시는 것까지 간섭하는 겁니까? 그럴 권리가 당신에게 있나?"

바늘처럼 날카로워진 상진의 차가운 목소리에 지안은 그의 눈을 들여다보더니 고개를 숙였다.

"기분이 상하셨다면 죄송합니다."

그녀의 매뉴얼 같은 사과에 상진은 더욱 기분이 엉망으로 가라앉았다.

"죄송하다는 말을 듣겠다는 게 아니잖습니까. 죄송합니다, 감사합니다, 외에 할 줄 아는 말 없어요?"

"죄송합니다."

"내 말 못 알아듣습니까? 그 말밖에 못 하냐고."

빈정거리며 칵테일을 벌컥벌컥 들이켠 상진이 잔을 테이블 위에 거칠게 내려놨다.

탕!

유리와 단단한 테이블이 부딪히는 차가운 소리가 바 안을 공허하게 울렸다. 그의 얼굴이 딱딱하게 굳었다.

이게 뭐하는 짓거리야.

아버지와의 통화 이후로 기분이 안 좋아지긴 했지만 애먼 상대에게 같잖은 화풀이나 하고 있는 자신에게 욕지기가 치밀어 올랐다. 크게 한숨을 내쉬며 기다란 손가락으로 성마르게 머리칼을 쓸어 올린 상진이 여전히 로봇처럼 단정하게 서 있는 지안에게 말했다.

"……미안해요. 내가 말이 심했습니다."

"괜찮습니다."

지안이 표정 변화 없이 차분한 목소리로 대답했다.

"아뇨. 이건 명백한 내 화풀이였어요. 사과할게요. 미안합니다."

상진이 다시 사과하며 지안의 얼굴을 바라봤다.

그녀의 무표정한 하얀 얼굴에 자리 잡은 까만 눈동자가 그를 응시하고 있자 상진은 이상하게 심장 부근이 조금 간질거리는 기분이 들었다. 이렇게 보고 있으니 그녀의 얼굴이 마냥 촌스러운 것 같진 않았다. 투명할 정도로 하얀 피부에 잡티라곤 보이지 않았고 커다란 안경 아래 보이는 까만 눈동자는 호수처럼 맑았다. 그녀의 얼굴을 홀린 듯 빤히 바라보던 상진이 정신을 차린 듯 칵테일 잔으로 고개를 돌리며 말했다.

"이것만 마시고 올라갈 테니 지안 씨는 그만 들어가 쉬세요."

"다 드시면 이거 마저 정리하고……."

"됐으니까 들어가요. 정리는 내가 할 테니."

지안의 말을 끊고 상진이 성마르게 손을 저었다.

"알겠습니다. 그럼 쉬십시오."

그의 말에 지안은 늘어뒀던 칵테일 재료들을 챙겨 트레이에 올리고 일어섰다. 그녀가 테이블을 돌아 걸어 나가자 뒤에서 그의 목소리가 들렸다.

"이지안 씨."

이제 막 바를 빠져나가려던 지안이 그를 돌아봤다.

"네?"

지안이 고개를 돌리자 상진은 바 위에 팔을 올린 채 시니컬한 표정으로 그녀를 쳐다보고 있었다.

"충고 하나 하죠. 아무리 고용주라 해도 남자와 단둘이 있는 집에서는 조심하는 게 좋을 겁니다. 특히 남자가 술 마실 때 옆에 있는 건 피해요. 잘 모르나 본데, 그거 아주 위험한 겁니다."

지안은 안경 너머로 눈을 천천히 깜빡이며 상진의 얼굴을 보다가 입술 끝을 살짝 둥글게 올렸다.

"걱정해 주셔서 감사합니다."

그 말을 하곤 다시 뒤돌아선 지안이 조용히 식당으로 걸어갔다. 식당에서 잠시 달그락거리는 소리가 들리더니 잠시 후 발자국 소리가 현관으로 이어졌다. 곧이어 조용히 문이 닫히는 소리가 나고 온 집 안이 완전한 정적에 감싸였다.

홈 바에 매달린 시계의 초침 소리가 들릴 정도로 고요해진 집 안에서, 유독 시끄럽게 울리는 소리가 있었다.

쿵쾅쿵쾅쿵쾅쿵쾅쿵쾅.

소리의 진원지는 상진의 심장. 지안의 옅은 미소를 본 것만으로도 그의 심장은 미친 종마가 질주하듯 불규칙적으로 빠르게 뛰고 있었다.

……내가 잘못 본 건가?

상진이 미간을 잔뜩 모으며 고개를 갸웃거렸다.

헛것을 본 건가? 설마 로봇이 웃을 리가. 혹시 내 말이 기분 나

빠서 입가에 경련이라도 인 건가? 아니, 정말 웃은 건가? 그 이지 안이?

상진이 칵테일 잔을 든 채로 굳은 듯 멈춰 있었다. 혼란스러운 그의 머릿속과는 달리 그의 심장은 여전히 미친 종마마냥 내달리고 있었다.

오늘도 쉬이 잠이 올 것 같지 않았다.

2.

총체적 난국이로다

지안의 아침은 새벽 4시부터 시작한다.

항상 4시 알람이 울리기 시작한 지 5초를 넘기기도 전에 알람을 끄고, 이불 속의 온기가 아무리 따스하더라도 일말의 머뭇거림 없이 자리에서 벌떡 일어나 이부자리를 정돈한다. 이번 집은 가사도우미 전용 바깥채에 침대까지 마련되어 있어 이불을 따로 갤 필요가 없이 정리만 하면 됐다.

머리맡에 놔뒀던 까만 고무줄로 긴 생머리를 바짝 그러모아 묶은 지안은 욕실로 건너가 스피디하게 샤워를 마쳤다. 머리를 말린 뒤 단정한 화이트 셔츠에 깔끔하지만 활동하기 편한 까만 바지를 입은 뒤 책상 위에 적어 뒀던 오늘 식단 메모지와 장바구니용 접이식 헝겊주머니를 들고 바깥채를 나섰다.

이제 본격적인 일과의 시작이다.

정원을 가로질러 크고 작은 돌 징검다리를 지나며 이른 아침의 푸릇한 정원 구경을 하는 건 지안의 큰 낙 중 하나다.

원래 정원사를 주기적으로 불러 관리하던 정원이지만 그녀가 온 뒤로 정원까지 직접 관리하고 있었다.

조경기능사 자격증을 미리 따 두길 정말 잘했지.

그녀의 손을 거친 정리가 잘 된 정원을 지안은 흐뭇하게 바라봤다. 조경기능사뿐만 아니라 원예기능사, 화훼장식 기능사 자격증도 따 뒀고 실내정원관리도 따로 배워 뒀다. 거기에 더해 최근엔 원예심리치료사 자격증도 공부 중이었다. 식물을 가꾸며 병든 마음을 치유할 수 있다면 참 멋진 일일 것 같았기 때문이다. 언제고 필요한 일이 있을지도 모른다. 얼마 전 조주기능사 자격증이 도움이 됐던 것처럼.

지안은 스스로 흡족한 듯 끄덕거리며 아침 일찍 장을 여는 시장으로 갔다. 막 만든 따끈따끈한 두부와 구기자, 다시마와 무, 당근 등을 잔뜩 사서 무거워진 장가방를 낑낑거리며 들고 집으로 돌아왔다.

어머, 벌써 5시가 지났네.

시간을 확인한 지안의 마음이 급해졌다. 이번 고용주는 아침잠이 없는 사람이니 곧 일어날 시간이었다. 지안은 사 온 야채들을 빠른 손놀림으로 다듬어 냉장고에 넣은 뒤 신속히 아침 식사 준비를 시작했다.

처음 듣기로 상진은 식사는 잘 하지 않는다고 들었는데 다행히 아침과 저녁은 거의 거르지 않고 지안이 준비한 식사를 했다. 하긴 음식투정이 심한 아이가 있던 집에서도 그 아이가 좋아하는 음식만 골라서 만들어 주면 다들 잘 먹게 되곤 했었다. 거기에 몸에 좋은 재료들을 섞어 만들어 주다 보니 지안이 일하는 동안엔 다들 부쩍 건강해지기까지 했다.

지안이 청국장을 끓이다가 흡족한 미소를 지었다. 그녀가 일하는 동안 건강해지는 고용주 식구들을 보는 것은 그녀의 또 하나의 커다란 낙이었다.

"오늘은 청국장인가 보군."

뒤에서 들려온 목소리에 국의 간을 보던 지안이 뒤돌아서서 공손하게 인사했다.

"일어나셨습니까?"

그녀의 얼굴은 방금 전에 남아 있던 일말의 흡족함마저 싹 사라진 평소의 무표정으로 돌아와 있었다. 캐러멜색 니트를 입은 상진이 빈정거리듯 말했다.

"그 인사 좀 관두라고 하지 않았나? 당신이 무슨 하녀도 아니고. 자존감이 없으면 자존심이라도 챙기시죠, 이지안 씨."

"가사도우미나 하녀나 둘 다 전문직에 종사하는 사람이라고 생각합니다만."

"그렇습니까?"

지안이 태연한 표정으로 말하자 상진은 어깨를 으쓱하고는 의자를 빼내 식탁 앞에 앉았다. 단호박무침과 잔멸치와 호두, 아몬드 등을 같이 볶아 오독오독 식감이 좋은 잔멸치볶음을 식탁 위로 올리자 상진의 시선이 번개처럼 그 위를 지나갔다.

금세 언제 그랬냐는 듯 까칠한 표정으로 돌아오지만 그의 시선이 접시 위를 스치는 순간에 찰나처럼 지나간 만족스러움을 지안은 놓치지 않았다.

역시.

지안의 입술 끝이 보이지 않을 정도로 가볍게 올라갔다.

"드세요."

지안이 그의 앞에 물컵을 놓두며 말했다. 상진이 식사하는 동안 그녀는 싱크대를 오가며 여러 가지 정리를 하느라 바쁜 와중에도 곁눈질로는 끊임없이 그의 젓가락 움직임을 주시하고 있었다.

그가 어떤 반찬에 먼저 젓가락을 대는지, 그리고 씹을 때의 표정이 어떤지, 그리고 어떤 반찬에 자주 젓가락이 가는지를 구준히 살피고 연구한 결과로 이제 어느 정도 그의 입맛을 확실히 알 수 있게 되었다.

첫날 그의 입맛을 꼼꼼히 물어보고 적어 놓긴 했지만 이론만으로는 모든 걸 파악할 수 없다.

"무가 약간 덜 익었죠? 쌉쌀한 맛이 조금 있는 것 같은데. 드시기에 맵습니까?"

"음, 조금."

"국은 싱겁나요?"

"전혀."

파악하기 애매한 부분은 이렇게 슬쩍 물어보면 오케이.

'상진이 그 녀석 입맛 무지하게 까다로우니 지안 씨가 각오 단단히 해 두는 게 좋을 거예요. 난 그 녀석이랑 식당 갈 때마다 아주 때리고 싶을 때가 한두 번이 아니었으니까. 기껏 사 주는 건데지 입맛에 안 맞으면 내숭 떠는 여자같이 찔끔찔끔 쥐가 파먹은 것처럼 맛만 보고는 다 남겨 버려요. 그 녀석 입맛 까다롭기가 무슨

7대 독자 수준이라니까.'

처음 소개시켜 준 문혁이라는 남자가 신신당부해 둔 말과는 달리 상진은 그리 까다로운 타입은 아니었다. 지안이 겪은 고용주 중엔 죽 하나조차 수십 가지 버전으로 만들어 맛을 보인 뒤 맘에 드는 걸로 다시 만들어야 했던 사람도 있었으니까. 그에 비하면 이 정도는 까다로운 축에도 못 끼는 편이다.

"시골에서 자랐습니까? 어찌 매일 내놓는 음식들이 하나같이 올드한 건지."

상진이 의자에서 일어나며 한마디 했지만 말과는 달리 싹 비워진 청국장 뚝배기의 안을 확인한 그녀의 말투는 너그러웠다.

"서재로 올라가실 거면 커피 올려다 드리겠습니다."

"음."

상진은 뒤도 돌아보지 않고 건성으로 대답한 뒤 계단을 올라갔다. 커피를 좋아하는 이번 고용주를 위해 바리스타 자격증도 따 볼까 고민하며 지안은 향이 좋은 커피를 내렸다.

"이건 또 뭐죠?"

지안이 코디해 준 옷을 입고 출근 준비를 마치고 내려온 상진에게 또 텀블러를 내밀자 그의 미간이 익숙한 모양으로 주름을 잡으며 모아졌다.

"구기자차입니다."

지안의 말에 상진이 입꼬리를 비틀었다.

"구기자? 날 구겨 버리고 싶은 마음을 다르게 한 표현이라고 받아들이면 됩니까?"

"요즘 술자리가 잦으신 것 같아서 준비한 차입니다. 구기자는 간에 좋으니 드시면 분명 좋으실 거예요."

그녀의 조곤조곤한 설명에도 상진의 미간은 펴지기는커녕 더욱 구겨졌다.

"필요 없습니다."

상진이 저번처럼 텀블러를 거부한 채 그녀를 앞질러 나가자 지안이 걸음을 빨리해서 뒤따라갔다. 넓은 정원을 가로질러 상진이 대문을 열려고 하자 지안이 뒤에서 그의 소매를 살짝 잡아당겼다.

"이사님."

처음 보이는 그녀의 행동에 상진이 멈춰 서서 인상을 쓴 채로 그녀를 내려다봤다. 마치 슈트 모델처럼 완벽한 핏의 몸매와 영혼까지 삼켜 버릴 듯 매혹적인 얼굴로 내려다봤지만 지안은 일말의 표정 변화도 없이 다시 텀블러를 앞으로 내밀었다.

"저는 고용주의 건강 또한 저의 몫이고 책임이라고 생각합니다. 언짢게 생각하지 마시고 받아 주셨으면 해요."

"……"

상진이 지안이 내민 은색 텀블러와 그걸 쥐고 있는 가늘고 하얀 손가락을 물끄러미 내려다봤다. 그의 시선이 투명할 정도로 하얀 얼굴의 절반을 가린 돋보기안경 쪽으로 천천히 올라갔다.

상진이 따가울 정도로 강렬한 시선으로 내려다봤지만 지안은 어떻게든 고용주에게 구기자차를 먹여야 한다는 사명감으로 잡고 있던 텀블러를 마치 앞찌르기 하듯 빠르게 혹 내밀었다. 불쑥 내밀어진 텀블러를 사이에 두고 묘한 침묵의 대치가 한동안 이어졌다.

"찌를 태세군."

상진은 입술 끝을 비틀며 낚아채듯 텀블러를 뺏어 들었다.

"감사합니다. 조심히 다녀오세요."

그제야 지안의 얼굴에 환한 기운이 어렸다. 두꺼운 안경 너머로 눈웃음 짓듯 가늘어지는 그녀의 눈이 보이자 상진은 또 이상하게 심장이 조여드는 기분을 느꼈다. 텀블러를 낚아챈 자세로 우뚝 서서 지안의 얼굴을 내려다보던 상진이 한참 뒤에야 대문을 열고 밖으로 나갔다.

"안녕하십니까?"

대문 앞에 바짝 차를 주차시킨 광훈이 신이 나서 빵빵거리며 지안에게 인사했다. 이제는 아침마다 봐서 면 좀 익었다고 광훈이 크게 인사하자 상진의 뒤에 서 있던 지안이 다소곳하게 고개를 숙였다.

"네. 안녕하……."

허리를 숙여 공손히 인사하는 중에 상진이 대문을 쾅 닫아 버렸다.

"왜 인사도 못 하게 하십니까?"

광훈이 투덜거리자 상진은 차에 올라타며 험악하게 눈을 부라렸다.

"왜 이 비서 네가 인사를 해?"

"요즘 저렇게 공손히 인사하는 예의 바른 가정부가 어디 있어요? 제 이상형이 현모양처 아닙니까. 나이도 아직 어린 것 같은데 인사 먼저 트고, 말도 트고, 마음도 트면 좋죠. 뭘."

'마음'이라는 말과 달리 광훈의 얼굴에 떡하니 떠 있는 '몸'이라는 말을 보고 상진의 심기가 뒤틀렸다.

"가정부라니. 그게 언제 적 명칭인데 아직도 그딴 걸로 불러? 가사도우미 몰라?"

"에이, 그거나 그거나. 명칭이 뭐가 중요합니까? 사람이 중요하지."

말 한 마디 안 지고 치고 들어오는 광훈을 상진이 날카롭게 쏘아보자 광훈이 얼른 고개를 돌리고 차를 출발시켰다. 상진은 눈을 가늘게 뜨고 룸미러에 비치는 광훈의 얼굴을 응시했다. 이상형이 현모양처라는 그의 말은 거짓이 아닌지 현모양처의 상징인 신사임당과 지안이 두둥실 떠올라 있었다.

저 불곰 같은 자식이······.

상진은 눈을 번뜩이며 백미러에 비친 광훈을 노려보다 뒤통수를 퍽 쳤다.

"아야! 왜 때려요?"

"운전 똑바로 하라고."

"저 지금 무진장 똑바로 하고 있잖습니까? 나 참······."

맞은 머리통이 욱신거리는지 뒤통수를 비비며 투덜거리는 모습이 이상하게 더 얄미워 보였다.

왜 저 자식 말에 이렇게 화가 나는 거지?

상진이 단정한 이마를 찡그리며 손가락으로 꾹꾹 누르는데 광훈이 룸미러를 힐끗 보며 물었다.

"그런데 그건 뭡니까?"

"뭐가."

상진의 목소리가 매우 낮고 까칠하게 흘러나왔지만 둔하기로는 곰 저리 가라인 광훈은 전혀 알아채지 못했다.

"그거요. 보온병. 방금 제 머리 친 게 그거 아닙니까?"

"아, 이거? 아무것도 아냐."

광훈이 보고 있는 것이 제 손의 텀블러라는 것을 알아챈 상진이 무심하게 창밖으로 시선을 돌렸다. 하지만 둔하기 짝이 없는 광훈은 이상한 데서 눈치가 있었다.

"뭔데요? 혹시 그것도 그 가정부가 챙겨 준 겁니까? 몸에 좋은 차라든가……."

"가정부가 아니라 가사도우미랬지."

"그럼 그냥 이름으로 부를까요? 그분 이름이……."

"이광훈!"

상진이 버럭 사자후를 내지르자 광훈이 그제야 움찔 놀라 대답했다.

"네, 넷!"

"운전 똑바로 하랬다. 또 뒤통수 얻어맞고 싶지 않으면!"

"죄, 죄송합니다!"

광훈은 자신이 운전을 잘못했나 싶어 주위를 황급히 훑어봤지만 다른 차들은 조용했다. 고개를 갸웃거리던 그때 전화벨이 울리자 한 손으로 운전대를 잡고 광훈이 전화를 받았다. 간단히 통화를 마친 광훈이 상진을 보며 말했다.

"고성 박 사장님이 전화하셨는데 이번 주 안에 식사 약속을 잡자고 하십니다. 목요일 저녁 비어 있는데 그때로 잡을까요?"

"그렇게 해."

"네."

통화하는 사이 지안에 대한 건 싹 잊었는지 업무 생각만 떠올리고 있는 광훈의 얼굴을 매의 눈으로 확인한 상진이 그제야 한숨을 내쉬고 창밖을 내다봤다.

자각하지 못하는 사이 상진의 손엔 텀블러가 단단히 쥐어져 있었다.

지안은 상진이 출근한 이후에 더욱 바빠진다.

넓은 이층집 안을 매일 청소기 돌리고, 닦고, 많은 화병과 도자기들을 하나하나 광나게 닦아야 하고 서재의 넓은 책장과 창틀 하나까지 먼지 한 톨 없이 유지하려면 잠시도 쉴 시간이 없었다.

바깥채로 건너가 조촐한 밥상을 차려 식사를 한 후 집 안 구석구석과 정원 계단까지 완벽하게 닦고 나니 어느새 저녁 장을 볼 시간이 됐다.

어머, 까딱하면 늦겠네. 빨리 다녀와야겠어.

시간을 확인한 지안이 지갑과 장가방을 챙겨 서둘러 집을 나왔다. 상진이 오늘 밖에서 저녁식사를 하고 올 수도 있지만 혹시 모르는 상황에 철저히 대비해 둬야 직성이 풀리는 그녀였다.

"날이 쌀쌀하네."

지안은 두터운 카디건을 여미며 마트를 향해 걸음을 재촉했다.

"어? 이사님. 저 여자 가정…… 가사도우미 아닙니까?"

광훈의 목소리에 뒷자리에 앉아 있는 상진이 의자에 기댔던 몸을 일으켜 창밖을 쳐다봤다. 까만색 카디건을 걸치고 양손에 무거운 가방을 힘겹게 든 여자가 막 오르막길을 낑낑거리며 오르고 있었다. 단정하게 묶은 머리와 가녀린 몸이 언뜻 보기에도 이지안이 맞는 것 같았다.

"그 여자 맞죠? 집에 가는 길인 것 같은데 타라고 할까요?"

얼른 뒤돌아보며 묻는 광훈의 얼굴에 또다시 다소곳한 신사임당이 떡하니 떠올라 있었다. 상진은 괜히 기분이 언짢아져 한쪽 눈썹을 홱 휘어 올리며 말했다.

"세워."

"네? 여기서요?"

저만큼 앞에 있는 지안과 상진을 번갈아 본 광훈이 영문 모를 표정을 짓자 상진이 버럭 소리를 질렀다.

"세우라고!"

"넵!"

광훈이 골목에 바로 차를 세웠다. 상진은 아침에 가지고 갔던 텀블러를 든 채 차에서 내리며 광훈에게 말했다.

"난 여기서 걸어갈 테니 넌 들어가."

"네? 집이 바로 코앞인데 왜 여기서……. 넵! 알겠습니다! 그럼 안녕히 들어가시고 전 내일 뵙겠습니다!"

상진의 표정이 살벌해지자 광훈이 얼른 고개를 끄덕거리며 차를 출발시켰다. 상진은 그제야 몸을 돌려 지안 쪽을 향해 성큼성큼 걷기 시작했다.

지안의 걸음이 바빴다. 오늘따라 마트에 타임 세일하는 품목이 많아 오랜만에 승부욕을 제대로 불태웠더니 그만 예상 장보기 시간을 훌쩍 넘겨 버리고 말았다.

이사님이 도착하시기 전에 저녁 준비를 해 놔야 하는데…….

마음은 급했지만 반값에 획득한 냉동동태 세 팩과 한 무더기를 만 원에 떨이로 파는 아오리 사과를 샀더니 장가방이 터질 듯 무거왔다. 그렇게 장가방 손잡이를 바짝 당겨 쥐고 오르막길을 열심히 오르고 있는데 갑자기 짐이 가벼워졌다.

"……이사님?"

갑자기 떡하니 나타난 상진이 그녀가 들고 있는 무거운 장가방을 뺏듯이 낚아채자 지안이 놀란 눈으로 올려다봤다. 슈트 차림의 상진이 의상과 전혀 안 어울리는 장가방을 들고 성큼성큼 앞질러 걷고 있었다. 그제야 정신을 차린 지안이 얼른 뒤따라가 그가 잡고 있는 손잡이를 잡았다.

"괜찮습니다. 제가 들 수 있어요."

상진이 그녀를 힐끗 내려다봤다.

"이지안 씨는 손잡고 싶다는 표현을 이렇게 합니까?"

"네? 아!"

지안이 자신이 잡고 있는 게 바구니 손잡이가 아니라 손잡이를 잡고 있는 상진의 손이라는 걸 깨닫고 황급히 손을 놨다.

"죄송합니다."

당황한 듯 황급히 안경테를 추스르는 지안의 모습이 상진에겐 조금 의외였다.

이 여자가 당황할 때도 있나?

"정 들고 싶으면 이거나 드시죠."

상진이 한 손으로 장가방을 든 채 들고 있던 텀블러를 지안에게 내밀었다. 지안은 난처한 기색이 완연한 얼굴로 머뭇거리며 텀블러를 받아 들었다.

"죄송합니다. 제 일인데……."

"그럴 거 없습니다. 이거 어차피 다 내 배로 들어가는 거 아닌가?"

"그래도요."

상진이 앞서 걸어가며 통명스럽게 말했지만 지안은 마음이 영 불편했다. 엄연히 장 보는 것도 그걸 들고 가는 것도 자신의 업무에 속하는 건데 고용주에게 이런 친절을 받는 것이 내심 불편했다.

순식간에 무거운 짐에서 벗어나 가벼운 텀블러를 들고 상진의 뒤를 따르며 보니 그의 쭉 뻗은 뒤태가 절로 눈에 들어왔다. 저 무거운 짐을 한 손에 들고도 허리를 곧게 펴고 걷는 상진의 긴 다리와 넓고 다부진 어깨, 그 아래로 날렵하게 떨어진 허리선, 위로 올라붙은 작지만 단단해 보이는 엉덩이가 시선을 떼지 못할 정도로 완벽해 보였다.

아니, 내가 지금 무슨 생각을!

자신도 모르게 그의 슈트 안에 감싸인 탄탄한 몸에 대해 상상하고 있다는 걸 깨달은 지안이 텀블러를 잡은 손에 힘을 꽉 줬다. 어쩐지 얼굴로 뜨거운 피가 확 몰리는 기분이 들었다. 왠지 목이 마르고……

왜 이런 기분이 드는 걸까? 이런 기분은 예전 대학 때 같은 과 동기였던 여학생에게 야동에 대한 찬미를 듣고 궁금증을 못 이겨 찾아봤을 때의 기분과 몹시 흡사한 것 같았다. 하지만 아무리 그래도 고용주의 뒷모습을 보고 이런 생각을 하다니?

……안 돼. 정신 차리자.

입술을 잘근거리던 지안이 숨을 고르고 상진의 뒤를 따라가며 물었다.

"그런데 차는 어디에 두시고 걸어오십니까?"

오랜 시간 단련된 포커페이스라 다행히 목소리는 평소와 별다를 바 없이 차분히 흘러나왔다. 상진이 그녀를 힐끗 돌아보고는 다시 앞으로 고개를 돌리며 대답했다.

"운동 겸 가끔 걸어옵니다."

"네? 회사에서 말인가요?"

집에서 회사까지는 꽤 거리가 있어 지안이 눈을 깜빡이며 묻자 상진이 성가시다는 듯 대꾸했다.

"저 아래까지만 타고 여기서 걸어오는 겁니다. 오르막길이라 운동도 되니까."

"아아. 그렇군요."

지안이 그제야 수긍한 듯 고개를 끄덕였다. 정말 운동으로 단련이 됐는지 거침없이 오르막길을 오르는 그의 몸은 무척 단단해 보였다. 고작 텀블러 하나 들고 있는 지안이 따라가기 벅찰 정도로 빠르게 걷던 상진이 우뚝 멈춰 섰다.

"……?"

상진이 멈춰 선 채로 뭔가 못마땅한 표정으로 지안을 보고 있자 빠른 걸음으로 얼른 따라 올라갔다. 빠르게 둘 사이의 거리를 좁히자 왜 그러시냐고 묻기도 전에 상진이 몸을 돌려 다시 앞을 보며 걷기 시작했다.

뭐지?

지안은 이해할 수 없는 그의 행동에 안경을 추켜올리며 갸웃거렸지만 도통 모를 일이었다. 조금 전과 달리 둘 사이의 거리가 일정한 상태에서 벌어지지 않는 것도 같았다. 하지만 그 이유 역시 알 수 없었다.

둘은 그대로 집까지 나란히 걸어왔지만 서로 대화는 없었다.

집으로 돌아와 지안이 저녁을 준비하는 동안 샤워를 하고 나온 상진은 식탁 의자에 덜 마른 머리를 하고 앉아 있었다. 그의 시선은 눈이 핑핑 돌아갈 정도로 빠르게 움직이며 요술처럼 뚝딱뚝딱 요리를 만들어 내는 지안에게 향해 있었다.

싱크대와 냉장고 사이를 분주히 오가는 그녀의 가느다란 몸이 그의 눈앞을 몇 번이나 스쳐 지나가는 것을 무감한 표정으로 바라보며 상진은 그대로 앉아 있었다.

……내가 왜 여기 앉아 있는 거지?

상진은 눈을 가늘게 뜨고 풀리지 않는 수수께끼를 풀듯 치열하게 고민 중이었다. 시선으로는 여전히 지안의 뒷모습을 좇고 있었지만 머릿속으론 왜 다 차려지지도 않은 식탁 앞에 머리도 덜 말리고 내려와 앉아 있는 건지 그 이유를 필사적으로 찾고 있었다.

사실 요즘 내내 이런 식이었다. 원래대로라면 저녁 식사는 대부분 밖에서 했고 식사를 거르고 오더라도 먹지 않는 일이 많았다. 먹는 걸 즐기지 않는 그에게 밥 먹는 일은 그다지 중요한 일이 아니었으니 차라리 커피를 마시며 일을 하는 게 훨씬 효율적인 방법이었다.

그런데 요즘은 지안이 해 주는 밥을 먹기 위해 꼭 필요한 저녁 약속 외에는 가능한 한 잡지 않았다. 거기다 생전 먹지도 않던 아침까지 챙겨 먹고 있었다. 커피나 마시러 내려왔던 첫날 이후로 내내.

도대체 내가 뭐 하는 거야?

상진의 눈썹 사이가 바짝 좁혀졌다. 물론 저 여자가 만든 음식이 입맛에 딱 맞긴 했다. 하지만 단지 그것 때문에? 수수께끼는 풀려고 하면 할수록 정답이 모호해지는, 말 그대로 수수께끼 같았다. 생각이 점점 미궁 속으로 빠져드는 사이 어느새 식탁이 다 차려졌다.

"오늘 오이가 아주 싱싱하고 아삭아삭하니 좋습니다. 드실 만하실 거예요."

지안이 먹음직스러운 오이소박이를 먹기 좋게 썰어 담은 접시를 그의 앞으로 놔주며 말했다. 그녀의 권유에 상진은 순순히 오이소박이 맛을 봤다.

"나쁘지 않군요."

맛을 본 뒤 상진이 시니컬하게 대꾸했다. 지안은 그의 젓가락이 연달아 오이소박이를 집어 드는 것을 바라보며 보이지 않을 정도로 살풋 미소 지었다.

상진이 밥공기를 깨끗하게 비우고 평소처럼 서재로 올라가자 지안이 진하게 커피를 내려 2층으로 올라갔다.

똑똑.

지안이 노크를 하고 서재로 들어서니 늘 그렇듯 뿔테 안경을 쓴 상진이 노트북 화면에 시선을 두고 있었다. 지안은 조용조용 다가가 책상 위에 커피 잔을 올리며 말했다.

"오늘 저녁식사가 늦어져서 죄송합니다. 시장하셨을 텐데……."

그가 배가 고파서 식탁 앞에 앉아 식사가 차려지길 기다렸다고 생각한 지안이 커피 잔을 내려놓으며 사과했다.

"쓸데없이 사과하는 건 좋지 않은 버릇이라고 계속 말했는데 기억력이 영 좋지 않은 모양이군."

상진이 시선을 돌리지 않고 화면을 바라본 채 낮게 말했다.

"이건 쓸데없이 하는 사과가 아니라 아까도 말했듯이 제 일이기 때문……."

"그런 걸 보고 쓸데없는 사과라고 하는 겁니다. 못 알아듣습니까?"

지안의 말을 끊고 들어온 상진이 차가운 얼굴로 지안을 바라봤다. 살짝 눈썹 끝을 올린 그의 얼굴을 지안이 가만 마주 보고 있자 상진은 다시 화면 쪽으로 고개를 돌려 버렸다.

"다시 말하지만 쓸데없는 일로 사과하지 마세요. 괜히 기분 나쁘니까."

상진이 뻣뻣한 자신의 뒷목을 주무르며 낮게 말했다.

"저……."

머뭇거리는 지안의 말투에 상진이 그녀를 올려다봤다. 지안의 얼굴이 왠지 묘하게 상기되어 있는 것 같았다.

"말해요."

"실례가 되지 않는다면 제가 목과 어깨를 조금 풀어 드려도 되겠습니까?"

그녀의 말에 상진이 뒷목을 주무르던 손을 멈췄다.

"뭘, 해요?"

상진이 인상을 쓴 채 다시 물었다.

"그러니까, 제가 안마로 이사님의 뭉친 목과 어깨 근육을 풀어 드렸으면 해서요."

"안마? 당신이 왜 그런 걸 합니까? 지금까지 일했던 다른 집에서도 매번 그런 식으로 남자들 몸을 주물럭거린 겁니까?"

"제가 안마사 자격증을 취득한 지 얼마 되지 않아 여기 오기 전에 있던 댁의 사모님밖에 해 드린 적은 없습니다. 사모님께서 아주 시원하다 하셨고 그 후 자주 안마를 부탁하셨을 정도니 지금 이사님의 뭉친 근육에도 충분히 도움이 될 수 있을 것 같기에……."

지안의 말에 추켜올렸던 눈썹을 슬쩍 다시 내린 상진이 그녀의 얼굴을 서늘하게 바라봤다. 잠시 눈을 가늘게 뜨고 그녀를 응시하던 그가 천천히 입을 열었다.

"여태 그렇게 고용주의 만족을 위해서라면 뭐든 해 왔습니까? 그럼 고용주가 잠자리 상대가 필요하다고 한다면 그것도 해 줄 텐가? 그래요? 이지안 씨?"

상진의 잔인한 말에도 지안은 평소와 별다를 것 없는 무표정한 얼굴이었지만 대답은 없었다. 그리고 잠시간 정적이 흘렀다.

젠장!

"후우, 내가 예민했나 보군. 미안해요. 말이 심했어요."

사과의 말을 꺼내자마자 지안의 건조한 대답이 들려왔다.

"본의 아니게 제가 이사님을 불편하게 해 드린 거 같습니다. 그럼 전 이만 내려가 보겠습니다."

인사를 하고 방을 나가려는 지안을 상진이 자신도 모르게 잡아 세우며 말했다.

"그렇게!"

갑자기 손을 잡힌 지안이 올려다보자 상진은 당혹스러웠다. 미간을 좁힌 채 잡은 손을 풀어 주고 몸을 돌렸다.

"……그렇게 자신 있으면 한번 해 봐요."

퉁명스럽게 말하고 의자에 등을 댄 채 팔짱을 끼자 지안이 말을 맞받았다.

"아닙니다. 불쾌하셨을 텐데 전 개의치 마세요."

"해 보라는 말 못 들었습니까?"

상진이 완강한 목소리로 말하자 지안이 그의 뒤로 스르륵 다가 오는 게 느껴졌다.

"그럼 해 보겠습니다. 목에 힘을 빼시는 게 좋아요."

등 뒤에서 지안의 향긋한 체취가 느껴지더니 가느다란 손가락의 감촉이 피부에 와 닿자 상진의 목이 더욱 뻣뻣해졌다. 그저 손가락 만 목에 닿았을 뿐인데 닿은 부위부터 시작해서 온몸에 짜릿한 전 기가 흐르는 기분이었다.

"이사님. 저를 믿고 힘을 빼세요."

젠장. 누군 그러고 싶지 않아서 안 그러나.

상진은 필사적으로 자연스러운 몸의 상태를 유지하고 싶었으나 가느다란 지안의 손가락이 그의 뒷목을 부드럽게 만지며 귓가에 달 콤한 숨결이 뿌려지자 머리칼까지 쭈뼛 곤두설 듯했다. 그뿐 아니 라 심장이 무섭게 뛰기 시작하고 목줄기가 바짝 마르더니 단전에 팽팽하게 힘이 들어갔다. 한마디로 총체적 난국이었다.

지안은 그가 자신을 믿지 못해서 이리 몸을 경직시키고 있다고 생각한 건지 더 이상의 릴렉스를 강요하지는 않고 뒷머리를 손으로 고정한 채 목을 잡고 있는 손가락에 천천히 힘을 실어 주무르기 시 작했다.

"그만. 됐습니다."

상진이 손을 들어 그녀를 저지시키며 몸을 휙 빼 버리자 지안이 눈을 깜빡거리며 그를 바라봤다.

"네? 아직 시작도 안 했는데요."

"내가 목에 간지럼을 많이 탄다는 걸 깜빡했습니다. 호의는 고맙지만 안마는 됐어요."

"목 간지럼이요……? 드레스 룸에 터틀넥이 많던데요."

지안의 눈이 점점 의아스러워지자 상진이 인상을 쓰며 안경을 추켜올렸다.

"옷은 괜찮습니다. 어쨌든 안마는 됐으니까 일해야 되니 그만 나가 주시죠."

상진이 노트북 화면으로 다시 시선을 돌리며 낮게 말했다.

"네. 그럼 내려가 보겠습니다."

지안이 할 수 없다는 듯 말하고는 물러섰다. 이번 기회에 자격증 딴 효과를 톡톡히 보려던 지안은 아쉬운 마음을 누르며 그의 서재를 나갈 수밖에 없었다.

상진은 지안이 나간 뒤에야 안경을 벗어 책상 위에 내려놓은 뒤 딱딱해진 얼굴을 손바닥으로 쓸었다.

"빌어먹을, 왜 이러는 거야? 도대체."

아랫도리가 뻐근할 정도로 피가 몰려 단단히 치솟아 오른 남성 때문에 상진은 당혹감과 좌절감은 동시에 느껴야만 했다. 지안이 놓고 간 보얀 커피 잔에 담긴 진한 커피가 완전히 식어 버릴 때까지 그의 고통은 계속되고 있었다.

'위험해!'

'안 돼요! 멈춰!'

'도망쳐! 여기서 벗어나야 돼!'

'아아아아아아악!'

"이사님. 이사님!"

몸이 사정없이 흔들리자 상진이 번쩍 눈을 떴다. 붉게 충혈된 눈으로 고개를 들어 올리자 지안이 걱정스러운 눈빛으로 그를 내려다보고 있었다.

"괜찮으십니까? 악몽을 꾸신 것 같아서⋯⋯."

"아⋯⋯. 괜찮아요."

상진이 불안하게 흔들리는 눈동자로 대답하고는 가슴을 크게 들썩이며 숨을 골랐다. 창백하게 질린 얼굴에 흥건한 식은땀은 지안의 눈으로 보기에도 괜찮지 않아 보였다. 상진이 한참 숨을 고를 때까지 가만 서 있던 지안을 그가 다시 올려다봤다. 커다란 안경이 씌워진 지안의 얼굴 위에 아무것도 떠올라 있는 것이 없다는 것이 이 순간 상진에겐 가장 큰 위로였다.

"정말 괜찮으신 거예요?"

"괜찮다고 하지 않았습니까."

그의 목소리가 심하게 갈라져서 나왔다.

"시원한 물을 가져다 드릴 테니 잠시만 기다려 주세요."

지안이 빈 커피 잔을 들고 서둘러 서재를 나갔다. 커피 잔을 치우러 왔다가 그가 악몽을 꾸는 모습을 보고 놀라서 깨운 참이었다.

"하아⋯⋯."

상진이 한숨을 크게 내쉬며 거칠게 머리칼을 쓸어 넘기다 멈칫했다. 손을 내려 손바닥을 펴 보니 땀으로 축축하게 젖어 있었다. 악몽은 사람의 여러 심리를 대변한다던데 그가 주로 꾸는 악몽은 늘 이런 식이었다.

"여기요."

지안이 다가와 그에게 냉수가 든 물컵을 건넸다. 상진은 그 물을 단숨에 비웠다.

"한 잔 더 가져다 드릴까요?"

"됐습니다."

상진이 손등으로 입가에 묻은 물기를 거칠게 닦아 내며 말했다. 지안이 가만 살피자 그의 눈동자는 아직 혼란스러워 보였다.

"이것도 드십시오."

지안이 트레이 위에 담긴 찻잔 하나를 내밀자 상진이 그게 뭐냐는 눈으로 바라봤다. 지안은 입술 끝을 조금 끌어올리며 말했다.

"캐모마일차입니다. 허브차의 일종인데 대지의 사과라고 불리는 차예요. 신경 안정 효과가 아주 뛰어나고 숙면에 도움을 줍니다. 드셔 보세요."

상진이 미간을 찌푸린 채 찻잔을 받아 들었다. 작고 둥근 솜 같은 노란 알갱이가 여러 개 둥둥 떠 있는 맑은 옐로우 빛의 액체였다. 상진은 먹기 전에는 꼼짝도 안 하겠다는 듯 버티고 서 있는 지안의 찌르는 듯한 시선에 마지못해 차를 호록 마셨다.

"사과맛은 전혀 안 나는데 무슨 사과맛이 난다고……."

상진이 투덜거리며 빈 잔을 트레이 위에 올렸다. 지안은 그제야 용무를 마친 듯 물컵과 빈 찻잔이 담긴 트레이를 들고 한 걸음 물러서며 말했다.

"그럼 전 이만 건너가 보겠습니다. 푹 주무세요."

단정하게 인사한 그녀가 조용한 걸음걸이로 문 밖으로 나갔다. 상진은 손바닥으로 얼굴을 천천히 쓸며 긴 한숨을 내쉬었다.

기분 탓인가?

신경 안정과 불면증에 좋다는 지안의 말대로 끔찍한 악몽의 기운이 가시고 순식간에 마음이 안정된 듯한 느낌이었다.

"설마."

상진은 지안이 계단을 내려가는 소리를 들으며 혼잣말처럼 중얼거렸다.

3.

쓸데없는 습관은
늘어만 가고

　지안이 상진의 집에서 일한 지 두 달이 지났다. 그동안 지안은 그의 입맛부터 향수 취향, 좋아하는 컬러나 패턴 등 상당히 많은 부분을 디테일하게 캐치해 나가고 있었다.

　성실함과 정보력이 가사도우미의 능력을 좌우한다.

　일에 있어 지안의 신조는 그거였다. 보다 프로페셔널한 가사도우미가 되기 위해 그녀는 오늘도 고군분투 중이었다.

　아침 일찍 일어나 아침 장을 보고 식사를 준비한 뒤 상진의 커피를 내린다. 그리고 그가 서재에서 일하는 동안 드레스 룸으로 가 그날 그가 입을 옷을 코디해서 옷걸이 채 걸어놓는 것도 중요한 오전 일과 중 하나였다.

　초반엔 슈트와 넥타이, 행거치프 정도만 챙겼는데 요즘은 거기에 더해 시계와 넥타이핀, 의상 분위기와 어울리는 향수와 시계, 가방,

그리고 구두까지 골라 놓는다.

오늘은 클래식한 비즈니스 룩으로.

노선을 정한 지안은 상기된 뺨을 하곤 열심히 옷을 골랐다. 배웠던 것을 써먹을 수 있는 순간이 그녀에겐 매우 행복한 순간 중 하나였다. 짙은 다크그레이 슈트를 고르고 화이트 드레스 셔츠에 그가 좋아하는 페이즐리 문양의 짙은 옐로우 계열 타이로 포인트를 줬다. 향수는 클래식한 의상 컨셉에 맞춰 머스크계열로 골랐다. 거기에 고급스러운 광택이 도는 초콜릿 빛깔의 브리프케이스와 매치되는 진한 갈색 가죽구두를 고르는 것으로 코디를 마무리하고 1층으로 내려왔다.

식당으로 들어와 따뜻한 구기자차를 텀블러에 담고 한숨 돌리는 사이 상진이 출근 준비를 마치고 내려왔다. 지안은 자신이 생각한 대로 짙은 그레이 색상의 슈트가 아주 잘 어울리는 상진의 모습을 보고 저도 모르게 입매를 부드럽게 휘어 올렸다.

"준비 다 하셨습니까?"

"네."

그도 이제는 어느 정도 자신의 보조에 익숙해진 걸까? 이제 아침마다 쥐여 주는 텀블러도 말없이 가져가는 데다 비아냥거리던 말투도 예전처럼 마냥 가시가 서 있지 않았다.

"오늘은 밖에서 저녁 먹고 들어올 겁니다."

평소처럼 현관 밖까지 따라 나오는 지안에게 말하던 상진의 이맛살이 슬몃 구겨졌다.

꼭 출근하는 남편 대사 같잖아.

이미 나온 말 되돌릴 수도 없어 그냥 잠자코 정원을 걸어가는데 등 뒤에서 지안의 대답이 들려왔다.

"알겠습니다. 그럼 저녁은 준비하지 않을게요."

그녀의 담담한 목소리에 또 묘하게 기분이 안 좋았다. 눈썹 끝을 삐딱하게 올린 상진이 그녀를 내려다보는 것도 모른 채 지안은 들고 있던 텀블러를 건넸다.

"조심히 다녀오십시오."

텀블러를 받아 들고 대문을 열려던 상진이 우뚝 멈추고 고개를 돌리며 말했다.

"아, 그러고 보니 오늘 집에 다녀온다고 했던가?"

"네. 내일이 쉬는 날이라 집에 다녀올 계획입니다. 내일 드실 식사는 냉장고에 따로 정리해 둘 테니 렌지에 데워 드시기만 하면 됩니다."

"……그렇군. 그럼 오늘은 일찍 귀가하도록 하세요."

"네. 내일 뵙겠습니다."

지안이 정중하게 인사하자 고개를 끄덕인 상진이 대문을 열고 나갔다. 대문 밖에서 차를 세우고 대기하고 있던 광훈이 문 열린 틈을 향해 얼른 소리쳤다.

"지안 씨! 안녕하……."

광훈의 인사가 끝나기도 전에 상진이 대문을 거칠게 닫아 버려 아쉽게도 그의 뒷말은 오늘도 지안에게 들리지 않았다.

지안은 상진의 까칠한 태도에는 충분히 익숙해진 듯 몸을 돌려 다시 정원의 돌계단을 밟고 올라갔다. 잘 다듬어진 정원을 바라보며 혹 정돈해야 할 곳이 있나 꼼꼼히 살피는데 문득 위화감이 들었다.

뭘까?

그러고 보니 이 집에서 일하게 된 이후 줄곧 마음 한편에 자리 잡고 있던 위화감이었다. 다시 찬찬히 드넓은 정원과 고풍스러운 단독주택을 훑어보다가 깨달았다.

그는 왜 이런 집에 혼자 사는 걸까?

지금까지 여러 집에서 가사도우미 일을 하다 보니 집을 보면 그 집에 살고 있는 사람에 대해 어느 정도 감이 잡히는 경우가 많았다. 그런데 상진은 그가 살고 있는 이 집과 이질적일 정도로 괴리감이 느껴졌다.

삼십 대 초반에 대기업의 이사까지 승진한 사회적으로 성공한 남자의 경우, 일반적으로 한강이 내려다보이는 고급 오피스텔이나 주상복합아파트 같은 곳을 선호한다. 아니면 부촌의 완벽한 보안시스템으로 무장된 최고급 빌라라든지. 하지만 지금 이 집은 한적한 정원 생활을 즐기려는 오십 대 이상의 중년 남자가 다 큰 자식들과 그 손자들까지 다 함께 모여 살 목적으로 지은 집 같았다.

"도시적인 엘리트 타입의 이사님의 분위기와는 전혀 맞지 않는단 말이지…… 어머?"

지안이 고개를 갸웃거리며 천천히 돌계단을 올라가다 문득 그 위에 떨어져 있는 몇 개의 나뭇잎을 발견했다.

"여기 왜 이런 게 있담? 아까 싹 다 쓸었는데."

얼른 쭈그려 앉아 빛의 속도로 주워 손바닥 안에 압축시킨 다음에 주머니에 쏘옥 넣었다. 그러고는 몸을 일으켜 안경을 추켜올리고 또 떨어진 것이 없나 주변을 매의 눈으로 살폈다.

"좋아. 이제 완벽해졌군."

반들반들한 돌계단이 완벽하게 깨끗한 상태인 것을 확인한 지안이 흡족한 얼굴로 끄덕거리며 계단 위를 총총 올라가 집 안으로 들어갔다.

"언니! 어서 와."

"큰누나 왔어?"

지안이 들어서자 지유와 삼형제가 함박웃음을 지으며 지안을 맞았다. 지안도 오랜만에 오는 집이라 그런지 환한 표정이었다.

"지유야! 한이, 석이, 훈이! 다들 잘 지냈지?"

"또 뭘 이렇게 잔뜩 사 왔어? 무겁게."

양손 가득 커다란 봉지를 들고 있는 지안을 보고 다가와 묵직한 짐을 빼앗아 들며 지한이 말했다.

"다들 저녁 아직 안 먹었지? 누나가 맛있는 밥 해 줄게. 조금만 기다려."

들어오자마자 지안이 곧장 주방으로 향하자 지유가 얼른 다가가서 다시 끌고 나왔다.

"지금까지 일만 하다 왔으면서 여기서까지 일하려고? 집에 왔으면 좀 쉬어."

"그래. 큰누나. 일단 앉아. 오랜만에 얼굴 봤는데 얘기 좀 하고 그래야지."

"응? 그럼 그럴까?"

동생들이 이끄는 대로 지안이 작은 거실 바닥에 앉았다. 지유를 포함한 세 명의 길쭉한 남자들이 사는 집이라 안 그래도 좁은 집이 더욱 좁게 느껴져 지안은 동생들이 안쓰럽게 느껴졌다.

동생들 얼굴을 안쓰러운 눈빛으로 하나하나 쳐다보던 지안이 지한을 보더니 한숨을 포옥 내쉬었다.

"한이 요즘 공부가 많이 고되니? 얼굴이 왜 이렇게 상했어. 밥은 잘 먹고 다니는 거야?"

지안의 말에 날렵한 얼굴의 지한이 까만 테 안경을 추켜올리며 말했다.

"잘 먹고 다녀. 힘든 것도 없고."

"그럼 얼굴이 왜 그렇게 말랐어. 무슨 고민이라도 있니?"

"그런 거 없다니까. 쓸데없는 걱정하지 말고 큰누나나 신경 써."

말은 그렇게 해도 사시 공부가 힘들지 않을 리가 없었다. 괜찮다는 지한의 말에 못 미더운 표정으로 한참 보고 있던 지안의 시선이 이번엔 쌍둥이들에게 향했다.

"너희는 제대한 지도 얼마 안 됐는데 적응하기 괜찮아? 힘든 건 없고?"

"에이, 우리가 힘든 게 어디 있겠어. 그치?"

"그러엄. 우린 충분히 잘 지내고 있으니까 신경 쓸 거 없어. 누나."

지석과 지훈이 싱글벙글거리며 말했다. 쌍둥이인 둘은 대학에 입학한 뒤 동반입대를 해서 같이 군 생활을 마치고 얼마 전 제대했다.

지안은 제대한 뒤 놀지도 못하고 바로 학교에 복학한 동생들이 마음 한편으론 짠했다. 남들은 제대한 뒤 한동안은 놀기도 하고 여행도 다니고 하는데, 지안 역시 그렇게 해 주고 싶었지만 쌍둥이들은 빨리 졸업해서 취업을 해야 한다며 바로 다음 학기에 등록했다.

이번에는 동생 지유의 손을 잡으며 지안이 말했다.

"네가 참 고생이 많아. 언니 대신 할 게 많아서 고되지? 대학원 생활도 바쁠 텐데 동생들도 챙겨야 하고……."

"언니도 참. 내가 고될 게 뭐 있어? 쟤네들도 걱정할 거 하나도 없어. 얼마나 인기가 많으신지 여기저기서 도시락 싸다 바치는 애들이 널렸다니까? 영양 보충 잘 하고 다니니까 언니는 걱정하지 마."

"하긴 우리가 좀 과하게 인기 있긴 하지."

지유의 말에 지석과 지훈이 보란 듯 으쓱거렸다. 삼형제는 어릴 때부터 미모 면에서 매우 특출한 면모를 보여 동네 누나들에게 초콜릿이니 과자들을 산더미처럼 받아 오며 아이돌 부럽지 않은 팬덤을 구사하곤 했다. 없이 살던 시절 동생들이 받아 오던 간식으로 당분을 섭취하던 기억이 떠올라 지안은 슬몃 웃음이 났다.

"아, 그렇지."

지안이 생각났다는 듯 가져온 봉투에서 주섬주섬 무언가를 꺼내 동생들에게 내밀었다.

"큰누나. 또 옷 사 왔어?"

보지 않고도 간파한 듯 지한이 미간을 좁혔다. 지안은 입가에 부드러운 미소를 띤 채 수급하듯 꾸러미들을 동생들 앞에 차곡차곡 쌓았다.

"곧 추워지니까 새 옷이 있어야지. 누나가 바빠서 자주 오지도 못하잖아. 이럴 때라도 챙겨 줘야지 언제 챙겨 주겠어."

"우리 옷 많아. 이제 몸도 다 컸는데 무슨 계절별로 옷을 사 날라? 누나 옷은 사는 거야? 맨날 똑같은 옷이잖아."

"나야 항상 일하잖아. 어디 나갈 데도 없고……. 어서 입어 봐. 잘 어울릴 거야."

지안의 아무렇지도 않게 하는 말에 동생들은 마음이 울컥했다. 짜장면이 싫다고 하시는 어머니도 아니고, 죽어라 일한 돈으로 자긴 나갈 일이 없다며 매번 입던 옷만 입고 새 옷은 늘 동생들 차지가 되어 버리니 지안에게 미안함과 죄책감이 들었다.

"우리 건 됐으니까 언니 거나 사 입어."

"난 괜찮다니까. 어머, 벌써 시간이 이렇게 됐네. 장 본 것도 정리 못 했는데 빨리 밥해야겠다."

지안은 벽시계를 보고는 깜짝 놀란 얼굴로 서둘러 팔을 걷어붙이며 주방으로 갔다.

"도와줄게. 언니."

"아니야. 가서 앉아 있어. 언니 금방 해."

지유가 도와주러 들어온 것을 억지로 떠밀어 낸 지안이 재빠르게 움직이더니 장 본 것을 냉장고와 싱크대 찬장에 차곡차곡 정리했다. 순식간에 주방 정리를 끝내고 뚝딱뚝딱 요리를 만들어 내는 지안의 모습을 바라보며 동생들은 할 말을 잊은 듯 서로 얼굴만 쳐다보고 있었다.

업무차 회식을 끝내고 집으로 돌아온 상진이 피곤한 얼굴로 대문 안으로 들어섰다. 비싼 한정식이라는데 왜 맛이 그따위인지, 제대로 먹지 못했더니 속이 조금 헛헛한 기분이 들었다.

우습군. 저녁 챙겨 먹은 지 얼마나 됐다고…….

업무 때문이 아니라면 매번 건너뛰다시피 한 저녁이었는데 요사이 제때 입맛에 맞는 음식을 먹어 줬다고 배고픔으로 권리 주장을 하는 위장의 **뻔뻔함**에 상진은 헛웃음을 흘렸다. 그러고 보니 전에는 어디 음식을 먹어도 다 비슷비슷한 수준이라고 생각했는데 오늘 유독 그 한정식집 음식이 맛없게 느껴진 건 매번 식욕을 당기게 하는 그 여자의 요리 때문인 것 같았다.

"쓸데없는 습관이야."

상진은 혼잣말처럼 중얼거리며 현관 안으로 들어서다가 멈칫했다. 매번 현관문을 열 때마다 바로 앞까지 마중 나와 식당 앞 **빨간색** 발깔개마냥 '어서 오십시오.'라고 인사를 하던 여자가 안 보이니 왠지 아주 낯선 기분이 들었다.

미간을 찌푸린 상진이 그대로 걸어가 2층으로 올라갔다. 드레스룸에 들어가 재킷을 벗어서 습관적으로 뒤에 넘기려다 또 멈칫했다. 늘 그를 따라 올라와 그림자처럼 뒤에 서서 재킷을 받아 들던 지안에게 적응되어 자신도 모르게 나온 행동이었다.

"……하, 점입가경이군."

상진의 얼굴이 딱딱하게 굳었다. 신경질적으로 옷을 벗고 샤워를 한 뒤 나와 식당으로 내려가 찬물을 벌컥벌컥 들이켰다. 후우, 하고 숨을 내뱉으며 컵을 탁 내려놓으니 냉장고에 붙어 있는 메모지가 눈에 들어왔다.

이건 뭐야?

인상을 쓴 상진이 메모지를 확 떼어서 눈앞으로 가져왔다.

출출하실까 봐 냉장고 안에 샌드위치 만들어 뒀습니다.

메모를 읽은 상진이 냉장고 문을 확 열었다. 투명한 볼 안에 크로와상으로 만든 샌드위치가 먹기 좋게 담겨 있었다. 상진은 인상을 찌푸린 채로 그것을 빼내서 식탁 위로 턱 하니 올렸다.

"샌드위치라니. 시키지도 않은 짓을."

못마땅한 표정으로 샌드위치 하나를 집어 든 상진이 투덜거리면서 한 입 베어 물었다. 천천히 씹는 그의 표정에 묘한 변화가 생기더니 다시 한 입, 또 한 입 크게 베어 먹기 시작했다. 목이 메는 듯 아까 내려놓은 물컵을 다시 집어 들어 정수기에서 물을 받아 마시며 앉은 자리에서 볼 안에 든 꽤 많은 양의 샌드위치를 말끔히 다 해치웠다.

든든하게 배를 채운 상진이 커피를 내리다 생각했다.

우리나라에서 비싸기로 다섯 손가락 안에 든다는 유명 한식당보다 그 여자가 만든 샌드위치가 더 맛있게 느껴지다니……

문득, 그 여자가 없는 이 집이 지나치게 적막하다는 기분이 들었다.

늘 제 할 일만 끝내고 바깥채로 넘어가 버리던 도우미들과는 달리 지안은 꽤 늦은 시간까지 집 안을 이곳저곳 돌아다니며 살피고 상진이 있는 곳 가까이에서 항상 대기하고 있곤 했다.

부르기 전에 필요한 것을 척척 알아서 해 주는 그 편리함에 적응해 버린 걸까?

상진은 바늘 하나 떨어지는 소리까지 다 들릴 듯한 적막감을 털어내 버리려 서둘러 커피를 들고 서재로 올라갔다.

그 시간 지안은 한 상 가득 차린 식탁에서 동생들과 오순도순 둘러앉아 저녁식사를 하고 있었다. 오랜만에 동생들에게 하는 실력 발휘라 그런지 식탁 바닥이 보이지 않을 정도로 빼곡히 음식들이 정렬됐다. 상다리가 휘어질 듯한 진수성찬에 동생들은 음식 하나하나에 젓가락질하기도 벅차했다.

"이것 좀 먹어 봐. 지유야. 지한이는 얼굴색 안 좋으니까 비타민 많이 들어간 야채 넣은 월남쌈 많이 먹고. 훈이 석이는 갈비 좋아하지? 많이 했으니까 먹고 더 먹어."

어미 새처럼 부지런히 동생들 밥공기 위에 반찬을 올려놔 주고 뽀얀 생선살을 발라 올려 주는 지안을 보다 못한 지유가 빽 소리를 질렀다.

"언니나 좀 먹어! 언니 밥그릇 고대로인 거 알아? 우리가 애도 아니고, 알아서 잘 먹으니까 걱정 말고 어서 먹어."

"난 오랜만에 밥상에 다 모여서 그런지 안 먹어도 배불러."

"그런 게 어디 있어? 큰누나도 어서 먹어. 그래야 우리도 맘 편히 먹지."

"알았어. 그럼 먹을게."

지안이 동생들의 닦달에 엄마미소를 띠고는 밥을 먹기 시작했다. 엄마 대신 어릴 때부터 업어 가면서 키운 동생들이라 맛있는 걸 먹이면 정말 보고만 있어도 배가 부를 정도였다.

"먹고 싶은 거 있으면 말해. 누나가 내일 해 줄 테니까."

"산더미같이 음식 해 놨는데 또 하려고? 이미 냉장고 문이 닫히지 않을 지경인데."

"그래도 한창 먹을 나이잖아."

"한창 먹을 나이는 지났어. 큰누나. 우리가 이제 키 클 나이는 아니잖아."

"하긴 그러고 보니 너무 큰 것 같기는 하다. 그치?"

하나같이 기다란 기럭지를 자랑하는 남동생들을 흐뭇하게 바라보며 지안이 웃었다. 지유는 못 말리겠다는 표정으로 고개를 설레설레 젓더니 국그릇을 들고 국물을 들이켰다.

엄마미소를 지으며 남동생들을 바라보던 지안은 문득 훤칠한 키를 가진 또 다른 남자가 떠올랐다. 그녀의 시선이 시계로 향했다.

이 시간이면 돌아오셨겠지?

아마 평소처럼 집으로 돌아와 서재에서 일을 하고 있을 상진이 냉장고에 넣어 둔 샌드위치를 먹었을까 생각하고 있는데 지유가 그녀를 쿡쿡 찔렀다.

"언니, 뭐 해? 안 먹고."

"응? 아아. 응. 먹고 있어."

지안이 생긋 웃고는 그제야 자신의 밥그릇을 비워 나가기 시작했다.

서재에 앉아 한창 일에 열중하던 상진이 피곤한 눈을 비비며 식당으로 내려와 물을 마셨다. 뒤돌아서 식당을 나오던 상진이 말했다.

"커피 한 잔 부탁⋯⋯."

자신의 주변에 늘 대기하고 있는 지안을 향해 습관적으로 말하다 상진이 멈칫했다.

아무도 없다는 걸 알면서 이게 무슨 미친놈 같은 짓이지?

상진은 한숨을 내쉬며 머리를 헝클어뜨린 뒤 계단으로 올라섰다.

하룻밤 동안 몇 번이나 같은 실수를 저지르는 자신의 모습이 한심해서 이젠 화가 날 지경이었다.

2층으로 향하는 계단을 밟는 소리가 평소보다 더 크게 울리는 건 기분 탓일까? 고요한 적막이 가득한 집이 평소대로라면 더없이 편하게 느껴졌을 텐데 오늘은 도무지 익숙해지지 않는다.

그 여자 하나 없을 뿐인데.

단지 그 여자 하나 없을 뿐인데 모든 것이 낯선 듯해 짜증이 난다. 심지어 오늘 밤은 일도 제대로 되지 않고 있었다.

"빌어먹을."

상진은 얼굴을 험악하게 굳힌 채로 침실로 가 늘 복용하는 수면제를 먹고 침대에 풀썩 누워 버렸다.

동생들과의 휴일을 보낸 지안이 저녁쯤 상진의 집으로 돌아왔다.

오랜만에 만난 식구들과 헤어진 서운함을 해소시키려 도착하자마자 접시를 몽땅 꺼내 닦고 이불 빨래를 하고 있는데 갑자기 세탁실 문을 똑똑 두드리는 소리가 들렸다. 지안이 바지를 걷어붙이고 이불을 밟던 엉거주춤한 상태에서 고개를 들었다.

열린 문 앞에 상진이 기대서 있었다.

"필요하신 게 있으십니까?"

상진이 자신을 빤히 바라보고 있자 지안이 물었다.

"집 안에 사람이 있으면 돌아왔다고 인사라도 하는 게 예의 아닙니까? 평소엔 쓸데없는 일에도 잘만 예의 차리더니 그런 예의도 없어요?"

"아, 죄송합니다. 이 시간엔 늘 일을 하고 계시니 방해할까 봐…….

커피 드실 시간에 올라가서 인사드릴 생각이었어요."

지안이 안경을 추켜올리며 사과하자 상진이 미간을 찌푸린 채로 몸을 돌렸다.

"그거 끝나면 커피나 가져다줘요."

"알겠습니다."

지안의 대답을 듣는 둥 마는 둥 하며 상진이 빠른 걸음으로 그곳을 빠져나왔다. 커피를 가지러 내려왔다가 빈손으로 다시 서재로 올라온 상진이 의자에 털썩 앉았다.

벌써 몇 번이나 초조한 기분으로 1층을 오르내렸는지 모른다.

뭘 확인하려는 건지도 모르는 채 끊임없이 1층 식당을 왔다 갔다 하며 애꿎은 커피만 계속 마셨더니 속이 쓰릴 정도였다. 그러다 막상 식당에서 지안이 돌아온 흔적을 발견한 순간, 그리고 그 흔적을 좇아 세탁실까지 가 지안을 발견한 순간, 상진은 자신이 그렇게나 필사적으로 확인하려고 한 존재가 무엇이었는지 확실히 깨달을 수 있었다.

그리고 이 집 안에 지안이 있다는 이유만으로 더 이상의 초조함이 느껴지지 않는다는 것도.

……없으면 불편하니까.

상진은 속으로 그렇게 중얼거리며 그제야 안정된 마음으로 제대로 일에 집중하기 시작했다.

사방이 캄캄하고 아무것도 보이지 않았다. 손끝 하나 움직일 수 없고 눈도 제대로 뜰 수가 없었다. 온몸이 포박당한 듯 움직이지 않자 미칠 듯한 공포가 느껴지고 숨이 턱턱 막혀 왔다.

도망쳐야 해. 도망쳐야 해. 여기서 벗어나야 해⋯⋯. 하지만 어떻게? 무슨 수로?

필사적으로 몸을 뒤틀고 소리를 질러 봤지만 아무런 대답이 없었다. 모든 것이 캄캄해지기 전에 들려왔던 다급한 목소리가 머릿속을 빙빙 돌았다.

'안 돼요! 멈춰!'
'도망쳐! 여기서 벗어나야 돼!'
'아아아아아아악!'

찢어질 듯한 비명 소리가 머릿속을 빙빙 돌았지만 아무리 애를 써도 여전히 손가락 하나 움직일 수가 없었다. 도대체 무슨 일이 벌어진 걸까? 또 그 끔찍한 악몽 속에 갇혀 버린 걸까?

빌어먹을!

상진은 악몽에서 깨어나기 위해 온 힘을 다해 필사적으로 몸을 비틀어 댔다. 이를 악물고 끔찍한 악몽 속에서 몸부림을 치는 사이 온몸이 땀으로 축축하게 젖어 갔다.

그때 누군가의 희미한 목소리가 들렸다.

'⋯⋯나. 일어⋯⋯나.'

누구지? 누구의 목소리지?

누군가가 다급하게 자신을 부른다는 느낌에 상진이 눈을 뜨려 안간힘을 썼지만 여전히 손 하나 까딱할 수가 없었다.

'일어……나라. ……어나, ……야!'

"……헉!"

거친 숨을 터뜨리며 상진이 튕기듯 몸을 일으켰다. 가슴을 크게
들썩이며 터질 듯한 숨을 내쉬는 그의 눈빛이 어지럽게 흔들렸다.
셔츠와 침대가 흥건히 젖을 만큼 식은땀을 흘린 모양이었다. 몸에
찰싹 달라붙어 있는 셔츠를 내려다보며 상진이 어깨를 늘어뜨리고
긴 숨을 내쉬었다.

"후우."

지긋지긋한 악몽.

언제부턴가 그를 따라다니는 악몽은 늘 현실같이 생생한 공포를
느끼게 했다. 사람들의 마음이 제대로 보이기 시작한 이후부터였던
것 같은데 그 시작이 언제인지는 확실치 않았다.

상진은 그대로 일어나 욕실로 가서 차가운 물을 세게 틀었다. 온
몸에 끈적하게 남아 있는 악몽의 기운을 털어내 버리려 정신이 번
쩍 들 정도로 차가운 물을 한참 동안 온몸으로 맞고 있었더니 점차
정신이 드는 기분이었다.

손바닥으로 얼굴을 쓸고 고개를 들어 두 손으로 젖은 머리칼을
이마 뒤로 넘겼다. 거울 속에 비친 자신의 눈빛에 남아 있는 공포
가 완전히 사라질 때까지 상진은 그대로 서서 세차게 쏟아지는 차
가운 물을 맞으며 거울을 노려보고 있었다. 쏟아지는 물줄기가 그
의 넓은 어깨와 단단한 가슴 아래 올록볼록 갈라진 복근 사이로 물
길을 만들며 흘러내렸다.

한참 후 욕실에서 나온 상진의 얼굴이 창백하게 질려 있었다. 여름도 아닌데 찬물을 너무 오래 맞고 있어서 그런지 입술도 핏기가 없었다.

대충 물기만 닦고 나와 침실 커튼을 확 젖혔다. 어두운 암막 커튼이 들춰지자 눈부신 햇빛이 시리도록 쏟아져 들어왔다. 환한 햇빛이 방 안에 가득 들어차자 끔찍한 악몽의 기운이 걷히는 기분이었다. 상진은 딱딱해진 표정을 풀고 침대 위에 앉아 창밖을 내다봤다.

……이지안?

정원을 향한 상진의 눈초리가 가늘어졌다.

환한 햇살 아래서 지안이 물 호스를 잡고 정원에 뿌리고 있었다. 햇빛에 반사된 무지개가 마치 마법처럼 정원 위에 펼쳐졌다. 청량감이 감도는 물줄기가 부서지는 햇살 아래 둥글게 호를 그리며 쏟아지는 모습에서 왠지 시선을 뗄 수가 없었다.

상진은 무언가에 홀린 표정으로 그대로 앉아 창밖의 지안을 한참 동안 내려다보고 있었다.

지안은 흐뭇한 미소를 띤 채 정원에 물을 뿌리고 있었다. 햇살 좋은 날 이렇게 물을 뿌리며 무지개를 만드는 일은 지안이 좋아하는 일 중 하나였다.

"아. 예뻐라."

정원에 둥글게 생겨난 찬란한 빛깔의 무지개를 바라보며 지안이 작은 탄성을 내질렀다. 한낮의 마법 같은 예쁜 무지개가 드넓은 푸른 정원 위에 펼쳐진 모습은 언제 봐도 기분을 좋아지게 만들었다.

그때 문득 이상한 느낌이 들어 지안이 호스를 든 채로 뒤돌아봤다.

……이사님?

욕실 로브만 걸친 상진이 침실 테라스에 팔을 걸친 채 이쪽을 바라보고 있었다. 눈이 마주친 순간 지안은 그가 아주 오래전부터 자신을 보고 있었던 것 같은 묘한 느낌을 받았다. 마법 같은 무지개가 만들어지는 정원에서 둘의 시선이 얽혀 들었다.

잠시만 기다려 주세요.

지안은 상진을 바라보며 입 모양으로 그렇게 말한 뒤 서둘러 물을 잠그고 돌계단을 밟아 올라갔다.

현관으로 들어온 그녀는 곧장 2층으로 연결된 계단으로 향했다. 마침 상진이 셔츠 위에 니트를 겹쳐 입으며 계단을 내려오고 있었다.

"필요하신 게 있으십니까?"

지안이 상진 앞에 다소곳이 선 채로 물었다.

"아니요."

상진이 시니컬하게 대답하자 지안이 눈을 깜빡거렸다.

"시키실 일이 있으셔서 부르시는 줄 알았는데……."

"그냥 정원을 물바다로 만드는 것 같아서 보고 있던 것뿐입니다."

"아아, 그러셨군요. 제가 착각을 한 모양입니다. 일어나셨으면 식사 준비할까요?"

"그러시죠."

상진의 대답에 지안이 뒤돌아서 식당으로 향했다. 뒤돌아서는 지안에게서 향긋한 샴푸향이 나자 상진의 심장 부근이 묘하게 간질거리는 느낌이었다.

뭐야? 이건.

언젠가부터 익숙해진 간질간질한 느낌에 상진은 인상을 쓰고 소파 쪽으로 걸어갔다. 소파 위에 앉고 보니 왜 1층으로 내려온 건지 그 이유를 스스로 모른다는 걸 깨달았다. 지안이 묻기 전엔 밥을 먹을 생각도 없었는데……

리모컨으로 TV를 켠 채로 소파 위에 길게 누웠다. 느른하게 누워 있으니 식당에서 맛있는 냄새가 솔솔 풍겨 오기 시작했다. 서늘한 온몸을 뜨겁게 데워 줄 듯한 칼칼한 찌개 냄새가 왠지 아주 먼 곳에서 풍겨 오는 것 같은 느낌이 드는 순간 지안의 목소리가 들렸다.

"……님. 이사님?"

몸이 흔들리며 들리는 지안의 목소리에 상진이 눈을 번쩍 떴다. 고개를 돌려보니 지안이 자신을 내려다보고 있었다.

"괜찮으십니까? 몸이 안 좋으신 것 같은데요."

"……내가 잠들었습니까?"

"네."

상진이 머리를 쓸어 올리며 소파 위에서 몸을 일으켜 앉았다. 온몸이 천근만근 무겁고 머리가 지끈거려 절로 인상을 쓰는 상진의 얼굴을 지안이 유심히 살피며 말했다.

"실례가 되었다면 죄송하지만 식은땀을 흘리시는 것 같아 조금 전에 이마를 짚어 봤는데 상당히 뜨겁습니다. 감기기운이 있으신 것 같아요. 올라가서 쉬시는 게 좋을 것 같습니다."

상진이 창백한 얼굴로 지안을 쳐다보고는 숨을 크게 내쉬며 고개를 흔들었다.

"됐습니다."

"그래도……."

"됐다는 말, 안 들려요?"

상진이 날카로운 반응으로 지안의 말을 뚝 자르고 벌떡 일어섰다. 갑자기 일어서서 그런지 순간 그의 눈앞이 핑 돌았다. 순식간에 눈앞이 깜깜해지고 다리에 힘이 풀려 그대로 다시 주저앉는 것을 지안이 황급히 잡았다.

"이사님! 괜찮으십니까?"

상진의 휘청거리는 몸을 두 팔로 바짝 움켜잡아 고정시킨 지안이 그를 올려다보며 걱정스러운 듯 물었다. 이마를 짚은 채로 지안을 내려다보는 상진의 시선이 흔들렸다. 아주 가까이에서 바라본 지안의 얼굴은 어지러운 몸 상태와는 별개로 머릿속을 혼란스럽게 만들고 있었다.

"……괜찮습니다. 이거 놔주시죠."

"아, 죄송합니다."

그녀가 잡고 있는 손을 턱으로 가리키며 말하자 지안이 천천히 손을 놨다. 상진이 소파 위에 다시 털썩 앉자 지안이 얼른 식당으로 들어가며 말했다.

"잠시만 기다려 주십시오. 뜨거운 생강차와 죽을 준비해 드리겠습니다. 약은 죽을 드신 후에 드세요."

이미 식당 쪽으로 멀어진 지안을 열에 들뜬 흐릿한 시선으로 쳐다보던 상진이 소파 위로 다시 천천히 쓰러졌다.

"후우……."

누우니 머릿속이 팽글팽글 도는 기분이었다. 안색이 창백하게 질린 상진이 온몸에 열이 오르는 것을 느끼며 눈을 감았다.

찬물로 샤워를 너무 오래했던 걸까? 아니면 악몽 때문……. 어쩌면 그 전에 이미 몸 상태가 안 좋아서 그리 혹독한 악몽에 시달렸는지도 모른다.

눈을 감고 이런저런 생각을 하는 사이 상진은 다시 혼곤한 잠 속으로 빠져들었다.

눈을 뜨니 눈앞에 맞은편 소파에 앉아 책을 보고 있는 지안이 보였다.

"깨셨어요? 잠시만 기다리세요."

지안이 상진이 깬 것을 알아채곤 읽던 책을 놓고 벌떡 일어나 서둘러 식당으로 들어갔다. 상진이 상체를 일으키자 몸을 덮고 있던 두꺼운 담요가 흘러내리며 이마 위에선 뭔가 툭 떨어졌다.

……이건?

인상을 찌푸리며 상진이 소파에 떨어진 것을 집어 들어 정체를 확인하니 아이스팩이었다.

"주무시고 계셔서 깨어나실 때까지 기다리고 있었어요. 이것 먼저 좀 드세요."

아이스팩을 보고 있던 상진이 올려다보자 지안이 뜨거운 생강차가 담긴 머그잔을 내밀었다.

"뜨거우니 천천히 드세요."

상진이 머그잔을 받아 쥐자 지안이 다시 바람처럼 식당으로 들어갔다. 상진은 머그잔을 든 채로 나직이 한숨을 내쉬었다. 온몸에 힘이 하나도 없었다. 머그잔조차 무겁게 느껴질 정도였다. 원래 자주 아픈 타입이 아닌데 한 번 아플 때마다 손끝 하나 까딱할 수 없을 정도로 아프곤 했다.

악몽이 지나치게 리얼하다 했더니.

생강차를 한 모금 마시며 상진이 자조적인 웃음을 흘렸다. 몸이 아플 때마다 심해지는 증상이 악몽이었다. 평소에도 종종 그를 괴롭히던 악몽은 몸이 아플 때면 끔찍할 정도로 상진을 고문하곤 했다.

머그잔조차 한 손으로 잡기 힘들어 두 손으로 잡고 천천히 마시고 있는데 지안이 다시 다가와 맞은편에 앉았다. 상진이 까칠한 얼굴을 들어 바라보니 양손에 트레이를 정갈하게 받치고 다소곳하게 앉아 있는 지안이 보였다.

"그거 다 드시면 바로 죽 드실 수 있도록 데워 왔습니다. 소화에 부담이 없는 전복죽입니다."

"됐어요. 생각 없습니다."

상진이 남은 생강차를 다 마셔 버리고 테이블 위에 내려놓으며 말했다. 지안이 트레이를 들고 얼른 그의 앞으로 다가왔다.

"입맛이 없더라도 드셔야 합니다. 그래야 약을 먹을 수 있고 빨리 나을 수 있어요. 조금이라도 드셔 보십시오."

지안이 트레이 위에 놓인 도자기 그릇의 뚜껑을 열어 그의 앞으로 내밀었다. 먹음직스럽게 담긴 뽀얀 죽을 못마땅하게 쳐다보다가 어서 먹어 치워야 이 여자가 포기할 것 같다는 생각에 수저를 들었다.

지안은 묵묵히 죽을 먹고 있는 상진을 바라보며 그의 상태를 살폈다. 식은땀이 흐르는 이마와 파리한 안색이 그의 좋지 못한 상태를 여실히 드러내고 있었다.

"요즘 무리하신 일이라도 있으셨습니까?"

"그런 거 없습니다."

무뚝뚝하게 내뱉는 목소리도 지안이 듣기엔 열에 잠긴 듯 들려 안쓰러워 보였다. 늘 강한 모습만 보이려던 남자다 보니 약한 모습은 누구에게도 보이기 싫을 거라는 생각이 들자 지안은 물이 담긴 컵만 내려놓고 일어섰다.

식당으로 가서 뒷정리를 하고 잠시 후 돌아와 보니 상진은 다시 쓰러지듯 소파 위에 누워 잠들어 있었다.

그래도 다 먹었네.

테이블 위에 상진이 올려 둔 빈 그릇을 본 지안이 슬몃 미소를 지었다. 조용히 다가가 허리에 걸쳐 있는 담요를 어깨까지 끌어 올려 주고 아이스팩을 들어 냉기를 확인하는데 상진의 표정이 심상치 않아 보였다. 묘하게 일그러지는 얼굴과 거칠어지는 호흡을 확인한 지안이 전에 그가 악몽 꾸던 모습을 생각해 내고 황급히 어깨를 흔들었다.

"이사님, 괜찮으십니까?"

살짝 흔들어도 깨지 못하기에 더 세게 잡고 흔들기 시작했다.

"이사님? 일어나 보세요. 이사님!"

"……!"

상진이 깜짝 놀란 얼굴로 번쩍 눈을 떴다. 숨을 내쉬지도 못한 채로 공포로 가득 찬 그의 동공이 흔들리는 것을 보고 지안이 서둘러 말을 걸었다.

"괜찮으십니까? 꿈꾸신 거예요. 꿈일 뿐이니 괜찮습니다."

차분한 목소리로 조곤조곤 말하는 지안의 목소리에 상진의 숨이 천천히 내쉬어졌다. 떨리는 눈빛이 평소처럼 안정을 되찾는 것을 지켜보며 지안도 안도의 한숨을 내쉬었다.

겉보기엔 젊은 나이에 성공한 유능한 남자 같은데……. 지속적으로 악몽에 시달리는 걸 보면 뭔가 힘든 일이라도 있는 걸까?

"차가운 물 가져다 드릴까요?"

"……괜찮습니다."

상진이 두 손으로 마른세수를 하며 꽉 잠긴 목소리로 말했다.

"일어나신 김에 약 드실 수 있게 가져오겠습니다. 잠시만 기다려 주세요."

지안이 그렇게 말하고 몸을 일으키려 하자 상진의 손이 무의식적으로 그녀를 잡았다. 지안이 팔이 잡힌 채로 의아스러운 표정으로 뒤돌아봤다. 자신의 행동에 스스로 놀란 듯 자신의 팔과 지안의 얼굴을 번갈아 바라보던 상진이 까칠해진 턱을 들어 올리며 허스키한 목소리로 말했다.

"약은 됐으니까 잠깐만…… 여기 있어요."

상진의 어딘가 절박해 보이는 눈을 가만 내려다보던 지안이 끄덕였다.

"알겠습니다."

상진이 팔을 놔주자 지안이 맞은편 소파로 천천히 걸어가 앉았다. 그러고는 아까 보던 책을 들어 읽기 시작했다. 상진은 지안이 앉아 있는 모습을 잠시 바라보다 소파 위로 풀썩 쓰러졌다. 열에 들뜬 상태에서 혹독한 악몽에 시달렸기 때문인지 거친 숨결이 진정이 되지 않았다. 팔을 들어 올려 눈을 가리듯 얼굴에 올린 채 천천히 숨을 가다듬었다.

맞은편에서 지안이 책을 넘기는 소리가 바스락거리며 들려왔다. 상진이 고개를 돌려 힐끗 바라보니 지안이 안경을 추켜올리며 책에 집중하고 있었다.

……무슨 책을 보는 거지?

문득 그런 궁금증이 생겨 눈을 가늘게 뜨고 책 제목을 보기 위해 한참 쳐다보고 있으니 언뜻언뜻 책 제목이 보였다.

『사람을 살리는 기적의 원예치료』

책 제목을 확인한 상진이 미간을 좁혔다. 뭐 저런 책을 봐? 하는 표정으로 쳐다보니 지안은 꼿꼿하게 바른 자세로 단정하게 앉아 열독하고 있었다.

"쿡."

상진이 저도 모르게 내뱉은 헛웃음을 들었는지 지안이 고개를 들었다.

"책장 넘기는 소리가 방해되십니까?"

"전혀요."

상진이 고개를 소파 쪽으로 돌리며 대답했다. 소파를 바라보고 누워 있으니 나지막하게 책장을 넘기는 소리가 주기적으로 들려왔다. 규칙적으로 들리는 소리에 바짝 긴장했던 몸과 마음이 천천히 풀어지는 기분이 들었다. 상진의 눈이 서서히 감기고 악몽 없는 편안한 잠 속으로 미끄러져 들어갔다.

한참 후 잠에서 깨어난 상진은 몸 컨디션이 확 나아진 기분이 들었다.

도대체 얼마나 잔 거야?

이렇게 단번에 컨디션이 좋아진 건 처음이라 위화감을 느끼며 상진이 시간을 확인하려 몸을 일으켰다. 그때 그의 시선에 맞은편 소파에 누워 잠든 지안이 눈에 들어왔다.

저 여자가 왜 여기⋯⋯? 아.

왜 지안이 여기서 자고 있는지 기억이 나지 않았는데 순식간에 열에 들떠 옆에 있어 달라고 부탁했던 자신의 모습이 떠올랐다. 아무리 열 때문이라지만 도대체 무슨 짓을 한 걸까. 얼굴이 뜨거워질 것 같은 창피함에 잠시 손바닥으로 이마를 짚고 있던 상진이 한숨을 내쉬며 손을 떼고 일어섰다.

맞은편 소파로 다가가 보니 지안은 책을 보다가 잠든 건지 펼쳐진 책을 옆에 둔 채로 옆으로 몸을 말고 잠들어 있었다. 깨우려 손을 내밀려다가 상진이 멈칫했다.

하얀 얼굴에 커다란 안경을 낀 채로 무방비하게 잠든 모습을 보고 있으려니 왠지 이상했다. 늘 단정하고 로봇같이 정돈된 모습만 봐 왔던 터라 이렇게 잠든 모습을 보는 게 조금 신기하다는 생각이 들었다.

속눈썹이 참⋯⋯ 길군.

눈 뜨고 있을 땐 안경 때문에 잘 안 보인 건지 이렇게 옆모습을 보니 기다랗고 풍성한 속눈썹이 아주 잘 보였다. 만져 보고 싶다는 묘한 충동이 올라오자 상진은 흠칫 놀라 고개를 저었다.

도대체 내가 무슨 생각을 하는 거야?

"이지안 씨."

상진이 그녀의 둥근 어깨를 살짝 흔들며 부르자 지안이 눈을 떴다. 몽롱한 눈빛으로 고개를 돌리자 내려다보고 있는 상진과 눈이 마주쳤다. 순간 깜짝 놀란 얼굴로 지안이 황급히 몸을 일으켜 앉았다.

"아. 제가 잠을…… 죄송합니다."

"괜찮습니다. 내 부탁 때문에 그런 거니."

흐트러진 머리칼을 정리하며 지안이 고개를 들고 그의 얼굴을 살폈다.

"좀 나아지셨습니까?"

"네. 덕분에."

상진의 말에 지안의 입술이 둥글게 올라갔다.

"정말 다행이네요. 그래도 혹시 모르니 약과 죽을 식당에 준비해 뒀으니 필요하시면 드세요. 생강차도 데우기만 하면 됩니다."

지안이 책을 들고 일어서며 말하자 상진이 그녀의 얼굴을 바라보며 끄덕였다.

"그러죠."

"그럼 전 내려가 보겠습니다. 푹 쉬세요."

고개를 살짝 숙여 인사를 하고 지안이 현관 쪽으로 걸어갔다. 그녀의 등에 상진의 목소리가 날아왔다.

"이지안 씨."

지안이 걸음을 멈추고 뒤돌아봤다. 상진이 그 자리에 선 채로 지안을 응시하고 있었다. 뭔가 말을 할 듯 입술을 달싹이던 그가 한참 만에 말을 꺼냈다.

"오늘…… 고맙습니다."

진심을 담은 그의 말에 지안이 미소를 지었다.

"아뇨. 당연한 일인데요."

보일락 말락 살짝 미소를 지은 지안이 고개를 다시 숙여 인사하고는 나갔다. 상진은 그대로 선 채로 지안이 나간 현관문을 한동안 바라보고 있었다.

4.

보일락 말락

상진은 집무실 안에서 모니터 화면을 노려보고 있었다.

남자다운 선이 굵고 샤프한 눈썹 아래 시원하게 뻗어 있는 아몬드 형 눈, 그 안에 담긴 그의 검회색 눈동자가 예리한 빛을 띠었다.

검지로 책상을 툭툭 두드리며 생각에 몰두하는데 인터폰이 울렸다.

— 이사님. 차 상무님께서 내려오시라고 하십니다.

"알았어요."

상진은 대답한 뒤 의자에서 일어서서 빠르게 집무실을 나섰다. 엘리베이터를 타고 내려가 상무실에 도착하니 한성이 기다렸다는 듯 자리에서 일어나 접대용 소파 쪽으로 걸어왔다.

"왔군. 앉거라."

"네."

상진이 대답하고는 한성의 맞은편에 앉았다.

"차 한 잔 하겠나?"

"괜찮습니다."

"그래? 그럼 나만 마셔야겠군."

한성이 인터폰을 눌러 비서에게 녹차 한 잔을 가져다 달라고 한 뒤 상진을 바라봤다.

"내가 진 이사를 부른 건……."

"인도 지분 때문이시죠?"

한성의 얼굴에 떠올라 있는 생각으로 이미 무슨 말이 나올지 알고 있던 상진이 먼저 말했다. 한성이 잠시 놀라운 표정을 지었다가 이내 웃음을 지으며 고개를 주억거렸다.

"그래. 맞네. 늘 느끼는 거지만 역시 자네는 통찰력이 있군. 놀라울 정도야."

"과찬이십니다."

통찰력 때문이 아니긴 하지만 상진은 그냥 가만히 있었다. 한성이 웃음기를 띤 얼굴을 천천히 앞으로 숙이며 은근한 목소리로 물었다.

"어떻게 진행되고 있지? 좀 알아낸 건 있나?"

"알아보고는 있지만 아직 별다른 특이점은 발견하지 못한 상태입니다."

"그래……? 그렇단 말이지…….

아쉬운 기색이 한성의 얼굴 위를 훑고 지나갔다. 상진에게 따로 부탁한 건 한성에게 매우 중요한 일이었기 때문이다.

지금 이 대호그룹의 회장 자리는 사실상 비어 있는 거나 다름없었다. 회장 부부와 그 후계자가 탄 차가 사고가 나 일가족이 사망한 이후로 오랜 시간 주주총회를 통해 추대된 회사 내의 원로 인사들이 임기제로 회장직을 수행하고 있을 뿐이었다. 총괄적인 경영은 소수로 구성된 회사 내의 핵심 인사들과 최대주주들이 맡고 있었다.

하지만 호랑이 없는 굴에도 먹이사슬은 존재하는 법.

지금까지 힘을 키워 회장 자리를 차지하려는 사람들은 많았다. 그러나 회사 내에서 아무리 힘을 불려 권력을 가진다고 해도 세계 도처에 흩어져 있는 최대주주들이 그걸 용납하지 않았다. 명분 없는 오너는 원치 않는다는 것이 그들의 일관된 주장이었지만 실은 다른 세력에 이미 매수당한 것이 아닐까 하고 한성은 의심하고 있는 것이다.

상진은 한성의 부탁으로 회사 내에 핵심 임원으로 끼게 됨과 동시에 인도 쪽 자일 컴퍼니를 비롯한 해외에 퍼져 있는 최대주주들의 움직임을 은밀히 조사하고 있는 것이다.

"녹차 가져왔습니다."

비서가 녹차를 가지고 들어와 한성의 앞에 놓아두고 나갔다. 그녀의 시선이 은근하게 상진에게 닿아 있었지만 그는 모른 척했다. 우려낸 녹차를 한 모금 음미한 뒤 한성이 물었다.

"진 상무는 한국에 언제쯤 들어온다고 하던가?"

"그건 저도 잘 모르겠습니다."

"슬슬 들어올 때가 됐을 텐데……. 그 친구가 옆에 있어 주면 나에게도 큰 힘이 되겠고. 실은 내 계획에 동참해 줬으면 하는 뜻을 미국에 갈 때마다 그 친구를 만나 여러 번 밝혀 왔는데 늘 당분간 한국에 들어오긴 힘들 것 같다는 대답만 들려주고 있구나."

한성이 아쉬운 얼굴로 녹차를 마셨다. 상진은 저도 모르게 입술 끝을 비볐다. 진 상무, 그의 아버지 진도경이 왜 한국으로 들어오지 않고 있는지 그 이유를 너무나 잘 알고 있기 때문이었다. 그 이유 때문에 진도경은 한성의 바람을 영영 이루어 주지 않을 것이다.

"그럼 좀 더 알아보도록 하겠습니다."

상진이 자리에서 일어섰다.

"그래. 계속 수고해 주게. 내가 진 이사 많이 믿고 있는 거 알고 있지?"

"물론입니다. 상무님."

상진은 한성에게 머리를 숙이고 인사한 뒤 상무실을 빠져나왔다. 엘리베이터를 타고 올라오는 그의 얼굴에 그늘이 졌다.

사실 인도 쪽에서 대량의 회사 지분을 보유하고 있는 자일컴퍼니의 수상한 움직임을 최근 포착하고 있었다. 아직 보고할 단계는 아니라고 판단해 한성에게 말하지는 않았지만 좀 더 밝혀내면 한성이 원하는 맥락이 파악될지도 모른다. 하지만 마치 몇 겹의 안개에 둘러싸여 있는 것처럼 알아볼수록 실체는 더욱 모호해져만 갔다.

신경 쓰이는 일은 빨리 해치우는 게 좋아.

상진은 눈을 날카롭게 뜨고 인도 쪽의 동향을 알아보기 위해 서둘러 이사실로 걸음을 옮겼다.

"이사님. 혹시 신경 쓰이는 일이라도 있으십니까?"

지안의 말에 상진이 멸치볶음을 젓가락으로 집다가 멈칫했다.

"무슨 뜻이죠?"

상진이 미간을 좁히자 지안은 태연히 물을 따라 식탁 위에 올려놓으며 말했다.

"별다른 뜻은 없습니다. 그냥 표정이 안 좋아 보이셔서요."

"아무 일도 없습니다."

"그럼 다행이구요."

상진은 지안을 빤히 바라봤다. 평소처럼 얼굴의 반을 차지하는 동그란 안경과 로봇 같은 무표정 위에는 아무 생각도 떠올라 있지 않았다.

내가 신경 쓰이는 일이 있다는 걸 어떻게 알지? 이 여자, 혹시 반대로 내 얼굴에서 뭔가 읽어 내는 거 아냐?

그의 눈초리가 순간 의심으로 가늘어졌다. 지안의 얼굴을 뚫어져라 쳐다보자 그녀가 의아스런 표정을 지었다. 물음표가 가득한 그녀의 표정을 보고 상진이 낮게 한숨을 내쉬며 고개를 저었다.

하긴. 이런 능력인지 저주인지가 그렇게 흔하게 생길 리가 없겠지.

상진이 고개를 젓자 지안이 고개를 살짝 기울이며 이상하다는 듯 물었다.

"왜 그러시죠? 맛이 이상한 게 있으십니까?"

"아닙니다."

퉁명스럽게 대답한 상진이 밥그릇으로 시선을 돌려 다시 묵묵히 밥을 먹기 시작했다.

잠시 후 식사를 마친 상진이 지안에게 커피를 부탁하고 서재로 올라갔다. 커피를 내려 서재로 올라간 지안은 상진이 모니터를 노려보며 진지한 얼굴을 하고 있자 방해하지 않기 위해 살며시 다가가서 책상 위에 조용히 커피만 내려두고 나왔다.

일에 열중하던 상진이 고개를 들었을 때 이미 밤 11시가 넘은 시간이었다. 다 마신 커피 잔이 책상 위에서 치워진 걸 보니 지안이 가지고 나간 모양이었다.

소리 소문 없이 잘도 움직인다니까.

상진이 빈 책상 위를 바라보며 헛웃음을 흘렸다. 의자 위에서 일어나 뻐근한 뒷목을 주무르며 서재에서 나왔다. 지금쯤이면 지안도 바깥채로 넘어갔을 시간이라 식당으로 내려가 직접 커피를 내렸다. 진한 커피향이 조용한 집 안에 퍼져 나갔다. 커피 향을 맡으니 지끈거리는 머리가 조금 맑아지는 기분이었다.

내친김에 바람이나 쐴까?

상진은 그렇게 생각하며 커피 잔을 들고 현관 밖으로 나갔다. 겨울의 초입이라 서늘한 기온이었지만 선선한 밤공기가 꽤 상쾌하게 느껴졌다. 호박색 밝은 등이 켜진 정원을 바라보니 그곳에서 지안이 무지개를 만들며 물을 뿌리던 모습이 생각났다.

얼마 전 그녀가 없는 동안 느꼈던 부재감이 무척이나 당혹스럽게 느껴졌을 정도로 이지안이라는 여자는 그의 삶 속에 깊숙이 들어와 있는 기분이었다.

언제부터 이렇게 된 걸까?

기억을 하려고 해도 특별한 계기가 생각나지 않지만 더 이상 모른 척할 수 없을 정도로 그 여자의 존재감이 커져 버렸다. 감당하기 벅찰 정도로……. 그걸 마음 한편으로 뻐근하리만치 느끼고 있으면서도 상진은 애써 그 감정을 무시했다.

모든 걸 알아서 해 주는 편리한 도우미라 옆에 없으면 불편한 게 당연하다는 생각으로 자신의 안에 깊숙이 파고든 존재감을 밀어냈다.

정원 쪽으로 천천히 걸어가는데 갑자기 바깥채 문이 벌컥 열리는 소리가 들렸다.

"까아아아아아아아아악!"

찢어질 듯한 비명소리를 듣자마자 상진의 얼굴이 딱딱하게 굳었다.

뭐야? 이 소리……. 설마 이지안?

들고 있던 커피 잔이 바닥으로 떨어져 나뒹구는 것도 모른 채 상진은 바깥채 쪽으로 달려갔다. 어둠 속에서 활짝 열린 문 앞에 뛰쳐나온 지안이 주저앉아 있는 모습이 보였다.

"이지안!"

"이, 이사님?"

갑자기 달려오는 발소리와 목소리에 지안이 깜짝 놀라 고개를 들었다. 도둑이나 강도가 든 게 확실하다고 생각한 상진은 무섭게 눈을 부라리며 바깥채 안으로 뛰어 들어갔다.

"어떤 새끼야! 나와!"

바깥채 안은 사방이 깜깜했다. 아무것도 보이지 않는 집 안으로 돌진하듯 내질러 들어가며 상진이 버럭거렸다.

"어떤 개 같은 새끼가 겁도 없이 내 집에 기어 들어와? 당장 나와!"

손에 잡히는 대로 움켜쥐고 흉기 휘두르듯 휘저어 대며 상진이 미친개처럼 소리쳤다. 목에 핏대를 세우고 깜깜한 집 안을 이리저리 휘젓는 서슬에 무언가 밟혀 와작 깨지는 소리를 전혀 듣지 못했다.

정신을 차린 지안이 황급히 집 안으로 들어가 상진의 뒤를 따라가며 그를 불렀다.

"저, 저기 이사님. 그게 아니라……. 악!"

갑자기 지안이 짤막한 비명을 지르자 어둠 속에서 상진이 멈칫했다.

"왜 그래요? 다쳤어요?"

홱 돌아선 상진이 벽에 몸을 기대고 있는 지안 쪽으로 성큼거리며 다가왔다.

"오해입니다. 도둑이 든 게 아니에요."

지안의 목소리가 난처한 듯 흘러나왔다. 그녀가 발 한쪽을 들고 있는 게 어슴푸레하게 보이자 상진이 미간을 좁혔다.

"그것보다, 어디 다친 겁니까?"

"그게……. 아무래도 무언가에 발바닥을 베인 것 같습니다."

"베였다고? 어디 봐요."

상진이 얼굴을 험악하게 굳히고 지안 앞에 한쪽 발을 세우고 무릎 꿇은 뒤 앉았다. 주머니에서 스마트폰을 꺼내 손전등 기능을 켜자 그 불빛으로 가까이 있는 사물을 확인할 수 있을 만큼 밝아졌다.

"이쪽 발입니까?"

"네."

상진이 미간을 좁힌 채 지안이 엉거주춤 선 채 들고 있는 발을 잡고 불빛으로 발바닥 쪽을 비췄다. 유리에 찔린 듯 발바닥에서 피가 흐르고 있었다. 그 아래 부서진 안경을 본 상진이 한숨을 내쉬었다.

"이런. 내가 당신 안경을 아작 낸 모양이군. 찢어진 것 같으니 일단 안채로 가서 치료를 해야 할 것 같은데, 도둑이 든 건 아니라고 했죠?"

"네. 도둑이 든 건 아니에요. 그게······. 갑자기 정전이 돼서······."

지안이 뒷말을 흐리자 그녀의 발을 유심히 살피던 상진이 고개를 들고 지안을 바라봤다.

순간 상진이 멈칫했다. 지금까진 정신이 없어서 제대로 못 봤는데 지안은 샤워 중이었는지 커다란 목욕 타월만 달랑 몸에 감고 있었고 긴 머리카락에선 물이 뚝뚝 떨어지고 있었다. 하얗고 매끄러워 보이는 깨끗한 피부 위에 찰싹 달라붙어 있는 젖은 머리칼과 아슬아슬하게 걸쳐진 목욕 타월이 그의 머릿속을 일순 텅 비게 만들어 버렸다.

지안도 지금 상황 파악을 한 건지 여미고 있던 목욕 타월을 힘껏 힘주어 잡았다. 당혹스러워 보이는 커다란 눈동자가 어둠 속에서도 확연히 흔들리고 있는 것 같았다.

······사슴?

동그랗고 커다란 까만 눈망울을 본 순간 처음으로 떠오른 건 그거였다. 이 여자, 원래 눈이 이렇게 컸어?

두 사람의 당혹스러운 시선이 어둠 속에서 한동안 얽혀 들었다.

"옷장은 어디 있죠?"

상진이 가까스로 백지가 되어 버린 머릿속을 수습하고 몸을 일으키며 물었다. 지안이 그의 의도를 깨닫고 벽을 짚고 한 발로 몸을 앞으로 움직이려 했다.

"아, 제가⋯⋯."

한 발로 움직이려던 지안이 몸을 휘청이자 상진이 얼른 그녀의 몸을 잡으며 화가 난 목소리로 말했다.

"그 차림으로 안채로 가고 싶지 않으면 어디 있는지나 말해요."

지안이 할 수 없다는 듯 멈춰 선 채로 말했다.

"저 방 침대 옆에 있습니다. 들어가서 오른쪽에."

"여기 꼼짝 말고 있어요."

그녀의 몸을 놔준 상진은 지안이 가리킨 방으로 가서 옷장을 열고 손에 잡히는 대로 몇 벌 꺼내 왔다. 가져온 것 중에 다행히 긴 카디건이 있어 그걸로 지안의 몸에 덮어 줬다.

"감사합니다."

지안이 카디건을 여미며 옷을 받아 들었다. 그리고 일어서서 문쪽으로 절뚝절뚝 걷기 시작했다. 그걸 본 상진이 미간을 일그러뜨리더니 성큼 걸어와 지안을 잡아 세웠다.

"이, 이사님?"

상진이 지안을 번쩍 안아 들자 지안의 눈이 커다랗게 떠졌다. 가뜩이나 커다란 눈이 더 커대지는 걸 무시한 채 상진이 크게 보폭을 옮기며 스마트폰을 지안에게 내밀었다.

"이거 들고 있어요."

"네? 아니 잠깐만요⋯⋯."

얼떨결에 스마트폰을 받아 든 지안이 그의 품에 안긴 채 당황스러운 얼굴로 그를 바라봤다. 상진은 단단한 팔로 지안을 안은 채로 바깥채를 빠져나왔다.

"괜찮습니다. 이사님, 내려주세요. 정말 괜찮아요."

"내 잘못으로 다친 거니 치료해 주기 전엔 못 내려 줍니다. 그러니까 불편해도 잠깐 참아요."

"그래도……."

"손전등이나 앞으로 똑바로 비춰요. 안 보이잖습니까."

"네? 아, 네. 알겠습니다."

지안이 그제야 이리저리 흔들리던 불빛을 제대로 맞췄다. 상진은 지안을 안은 채로 깜깜한 바깥채를 빠져나와 안채 쪽으로 이어진 돌계단으로 올라섰다.

지안은 피부에 닿는 그의 몸이 생각보다 단단하다는 데 내심 놀랐다. 전에 그 무거운 장가방을 한 손으로 거뜬히 들어 올릴 때처럼 자신의 몸을 들고서도 전혀 힘든 기색 없이 계단을 올라가는 남성적인 힘에 지안의 심장이 빠르게 뛰기 시작했다.

왜 이러는 거야? 주책맞게.

지안은 얼굴이 확 뜨거워지는 것을 느끼며 덮고 있는 카디건 자락을 꼭 움켜쥐었다. 그때 위에서 상진의 낮은 목소리가 흘러나왔다.

"역시 바깥채만 정전된 모양입니다. 예전에도 이런 적이 있어서 공사한 적이 있는데 또 문제가 생긴 것 같네요."

"아아……. 그러네요."

지안이 고개를 들어 안채 쪽을 바라봤다. 집 안의 환한 불빛이 그대로 새어 나오고 있었다. 정원에 있는 호박색 조명들도 다 제대로 켜져 있는 걸 보면 그의 말이 맞는 모양이었다. 상진의 품에 안겨 있다는 사실에만 신경이 쏠려서 그런 것도 제대로 보지 못하다니.

"안에 구급상자가 있으니 상처가 깊지 않다면 치료해 보고 만약 심한 상태면 응급실로 가 봐야겠어요."

"괜찮습니다. 그러실 것까진 없어요."

지안이 얼른 말하자 상진이 못마땅한 투로 내뱉었다.

"그 말투 좀 어떻게 안 됩니까? 당신이 내 업무 비서도 아니고. 덩달아 나까지 말이 딱딱하게 나오지 않습니까."

"죄송합니다. 습관이 그렇게 들어서……."

"그것 봐요. 또 죄송합니다. 무슨 로봇도 아니고."

상진이 불만스러운 듯한 목소리로 말하자 지안이 시선을 올렸다.

"로봇이요?"

"전에도 말했지만 말투가 너무 딱딱하다는 뜻입니다. 죄송합니다, 알겠습니다, 감사합니다. 순 그런 말투잖아. 꼭 음성 녹음해 둔 것 트는 것처럼."

상진은 품 안에 쏙 들어오는 지안의 부드러운 몸의 감촉과 젖은 머리칼과 몸에서 느껴지는 향긋한 향기, 그리고 자신에게 향한 사슴 같은 까만 눈망울을 애써 무시하며 담담하게 말했다. 그의 말을 잠시 생각하는 듯하던 지안이 아랫입술을 살짝 깨물었다.

"그럴 의도는 아니었는데……. 죄송합니다."

"지금도. 내 말 제대로 들은 게 정말 맞긴 합니까?"

상진이 비딱한 눈초리로 내려다보자 지안의 눈망울이 크게 흔들리는 게 보였다.

"죄송합……. 어머. 아니 그게 아니라 죄송……. 아, 아니. 아니.

죄송, 죄송해요."

멘붕이 온 듯 버퍼링 걸린 녹음기같이 같은 말을 반복하더니 지안의 하얀 얼굴이 순식간에 붉게 물들었다. 그녀의 당황을 보여주듯 손전등 불빛이 이리저리 흔들리며 춤을 췄다.

"똑바로 비춰요. 잘 안 보이잖아."

"아, 네."

그의 말에 지안이 얼른 불빛을 제대로 비췄다.

상진은 태연한 얼굴로 걸으며 아직 붉게 물들어 있는 지안의 얼굴을 힐끗 내려다봤다. 그토록 원하던 이 여자의 당황하는 모습인데……

왜 통쾌한 게 아니라 심장 발작이 일어나는 거냐고, 젠장!

상진의 심장이 무섭도록 빠른 속도로 뛰고 있었다. 쿵쿵대는 심장 소리가 지안에게 들릴까 봐 상진은 큰 보폭으로 빠르게 걸어 집 안으로 들어섰다.

"잠깐 여기서 기다려요."

상진은 소파 위에 지안을 달랑 내려놓고는 2층으로 올라갔다. 침실에서 구급상자를 찾아 들고 내려오자 그녀는 카디건을 빈틈없이 온몸에 꽁꽁 두르고 있었다. 구급상자를 바닥에 내려놓고 지안의 앞에 무릎을 대고 앉으며 상진이 피식 웃었다.

"그러고 있으니까 꼭 그거 같은 거 알아요?"

"네?"

구급상자를 향해 고개를 숙이던 지안이 묻자 상진이 입꼬리를 슬쩍 올렸다.

"펭귄."

"아아……. 그런가요?"

구급상자에서 소독약과 거즈를 꺼내며 상진이 말하자 지안이 조금 민망한 듯 웃었다.

"로봇이니 로봇펭귄이겠네."

"제가 그렇게 피도 눈물도 없어 보인다는 뜻인가요?"

지안이 살풋 미간을 찡그리는 게 보이자 상진의 입술 끝이 더욱 말아 올라갔다. 신기하게도 안경 하나 없고 머리만 풀었을 뿐인데 전과 다르게 표정이 풍부해 보였다.

"제가 하겠습니다."

지안이 구급상자 쪽으로 손을 뻗자 상진이 낮게 말했다.

"말투."

"아, 제가 할게요."

이번엔 제대로 말을 했는데도 상진은 지안의 말은 싹 무시하고 가느다란 그녀의 발목을 잡고 살짝 들어 올렸다. 바닥에 앉은 그가 지안의 발바닥을 유심히 살펴보자 지안의 얼굴이 다시 점점 붉어졌다.

상진의 손가락은 길면서도 남자다운 힘이 느껴졌다. 그 손가락으로 자신의 발을 치료해 주는 모습을 보고 있자니 기분이 점차 묘해지고 목이 말라 오는 것 같았다. 마치 오르막길에서 그의 등을 바라보며 은밀한 상상을 했던 날처럼.

왜 이래? 나.

지안은 필사적으로 포커페이스를 유지하기 위해 애썼다. 자신을 치료해 주는 고용주를 상대로 못된 상상을 하는 것만 같아 마음도 불편했다. 하지만 이상하게도 심상치 않은 심장의 울림은 더욱 커지고 있었다.

"다행히 상처는 깊지 않군. 소독하고 연고 발라 뒀으니 아마 괜찮을 겁니다. 부위가 하필 발바닥이라 당분간은 걷기 불편하겠지만."

"괜찮습…… . 아니, 괜찮아여. 어머!"

지안이 당황한 듯 얼른 손으로 입을 막았다.

포커페이스에만 신경을 쓰고 있던 터라 또 습관적으로 딱딱한 말투가 나와 고치려다 보니 난데없이 인터넷 귀요미 말투가 튀어나와 버렸다.

상진은 몹시 당황한 듯 얼굴이 붉게 변한 지안을 올려다봤다. 투명할 정도로 깨끗한 피부가 얼굴에서 목까지 붉어지는 영역을 확장하는 걸 실시간으로 보고 있으려니 슬몃 웃음이 나왔다.

"차라리 그 말투가 괜찮군."

"실수였어요. 죄송해요."

지안이 겨우 다 풀려나가기 직전의 정신줄을 움켜잡고 조용히 말하자 상진이 피식 웃었다.

"그런데 아까는 왜 그렇게 놀라서 달려 나온 겁니까? 비명 소리가 너무 처절해서 큰일 난 줄 알았습니다. 단지 정전 때문?"

상진이 묻자 지안의 심장이 갑자기 쿵 내려앉았다. 유일한 아킬레스건을 상진에게 들킬 것 같아 지안이 꿀꺽 침을 삼키고 차분한 목소리로 말했다.

"샤워 중에 갑자기 정전이 돼서 조금 놀랐어요. 이사님이 밖에 계실 줄은 몰랐는데 저 때문에 많이 놀라셨을 것 같아요. 죄송해요."

"습관적 사과, 조심하라고 했을 텐데."

상진이 낮게 말하며 지안의 발을 잡고 밴드를 붙이기 시작했다. 강한 팔로 발을 잡고 있는 부분에서 왠지 모를 열기가 치솟았다. 지안은 온몸이 간질거리는 듯한 기분을 참아내며 두근거리는 심장 소리를 들키지 않으려 안간힘을 썼다. 밴드를 다 붙이자 상진이 구급상자를 닫으며 일어섰다.

"이제 끝. 내가 밟은 안경은 변상해 주도록 하죠."

"아뇨. 그러실 것까진 없어요. 어차피 새 안경으로 바꿀까 하던 참이었고……."

"난 내가 벌인 일은 제대로 수습해 놓지 않으면 밤에 잠이 오질 않는 성미니 이건 그쪽이 이해하고. 바깥채는 내일 전기 쪽 사람을 불러 알아보도록 하죠. 아마 다시 공사해야 할 것 같으니 그 전까진 1층 손님방에서 지내도록 해요."

당분간 안채에서 지내야 한다는 말에 지안의 표정이 조금 난처해졌지만 할 수 없다는 듯 곧 끄덕거렸다.

"……알겠어요."

"그리고 발이 나을 때까진 다른 임시 도우미를 부를 테니 그렇게 알아 둬요."

그 말에 지안이 고개를 들어 일어서 있는 상진을 올려다보며 시선을 맞췄다.

"아뇨. 이 정도 상처쯤은 집안일 하는 데 아무 지장 없으니 괜찮아요. 그러실 것 없습니다."

지안이 당황스러워하던 모습을 지우고 평소의 모습으로 되돌아와 완강히 말하자 상진은 내면에 일순 아쉬움이 스쳐 지나갔다.

"당신은 괜찮을지 몰라도 내가 안 괜찮아서 그럽니다. 보이지도 않는 눈을 하고는 다친 발로 겅중거리면서 집안일 하는 꼴을 나보고 내내 보고 있으란 소립니까? 발이 나을 동안만이니 그동안은 쉬도록 해요."

"그래도 이건 계약된 제 일입니다. 정히 며칠 쉬어야 한다면 급료에서 제해 주세요."

"이지안 씨. 산재 몰라요? 이런 걸 보고 산재라고 하는 겁니다."

"제 잘못도 분명 있었어요. 그렇게 해 주세요."

지안이 굽힐 생각을 하지 않자 상진은 이해할 수 없다는 듯 낮게 한숨을 내쉬었다.

"쉬게 해 주겠다는데 왜 이렇게 완강하지? 이런다고 당신 이력에 금이 가진 않아."

"그래도 받아들일 수 없습니다."

그녀가 요지부동으로 자신의 의견을 피력하자 상진도 결국 두 손을 들었다.

"하, 좋습니다. 그럼 다른 도우미는 부르지 않을 테니 발이 나을 때까진 절대 무리하지 않는 걸로 합시다. 어때요, 이건 양보할 수 있겠죠?"

상진의 말에 딱딱하게 굳어 있던 지안의 얼굴이 그제야 부드럽게 풀렸다.

"감사합니다. 그럴게요."

눈을 가늘게 접으며 환하게 미소 짓는 모습에 상진의 심장이 쿠웅 내려앉았다. 평소처럼 입술 끝만 부드럽게 올라가는 정도의 미소가 아닌 눈이 부실 정도로 환한 미소였다. 왼쪽 **뺨**에 살풋 들어

가는 불우물을 보자 그의 심장이 발작하듯 쿵쾅거리기 시작했다.

아, 제길. 안경 벗은 이 여자는 너무…… 위험해.

"……그럼 쉬도록 해요."

"네. 안녕히 주무세요."

상진이 구급상자를 들고 계단으로 올라가자 지안이 한숨을 포옥 내쉬었다.

"휴우, 들킬 뻔했네……."

어릴 때부터 그녀의 유일한 약점인 겁이 많다는 것을 들킬까 봐 바짝 긴장했던 지안이 그제야 안도의 한숨을 내쉬었다.

바퀴벌레도 뱀도 두려워하지 않는 프로페셔널한 가사도우미가 귀신을 무서워하다니……. 이건 정말 들켜선 안 된다. 절대로!

지안이 비장한 표정으로 고개를 주억거리고는 손님방으로 천천히 절뚝거리며 걸어갔다.

아래층에 지안이 있다고 생각하니 묘하게 잠이 오지 않았다. 상진은 뒤척이다가 물이라도 마시자 생각해 1층으로 향하는 계단으로 갔다. 그때 지안이 커다란 카디건을 꽁꽁 싸매듯 입은 채로 발을 절뚝거리며 현관 쪽으로 가고 있는 것이 보였다.

"그 발로 어딜 돌아다녀요?"

상진이 인상을 쓴 채로 빠르게 다가오자 지안이 놀란 듯 뒤돌아봤다. 안경을 안 쓴 얼굴이 아무리 봐도 적응이 안 될 만큼 청순했다.

"아……. 바깥채에서 가져올 게 있어서요."

잘 보이지 않는지 눈을 가늘게 뜨고 상진을 바라보며 지안이 말했다.

"잘 보이지도 않고 잘 걷지도 못하면서 거기까지 가려면 밤새겠네. 뭔지 말해요. 내가 가져다줄 테니."

상진이 자신에게 어울리지 않는다고 생각하는 친절까지 보였건만 지안의 얼굴은 귀신이라도 본 듯 새파랗게 질렸다. 기대했던 표정이 아닌지 상진의 눈썹 끝이 홱 치솟았다.

"대신 가져다준다는데 그 표정은 뭡니까?"

"아뇨. 그러실 거 없어요. 괜찮아요."

지안이 거절하자 상진의 표정이 더 험악해졌다.

"괜찮긴 뭐가 괜찮다고. 뭔지나 빨리 말해요. 시간 끌지 말고."

"정말 괜찮습니다."

"내 말 안 들려요?"

상진이 으르듯 말하며 지안을 사납게 내려다봤다.

……실수했다.

지안이 몹시 당혹스러운 표정으로 입술을 깨무는 것을 본 순간 상진은 자신이 실수했다는 사실을 깨달았다. 남에게 부탁하기 어려운 종류의 물건이 필요할 수도 있다는 생각을 왜 못했을까? 특히 여자는 남자에 비해 그런 것들이 무수히 많지 않은가.

상진이 낮게 한숨을 내쉬고는 말했다.

"심하게 말해서 미안합니다. 그러려던 건…… 아니었어요. 내 제의가 불편하다면 다른 방법으로 하죠."

"네……? 어머!"

상진이 지안의 몸을 번쩍 들어 올렸다. 아까처럼 또 그에게 공주처럼 달랑 안기게 되자 그녀의 눈동자가 더욱 커졌다. 상진은 지안을 안은 채로 거침없이 현관문을 열고 밖으로 나갔다.

"내, 내려 주세요. 이사님. 혼자 갈 수 있습니다. 아니면 그냥 안 가도 되니까 내려 주세요."

지안이 황급히 말했지만 상진은 여전히 들어줄 마음은 없어 보였다. 빠른 걸음으로 돌계단을 내려가며 지안에게 당부했다.

"잘 잡아요. 그렇게 있다가 떨어져도 난 모릅니다."

그의 몸에서 가능한 한 떨어지려던 지안은 그 말을 듣고서야 몸을 조금 밀착시켰다. 그의 빠른 걸음에 몸이 크게 흔들리자 상진이 지안을 잡은 손에 힘을 주며 다시 말했다.

"목에 팔을 감아요."

"아, 네."

지안은 할 수 없이 머뭇거리며 상진의 목에 매달리듯 팔을 감았다. 지안의 머리칼이 얼굴을 스치고 목을 간질이자 상진의 입술 끝이 슬몃 추켜 올라갔다.

흔들리는 몸 때문인지 지안의 심장도 시종일관 빠르게 들썩거리고 있었다. 상진은 바깥채 문을 열고 안에 지안을 천천히 내려 줬다. 다친 발이 바닥에 닿지 않도록 무척이나 조심하는 것이 지안에게도 느껴질 정도였다.

이 남자가 이렇게 친절한 남자였던가?

지안은 머릿속을 온통 어지럽게 울리는 심장 소리 때문인지 머릿속이 복잡해졌다. 상진에게서 느껴지는 남성적인 체취와 오늘 밤 그가 보여 주는 의외의 모습들에 혼란스러움이 자꾸만 커져 갔다.

"어두워서 아무것도 안 보이네. 이래서 뭐 찾을 수나 있겠어요? 이거라도 들고 들어갔다 와요."

상진이 주머니에서 스마트폰을 꺼내 손전등 기능을 작동시킨 뒤 지안에게 건네줬다.

"네. 고마워요."

지안이 흘러내리는 앞머리를 하얀 손가락으로 쓸어 넘기며 작게 대답했다. 그러고 보니 늘 완벽하게 틀어 올려 묶고 있는 상태만 봤는데 이렇게 느슨하게 머리를 묶고 있는 모습도 처음 보는 것 같았다. 하얀 피부에 흘러내린 까만 머리칼이 상진의 기분을 이상하게 만들었다.

"저쪽에서 기다리고 있을 테니 나오면 불러요."

"네."

얌전히 대답한 지안이 한쪽 발바닥이 바닥에 닿지 않도록 천천히 조심해서 안쪽으로 들어갔다. 그녀가 넘어지지 않고 잘 걸어가는 것을 확인한 상진은 자꾸 자신을 이상하게 만드는 기분을 털어내버리려 몸을 돌려 문 입구로 걸어갔다.

바깥채 입구 앞에 서서 상진은 하늘을 바라보고 있었다. 달이 꽤 크고 밝은 날이었다.

……그런데 왜 달을 봐도 안으로 들어간 그 여자 생각이 나는 거지? 이러다가 모든 신경이 다 이지안으로 잠식돼 버리는 게 아닐까?

"이사님. 오래 기다리셨죠?"

상진이 미간을 찌푸리고 서 있는데 안쪽에서 지안의 목소리가 들렸다. 얼른 다시 입구 안으로 들어가니 쇼핑백에 무언가 두툼하게 담아 나온 지안이 안쪽 복도부터 천천히 절뚝거리며 다가오고 있었다. 미안해서인지 부러 빨리 오려는 몸짓에 상진의 미간이 더욱 좁혀졌다.

천천히 오지 뭘 빨리 오겠다고.

상진은 저도 모르게 빠른 걸음으로 성큼성큼 안으로 들어가 지 안 앞에 섰다.

"내가 들고 가는 게 더 빠르겠습니다."

상진은 괜히 시니컬한 목소리로 말하고는 지안을 안아 올렸다. 지안은 두툼한 봉투를 꺼안은 채로 아까와는 달리 얌전히 그의 품 으로 밀착했다.

찌릿.

작은 몸이 그에게로 순순히 밀착해 오자 상진의 심장이 전기에 라도 감전된 듯 찌리리리한 통증을 느꼈다.

뭐야? 이건.

예상치 못한 통증에 상진의 얼굴이 딱딱해졌다. 거기다가 지안이 안고 있는 짐 때문에 아까처럼 목을 안으라고 할 수 없단 게 왜 또 아쉽게 느껴지는 거지? 나 미친 거 아냐?

"자꾸 폐를 끼쳐서 죄송해요."

"나 때문에 다친 건데 그럴 거 없다고 몇 번을 말해요."

상진은 못마땅한 얼굴로 내뱉은 뒤 바깥채를 빠져나와 내려올 때와 달리 속도를 줄여 천천히 돌계단을 올라갔다.

안채로 돌아온 지안은 방 안에서 바리바리 싸 온 꾸러미를 열어 속옷과 당장 필요한 옷, 화장품과 칫솔 등을 꺼냈다. 책상 위에 있 던 노트북과 자격증 시험공부용 필기도구와 관련서적, 그리고 휴대 폰과 충전기도 챙겨 왔다.

"일단 이걸로 당분간 생활은 할 수 있겠는데……. 나머지는 이 사님 출근하신 사이에 천천히 가져와야겠어. 공사가 언제 끝날지 모르니."

단정하고 심플한 속옷들을 바라보며 지안이 살짝 한숨을 내쉬었다. 당장 필요한 게 저것들이었는데 상진이 가져다준다고 했을 땐 정말 깜짝 놀랐다. 안아 들었을 때도 놀랐지만…….

지안의 얼굴이 희미하게 붉어졌다.

어릴 때부터 남자친구는커녕 친구 사귈 시간도 없이 일만 하느라 이제 곧 서른인데도 이성에 대한 면역이라곤 그녀에게 개미 똥만큼도 없었다. 늘 호기심이 생기면 이론적인 학습을 먼저 해 보는 성격인지라 대학 때 과 동기의 야동 찬양에 의해 잠시 성에 대한 공부를 해 보긴 했었다. 하지만 지안의 이론으로는 왜 남녀가 벌거 벗고 저러고 있는 것인가, 에 대한 정답을 도무지 찾을 수가 없어서 포기했었다.

다만 그때 본 살색 향연의 영상들은 지금도 야심한 밤에 종종 생각이 나 혼자 얼굴이 붉어지긴 했다.

누군가를 사랑하는 기분은 어떤 기분일까?

그게 어떤 기분인지는 잘 모르겠지만 장가방을 번쩍 든 상진의 다부진 뒤태를 본 이후부터 자꾸 그를 보면 예전의 그 영상들이 오버랩 돼서 수시로 얼굴에 열이 오르곤 한다. 들키지 않으려 다년간 훈련된 포커페이스로 무장했지만 오늘 밤의 예상치 못한 해프닝으로 왠지 제대로 들킨 것만 같아 지안은 내심 불안했다.

"아……. 어쩌면 좋아. 설마 아니겠지? 알면 얼마나 기분 나쁘겠어. 차라리 그냥 로봇이 낫지 음란로봇은 정말 최악이잖아."

지안이 탄식하듯 내뱉고는 길게 한숨을 내쉬었다. 이성을 향한 이런 기분은 생전 처음 느끼는 거라 어떤 식으로 받아들여야 할지 감도 잡히지 않았다.

"역시 그 방법밖에 없겠어."

지안은 고개를 들고 결의에 찬 눈빛으로 노트북을 켰다. 선인들이 말하길 모르는 건 물어서라도 배우라고 했었다. 지안은 모르는 것이 생기면 늘 정석으로 공부하는 방식을 택했다. 그런 그녀의 학구열은 수많은 자격증이 증명해 주고 있었다. 지안은 안경이 없어 잘 보이지 않아 화면 쪽으로 얼굴을 바싹 가져다 댄 채 타자를 치기 시작했다.

[마음을 숨기는 방법이 있을까요?]

비장한 표정으로 고수들에게 질문을 남긴 지안은 노트북을 끄고 잠옷으로 갈아입고 침대 위에 누웠다.

참 호사스러운 방이네…….

침대 속으로 몸이 푹 파묻힐 듯한 푹신푹신한 침대하며 높다란 천장에 고급스런 가구들이 배치되어 있는 커다란 방은 자신이 사용하기에 지나치게 호사스럽다는 생각이 들었다. 고급스러운 이 방보다는 역시 아늑하고 편안한 바깥채가 지내기에 낫다고 생각했다. 지안은 공사가 빨리 마무리 지어지길 바라는 마음으로 스탠드를 끄고 천천히 잠 속으로 빠져들어 갔다.

새벽 4시.

알람은 가져오지도 못했지만 지안은 습관적으로 반짝 눈을 떴다. 잠시 시야에 보이는 높은 천장에 놀랐지만 곧 어제 일이 기억이 났다. 휴대폰으로 시간을 확인하고 습관적으로 안경이 있는 곳을 손으로 더듬었지만 안경이 잡히질 않았다.

"아. 부러졌지……."

지안은 자리에서 일어나 침대를 잽싸게 정리하고 커다란 테이블 위에 올려놓은 노트북을 켰다. 밤새 고수님이나 지존님이 답변을 달아 주시지 않았을까 기대하며 얼굴을 모니터에 바짝 대고 인터넷 창을 열어 어젯밤 올려 둔 질문을 확인했다.

[질문: 마음을 숨기는 방법이 있을까요?]

"어머, 답변이 4개나 달렸네?"

답변 표시 글을 본 지안이 눈을 반짝이며 얼른 커서를 가져다 대고 클릭했다.

— 답변 1: 없어. 그딴 게 어딨어. (닉네임: 포기해)

— 답변 2: 그게 되면 사람입니까? 포기해요. (닉네임: 포기하면 편해)

— 답변 3: 사람은 절대 숨길 수 없는 것 세 가지가 있다고 하죠? 감기, 재채기, 그리고 사랑. (닉네임: 그러니까 포기하라고요)

— 답변 4: 솔로천국 커플지옥 (닉네임: 커플따위거져버려나평생모태솔로다젠장)

답변을 하나하나 살펴본 지안의 얼굴이 어두워졌다.

"역시 안 되나……."

지안이 실망한 기색이 역력한 얼굴로 머리끈을 들고 다친 발바닥이 바닥에 닿지 않도록 조심하며 방문을 열고 나갔다.

그때 마침 계단에서 내려오던 상진이 지안이 방에서 나오는 모습을 보고 우뚝 멈춰 섰다. 지안이 방금 일어난 듯한 가벼운 옷차림으로 두 손으로 머리를 묶으며 천천히 욕실 쪽으로 걸어가고 있었다. 상진은 그 자리에 멈춰 선 채로 지안이 살짝 절뚝거리며 욕실로 가는 모습을 눈으로 좇았다. 욕실 문이 닫히고 나서야 다시 계단을 내려오며 손목시계를 확인했다.

4시? 일찍 일어나는 것 같다고는 생각했지만 이렇게 일찍?

시계를 확인한 상진이 미간을 찌푸리고 식당으로 걸어갔다. 그러고는 차가운 물을 한 컵 마시고 다시 2층으로 올라갔다. 원래는 진하게 커피도 한 잔 내려서 올라갈 생각이었지만 씻고 나온 지안이 불편해할 수 있을 것 같다는 생각에 카페인은 그냥 포기하기로 했다.

사실 상진은 밤새 한숨도 못 잤다.

피곤한 얼굴로 의자 위에 앉아 있는 상진의 얼굴이 수면 부족으로 더욱 날렵하게 보였다. 어젯밤에 본 지안의 처음 보는 맨얼굴과 커다랗고 까만 눈망울, 촉촉한 물기에 젖어 있던 기다란 머리칼과 목욕 타월만 두르고 있는 사이로 보이는 매끄러운 피부가 그를 밤새 번뇌에 빠지도록 만들었다.

몽롱한 정신으로 본 방금 전의 무방비한 청순한 얼굴에도 심장이 거세게 반응하고 있었다.

……역시 안경이 없는 이지안은 너무 위험해.

상진은 오늘은 주말이니 백화점이 문 여는 시간이 되면 당장 가서 안경부터 사 와야겠다고 굳게 다짐했다.

"일주일이나 걸린다니, 그게 무슨 말입니까?"

다짐했던 바와 같이 백화점이 문을 열자마자 안경을 맞추러 온 상진이 눈썹을 홱 치켜 올리자 점원이 깨진 지안의 안경을 들고 난처한 얼굴을 했다.

"죄송합니다만 이렇게 두꺼운 알을 원하시는 두께로 만들려면 따로 의뢰를 해야 하기 때문에 어느 정도 시간이 걸릴 수밖에 없습니다."

상진은 난색을 표하는 점원의 얼굴을 빤히 쳐다보다가 말했다.

"돈은 얼마가 들어도 좋으니 3일 안에 해결해 주시죠."

그 말을 들은 점원이 여전히 곤란하다는 얼굴로 자신의 안경을 추켜올렸다.

"최대한 노력해 보겠습니다만……."

— 콜! 자식. 너 사회생활 좀 할 줄 아는구나? 이 나라에서 사실 돈으로 안 되는 건 없지. 안 그래?

점원의 얼굴 위에 떠올라 있는 속마음을 본 상진이 입술 끝을 천천히 기울이며 명함을 꺼내 내밀었다.

"그럼 준비되는 대로 이쪽으로 전화 주시죠."

"아, 그러죠."

표정 관리를 하며 명함을 받아 든 점원의 눈이 커졌다.

— 대호의 이사면……. 웬만한 사장 급 이상이잖아? 가만, 그러고 보니 이 백화점도 대호 계열사인데! 젠장, 나 실수한 거 아냐? 이거 이렇게 되면 전화로 닦달을 해서라도 이틀 안에 준비해 놔야겠어!

"그럼."

"아, 네. 아, 안녕히 가십시오!"

점원이 파랗게 질린 얼굴로 허리를 직각으로 접으며 인사하는 것을 뒤로한 채 상진은 매장을 나왔다.

집으로 돌아왔는데 평소처럼 지안이 단정하게 마중 나와 있지 않자 상진은 눈을 가늘게 뜨고 현관문을 닫고 집 안으로 들어왔다.

다친 발 때문인가?

식사 준비와 다른 집안일은 상진의 잔소리에도 불구하고 평소처럼 철저히 해 내는 모습을 본 상태에서 외출했기 때문에 위화감이 들었다. 2층으로 올라가려다가 거실에 물걸레질하던 흔적이 있고 지안이 쓰는 방문이 살짝 열려져 있는 것을 보고 멈칫했다.

그쪽으로 천천히 다가가자 안에서 조곤조곤한 말소리가 들렸다. 청소하다가 전화가 와서 방 안으로 들어가 통화하고 있던 모양이었다.

통화 중이라 그랬던 거군.

안심을 하며 몸을 돌리는데 방 안에서의 통화 목소리가 그의 귀를 잡아끌었다.

"또 그러셨대? ……걱정 마. 언니가 알아서 할 테니까 넌 신경 쓰지 말고 공부나 해. 괜찮다니까. 언니 모아 놓은 거 있어. 응……. 아버지 그러시는 거 하루 이틀 일도 아닌데 너무 속상해하지 마. 지유야."

상진이 표정을 굳힌 채 멈춰 서 귀에 바짝 신경을 모았다. 지안의 말만으로도 통화 내용이 어느 정도 짐작 가능했다.

"넌 걱정할 거 없다니까. 언니가 알아서 할게. 그보다 생활비는 아직 안 떨어졌니? 언니가 내일 좀 더 부쳐 줄게. 애들 밥 잘 챙겨 먹이고. 응. 그래. 쉬는 날 한번 갈게."

전화를 끊는 기미가 느껴져 상진이 잽싸게 몸을 돌리는데 잠시 공백을 두고 지안의 목소리가 다시 이어졌다.

"네, 아버지. 저예요. 지유한테 들었어요. 왜 그런 얘기를 지유한테 하셨어요……. 학생이 돈이 어디 있다고. 강 씨 아저씨한테 돈 빌리신 거예요? 제가 해결해 드릴 테니까 말씀하세요."

조용조용 이어지는 지안의 목소리 사이로 가느다란 한숨이 섞여 있다는 게 느껴졌다. 상진은 눈을 내리깔고 가만히 듣고 있다가 전화가 끊기기 전에 발소리를 내지 않고 2층으로 올라갔다.

"어머, 언제 오셨어요?"

걸레를 들고 서재 문을 연 지안이 책상 앞에 앉아 있는 상진을 보고 깜짝 놀랐다. 상진은 안경을 쓴 채로 모니터에 시선을 두다가 힐끗 지안을 돌아봤다.

"좀 전에 왔습니다. 안 보이기에 어디 나간 줄 알았더니?"

"아뇨. 계속 집 안에 있었는데 오신 줄 몰랐네요. 커피 가져다 드릴까요?"

"됐으니까 좀 가만히 쉬면 안 됩니까? 발이 나을 때까진 무리하지 않기로 한 걸로 아는데."

상진의 말에 지안이 왼쪽 볼에 작은 보조개를 만들며 미소 지었다.

"괜찮습니다. 걱정해 주셔서 감사해요."

그녀의 보조개를 홀린 듯 바라보던 상진이 고개를 돌렸다.

"그러다 계단에서 넘어지기라도 하면 내가 더 불편해져서 그럽니다."

"네. 조심하겠습니다."

"조심한다고 말만 하고 계속 절뚝거리며 왔다 갔다 하면 신경이 쓰여 일을 할 수 없잖습니까. 그러니 내려가서 방 안에 박혀 있어요. 내가 나오라고 할 때까지 얌전히 누워서 쉬란 말입니다."

상진이 으르듯 말하자 지안이 포기한 듯 끄덕거렸다.

"그럼 그렇게 할게요."

지안이 대답한 뒤 조용히 서재 문을 닫고 밖으로 나왔다. 그녀의 입가에 여전히 옅은 미소가 매달려 있었다.

말은 까칠하게 해도 자신을 걱정해서 하는 말임을 그녀 스스로도 잘 알고 있었다. 늘 누군가를 챙겨 주고 걱정해 줘야 하는 입장이었던 지안으로서는 자신이 보살핌을 받는 입장이 되는 데에 익숙하지 않았다.

그럼에도 상진의 속 깊은 배려에 따뜻함을 느꼈다. 어젯밤 바보같이 비명을 내지른 자신의 목소리를 듣고 단걸음에 달려와 준 그의 모습을 봤을 때, 그리고 단단한 팔로 안아 올려 단숨에 걸어와 정성 들여 치료까지 해 줬을 때, 그의 상냥한 손길과 눈빛에서 이 남자가 얼마나 따뜻한 남자인지 확연히 느낄 수 있었다.

고맙기도 하지.

지안은 미소를 띠운 채로 계단 난간을 잡고 천천히 걸어 내려왔다. 하지만 잠시 후, 지안은 그의 말을 어긴 채 손님방에서 나와 다시 서재로 올라갈 수밖에 없었다.

"이사님. 오늘 이체 실수하신 게 있는 것 같아요. 월급날도 아닌데 제 통장으로 돈이 들어와 있는데 다시 입금해 드릴 테니 원래하시려던 곳에 다시 이체시키세요."

이체하려 노트북을 켰다가 깜짝 놀란 지안이 서재로 들어와 상진에게 말했다. 상진은 대수롭지 않게 지안을 쳐다보며 안경을 추켜올렸다.

"그거 제대로 이체한 거 맞습니다. 이지안 씨 보너스니까."

"보너스요? 아니 그렇게 많은 돈을……. 게다가 보너스 시기도 아닌데."

그의 말을 들은 지안이 당황스러운 얼굴을 하자 상진이 기분 나쁘다는 듯 눈썹을 추켜올렸다.

"보너스는 주고 싶을 때 주는 거죠. 그리고 내가 그 정도 돈도 보너스로 못 주는 무능력한 남자로 보입니까?"

"아, 아뇨. 그런 뜻이 아니라 전 이미 이쪽 업계에서는 최고 연봉으로 계약하고 일을 하고 있는 건데 보너스 때도 아닌데 이런 거액의 보너스까지 주시면……."

"당신 가사수행 능력이 내가 생각한 것 이상이라 그에 상응하는 대가를 지불하는 것뿐입니다."

"하지만……."

상진이 그녀의 말을 끊고 확실히 했지만 지안이 여전히 난처한 표정을 짓고 있었다.

그의 말이 맞다 하더라도 액수가 너무 많았다. 지금까지 그녀의 능력에 크게 만족했던 고용주들이 이런저런 보너스를 줬던 일들은 있었지만 한 달 월급을 족히 상회하는 돈을 갑자기 받은 적은 없어서 어떻게 해야 할지 알 수가 없었다. 그녀가 이러지도 저러지도 못하고 마냥 서 있기만 하자 상진이 미간을 좁히고 말했다.

"지금까지 있던 다른 도우미들에게도 늘 능력치에 맞는 보너스를 줘 왔으니 특별하게 생각할 것 없어요. 앞으로 지금까지처럼 열심히 해 주면 됩니다."

다른 사람들도 같은 대우를 받았다는 말에 지안은 더 이상 거부하는 것도 예의가 아닐 거라는 생각이 들어 조심스럽게 고개를 숙이며 말했다.

"그럼 감사히 받을게요. 신경 써 주셔서 감사합니다."

"그 감사는 받도록 하지. 그만 나가 봐요."

"네."

지안이 서재를 나가자 상진이 입술 끝을 슬몃 말아올렸다.

사실 한 달도 채우지 못하고 잘려 나간 도우미가 대다수라 보너스를 줄 만큼 오래 있던 도우미는 없었지만 그걸 굳이 말할 필요는 없지 않은가?

지안은 자신의 방으로 돌아와 멍하니 은행사이트 화면만 쳐다보고 있었다. 사실 지유에게는 걱정하지 말라고 했지만 당장 아버지에게 보낼 돈 때문에 걱정이 컸는데 상진이 그 고민을 한 번에 해결해 주자 얼떨떨한 기분이었다.

그녀의 아버지인 곽수가 새로운 사업을 해 보자며 강 씨 아저씨를 끌어들여서 천만 원을 빌린 뒤 불 들어오는 야광콘돔을 어마어마하게 만들었다가 전국적으로 딱 삼십 개 팔렸다며 강 씨 아저씨가 손해배상 소송을 걸었다고 했다.

물론 그 돈은 지안의 수입으로 보자면 아예 내놓지 못할 액수는 아니었다. 하지만 문제는 네 동생들의 연이은 등록금과 지방에서 서울로 올라온 동생들이 사는 집의 전세금, 그리고 그 집 살림살이 마련 등으로 인해 모아 둔 돈을 다 쓴 상태라 수중에 여유가 없다는 거였다.

그런 상황에 상진의 보너스는 그녀에게 커다란 도움이 됐다. 지안은 그가 입금해 준 돈에 저금해 둔 돈을 보태서 무사히 아버지와 동생들에게 입금을 할 수 있었다.

정말 다행이야.

이체가 끝난 후 지안은 안도의 한숨을 내쉬었다. 그리고 돌아가신 엄마가 자신을 이런 식으로 도와준다고 생각하며 더 열심히 살아야지 마음먹었다.

그날 밤.

상진은 침대에 누워 천장을 바라보고 있었다.

이미 한참 전부터 그는 이 자세였다. 잠이 오지 않는 이유가 아래층의 손님방을 차지하고 있는 이지안 때문이라는 생각이 들었지만 고집스럽게도 불면증 탓이라고 스스로 우기는 중이었다.

안 되겠군. 술이라도 마셔야겠어.

상진은 벌떡 일어나 1층으로 내려갔다. 홈 바로 들어가려는데 시선이 제멋대로 지안이 있는 방으로 향했다.

미친놈같이 왜 이래? 상진이 쓰게 웃으며 다시 몸을 돌렸다.

똑똑.

상진은 흠칫 놀랐다. 분명 반대쪽으로 몸을 돌린 것 같은데 왜 손이 멋대로 지안의 방을 노크하고 있는 거지?

"네."

안에서 들려온 목소리는 다행히 자다 깬 목소리는 아니었다.

"접니다."

자신의 목소리도 다행히 평소와 다를 바 없이 시니컬하게 흘러 나왔다.

"들어오세요."

그 말을 들은 상진이 방문을 열고 방 안으로 들어갔다. 지안은 테이블 앞의 벨벳의자에 앉아 무언가를 하고 있었던 것 같았다. 상진이 천천히 다가가며 물었다.

"내가 방해한 건 아닙니까?"

"아뇨. 괜찮아요. 뭐 필요하신 거라도 있으세요?"

사슴 같은 커다란 눈을 깜빡이며 지안이 묻는 말에 상진은 잠시 고민에 빠졌다. 목적을 생각하지 않고 정신 차리고 보니 무작정 노크 먼저 하고 있었기 때문에 뭐라고 해야 할지 알 수가 없었다. 할 말을 고민하던 상진이 무겁게 입을 열었다.

"잠이…… 안 옵니다."

"네?"

잔뜩 미간을 좁힌 상진이 하는 말에 지안의 커다란 눈이 더욱 커졌다. 숱이 많은 기다란 속눈썹이 풍성하게 달린 커다란 눈은 바라보고 있으면 그 안으로 빨려 들어갈 듯한 신비한 매력을 가지고 있었다.

상진이 잠시 뜸을 들인 후 말했다.

"잠이 안 와서 술을 마실까 하는데 내일 아침 일찍 회의가 있어서요. 쉬고 있는데 미안하지만 간단하게 칵테일 만들어 줄 수 있을까 하고."

"아, 알겠습니다. 식당에서 가져올 것이 있으니 바에서 잠시만 기다려 주세요."

지안이 상진의 말에 지체 없이 일어서서 문 밖으로 나갔다. 상진이 홈 바로 건너가 앉아 있자 지안이 잠시 후 트레이 위에 무언가 잔뜩 준비해 왔다. 그의 옆자리에 앉아 여러 개의 병과 재료들을 주르륵 나열하더니 비장한 얼굴로 말했다.

"시작하겠습니다."

마치 예술적인 도자기를 빚으려는 장인처럼 경건한 눈빛으로 말한 지안이 안경이 없어 여러 개의 병을 눈앞에 바짝 들이대고 일일이 확인한 후 쉐이커 통에 넣고 현란하게 흔들었다. 그러더니 곧 부채꼴처럼 윗부분이 넓게 퍼진 칵테일글라스에 노란빛이 감도는 투명한 칵테일을 따르고 별 모양의 사과를 띄워 상진 앞에 놔줬다.

"애플마티니입니다."

"고마워요."

글라스를 들어 올린 상진이 천천히 맛을 보는 모습을 바라보며 지안은 순식간에 무엇인가를 조제해 휘적휘적 젓더니 레몬 한 조각을 꽂은 기다란 글라스를 내려놨다.

"이건 진토닉입니다. 그거 다 드시면 드세요."

상진 앞에 잔을 밀어 놓은 지안이 레드와인을 꺼내더니 큰 볼에 찰찰 쏟아붓고 오렌지와 레몬을 링 모양으로 썰어 담고는 설탕과 오렌지주스, 시나몬가루를 차례로 담아서 옆에다 놨다. 커다란 볼에 담긴 붉은 빛깔의 과일과 액체를 바라보며 상진이 물었다.

"그건 뭡니까?"

"아, 이건 샹그리아인데요. 이대로 하루 정도 묵혀 뒀다 먹으면 맛있어요. 내일도 잠 안 오시면 드시라고 꺼낸 김에 만들어 봤습니다. 오늘 밤에라도 제가 잠든 후에 술이 부족하시면 이거 꺼내서 한 잔 드시고 자도 좋아요."

지안이 썩 만족스러운 표정으로 꺼내 놓은 병들을 정리하기 시작했다. 애플마티니를 마시던 상진이 지안을 잠시 바라보다가 물었다.

"같이 마실래요? 혼자 마시기는 조금 적적한데."

상진이 그녀가 만들어 놓은 진토닉 잔을 눈짓으로 가리키며 말하자 지안이 잠시 눈을 깜빡거리며 그를 바라봤다.

"아……. 그러시다면 한 잔만."

지안이 머뭇거리며 앞에 놓인 잔을 들고는 상진이 내민 잔에 살짝 부딪혔다. 스트로를 살짝 입술에 가져다 대고 동그랗게 눈을 뜨고 쪽 빨아먹는 모습을 보자 상진의 심장이 삐거덕거리는 묘한 불협화음을 냈다.

또 시작이군.

상진이 눈썹을 모으며 심장 부근을 손가락으로 꾸욱 누르곤 칵테일을 들이켰다.

"음. 역시 맛있네요."

찔끔찔끔 새 모이 먹듯 한 모금씩 맛을 보던 지안이 살짝 상기된 얼굴로 쭉쭉 빨아먹기 시작했다. 상진은 지안이 생각보다 술을 잘 먹는다고 생각하며 둥글게 모으고 있는 그녀의 붉은 입술에서 시선을 떼지 못했다. 바닥까지 쪽쪽 빨아 마신 지안이 눈을 빛내며 상진을 바라봤다.

"한 잔 더 드실래요?"

"그러죠."

상진이 끄덕이자 지안이 스파클링 와인과 오렌지 주스를 두 개의 글라스에 넣고 가볍게 저어 준 뒤 오렌지를 한 조각씩 예쁘게 끼웠다. 그중 하나를 상진에게 내밀며 말했다.

"이건 미모사라는 화이트 와인 베이스 칵테일입니다."

"미모사? 미모사라면 식물 이름에서 따온 겁니까?"

상진이 자신의 앞에 내밀어진 샛노란 칵테일을 보며 묻자 지안이 글라스를 잡고 시원하게 들이켜며 대답했다.

"네, 맞아요. 아, 칵테일이지만 안주가 있는 게 좋겠죠. 가져왔는데 잊고 있었네요."

지안이 테이블 위에 있는 사과와 과도를 들고 순식간에 사과를 토끼 모양으로 깎아 냈다.

"술만 마시면 속 버려요. 드세요."

사과를 포크로 찍어 상진에게 내민 지안은 이번엔 놀라운 속도로 오렌지로 꽃을 만들기 시작했다. 과일로 만드는 예술을 멍하니 보고 있던 상진이 노란빛 칵테일로 시선을 옮기며 물었다.

"미모사의 꽃말, 혹시 알고 있습니까?"

"네? 아, 네. 예전에 칵테일 공부할 때 배웠어요. 감춘 사랑과 예민함, 섬세함이었던 것 같은데요."

지안이 부지런히 손으로 오렌지 꽃을 만들며 대답했다. 상진이 눈을 가늘게 뜨고 칵테일을 바라봤다.

"감춘 사랑이라……."

왠지 감춘 사랑의 꽃말을 가진 칵테일과 자신의 알 수 없이 혼란스러운 마음이 동일한 선상에 있는 것으로 생각되어 노란색 글라스를 향한 상진의 시선이 흔들렸다. 지안을 바라보니 집중해서 오렌지를 깎고 있는 고개 숙인 그녀의 기다란 속눈썹이, 흔들리던 그의 시선을 붙잡았다. 느슨하게 묶은 머리에서 빠져나온 머리카락 가닥이 가느다란 하얀 목에 관능적으로 흘러 내려와 있었다.

……왜 이런 거지?

칵테일 한 잔에 온몸이 더워지는 것 같은 이상한 기분에 상진이 미간을 좁혔다. 문득 그녀의 방에서 봤던 노트북과 책이 생각나 상진이 물었다.

"아깐 방에서 뭘 보고 있던 건지 물어봐도 됩니까?"

"방에서요? 아아. 인터넷 강의 동영상이요."

상진에게 고개를 돌린 지안이 오렌지 꽃을 주르륵 나열하며 대답했다. 시선을 돌리는 순간에도 그녀의 손에 들린 과도는 멈추지 않고 예술혼을 불태우고 있었다.

"강의? 학교는 졸업한 걸로 알고 있는데. 아닌가? 그리고 안경도 망가진 상태에서 뭐가 제대로 보이긴 합니까?"

"자격증 공부 중이거든요. 동영상은 가까이서 보면 대충 보여요. 소리만 들어도 이해할 수 있구요."

순식간에 한 접시 가득 토끼와 꽃들을 나열한 지안이 뿌듯한 얼굴로 칵테일 잔을 쭈욱 들이켜곤 이번엔 사과를 자잘하게 슬라이스 쳐서 불꽃 모양을 만들기 시작했다. 상진의 시선이 절로 그녀의 손끝에서 당장 온몸을 불태울 듯 위압적인 불꽃 모양으로 변한 사과에게로 향했다.

"그러고 보니 당신 자격증이 한두 개가 아닌 것 같던데 무슨 자격증을 또 따려고 공부를 해요? 낮에 그렇게 일을 하면 밤엔 자는 게 좋을 텐데. 게다가 아침에도 꼭두새벽부터 일어나잖습니까."

"제가 언제 일어나는지까지 어떻게 아세요?"

파인애플로 꽃잎을 만들고 있던 지안이 눈을 동그랗게 뜨고 보자 상진은 순간 말문이 턱 막혔다.

"……귀가 좀 예민한 편입니다."

"아아, 그러셨어요? 잠을 깨우지 않으려면 조심해야겠어요. 그래도 2층에선 잘 안 들릴 거라고 생각했는데 정말 귀가 예민하신가 봐요."

"왜 그렇게 자격증을 많이 따려고 하는지 물었는데요."

상진이 화제를 돌리려 칵테일을 한 모금 마시고 내려놓으며 물었다.

"큰 이유는 없지만 여러 가지 다양하게 따 두면 제 일에 도움이 될까 해서요. 그래서 요리나 위생 쪽으로 많아요."

멜론과 바나나로 돌고래를 만들고 있던 지안의 얼굴에 흐뭇함이 한 자락 지나갔다. 심혈을 기울여 수박씨로 돌고래 눈을 찍어 붙이며 화룡점정을 찍자 그걸 보고 있던 상진의 눈매가 가늘어졌다.

……돌고래가 입까지 벌리고 있잖아?

귀엽게 입을 벌리고 있는 까만 눈의 바나나 돌고래를 보자니 상진은 그걸 먹고 싶은 마음은 싹 가셨지만 지안은 자신이 만든 작품에 흡족한 눈치였다. 과일 예술을 성공리에 마무리 지은 지안이 자신의 글라스를 들어 올리다 텅텅 빈 것을 확인하곤 아까 만들어 놓은 볼에서 붉은빛의 샹그리아를 새 글라스에 예쁘게 담았다.

붉은 입술로 흘러 들어가는 붉은빛 액체를 홀린 듯 바라보던 상진이 몸이 더욱 뜨거워지는 것을 느끼며 고개를 흔들었다. 지안은 그의 상태는 전혀 알지 못하는 건지 맛있다는 듯 샹그리아를 계속해서 따라 마시고 있었다.

"원예심리치료사와 풍선아트가 당신 일과 무슨 관련이 있습니까?"

노트북 옆에 다소곳이 쌓여 있는 책 더미에 원예심리치료사와 풍선아트 서적이 있는 걸 기억해 내고 상진이 물었다.

"이 일을 하다 보니 대부분 정원이 딸린 집에 사시는 분들이 고용한다는 걸 알게 됐거든요. 자택 내에서 가든파티를 즐기시는 분들이 많으니 그럴 때 도움이 되지 않을까 싶어서요. 원예심리치료사는……. 음. 어쩌면 이사님께도 도움이 될 수 있을 것 같아요."

"나한테?"

"네. 불면증이라거나 악몽도 불안한 심리상태에서 기인되는 거거든요. 심리가 안정되면 숙면에 도움이 될 테니까요."

얼마 전에 악몽을 꾼 자신의 모습에 신경을 쓰고 있는 것 같아 상진의 입맛이 썼다.

"이지안 씨가 그런 것까지 신경 쓰실 필요는 없습니다."

상진의 잔도 빈 것을 확인한 지안이 샹그리아를 예쁘게 담아 그의 앞에 놔주며 말했다.

"그래도 혹시 모르는 거니까요. 나중에 또 다른 집에서 도움이 될 수도 있구요. 한 번 배워 놓으면 여러가지로 응용할 수 있으니까 이왕이면 할 줄 아는 건 많을수록 좋고."

"그래서 그렇게 자격증에 집착하는 겁니까? 꼭 자격증이 있어야만 당신의 능력이 증명되는 건 아닐 텐데 무리를 하면서까지 할 필요는 없지 않나 싶은데."

지안이 벌써 몇 잔째인지 모를 샹그리아를 입술 안에 머금고 고개를 들어 상진을 봤다. 머루같이 까만 눈동자가 그를 똑바로 바라봤다.

"전 무리한 적이 없는데요……?"

그녀의 의아스러운 목소리에 상진이 샹그리아 잔을 든 채로 눈썹을 찡그렸다.

"새벽부터 밤늦게까지 쉬지 않고 일하면서 자는 시간까지 쪼개며 자격증 공부하는 게 무리가 아니다?"

"네. 제가 하고 싶어서 하는 일인데 어떻게 그게 무리가 되겠어요. 재미있어요. 하나하나 새로운 일을 배우고, 그래서 시험에 통과하면 아, 난 또 하나 할 줄 아는 게 생겼구나, 라고 스스로 칭찬할 수 있게 되니까요."

"흐응……."

글라스를 천천히 돌리던 상진이 말간 얼굴의 지안을 바라봤다. 지안은 샹그리아가 담긴 글라스를 두 손으로 가지런히 모아들고 홀짝홀짝 마시고 있었다.

"그럼 그건 언제 다 딴 건데요? 영양사 자격증 같은 건 관련학과 나오지 않으면 어렵다고 알고 있는데."

"영양사는 식품조리학과 복수 전공해서 따는 게 조금 수월한 편이었어요. 나머지는 대학 때 틈틈이 많이 따 뒀고요. 그땐 시간적 여유가 조금 있어서 여러 개 동시에 진행하기도 했거든요."

"대학에 갓 입학하면 보통 놀기 바쁘지 않나?"

"아뇨. 전 그럴 여유가 없었어요."

"왜죠?"

질문을 던진 상진은 그녀의 붉은 입술로 흘러 들어가는 붉은 액체를 응시했다. 술이 강한 모양인지 지안은 벌써 몇 잔째인지 모를 칵테일을 꼴깍꼴깍 단숨에 비워 내고 있었다. 잔을 비울 때마다 작은 혀로 도톰한 입술을 핥는 묘한 습관이 있는 것 같았다.

……사람 죽이는 습관이군.

상진은 지금까지 봤던 모든 에로틱한 영상들보다 지안의 저 야릇한 혀의 움직임이 가장 야하게 느껴졌다. 몸속이 점차 뜨거워지는 것을 느끼며 상진은 칵테일을 들이켰다.

"……."

지안은 칵테일만 마실 뿐 상진의 질문에는 대답하지 않고 있었다. 대답을 기다리던 상진이 글라스에서 시선을 들어 그녀를 바라봤다. 안경 하나 없을 뿐인데, 머리를 살짝 느슨하게 묶었을 뿐인데도 하얀 피부와 동그란 눈망울은 과연 로봇 지안과 같은 사람이 맞는지 의심이 들 정도로 다르게 보였다.

말없이 술만 마시던 지안이 그의 얼굴을 빤히 바라봤다. 풍성한 속눈썹이 들어 올려지더니 부채처럼 팔락거리며 사슴 같은 까만 눈동자가 그를 똑바로 향하자 상진의 단단한 목울대가 꿈틀거렸다.

"그게…… 궁금하세요?"

지안이 조용한 목소리로 물었다.

"말하기 곤란하면 하지 않으셔도 됩니다."

"그건 아니에요. 다만 지금까지 누군가에게 제 개인적인 이야기를 한 적이 없어서…… 이런 질문을 받아 본 게 처음이라 어떤 식으로 대답해야 할지 몰랐을 뿐이에요."

지안이 고개를 젓더니 자신의 빈 잔에 또다시 샹그리아를 채웠다. 이대로 가다간 오늘 밤 안에 저 볼 안의 술이 동이 날 기세였다. 지안의 주량이 어쩌면 자신의 생각보다 훨씬 강할지도 모른다고 생각하며 상진이 의외의 눈빛으로 그녀를 바라봤다.

"이유는 별거 아니에요. 그냥…… 어린 동생들을 돌봐야 했기 때문에 가능한 한 빨리 많은 자격증을 따서 더 커리어를 높이고, 더 식구들에게 도움이 되고 싶어서였을 뿐이에요. 그래서 학교도 다니고, 일도 하고…… 자격증도 따야 되고 해서 그럴 시간이 없었어요."

"어린 동생들이 대체 몇 명이기에?"

"네 명이요."

"그럼 당신까지 다섯일 테니 많긴 하군. 그런데 왜 당신이 그렇게까지 해야 하는 거지? 부모님은 뭐 하시고."

"부모님은……."

천천히 말을 내뱉은 지안이 고개를 들어 상진에게 시선을 맞췄다. 호수같이 맑은 눈동자가 담긴 커다란 눈이 깜빡이는 속도가 아까보다 조금 느려진 것 같다는 생각이 들었다.

"아까는…… 고마웠어요."

부모님을 물어봤는데 이게 무슨 생뚱맞은 대답인가 하고 상진이 미간을 좁히고 생각했다. 그러다 낮에 보내 준 보너스 때문이라는 걸 깨닫자 천천히 고개를 저었다.

"당신 커리어에 대한 합당한 결과물이니 나한테 고마울 건 없다고 했을 텐데요."

"그래도요. 이사님은 아실지 모르겠지만 큰 힘이…… 됐거든요."

"그렇다면 다행이고."

상진이 칵테일을 마시며 어깨를 으쓱했다.

"그런데……."

지안이 상진에게 고개를 돌렸다. 촉촉한 눈동자에 결박당한 듯 상진이 꼼짝 못하고 지안을 응시했다.

"그런데 왜 이렇게…… 덥죠?"

"……뭐요?"

상진이 눈썹을 홱 휘어 올렸다.

그때, 지안은 입고 있던 카디건을 확 벗어 버리고 자신의 셔츠 단추를 위에서부터 하나씩 풀기 시작했다.

"아, 아니. 잠깐."

당황한 상진이 부지런히 자신의 셔츠 단추를 풀고 있는 지안의 섬섬옥수 같은 하얀 손가락을 움켜잡았다.

"왜요?"

지극히 평온한 목소리로 지안이 그를 빤히 바라보며 물었다. 이미 그녀의 셔츠 단추는 3개나 풀려 있었고 4개째 단추가 아슬아슬하게 절반이 걸쳐져 있었다.

왜요? 왜요라니?

상진은 할 말을 잊은 채로 지안의 손이 더 이상 움직이지 못하도록 꽉 움켜쥐고 있었다. 갑자기 스트립쇼를 펼치려는 지안을 앞에 둔 그의 머릿속은 패닉 상태였다. 날카로운 눈빛으로 지안의 얼굴을 훑었지만 평소와 전혀 다를 바가 없었다.

"당신…… 취한 것 같은데."

"아뇨. 안 취했는데여."

젠장, 취했군.

상진의 눈썹이 확 구겨졌다.

뭐 이렇게 멀쩡한 얼굴로 취하는 경우가 있어? 최소한의 신호는 줘야 조절을 시키든 말든 했을 거 아니냐고!

"이지안 씨."

"넴."

지안이 아무런 표정 변화가 없는 얼굴로 말했다. 무표정한 얼굴로 저런 말을 하니 오히려 더 무서웠다.

"혹시 주량이 어떻게 됩니까?"

여전히 그녀의 손을 포박한 자세로 상진이 물었다. 지안은 눈동자만 데굴 굴려 생각하는 듯하더니 다시 상진을 바라봤다.

"그건 저도 잘 모르겠는데여. 제가 술을……. 오늘 처음 마셔 봐서여."

"술을 처음 마셔 본다고?"

상진이 어이없는 얼굴로 물었다. 그 와중에 지안은 그의 손 안에서 자신의 손을 빼내려고 이리저리 손가락을 꼼지락거리고 있었다.

"음, 대학 신입생 환영회 때도 딱 한 잔 마시고 일하러 갔고……. 친구도 없어서 마실 일이 그다지……."

"분명 바텐더 자격증도 있다고 하지 않았습니까. 그런데 술을 처음 마셔 보다니?"

자꾸 손을 빼내려고 해서 상진이 잡은 손에 강하게 힘을 줬다.

"그거야 맛볼 때 가끔 한 모금씩 먹어 본 정도져. 칵테일이야 뭐 책에 나와 있는 재료와 용량만 제대로 맞춰서 쉐이킹쉐이킹 해 주면 되니까여."

쉐이킹 부분에서 지안이 이상하게 몸을 꿈틀꿈틀거렸다. 팔을 포박당한 상태라 디테일한 움직임은 어깨 부분으로 표현한 듯했다.

미치겠네.

상진이 당혹스러운 표정으로 얼굴을 굳혔다. 저 태도와 말투로 보건대 지금 이 여자는 제대로 술에 취한 게 분명했다. 도대체 어떻게 해야 돼?

"하아…… 더워."

지안이 관능적인 한숨을 흘리자 상진이 흠칫거렸다. 그녀가 잡혀 있는 손을 꼼지락거리며 한숨 쉬듯 말했다.

"놔줘요."

놔 달라는 말이 왜 이렇게 야릇한 거야. 빌어먹을…….

"놔주면 어쩔 건데요."

"그야……."

하아, 하는 한숨이 달콤한 과일 향과 그녀의 숨결이 합쳐진 채 내쉬어지자 상진의 동공이 크게 흔들렸다. 이미 아까부터 한껏 달아올라 있던 욕망이 지안의 뜬금없을 정도로 갑작스러운 도발에 보름달을 맞이한 늑대처럼 광포해지고 있었다. 그녀의 손을 포박하고 있는 부위에 살짝 느껴지는 보드라운 가슴의 감촉에 온몸이 뜨거워졌다.

그녀의 촉촉한 눈빛이 상진에게 똑바로 향했다.

"벗으려고여."

젠장!

상진은 더 이상 이곳에 있으면 안 된다는 강한 위기감에 휩싸였다. 그렇지 않으면 자신이 이 여자를 어떻게든 할 것이 분명했다. 이건 도저히 참을 수 있는 수준이 아니었다. 머릿속에선 아까부터 위험경보가 울려 퍼지고 있었고 온몸을 넘실거리는 욕망의 물결은 이미 위험수위를 진작 넘어 버린 상태였으니……. 취한 여자를 상대로 미친 짓을 벌이지 않으려면 지금, 당장 여기서 도망쳐야 한다.

"이지안 씨."

상진이 턱을 팽팽히 조인 채 낮게 말하자 손을 꼼지락거리던 지안이 그를 바라봤다. 딱딱하게 굳은 얼굴의 상진이 지안을 향해 한 마디 한 마디 힘을 실어 으르듯 말했다.

"내가 여길 나갈 때까지 절대 이 상태에서 움직이지 말고 가만히 있어요. 알겠습니까?"

"네? 왜여?"

지안이 순진무구한 눈동자로 상진을 바라보며 연신 손가락을 꼼지락거렸다.

"이유는 몰라도 됩니다. 내 말 무시하면 지안 씨가 상상도 못 하는 무서운 일이 벌어질지도 몰라요. 그렇게 되면 나도 날 감당할 수 없으니 반드시 내 말대로 하셔야 할 겁니다."

최대한 무섭게 을렀는데도 지안은 눈을 깜빡거리며 그를 빤히 바라보다가 갑자기 웃음을 터뜨렸다.

"정말요? 얼마나 무시무시하길래요? 아하하하. 무시무시한 이사님이라니, 너무 웃겨요. 아하하하하하하."

도대체 웃음의 포인트를 알 수 없었지만 지안이 까르르 웃으며 반달눈웃음을 짓자 상진은 숨이 턱턱 막히는 기분이었다.

빌어먹을, 차라리 원래의 로봇으로 돌아오란 말이야! 로봇이면 술버릇도 로봇스러워야지 웬 교태력 충만한 요녀……!

상진은 턱을 더욱 단단히 굳히며 지안의 손을 강하게 움켜잡았다.

"내 말 안 들으면 당신 정말 후회할지도 모릅니다. 농담 아닙니다. 분명 경고했어요."

결단코 농담 따위가 아니었다. 상진의 머릿속은 이미 그녀의 방에서 봤던 지나치게 스프링이 좋아 보이는 넓은 침대 위에서 탄력적으로 흔들리는 지안의 몸을 욕심껏 탐하고 있었다. 달랑 칵테일두 잔 마시고 취할 리가 없는데 흐트러진 지안 앞에서 그의 욕망은이미 늑대에서 짐승같이 옷을 찢어발기는 울버린으로 변신해 버리고도 남을 만큼 위력적이었다. 무엇보다 지금 이 순간 가장 확실한건 이 시험의 방에서 지금 당장, 전력으로 도망가야만 한다는 거였다.

"내 말 명심해요."

단단히 일러 둔 상진이 힘껏 쥐고 있던 하얀 손을 풀어 주고 동시에 벌떡 의자 위에서 일어섰다. 그리고 그대로 뒤돌아 바를 빠져나가려는 순간, 상진은 그 자리에 우뚝 멈춰 섰다.

"……!"

그의 얼굴이 딱딱하게 굳어 버렸다. 지안이 그의 날렵하고 단단한 허리를 꼭 끌어안고 있었다.

"이사님."

그의 등에서 지안의 속삭이는 듯한 목소리가 들려왔다. 상진이아주 천천히 고개를 돌리자 벌어진 셔츠 깃이 흘러 내려가 가녀린하얀 어깨가 드러난 지안이 촉촉한 눈빛으로 그를 올려다보고 있었다.

그 모습을 보는 순간 뚝, 하고 그의 이성의 끈이 끊어지는 소리가 들렸다.

바보 같은 이지안.

넌 선을 넘어 버렸어.

"무시무시한 게…… 뭔데요? 그거…… 알려 주고 가셔야죠."

지안이 커다란 눈망울로 그를 올려다보며 물었다. 그녀를 내려다보며 상진이 입술 끝을 천천히 말아 올렸다.

"이지안."

"네."

지안이 흐릿한 눈을 깜빡거리며 대답했다. 상진이 자신의 허리를 잡고 있는 지안의 얇은 팔을 잡고 떼어 내고 뒤돌았다. 비틀거리며 한 발짝 뒤로 물러선 지안의 흘러내린 셔츠 사이로 풍만한 가슴골이 유혹적으로 드러났다. 그의 시선이 아찔한 가슴골을 핥아 올리듯 쓸어 올리며 천천히 얼굴로 옮겨 갔다.

어둡게 잠긴 그의 검회색 눈동자가 머루 같은 지안의 까만 눈동자를 휘감듯 응시했다.

"마지막 기회야. 더는 내게 인내심을 요구하지 마."

"네……?"

상진이 그를 끌어안고 있는 지안의 손을 천천히 풀며 말했다.

"이런 식으로 날 도발하지 마. 안 그러면, 내가 널 어떻게 할지 몰라. 네가 나한테 잡아먹힐 수도 있다는 뜻이야. 알아들어?"

그때 그의 얼굴을 빤히 바라보던 지안이 삼키고 싶은 도톰한 입술을 벌렸다.

"이사님이라면 잡아먹혀도 괜찮을 것…… 같다면요?"

"……."

지안의 손을 풀던 상진의 시선과 그녀의 시선이 허공에서 뒤엉켰다. 흔들리는 시선으로 지안을 바라보던 상진이 후우, 하고 깊은 한숨을 내쉬며 고개를 뒤로 젖혔다. 고개를 들고 천장을 잠시 쳐다보는 그의 툭 튀어나온 목젖이 꿀꺽하고는 크게 움직였다.

다시 고개를 숙이고 지안과 눈을 맞춘 그의 눈동자가 어둠보다 깊게 가라앉아 있었다. 그의 입술에서 허스키한 목소리가 낮게 흘러나왔다.

"너, 지금 그 말 실수한 거야."

상진이 기울이듯 고개를 조금 숙이더니 그대로 지안의 붉은 입술을 거칠게 삼켰다.

지안의 입술은 생각보다 훨씬 부드러웠다.

촉촉하고 부드러운 감촉과 달콤한 와인 맛이 상진의 혀를 아찔하게 자극시켰다. 저항 없이 입술이 살며시 벌어지자 달콤함을 찾던 혀가 더욱 달달한 곳을 향해 거칠게 파고들었다. 뜨거운 혀가 순식간에 얽혀 들고 농밀한 타액을 맛보자 상진의 입술에서 낮은 신음이 흘러나왔다.

뭐야? 뭔데 이게 이렇게 부드러워?

이성을 마비시킬 듯한 짜릿한 쾌감에 그의 움직임이 더욱 거칠어졌다. 지안의 고개가 뒤로 크게 젖혀질 만큼 깊숙이 혀를 밀어 넣고 휘젓자 그녀에게서도 가느다란 신음이 터져 나왔다. 상진은 그 반응을 놓치지 않고 가지런한 치아와 입 안의 여린 살을 더욱 강하게 훑었다. 그녀의 숨결을 빼앗고 잘근대며 뒷머리를 거머쥐고 끌어당겼다.

"하."

한 손으로 셔츠 위의 풍만한 가슴을 움켜잡자 지안이 달뜬 숨소리를 흘리며 파르르 떨었다. 예상치 못한 적극적인 반응에 상진은 브레이크를 걸 이유를 상실했다.

그가 지안을 벽 쪽으로 거칠게 밀어붙였다. 그녀의 혀를 농밀하게 빨아들이며 폭신하고 말랑한 가슴을 주물렀다. 온몸의 피가 더욱 뜨거워지며 밀려드는 강한 흥분에 아랫도리가 뻐근해질 정도로 힘이 들어갔다.

"으응. 간지러……워요."

더운 입술로 하얀 목덜미를 덮어 빨아 대자 지안이 숨을 거칠게 몰아쉬었다. 상진이 불끈 힘줄이 솟아오른 손에 힘을 주며 셔츠를 확 잡아당기자 그녀가 미처 다 풀지 못했던 단추들이 우두둑 소리를 내며 튕겨 나갔다.

벌어진 셔츠 사이로 그녀를 닮은 순백의 브래지어가 보였다. 그가 주저 없이 등 뒤로 손을 집어넣어 후크를 풀어 버리자 그 반동으로 확 들춰 올라간 브래지어 아래로 탱글한 가슴이 출렁 쏟아졌다. 하얀 가슴 위에 수줍게 드러난 핑크빛 유두를 보자 상진의 눈빛이 더욱 뜨겁게 달아올랐다. 잔뜩 탁해진 숨을 몰아쉬며 고개를 굽혀 탐스러운 가슴을 뜨거운 입술로 삼키자 지안이 고개를 젖히며 신음을 터뜨렸다.

"아!"

삼켜 버리고 싶은 핑크빛 유두를 젖은 입술 안에 담고 혀로 살살 굴리자 몽글몽글한 정점이 바짝 곤두서는 것이 느껴졌다. 탱글탱글한 알갱이를 혀로 이리저리 굴리다 입술로 쭉 빨아올리자 그녀의 여린 어깨가 세차게 흔들렸다.

"무시무시한 게 뭔지 알려 달라고 했지."

타액이 흥건한 부푼 가슴을 움켜쥔 채 유실을 입안에 담고 웅얼거리듯 상진이 말했다. 욕망으로 물든 그의 목소리가 탁하게 갈라졌다.

"그, 그랬었⋯⋯어요. 흐읏!"

"그게 정말 무서운 것일지도 몰라. 당신이 상상한 것 이상으로."

그의 목소리가 뜨거운 호흡과 뒤섞여 나오며 잔뜩 예민하게 달아오른 분홍빛 정점을 자극하자 지안이 흠칫거리며 몸을 떨었다.

"하아⋯⋯!"

할딱거리는 지안의 숨소리에 상진의 남성이 아플 정도로 빳빳하게 곤두섰다. 지안이 하얀 손가락을 상진의 머리칼 속에 손을 집어넣어 힘껏 움켜잡았다.

"그래도 좋아? 후회 안 해?"

상진이 타액에 번들거리는 한쪽 가슴의 정점을 손가락 끝으로 거칠게 문지르며 입안에 담은 또 하나의 정점을 힘껏 빨아들였다.

"아, 아읏⋯⋯! 모, 모르겠어요."

예민한 양쪽 정점을 동시에 공략당하자 지안이 자지러지듯 허리를 비틀며 할딱였다. 상진이 뾰족하게 곤두선 채 팽팽해진 유두를 놔주고는 고개를 들어 지안을 똑바로 바라봤다. 지안이 그의 머리칼을 움켜잡은 채로 발갛게 달아오른 얼굴로 올려다봤다.

강한 눈빛과 관능적으로 젖은 그의 입술이 그녀의 심장을 빠르게 내달리게 만들었다.

"똑바로 대답해. 내가 멈추길 바라나?"

낮은 목소리로 으르듯 말하며 지안의 보드라운 가슴을 움켜잡자 붉은 그녀의 입술이 아찔하게 벌어졌다. 하아, 하며 뇌쇄적인 신음을 터뜨리는 그녀의 입술에 상진의 눈동자가 더욱 이글거렸다. 죽도록 달콤한 그 입술을 당장 집어삼키고 싶은 강렬한 욕구를 억누르며 재차 물었다.

"지금이 아니면 기회란 없어. 말해! 멈춰?"

"하읏……!"

예민하게 달아오른 가슴을 크게 움켜쥐자 지안이 허리를 비틀며 고개를 저었다. 쾌감으로 물기에 젖은 촉촉한 까만 눈동자가 상진을 바라봤다.

"아뇨. 아뇨……. 멈추지…… 말아요."

숨을 몰아쉬며 지안이 겨우 대답하자 상진의 단단한 턱이 팽팽히 조여들었다. 상진은 잡아먹을 듯 그녀의 입술을 삼키고 거칠게 빨아들이고는 살짝 입술을 떼어 냈다. 지안의 머루 같은 까만 눈동자가 그의 시선을 휘감았다.

"제길!!"

거친 숨을 몰아쉬며 낮게 으른 상진이 다시 지안의 입술을 삼켰다.

아침이라고 느낀 순간 상진은 번쩍 눈을 떴다.

이곳이 손님방이고 새벽 내내 지안과 있었던 일을 기억해 내는 데는 그리 오래 걸리지 않았다. 상진은 비어 있는 옆자리를 발견하고 벌떡 몸을 일으켰다.

지안은 방 안에 없었다.

상진은 인상을 쓴 채 어젯밤의 흔적이 말끔히 사라진 옆자리를 노려봤다. 분명 잠들기 전까지 그의 품 안에 있었는데 품을 빠져나가 방 정리를 하는 것도 모르고 쿨쿨 자고 있었다는 사실이 믿어지지 않았다. 개미 더듬이 빠는 소리에도 반응하는 20년 내공의 불면증은 다 어디로 갔단 말인가?

빈 자리를 노려보던 상진이 그대로 일어나 방을 빠져나갔다. 식당 쪽에선 어김없이 보글거리는 찌개 끓어오르는 소리와 팬 위에서 자글거리며 기름이 튀는 소리가 들리고 있었다. 맛있는 향이 솔솔 풍겨 와 그의 코를 자극했지만 상진의 얼굴은 더욱 험악해졌다.

"이지안 씨."

낮은 목소리에 싱크대 앞에 서 있던 지안이 뒤돌아봤다. 식당 입구에서 팔짱을 낀 채 날카로운 시선으로 쳐다보고 있는 상진과 눈이 마주치자 지안이 평소처럼 단정하게 고개를 숙였다.

"안녕히 주무셨어요?"

상진의 눈썹이 삐딱하게 추켜 올라갔다.

하, 그렇게 나오시겠다? 어림없는 소리.

입술 끝을 기울이며 헛웃음 치듯 웃던 상진이 지안에게 성큼성큼 다가갔다. 싱크대 앞에 서 있는 지안의 바로 앞까지 다가간 뒤 우뚝 멈춰 내려다보자 지안의 단정하게 묶은 머리와 하얀 이마가 보였다. 한 팔로 싱크대 윗칸을 짚은 채로 비딱하게 내려다보며 물었다.

"왜 날 안 보는 겁니까?"

"너무 가까이 계셔서……."

지안이 고개를 들지 못하고 상진의 가슴께에 시선을 두고 대답하자 그의 고개가 천천히 내려왔다. 지안의 귓가에 입술을 가까이 댄 상진이 속삭이듯 낮은 음성으로 말했다.

"내가 분명 무리하지 말라고 했던 것 같은데. 특히 오늘은 더욱."

상진의 목소리에 담겨 있는 은밀함에도 지안은 조용히 그의 앞에서 살짝 비켜나 섰다.

"이 정도는 움직일 만하니 괜찮아요. 식사 준비 거의 다 됐으니 앉으세요."

뒤돌아선 지안이 접시에 담던 두부부침을 마저 담으며 자연스럽게 그에게서 좀 더 멀어지자 상진이 삐딱한 시선으로 그녀를 바라봤다.

"원한다면."

상진이 식탁 쪽으로 걸어가 털썩 앉았다. 식탁 위에 팔을 올리고 턱을 괸 채 지안의 뒷모습을 바라보니 그녀는 평소와 전혀 다르지 않아 보였다. 빠른 움직임으로 식탁과 싱크대와 냉장고를 오가며 착착 식탁을 음식으로 채워 나가는 것을 보며 상진이 눈초리를 더욱 가늘게 떴다.

……꿈이라도 꾼 건가. 정말 어젯밤과 같은 여자 맞아?

마치 꿈을 꾼 것처럼 간밤의 놀라울 정도로 뜨거웠던 여자는 사라지고 평소의 로봇 같은 여자가 식탁을 차리고 있었다. 그녀를 조용히 응시하던 상진이 말했다.

"아프지 않습니까?"

찌개를 막 내려놓은 지안이 멈칫했다. 투명한 눈동자가 상진에게로 천천히 향했다.

"……괜찮아요."

지안은 작게 대답하곤 끼고 있던 주방용 장갑을 벗으며 싱크대 쪽으로 걸어갔다.

"없던 일로 하고 싶은 모양인데, 그건 안 될 겁니다. 난 기억에서 지울 행동은 하지 않으니 명심하시죠."

상진의 말에 장갑을 걸던 지안이 우뚝 멈춰 섰다. 그녀가 뒤돌아
보자 상진은 태연하게 식사를 하고 있었다.

"오늘은 일하지 말고 쉬세요."

그 말을 남기고 상진이 출근했다. 지안이 가까스로 유지하고 있
던 포커페이스가 현관문이 닫히자마자 와르르 무너졌다.

"휴우……."

크게 숨을 내쉰 지안이 휘청거리며 소파로 걸어가 털썩 앉았다.
포커페이스의 봉인해제가 풀린 그녀의 얼굴이 순식간에 홍당무처
럼 붉게 물들었다.

어쩌면 좋아!

두 손으로 얼굴을 가린 지안이 소파 위로 푹 쓰러졌다.

어쩌면 좋아! 정말 어쩌면 좋지?

얼굴을 감싸 쥔 채 몸을 옆으로 만 지안이 마치 뜨거운 불 위에
올라와 있는 새우처럼 퍼덕거리며 소파 위에서 몸을 뒤집었다. 하
얀 목덜미까지 시뻘겋게 달아오른 지안은 그야말로 딱 창피해서 죽
을 지경이었다. 생전 처음 제대로 마신 술이 그런 엄청난 결과를
초래할 줄은 정말 몰랐다.

도대체 어떻게 그……그런 짓을……!

아무리 생각해도 어제의 그 이상한 여자는 자기가 아니다. 자신
일 수 없었다. 자신이어선 안 된다. 절대로!

내가 뭐라고 했더라?

분명 알딸딸해진 기분이 꽤나 좋게 느껴져서 한 잔 두 잔 연거푸

마셨고, 상진을 위해 만들어 뒀던 칵테일 볼을 싹 비울 때까지 마셨던 것 같다. 그리고 그다음에……. 계속 시야에 그 남자의 몸, 몸, 몸.

몸이 보였다.

창피하게도 몸밖에 안 보였다. 평소 옷태가 잘 사는 걸로 보아 몸매가 좋을 거라고는 생각했지만 옷 속에 그런 탄탄한 근육질의 몸이 숨어 있을 줄은 몰랐다. 나이가 서른이 다 되어 갈 때까지 제대로 된 이성에 대한 호기심이라곤 느껴 보지도 못했는데, 그랬었는데……!

'어머, 이게 초콜릿 복근이라는 거예요? 맞죠? 나 한번 먹어 봐도 돼요?'

기억 속의 자신은 분명 그 남자의 조린 듯 탄탄한 복근을 쓰다듬으며 꼬인 혀로 그렇게 말했었다. 그리고 이내 잘생긴 그의 얼굴이 고통스러운 듯 구겨졌다.

'웃……! 이지안!'

사납게 으르던 그는 결국……. 맙소사! 내가 그를 어디까지 몰아붙인 거지? 어떡해! 미쳤나 봐!!

실타래처럼 뭉텅이로 풀려나오는 기억을 더듬던 지안이 그 부분에서 숨을 들이켰다. 힘줄이 불뚝불뚝 솟은 팔, 탄탄한 가슴, 그리고 이마에선 흘러내리는 땀…….

꺄아아아악! 미쳤어! 미쳤어!!

지안이 제 머리칼을 쥐어뜯으며 속으로 비명을 질러 댔다. 야동을 봤을 때도 그런 세속적인 욕망은 자신과 동떨어진 것인 줄만 알았다. 그랬는데 알고 보니 속에는 욕구불만 노처녀 열댓 명이 음

174

습한 버섯처럼 모여 살고 있었다니!

아아, 정말 어쩌지…….

지안의 눈가가 촉촉해졌다. 태어나서 이렇게 창피했던 적은 처음
이었다. 창피함 때문에 허벅지 사이의 뻐근한 통증은 잘 느껴지지
도 않았다. 차라리 필름이 끊겨 술 탓이라고 넘어가고 싶지만 모조
리 다 기억이 나 버려 그것도 불가능했다.

하지만 아무리 생각해도 대책이 서지 않았다. 그 남자에게 못할
짓을 해 버려 정말 미안한 마음이지만 그렇다고 사과를 하자니 그
일을 다시 입 밖에 꺼내야 하는데 그건 정말이지…….

"그건 안 돼. 그건……."

지안이 절망적인 표정으로 고개를 흔들었다. 그래서 지금 그녀가
할 수 있는 일이라곤 필사적으로 포커페이스를 유지하며 꿋꿋하게
아무 일도 없었던 것처럼 하는 게 최선이었다.

지안은 우울해진 기분으로 비척거리며 소파 위에서 일어나 식당
으로 갔다. 그리고 식당에 있는 식기란 식기는 모조리 꺼내 수세미
로 박박 닦기 시작했다.

뽀득뽀득뽀득뽀득.

접시와 컵, 그릇들이 그녀의 옹골찬 수세미질에 눈이 부시게 반
짝반짝거리게 변했다. 유일한 스트레스 해소법이라곤 청소밖에 없
었다. 아마 오늘은 하루 종일 팔이 부서져라 미친 듯이 청소만 해
댈 것 같다.

"어? 지안 씨는요?"

목을 빼고 대문 안을 힐끔거리던 광훈은 상진이 차에 타자 얼른

물었다.

"발을 다쳤어."

"발을요? 아니 어쩌다가……."

"이 비서가 알 필요 없잖아."

상진이 창가에 팔을 걸치고 턱을 괴고는 찌릿 쳐다보자 광훈이 고개를 갸웃거리며 차를 출발시켰다. 그의 얼굴에 수많은 물음표가 스쳐 지나갔지만 상진은 모른 척했다.

무심한 표정으로 창밖을 응시하는 그의 머릿속에는 어젯밤의 그녀가 끝없이 떠오르고 있었다.

늘 로봇 같던 그 여자 안에 그런 뜨거움이 숨어 있을 줄은 몰랐다.

칵테일 한 통으로 완벽히 취해 버린 지안은 마치 그 전과는 전혀 다른 여자가 된 것처럼 관능적이고 교태적이었다. 그녀가 일하면서 매일 입고 있던 라인이라곤 없는 심플한 의상에 가려졌던 가늘지만 잘 익은 사과처럼 탱탱한 몸매가 드러났을 때는 정말 숨이 멎을 것만 같았다. 자제력 하나는 자신했던 자신이 속수무책으로 당해 버릴 만큼.

부드럽고 매끈한 몸은 예민하고, 뜨겁게 반응했다.

그 몸 구석구석에 붉은 열꽃 같은 흔적을 남길 때마다 그녀는 자지러질 듯한 신음을 터뜨리며 유연한 허리를 한껏 비틀었었다.

그걸 없는 일로 하겠다고?

어림없다고 했어. 이지안. 날 처음으로 미치게 한 대가를 치러야지…….

상진의 검회색 눈동자가 어둡게 짙어지며 주먹에 불끈 힘이 들어갔다. 왜 그 여자인지는 모르겠다. 단지 아무것도 보이지 않는 여자라 느껴지는 단순한 호기심은 진작 넘어섰다. 지안은 그에게 생전 처음으로 성적 욕망이라는 걸 뜨겁게 느끼게 해 준 여자였다. 지금까지는 그 이유를 찾기 위해 무던히도 고민했지만 이제 그 고민은 그만두기로 했다. 이미 어젯밤 자신의 몸과 마음이 그 여자를 얼마나 강렬하게 원하는지 넘칠 정도로 충분히 깨닫게 해 줬으니까.

마음이 보이지 않는 여자는 처음이었고, 이 정도로 강렬하게 이끌리게 된 여자도 처음이었다.

지안은 그에게 있어 두 번째 첫 의미가 되었다.

"내가 아까 분명 쉬라고 했을 텐데 집 안이 어제보다 더 깨끗해 보이다니, 기분 탓인가?"

퇴근하고 집으로 돌아온 상진의 날카로운 눈빛이 집 안을 한 바퀴 휘 훑고는 지안에게 꽂혔다.

"기분 탓이겠죠."

지안은 하루 종일 불안함과 자기혐오를 누그러뜨리기 위해 미친 듯이 이곳저곳을 닦아 댔지만 태연한 얼굴로 대답했다. 못마땅한 얼굴로 지안을 바라보던 상진이 코트 안주머니를 뒤적여 기다란 상자를 꺼냈다.

"받아요."

"이게 뭔데요?"

그가 내민 상자를 받아 든 지안이 의아스런 표정으로 열자 고급스러운 안경 케이스가 나왔다. 안경 케이스를 보자마자 지안의 눈이 동그래졌다.

"안경……이에요?"

"쓰던 안경과 똑같은 도수로 맞췄으니 쓰는 데 불편함은 없을 겁니다."

"보너스도 주셨는데 안경까지 사 주실 건 없는데……."

지안이 난처한 표정으로 말하며 케이스를 열지 않고 있자 상진이 그녀 손에서 케이스를 뺏어 들고 자신이 직접 열었다. 얇은 갈색 빛을 띤 안경테를 꺼내 지안의 얼굴에 직접 씌워 주자 그녀가 살짝 움츠러들었다.

"그전 안경은 너무 두꺼워 보여서 얇게 압축시켰으니 쓰던 것보단 가벼운 감이 있을 겁니다."

지안이 시원해진 시야에 살짝 찌푸렸던 미간을 펴고 천천히 고개를 끄덕거렸다.

"정말 그러네요. 하지만 이건 제 월급에서 제해 주셨으면 해요."

"그냥 써요. 내가 박살 냈으니 내가 사 준다는데 자꾸 말 여러 번 하게 할 겁니까?"

"그건……. 네. 알았습니다. 그럼 감사히 받을게요."

상진은 날카롭게 눈썹을 휘어 올리자 지안이 할 수 없다는 듯 감사 인사를 했다. 상진이 끄덕이며 그녀의 얼굴을 바라봤다.

무리해서 알을 얇게 압축시킨 보람이 있는지 사슴 같은 커다란 눈망울이 살짝 작아지긴 했지만 그전같이 확 작아 보이진 않았다. 마치 맨얼굴을 보는 것 같은 자연스러움이 느껴지자 상진은 입술 끝을 슬쩍 말아 올렸다.

"안경은 해결됐으니 발만 나으면 되겠군. 아직 불편하죠?"

"괜찮아요. 이제 거의 다 나았어요."

"바깥채는 다시 전체적인 전기공사에 들어가야 될 모양이니 당분간은 계속 여기서 지내도록 하세요."

"네? 얼마나 걸릴 것 같은데요?"

상진의 말에 지안이 눈을 동그랗게 뜨고 올려다봤다. 난처한 빛이 스민 얼굴을 보고 상진이 이마를 찡그렸다.

"그건 정확히 모릅니다. 지안 씨가 쓰던 것들은 다 이쪽으로 옮길 거니 걱정은 안 해도 될 겁니다. 불편하다면 모든 인테리어를 바깥채와 똑같이 만들어 줄 수도 있고."

"아, 아뇨. 그건 아니에요."

지안이 얼른 대답하고는 고개를 숙였다.

"안경, 감사합니다. 이사님."

"과도한 예의, 기분 나쁘다고 했습니다."

상진이 인상을 쓴 채로 말하고는 몸을 돌려 계단으로 향했다. 지안이 정신을 차린 듯 계단을 올라가는 상진을 향해 물었다.

"식사는요?"

"먹고 왔어요. 당분간 저녁은 먹고 올 테니 준비할 거 없습니다."

"네. 알겠습니다."

2층으로 사라지는 상진을 올려다보다가 지안이 손을 가슴에 얹고 한숨을 길게 내쉬었다.

……다행이야.

내내 긴장하고 있었는데 다행히 상진이 평소와 별다를 바 없이 대해 줘서 그나마 안심이 되었다. 지안은 정말 다행이라고 생각하며 새 안경을 만지작거렸다. 안경알뿐만 아니라 전체적으로 쓰던 것보다 훨씬 가벼워서 시야도 편하게 느껴졌다.

"글씨도 잘 보이나 확인해 봐야겠어."

한참 신기한 듯 만지작거리던 지안이 생각난 듯 종종거리며 손님방으로 걸어갔다.

상진은 지안이 손님방으로 들어가는 소리를 듣고 나서야 드레스룸으로 들어갔다. 넥타이를 잡아 풀며 오늘 하루 종일 생각한 끝에 내린 결론을 다시 떠올렸다.

아침에 지안의 반응으로 보건대, 어젯밤 일은 그녀에게 의도치 않았던 일임이 분명해 보였다. 그의 분신을 끊어 버릴 듯 뜨겁게 달궈져 조이던 몸과는 달리 그녀의 이성은 가끔 답답할 정도로 고지식한 면이 있었으니 충분히 가능성이 있었다.

당황스러워하고 있단 말이지…….

상진이 눈을 예리하게 뜨고 재킷을 벗었다. 그는 상대의 생각을 간파하고 조율해 최대한 유리한 쪽으로 계약을 이끌어 내는 협상 전문가였다. 다른 사람처럼 그녀의 속마음이 보이진 않지만 다년간의 협상 내공으로 지안의 현재 상태는 대충 유추해 낼 수 있었다.

지금 충분히 혼란스러워하고 있는 여자를 몰아붙여 봐야 아무런 득이 없다. 궁지에 몰린 쥐는 고양이도 문다는데 궁지에 몰린 로봇이 갑자기 사표라도 쓰면 어쩌란 말인가.

그건 곤란해.

지금으로선 그녀가 사표를 쓰고 사라질 경우 가장 곤란한 건 본인이었다. 절대 그렇게 만들 순 없다. 상진은 그 모든 가능성을 염두에 두고 여유를 가지고 천천히 그녀를 공략해 들어갈 생각이었다.

술김이 아니라, 지극히 맑은 정신으로 그를 향해 제대로 마음을 열어 보여 줄 때까지.

아무리 해도 안정이 되질 않아.

지안은 자신이 알고 있는 지식을 총동원해 신경 안정 효과가 있는 다시마차와 구기자차를 마시고, 심신을 안정시키는 데 좋은 음식인 아몬드와 당근, 샐러리를 아작아작 씹어 먹어 보았지만 별다른 효능이 보이지 않았다.

"옴~마니 반메 훔~"

명상 자세로 앉아 복식호흡을 하며 마음을 다스려 봤지만 이번에도 역시 효과는 없었다.

콩콩콩콩콩.

지안은 빠른 속도로 뛰고 있는 자신의 가슴을 손가락으로 지그시 눌렀다. 조금 전 상진을 보자마자 뛰기 시작한 심장은 그가 2층으로 사라진 뒤에도 쉬지 않고 쿵쾅거렸다.

안경……. 혹시 안경 때문일까?

지안은 새 안경에 무슨 문제가 있나 싶어 진지한 얼굴로 안경을 벗었다. 하지만 여전히 심장박동은 가라앉지 않았다. 정말 큰일이구나 싶어 다시 안경을 쓰고 입술을 잘근잘근 깨물며 노트북으로 〈심장이 뛰는 이유〉를 검색해 봤다.

모든 사고가 FM으로 흐르는 지안은 프로페셔널한 가사능력을 키우기 위해 각종 이론을 습득하고 자격증을 섭렵했듯 상진에게 이

상할 정도로 반응하는 심장의 이유를 알기 위해서도 이론이 필요했다.

하지만 아무리 고수들의 의견을 찾아봐도 그럴듯한 답변을 찾을 수가 없었다. 지식의 바다를 헤매다가 왠지 쎄한 느낌이 든 지안이 고개를 들었다.

"아! 나 좀 봐. 커피!"

이 시간엔 항상 서재에서 일을 하고 있는 상진에게 커피를 가져다줄 시간인데 깜빡하면 시간을 놓칠 뻔했다. 그래도 다년간 숙련된 로봇본능으로 아슬아슬하게 시간대를 놓치지 않은 지안이 벌떡 일어섰다.

"아얏."

발바닥의 상처를 깜빡하고 급히 일어서다 찌리리한 통증에 허리를 굽혔다. 통증은 발바닥만이 아니라 허벅지 사이에서도 상당했다. 지안은 통증을 억지로 밀어내며 서둘러 방문을 열고 나갔다.

식당으로 들어서자마자 지안은 확 풍기는 원두 냄새에 멈칫했다.

"왜 나왔어요?"

블랙터틀넥과 블랙 바지를 입어 더 위압적으로 보이는 상진이 커피머신 앞에 선 채로 뒤돌아봤다. 서재에서 일하다 바로 내려왔는지 그의 얼굴엔 까만 뿔테 안경이 씌워져 있어 조금 냉소적으로 보이기도 했다. 지안이 그와 커피머신을 번갈아 보며 조금 난감한 표정을 지었다.

"커피…… 이사님이 내리셨군요."

상진이 태연한 얼굴로 어깨를 으쓱였다.

"나도 이건 꽤 잘 합니다. 이지안 씨도 이 기회에 한번 먹어 보시죠. 내려 줄 테니 거기 앉아요."

지안을 힐끗 보며 말한 상진이 순식간에 새 머그컵에 원두를 내렸다. 식탁 의자에 앉아 있는 그녀에게 머그컵을 내밀자 커피 내려 주러 왔다가 졸지에 대접받는 입장이 돼 버린 지안이 조금 멋쩍은 얼굴로 두 손으로 조심스럽게 커피 잔을 받아 들었다.

"감사합니다."

"별말씀을."

상진이 커피를 들고 와 그녀의 맞은편에 앉았다.

어떡해.

조용히 커피를 마시고 있었지만 지안의 머릿속은 패닉이었다. 안 그래도 심장박동이 가라앉지 않아 계속 신경 쓰이는 중이었는데 커피 잔을 받으며 손가락 끝이 살짝 닿자 순식간에 온몸에 피가 뜨거워지는 기분이었다.

"어떻습니까?"

상진이 묻자 지안이 커피 잔을 든 채로 고개를 끄덕였다.

"음, 맛있는데요."

"그거 다행이군요."

입술 끝을 부드럽게 올린 그가 매력적인 눈웃음을 지으며 커피를 마셨다. 지안은 잠시 멍한 얼굴로 단정한 그의 얼굴을 홀린 듯 바라봤다.

정말 볼수록 잘생겼네.

그의 얼굴을 보고 있으려니 남자답게 선이 굵으면서도 섬세한 라인의 얼굴은 보기만 해도 여자들을 심장 떨리게 하지 않을 수 없게 한다는 사실을 깨달았다. 어쩌면 자신의 반응이 지극히 당연할 수 있다고 생각하며 지안은 자신의 심장 떨림의 이유를 여전히 이론적으로 찾으려 노력하고 있었다.

"어제."

갑자기 들린 상진의 중저음의 목소리에 지안의 심장이 철렁 내려앉았다. 내내 피하고 있던 어제 일을 이 자리에서 갑자기 꺼내 들면 정말 당장이라도 식탁 밑으로 숨어 버리고 싶은 기분이 들 것만 같았다. 상진이 태연한 표정으로 그녀의 얼굴을 바라보며 말을 이었다.

"동생들을 돌보기 위해 일한다고 했었죠."

"네, 네? 아, 네. 맞아요."

다행히 다른 대화로 이어지자 지안의 얼굴에 안도의 빛이 스쳤다.

"부모님은 안 계신 겁니까?"

"아뇨. 어머니는 어릴 때 돌아가셨고, 아버지는 살아 계십니다."

"그럼 왜 당신이 혼자 동생들을 책임지고 있는 건데요."

어제 제대로 묻지 못했던 부분을 추궁하듯 상진이 물었다. 지안이 커피 잔을 손가락으로 매만지며 입을 열었다.

"제가 장녀니까 동생들을 돌보는 건 당연한 거라고 생각하는데요."

"돌보는 것과 뒷바라지는 다르지 않나? 왜 당신이 장녀에 부모 역할까지 해야 하는 건지를 묻고 있는 겁니다. 그리고 동생들 역시 코흘리개 어린애들도 아닐 텐데, 자기 몫은 자기가 충분히 할 수 있는 나이 아닙니까?"

낮은 목소리였지만 따지고 드는 듯한 묘한 가시가 느껴지자 지안은 잠시 대답을 하지 않고 상진의 얼굴을 바라봤다.

"이사님은 제가 답답하신가요?"

"솔직히 어제 대화한 바로는 좀 그런 것 같아서."

상진이 미간을 슬쩍 좁힌 채로 커피를 마셨다. 지안이 입술 끝을 둥글게 올렸다.

"이사님이 왜 그렇게 말씀하시는진 알겠어요. 하지만 전 이사님이 생각하시는 것만큼 힘들지 않아요."

투명한 미소를 지으며 지안이 말하자 상진의 미간이 더욱 좁아졌다.

"내가 상관할 바 아니라 그겁니까?"

"아뇨. 그런 뜻이 아니라……. 예전부터 주위에서 그런 말을 종종 들어와서요. 그분들이 모두 절 걱정해서 하는 말인 건 알았지만 전 솔직히 그렇게 힘들다고 생각해 본 적은 없거든요."

"하."

상진이 어이없다는 듯 실소를 흘리자 지안이 옅게 미소를 띤 채로 말했다.

"그래도 이사님이 걱정해 주시는 건 감사하게 생각하고 있어요. 진심으로."

지안의 얼굴을 넘겨다보던 상진은 안경테를 추켜올리며 인상을 쓰고는 차가운 어조로 말했다.

"그렇게 사는 인생이 행복하다면 더 할 말은 없죠."

지안이 그의 얼굴을 훑으며 물었다.

"기분이 안 좋으신……가요?"

"아닙니다."

상진이 잘라 말하고는 커피 잔을 입으로 가져갔다. 찌푸려진 그의 얼굴을 살피는 지안의 표정에 망설임이 어렸다. 머뭇거리며 이마 위로 살짝 흘러내리는 머리칼을 하얀 손가락으로 쓸어 귀 뒤로 넘기고는 말했다.

"죄송해요. 제가 말주변이 없어서 이사님을 종종 기분 나쁘게 하는 것 같아요. 그런 뜻으로 한 말은 정말 아닌데."

"그런 게 아니라."

상진이 답답한 표정으로 낮게 한숨을 쉬며 커피 잔을 내려놓고 지안에게 시선을 옮겼다.

"난 그저, 당신이 조금 더 편하게 산다고 세상이 어떻게 되는 건 아니라는 걸 말하고 싶은 겁니다. 당신이 효녀 심청일 필요는 없잖아."

"……네. 알아요."

지안이 조용히 대답하고는 커피 잔을 만지작거렸다. 지금까지 이런 말을 들을 때마다 그저 웃어넘겼는데 상진처럼 화를 내면서 말을 하는 사람은 처음이라 어떻게 반응해야 할지 알 수가 없었다. 하지만 차가운 말투의 그의 말이 누구보다 걱정을 담고 하는 말임은 확연히 알 수 있었다.

왜일까?

왜 이렇게 잘 느껴지는 걸까?

이런 이유를 알 수 없는 타인과의 공감은 처음 느껴 보는 것이라 지안에게는 무척 생소한 것이었다.

"누구나 그렇겠지만 사는 데 있어 나름의 고충이 있잖아요. 마음대로 되지 않는 일도 많고……. 전 남들이 늘 힘들 것 같다고 하지만 실제로는 그렇지 않아요. 오히려 좀 더 제대로 하지 못하는 일들을 고민한달까……."

"어떤?"

"음, 말하자면 좀 더 제 일을 잘하지 못하는 스스로에 대한 답답함이죠."

지안의 말에 상진이 헛웃음 치듯 말했다.

"거기서 더 일을 잘하면 정말 로봇이겠네."

"전 그래요. 이사님은 마음대로 안 되는 일이 없으신가요? 고민이라거나……."

지안의 질문에 상진이 시선을 커피 잔으로 내렸다가 천천히 들어 올리고 지안을 똑바로 바라봤다.

"고민?"

"네. 이사님은 어떤 고민을 하실지…… 궁금해서요."

지안이 상진을 빤히 쳐다봤다. 누군가를 궁금해한 적이 없었는데, 이 남자가 왜 궁금한 건지 이유도 알지 못한 채 자꾸만 궁금해지고 있었다. 그의 눈동자가 알 수 없는 무언가를 고민하는 듯 살짝 흔들리다가 마음을 정한 듯 상진이 몸을 앞으로 살짝 기울였다.

"조금 이상하게 들릴지도 모르겠는데, 들어 주겠습니까?"

"네? 아, 네. 물론이에요."

지안이 조금 기쁜 얼굴로 끄덕이며 그에게 시선을 고정했다.

"나에겐 어릴 때부터 특이한…… 습관이 있습니다."

뭐라고 표현해야 할지 잠시 고민이 된 모양인지 습관이라 말하기 전에 상진이 살짝 미간을 찌푸렸다.

"습관은 누구에게나 있죠. 특이한 습관이라니 어떤 건데요?"

"잠시만."

상진은 바로 대답하지 않고 일어서더니 정수기에서 컵에 차가운 얼음물을 받아 벌컥벌컥 들이켰다. 이 순간 상진은 머릿속으로 치열하게 고민하고 있었다. 과연 이 말을 해도 될 것인지, 후회하지 않을 것인지, 과연 후회하게 될 일을 자신이 감당하게 될 수 있을 것인지……. 그런 고민들을 하는 사이 목구멍이 칼칼해질 정도로 갈증이 일었다.

이 정도로 긴장을 하는 건가?

그렇게 불안해?

상진이 지안을 등지고 선 채로 자조적인 웃음을 흘렸다. 물컵을 내려놓은 뒤 천천히 뒤돌아 싱크대에 기대서서 지안을 바라봤다.

"나, 다른 사람 마음이 보입니다."

"네……?"

상진의 말에 지안의 커다란 눈이 더욱 동그랗게 커졌다. 잠시 그를 바라보며 눈만 깜빡거리다가 지안이 다시 물었다.

"어떤 마음이 보인다는 뜻이에요? 눈치가 빠르다…… 뭐 이런 뜻인가요?"

나름의 상상력을 발휘하며 묻는 지안을 보며 상진이 쿡, 하고 웃었다.

"믿을지 모르겠지만 6살쯤에 남의 속마음을 읽는 쓸데없는 능력이 생겼어요. 한마디로 남이 무슨 생각을 하는지 말로 하지 않아도 알 수 있다는 뜻이죠."

가만히 듣고 있던 지안의 동공이 크게 흔들리더니 그녀의 얼굴이 갑자기 창백해졌다가 시뻘게졌다.

"그, 그럼 제 마음도 보인다는 말씀인가요? 제가 무슨 생각을 하고 있는지?"

지안이 평정을 잃고 떨리는 목소리로 물었다.

"아니. 이지안 당신은 예외."

"정말요?"

상진이 끄덕거리자 지안이 휴우, 하고 안도의 한숨을 내쉬었다. 지금까지 그의 앞에서 속으로 했던 생각들을 그가 알고 있었다면 정말…… 정말……. 이 자리에서 당장 식탁 밑의 바닥을 뚫고 들어가 지하 50미터 아래 천연 암반수까지 터뜨릴 정도의 창피함이었다. 가슴을 쓸어내리는 지안을 순간 미심쩍은 눈빛으로 상진이 바라봤다.

"그 반응은……. 평소 나에 대해 어떻게 생각했던 겁니까?"

"아, 아뇨. 그게 아니라……."

자신한테 씌인 음란마귀를 들킨 것만 같아 지안의 얼굴이 다시 붉어지기 시작했다. 그 얼굴을 어떻게 생각한 건지 상진이 씁쓸한 얼굴로 말했다.

"뭐, 이해합니다. 누군가 자기 생각을 읽는다는 거 끔찍하겠죠. 그런 반응이 당연해요."

"네? 아니, 그건 아니에요. 이사님의 능력이 그렇게 생각되는 게 아니라……. 그냥 제가 요즘 이사님을 조금 번뇌에 찬 시선…… 아! 아니 그게 아니라 음란마…… 아, 아니 그게 아니고요!"

지안이 펑 붉어진 얼굴로 당황하며 말을 쏟아 냈다. 상진이 눈을 가늘게 뜨고 물었다.

"그게 무슨 소리죠?"

"그러니까 이사님이…… 가지고 있는 능력 때문이 아니라 제 마음이 남에게 보이기 부끄러운……. 그런 생각들을 해서 창피한 마음에 그랬을 뿐이에요. 그러니까 끔찍하다거나 그런 말씀은 하지 마세요."

지안이 숨을 몰아쉬며 겨우 말하자 상진이 엷게 미소 지었다.

"그럼 다행이지만."

"저기 그럼 어떤 사람들은 보이고 또 어떤 사람들은 안 보이고 하는 건가요? 거기엔 어떤 기준이……."

"그건 나도 모릅니다. 안 보인 건 당신이 처음이니까."

"제가요?"

지안이 손가락으로 자신을 가리켰다.

"그래요. 그리고 이걸 알고 있는 것도 당신 포함해서 단 세 명뿐이고. 그중 한 명은 처음에 당신을 소개시켜 준 문혁이고, 또 한 명은…… 아버지."

상진의 목소리가 조금 낮아졌다. 한 손으로 안경을 벗고 피곤한 듯 손바닥으로 얼굴을 쓸어내리자 그의 얼굴이 더욱 창백해 보였다.

"세 명이라니. 그중 제가 포함되는 건 영광이라고 생각해야겠네요."

그의 표정이 왠지 너무 어두워 보여 지안은 일부러 조금 밝은 목소리로 말했다. 상진이 안경을 다시 쓰고 두 손을 뒤로 뻗어 싱크대를 짚은 뒤 입을 열었다.

"내 아버지는 처음 그 사실을 알게 되었을 때 날 괴물 보듯 보시곤 뒤도 안 보고 미국으로 떠나 버리셨습니다. 그리고 그 후로 단 한 번도 만난 적이 없고."

"아버지가요……? 설마 그 일로 만나 주지 않으시는 건가요?"

"아마도."

상진이 짧게 대답했다. 그 말을 듣고 보니 고개를 살짝 숙이고 있는 그의 서늘한 눈매가 어딘가 쓸쓸해 보였다. 지안은 잠자코 커피 잔을 매만지다가 조심스럽게 말했다.

"그건 아닐 거예요. 아마 무척 바쁘셔서 그런 게 아닐까요? 자기 자식을 괴물로 보는 부모가 어디 있겠어요……. 서로 오해가 있는 것 같은데 한번 만나 보는 게 낫지 않을까요?"

"……."

상진이 미간을 좁힌 채로 말없이 지안을 바라봤다. 말간 얼굴을 하고 그를 바라보던 지안이 계속되는 시선에 화들짝 놀란 눈빛으로 얼른 고개를 숙였다.

"죄송해요. 제가 너무 주제넘게 말했죠. 이사님도 생각이 있으셔서 그렇게 말씀하신 걸 텐데, 경솔했어요."

"그게 아니라, 내 말을 믿는 겁니까?"

지안이 눈을 깜빡거리며 되물었다.

"그럼 거짓말인가요?"

"거짓말은 아니지만."

"그럼, 믿어요."

조금의 지체 없이 지안이 대답했다. 두 사람의 시선이 말없이 공중에서 얽혀 들었다. 차분한 얼굴의 지안을 바라보는 상진의 입술 끝이 살짝 말아 올라갔다.

그때 상진이 싱크대에 기대고 있던 몸을 떼고 지안에게 천천히 다가왔다. 지안은 갑자기 상진이 다가오자 눈을 동그랗게 뜨고 그를 응시했다. 그녀의 바로 앞에 다가온 상진은 손으로 식탁 위를 짚고 살짝 기댄 뒤 지안의 얼굴을 내려다봤다. 지안의 머루 같은 까만 눈동자 안에 상진의 단정한 얼굴과 매혹적인 검회색 눈이 가득 들어왔다.

그가 천천히 손을 들어 지안의 이마 위에 흘러 내려와 있던 머리칼을 그녀가 하듯 귀 뒤로 살짝 넘겨줬다. 손가락의 감촉이 닿는 순간 지안은 숨을 들이켰다.

"⋯⋯믿어 주니 고맙군."

상진은 낮은 목소리로 혼잣말처럼 말하고는 허리를 숙였다. 그의 얼굴이 다가오자 지안이 눈을 질끈 감았다. 그런 그녀가 귀여워 상진이 웃음 지으며 지안의 하얀 이마에 살짝 입술을 갖다 댔다. 부드러운 입술의 감촉과 어젯밤 내내 그녀를 휘감았던 그의 남성적인 체취가 지안의 심장을 빠르게 뛰게 했다.

"잘 자요."

그녀의 보드라운 볼을 손가락으로 살짝 쓸고 다시 몸을 일으킨 상진이 식당을 빠져나갔다. 점차 멀어지는 발자국 소리가 계단으로 옮겨질 때까지 지안은 그 자리에 마냥 그렇게 굳어 있었다.

다음 날 아침.

지안이 싱크대 앞에 서서 쌀을 불리며 멍한 얼굴로 서 있었다. 차림은 평소와 똑같이 단정했지만 안경 안의 커다란 눈은 불안한 듯 흔들렸다.

"하아⋯⋯."

깊게 한숨을 내쉰 그녀의 얼굴이 잘 익은 사과처럼 붉어졌다.

콩콩콩콩콩콩.

심장발작이 일듯 자지러지게 뛰는 심장 소리를 들으며 지안이 지그시 손바닥으로 가슴을 눌렀다. 머릿속으로 새벽 내내 검색하던 〈심장이 뛰는 이유〉에 대한 고수들의 답변이 둥둥 떠다녔다.

── 베스트 답변 : 님은 심장병에 걸렸거나…… 사랑에 빠진 겁니다. (닉네임 : 선녀와나무꾼)

지안의 얼굴이 더욱 시뻘겋게 달아올랐다.

맙소사, 사랑이라니……. 내가 이사님을 사랑한다고……?

충격을 받은 지안의 머릿속이 새까맣게 암전이 될 뻔하다가 구명줄처럼 번쩍이며 내려온 하나의 생각을 답삭 움켜잡았다.

그래. 이 박력 넘치는 심장박동의 원인은 술 취해서 남자를 덮치고야 말았다는 죄의식 때문이야!

내내 혼란스럽던 마음이 스스로 생각해도 매우 타당하고 온당하며 설득력 있는 결론에 도달하자 안개가 걷힌 듯 명료해졌다. 다행히 그 남자도 그 일을 크게 묻진 않는 분위기니 실수로 넘어가 주는 것 같고, 시간이 조금 지나면 이 비정상적인 심장의 펌프질도 조만간 끝나게 될 것이다.

좋아. 그러면 되는 거야.

지안은 비장한 표정으로 고개를 주억거리고는 힘차게 쌀을 씻기 시작했다. 상쾌한 얼굴로 뽀득뽀득 쌀을 씻어 안친 후 본격적으로 아침식사 준비를 시작했다. 부지런히 반찬을 만들고 찌개를 끓여 식사 준비를 거의 마쳤을 때 상진이 내려오는 소리가 들렸다.

지안이 얼른 뒤돌아 인사를 했다.

"안녕하……."

인사하던 지안의 목소리가 뚝 끊겼다. 샤워를 했는지 덜 마른 촉촉한 머리칼을 쓸어 넘기며 식당으로 들어오는 상진의 모습을 확인하자마자 심장이 쿵, 하고 바닥으로 곤두박질쳤다가 격하게 솟아오르더니 경주마처럼 거세게 내달리기 시작했다.

"……?"

상진은 지안이 인사를 하다 말고 굳어서 쳐다만 보고 있자 미간을 좁히며 다가갔다. 그가 다가올수록 지안의 심장은 일반 경주마에서 제대로 약 빤 경주마처럼 미친 듯이 내달렸다.

"왜 그래요? 어디가 안 좋은가?"

상진이 커다란 손으로 지안의 이마를 덮으며 묻자 지안이 퍼뜩 정신을 차린 듯 그의 손에서 빠져나왔다.

"아뇨. 괜찮아요. 잠깐 생각난 게 있어서."

지안이 얼른 대답하며 마치 처음부터 찌개를 보려고 움직였다는 듯 국자로 된장찌개를 거세게 휘저었다.

"그럼 다행이지만 혹 몸이 안 좋으면 무리하지 말고 쉬어요."

상진은 다시 그녀에게서 멀어져 식탁 의자를 빼고 앉았다. 국자를 움켜잡고 지휘하듯 휘저으며 지안은 당황을 감추려 필사적으로 애쓰고 있었다.

달라졌어.

그 날 밤 일을 묻진 않지만 그 일 이후로 상진은 확실히 달라져 있었다. 말투도 그렇지만 늘 일정 거리 이상은 불문율처럼 유지하던 남자였는데 너무나 자연스럽게 다가와 머리칼을 넘겨준다든지, 볼을 쓰다듬는다든지 하며 아무렇지도 않게 스킨십을 하고 있었다.

어떡해.

지안은 입술을 깨물었다. 문제는 그의 손길 하나하나에 지나치게 격렬히 반응하는 자신의 심장이었다. 정신을 차릴 수가 없을 정도로 그 손길에 반응해 버려 일에 제대로 집중을 할 수가 없었다. 지금도 등 뒤 식탁에 상진이 앉아 자신을 보고 있을 거라고 생각하면 다리에 힘이 풀릴 것같이 긴장 됐다.

프로는 절대 사감을 일에 끌어들이지 않는다. 평소처럼 하자. 평소처럼. 옴 마니 반 메홈~

지안은 자신의 신조를 다시 한 번 속으로 되뇌며 심호흡 한 뒤 불을 끄고 뚝배기를 들어 올렸다.

"꺅!"

보글보글 정열적으로 끓어오르던 된장찌개가 뚝배기에 담긴 채 바닥으로 순식간에 곤두박질쳤다. 쩡! 하는 두꺼운 사기그릇이 박살 나는 소리와 동시에 벌떡 일어난 상진이 얼굴을 굳힌 채 달려왔다.

"괜찮아요? 어디 좀 봅시다."

지안이 데인 손을 움켜잡고 있자 상진이 얼른 팔을 끌어당겼다. 지안은 그야말로 멘붕 상태였다. 달아오른 뚝배기를 맨손으로 만지면 안 된다는 건 애도 아는 상식 아닌가.

믿을 수 없는 실수에 딱딱하게 굳어 있던 지안이 제정신을 차린 건 자신보다 더 딱딱하게 굳은 얼굴로 데인 손을 찬물에 담가 주고 있는 상진을 봤을 때였다. 찬물이 손에 쏟아지는 것도 모르는 채 얼이 빠져 있던 지안이 그제야 창피함으로 붉어진 목을 움츠리며 손을 빼내려고 했다.

"괜찮, 괜찮습니다. 제가 할게요."

"가만히 있어."

상진이 낮게 말하고는 잡은 손에 더욱 단단하게 힘을 주었다. 지안은 벌겋게 달아오른 얼굴로 꿀 먹은 벙어리처럼 가만 서 있을 수밖에 없었다. 세게 틀어 놓은 시리도록 차가운 물에 손가락 끝이 얼얼해질 정도였지만 상진은 여전히 무서운 얼굴로 그녀의 움켜잡은 손을 노려보고 있었다.

핏기가 가신 창백하고 딱딱한 얼굴에 명백히 떠올라 있는 그녀에 대한 걱정이 느껴지자 지안의 심장에 살고 있는 경주마가 기다렸다는 듯 다시 약을 빨기 시작했다. 경주마가 어느 순간 뜨거운 콧김을 내뿜으며 거친 초원을 내달리는 야생마로 바뀌고 그 위에 애마부인처럼 타고 있는 자신의 모습이 환상처럼 머릿속을 지나간 순간 상진의 목소리가 위에서 뿌려졌다.

"아프지 않습니까?"

"네…… 괜찮아요."

지안이 얼른 대답했지만 그는 손을 놔줄 마음이 없는 모양이었다. 할 수 없이 그 후로도 한참 동안 머릿속에 히히힝거리는 야생마 위에 올라탄 애마부인이 오호호호 간드러지는 웃음소리를 내며 달그락거리는 소리를 듣고 있는 수밖에 없었다.

그 소리에 머릿속이 혼미해질 즈음 상진이 물에서 손을 빼내 얼굴에 가까이 대고 유심히 노려봤다.

"물집이 잡힐 거 같은데 정말 안 아파요?"

손가락 끝을 살짝살짝 눌러 보며 상진이 진지한 얼굴로 물었다.

"네. 안 아파요."

솔직히 조금 쓰라렸지만 크게 데인 건 아니라 지안이 얼른 고개를 끄덕였다. 어서 그의 손에서 풀려나지 않으면 야생마와 애마부인의 환상에 머릿속이 어떻게 돼 버릴 것만 같았다.

"병원에 가 봐야 할 것 같은데."

"아뇨. 정말, 정말 괜찮아요. 아무렇지도 않아요."

지안은 필사적으로 말한 뒤에 아직 미심쩍어 하는 상진의 손에서 겨우 자신의 손을 빼내는 데 성공했다. 지안의 손만 노려보며 심각한 얼굴로 무언가를 생각하던 상진이 눈을 크게 떴다.

"그렇지! 된장!"

"네, 네??"

상진이 생각났다는 듯 소리치자 지안이 깜짝 놀란 얼굴로 그를 바라봤다. 상진은 싱크대 문을 여기저기 열며 확신에 찬 눈으로 물었다.

"된장 어디 있습니까? 예전에 도우미 아주머니가 화상엔 된장을 바르면 좋다고 했거든요."

매의 눈으로 싱크대 문을 열어젖히는 상진을 지안이 황급히 말렸다.

"찬물로 식혀서 괜찮아요. 이 정도 화상에 그럴 필요 없어요."

"그래도 확실히 치료하지 않으면 안 되죠."

상진이 도무지 말을 들어줄 생각을 하지 않자 지안은 할 수 없이 말했다.

"저기…… 화상에 된장을 쓰는 건 잘못 알려진 민간요법이에요. 오히려 화상에 안 좋은 영향을 미치는데……."

그제야 상진이 움직임을 우뚝 멈췄다.

"……그게 정말입니까?"

"네. 오히려 세균 감염의 가능성이 있어요."

지안이 난처한 얼굴로 말하자 상진이 인상을 찡그렸다.

"그 아주머니 분명 나한테도 발라 줬었는데."

상진이 싱크대 문을 닫으며 몸을 일으키자 지안이 그의 말에 슬 몃 웃음이 배어난 목소리로 말했다.

"심한 화상이 아니면 괜찮을 거예요."

"음, 정말 병원 안 가 봐도 괜찮겠습니까?"

"네. 멀쩡해요. 아, 여기 치워야 되니 조심하세요."

다시 다가오는 상진을 저지하며 지안이 허리를 숙였다. 두꺼운 뚝배기가 정확히 세 동강 나서 파편이 여기저기 튀진 않았지만 바 닥에 흥건한 찌개 국물 사이에 파편이 섞여 있을지 모르니 조심해 야 했다.

"손 데었잖아요. 비켜요. 내가 치울 테니."

상진이 지안의 팔을 잡아 올려 비켜서게 한 뒤 무릎을 굽히고 앉 았다. 지안이 눈을 깜빡이며 다가왔다.

"이사님. 그건 제 일이니 제가 할……."

"이지안 씨."

상진이 낮게 깔리는 목소리로 부르자 지안은 작게 한숨을 내쉬 고 물러났다.

"알았어요. 죄송해요."

"저기 앉아 있어요."

상진이 턱으로 식탁 의자를 가리키자 지안은 조용히 그쪽으로 가서 얌전히 의자 위에 앉았다. 상진은 빠른 손놀림으로 정리를 끝 낸 뒤 치우기 번거로운 찌개 얼룩까지 깨끗이 제거했다. 순식간에 치우고 손을 씻는 그의 뒷모습을 지안이 의외의 눈빛으로 바라봤다. 단단해 보이는 넓은 등을 감상하듯 바라보고 있던 지안이 정신을 차린 듯 말했다.

"아, 그러고 보니 국물이 없어서 어쩌죠? 두부찌개라도 얼른 끓여 드릴게요."

"괜찮으니까 앉아 있어요."

상진이 일어서려는 지안의 어깨를 잡아 눌러 앉힌 뒤 밥솥을 열어 밥을 두 공기 펐다. 지안은 자신의 앞에 놓이는 수저와 고슬고슬한 하얀 밥알이 푸짐히 담긴 밥그릇을 바라봤다.

"이사님. 이건⋯⋯."

지안이 안경을 추켜올리며 묻자 상진이 태연한 표정으로 맞은편에 앉으며 말했다.

"오늘부터 식사 같이 하죠. 나 때문에 발바닥에 손가락까지 다쳤으니까."

"⋯⋯네? 그게 무슨 말씀이신지."

"들은 그대로입니다. 어서 들어요."

상진은 어리둥절한 표정의 지안을 싹 무시하곤 식사를 시작했다. 어떻게 해야 할지 머릿속이 복잡해진 지안이 그의 젓가락만 빤히 보고 있었다. 묵묵히 밥을 먹고 있는 그에게 더 말을 걸기가 어려워진 그녀는 결국 숟가락을 들어 밥을 떠먹기 시작했다.

지안이 식사를 시작한 모습을 힐끗 쳐다본 상진의 입꼬리가 슬쩍 말려 올라갔다. 어떻게 해야 자연스럽게 밥을 같이 먹을 수 있을까 고민하던 차에 이렇게라도 같이 먹게 되어 내심 다행이었다.

상진의 생각을 전혀 알 수가 없는 지안은 탱글탱글한 밥알을 꼭꼭 씹으며 그가 말한 밥을 같이 먹어야 하는 이유에 대해 생각해

봤지만 도무지 답을 찾을 수가 없었다.

도대체 무슨 뜻일까?

지안은 저도 모르게 고개를 갸웃하며 오물오물 밥을 먹었다. 그녀가 예쁘게 입을 오물거리고 먹는 모습을 상진이 뜨거운 눈빛으로 바라보고 있다는 건 전혀 알지 못한 채.

마인드컨트롤의 효과는 그다지 없는 듯했다. 지안은 상진과 스치듯 손가락이 닿거나, 옷깃이 닿거나, 피부가 스칠 때마다 전기에 오른 듯 찌릿찌릿해짐을 느꼈다.

큰일이야. 심장발작에 이어 전기까지…….

증세가 점차 심각해지자 지안의 표정도 덩달아 심각해졌다. 상진 앞에서 겉으론 태연한 척 포커페이스를 유지하고 있었지만 몸이 닿을 때마다 굳어 버리는 건 어찌할 수가 없었다. 이대로 가면 머지않아 그도 이상하게 생각할 게 뻔하다.

안 되겠어.

지안은 매의 눈을 하고 노트북을 켰다.

[질문 : 누군가와 닿으면 전기가 올라와요. 왜일까요?]

한 자 한 자 심혈을 기울여 타자를 친 후 질문을 등록한 지안은 비장한 얼굴로 고개를 끄덕이고는 바람같이 방 안을 나갔다.

물걸레를 들고 2층으로 이어지는 계단을 심혈을 기울여 닦고 상진이 소중히 생각하는 도자기도 하나하나 정성스레 닦은 뒤 다시 방으로 돌아와 노트북을 열었다. 잠금장치를 풀고 기대에 찬 눈빛으로 인터넷 창을 여니 다행히 답변이 몇 개나 달려 있었다.

"아직 베스트 답변은 없네."

지안이 중얼거리며 댓글란을 클릭했다.

── 답변 1: 당연히 정전기죠.

── 답변 2: 피카츄로 변신 중입니다. 곧 전기를 만들어 내겠군요.

── 답변 3: 한전에서 이 질문을 좋아합니다.

도대체 이게 무슨 소리인지 몰라 지안이 모니터를 노려보며 이마를 찌푸리는데 대문이 열리는 알림음이 울렸다.

"어머. 퇴근하셨나 봐."

지안이 얼른 일어나 현관 쪽으로 나갔다.

"어서 오세요."

현관문을 열고 들어오는 상진에게 지안이 인사했다. 슈트 위에 짙은 그레이색 모직코트를 입은 상진이 고개를 끄덕이며 안으로 들어섰다. 키가 큰 상진이 허리를 숙여 구두를 벗는 모습이 왠지 관능적으로 보였다.

……이러다 발전소 차리겠어.

심장이 찌르르해짐을 느낀 지안이 그가 벗어 놓은 구두를 정리하며 속으로 중얼거렸다. 구두 정리를 끝내고 돌아서자 상진이 아직 그 앞에 서 있었다.

"왜 그렇게 서 계세요?"

마치 용건이 있는 사람처럼 그녀의 앞에 서 있는 상진을 보고 지안이 의문스러운 눈빛으로 물었다. 상진이 입술 끝을 슬쩍 올리고는 지안에게 말했다.

"이쪽으로 와 봐요."

"네?"

"빨리."

지안의 손목을 잡고 끌어당겨 자신의 앞에 세운 상진이 그녀의 어깨를 잡고 뒤돌아 세웠다. 상진이 등 뒤에서 그녀에게 말했다.

"잠깐만 가만히 있어요. 움직이지 말고."

무슨 일일까 하면서도 지안은 그가 시키는 대로 가만히 있었다. 잠시 후 등 뒤에서 손이 뻗어 나오더니 서늘한 기운이 목덜미에 닿았다.

차랑.

상진이 붉은 하트 모양의 루비가 달린 화이트골드 목걸이를 지안의 목에 걸었다. 지안이 눈을 동그랗게 뜨고 뒤돌았다. 그가 그녀의 목에 매달린 앙증맞은 목걸이를 바라보더니 싱긋 웃었다.

"생각대로 잘 어울리는군."

"저…… 왜 이걸 저에게……?"

지안이 뭐라 물어야 할지 몰라 미간을 좁히고 말을 고르듯 천천히 묻자 상진이 그녀를 지그시 바라봤다.

"왜 항상 당신에겐 이유가 필요한 걸까. 이유가 없으면 받지 않을 생각입니까?"

"그건……."

그의 말에 대답을 하지 못한 채 지안이 난처한 표정으로 바라봤다. 그녀의 사랑스러운 까만 눈망울을 마주 보며 상진이 낮게 말했다.

"내가, 주고 싶으니까."

"……!"

지안의 동그란 눈동자가 확 커졌다.

"이거 이유 되는 거죠? 저녁은 먹고 왔으니 됐습니다."

상진이 몸을 돌려 계단 쪽으로 걸어갔다. 지안은 그가 반질반질 닦아 놓은 계단을 끝까지 올라갈 때까지 마냥 바라보고만 있었다.

상진은 책상 앞에 앉아 모니터를 응시했다. 시선은 화면을 향하고 있었지만 그의 머릿속은 전혀 다른 생각을 하고 있었다.

목걸이는 생각만큼이나 그녀와 잘 어울렸다.

점심시간 회사로 돌아가는 도중 문득 눈에 들어온 주얼리 매장 안에 디스플레이 된 저 목걸이를 본 순간 지안과 잘 어울릴 거라고 생각했다. 투명할 정도로 깨끗한 피부와 고혹적인 붉은빛의 루비는 실제로도 무척 잘 어울렸다.

여자들은 이런 거 선물해 주면 좋아한다던 동료들의 말이…… 사실일까? 그 여자는 어떻게 생각할까?

"후우."

이런저런 생각에 몰두하던 상진이 한숨을 내쉬며 손바닥으로 얼굴을 쓸었다. 등을 의자 깊숙이 묻고 고개를 들어 올린 그의 표정이 착잡하게 가라앉았다.

내 인내심이란 게 고작 이것밖에 안 됐나?

초조해하지 않을 생각이었지만 방금 전 지안의 가느다란 목에 목걸이를 걸어 줄 때는 화염처럼 들끓어 오르는 강한 욕망을 억누르기가 힘이 들었다.

그녀가 몸만이 아니라 마음까지 확실히 열어 보여 줄 때까지 기다려 줄 생각이지만 그게 점차 어려워만 가고 있었다. 당장 그녀의 작은 몸을 끌어안고 그 안에 담긴 뜨거움을 한껏 빨아들이고 싶은 충동이 매 순간순간마다 초인적인 인내심을 요구했다.

도대체 언제쯤…… 이지안이 완전히 마음을 열어 줄까.

시선이 닿을 때마다, 옷깃이 닿을 때마다 그녀의 눈빛 안에 담긴 흔들림이 무엇을 말하고 있는 건지 안다. 하지만……. 아직 망설임이 짙게 느껴지는 그녀를 어떻게 해야 할지 결정을 내리지 못하고 있었다.

널 어떻게 해야 할까.

난 이렇게나 널 원하는데.

입 밖으로 내뱉지 못한 말을 속으로 삼키며 상진은 한숨을 깊이 내쉬었다. 오늘 밤도 그에게 무척이나 길게 느껴질 것 같은 기분이 들었다.

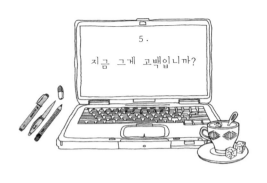

5.

지금 그게 고백입니까?

화려하고 늘씬한 외모를 가진 여자가 찰랑이는 긴 머리를 쓸어 넘기며 상진에게 악수를 청했다.

"만나서 반가워요. 라움 투자증권의 한희수예요."

"진, 상진입니다."

상진은 늘 그렇듯 성을 말한 뒤 잠시 텀을 둔 후 이름을 말했다. 성과 이름이 합쳐졌을 때의 어감을 그는 몹시 싫어했기 때문이다. 명함을 나눠 가진 후 희수가 하얗고 고른 이를 드러내 보이며 환하게 웃었다.

"진 이사님은 소문대로 너무 멋있으시네요. 한 번 만나면 여자들이 시름시름 앓는다더니 전 헛소문인 줄 알았거든요. 그런데 아니네요? 보통 넘치는 능력에 이런 우월한 외모까지 갖추기는 정말 쉽지 않은데."

— 게다가 얼굴만 잘난 게 아니라 키도 상당히 크고, 몸매도 날렵하니…… 호오, 엉덩이가 위로 찰싹 올라붙은 게 상당히 내 취향이잖아? 이 남자.

상진은 그녀의 얼굴 위에 떠오른 노골적인 흑심을 보고도 전혀 표정 변화를 보이지 않은 채 싱긋 웃었다.

"한 팀장님도 미모가 대단하신데요. 앉으시죠."

"그럴까요?"

희수는 의자 위에 앉자마자 날씬한 다리를 들어 올려 섹시하게 척 꼬아 준 후 미소를 띤 채 상진을 바라봤다. 얼굴에는 여유 있는 미소가 가득했지만 그녀의 머릿속은 두 마리 토끼를 잡기 위해 치열한 작전을 펼치고 있었다.

"그런데 저를 갑자기 찾아오신 이유가 뭡니까? 이미 계약에 대한 논의는 다 끝난 걸로 아는데."

상진이 운을 떼자 희수가 머리를 쓸어 넘기며 눈웃음을 쳤다.

"아, 제가 온 이유를 말씀드려야겠지요. 저희 회사에서는 이번 공동 투자 건에 거는 기대가 무척 커요."

"그건 저희도 마찬가지입니다."

"워낙 규모가 큰 프로젝트다 보니 아무래도 점검을 철저히 하는 것이 좋지 않겠어요? 그래서 몇 가지 세부 사항에 대한 논의를 다시 해 볼까 하는데, 괜찮을까요?"

"말씀하시죠."

상진이 매혹적인 웃음을 지으며 고개를 끄덕거리자 희수가 설명을 시작했다.

미소를 지은 채로 살랑살랑 눈웃음치며 말하는 희수는 자신의 외모에 대한 자신감이 넘쳐흐르는 듯 보였다. 사실 겉보기에도 웬만한 연예인보다 낫다고 생각될 정도로 아름다운 외모이긴 했지만 상진의 눈에는 그녀의 얼굴에 떠오른 속물적 계산들에만 시선이 갔다.

흐음, 퍼센트를 더 가져가시겠다?

화사한 미소를 짓고 있는 그녀의 얼굴 위에 떠오른 노림수들을 파악한 상진이 슬쩍 입술 끝을 추켜올렸다.

협상이란 건 늘 그랬다. 말로는 달짝지근한 사탕발림을 유려하게 늘어놓지만 결국 그 속에 있는 본심은 이익에 대한 추가 분배를 노리는 간교한 속내가 감추어져 있는 법이다. 그걸 빨리 파악하고 상대방이 꺼내는 패보다 먼저 패를 꺼내 들어야 협상의 유리한 고지를 차지한다.

"……저희 쪽에선 그게 최선의 방법이 아닐까 생각하는데, 진 이사님은 어떻게 생각하시나요?"

마침내 희수가 설명을 끝내고 생긋 웃으며 그에게 동의를 구해 오자 상진이 형식적인 미소를 지으며 끄덕였다.

"네. 하신 말씀은 무슨 뜻인지 잘 알겠습니다."

"그럼 제 말에 동의하시는 거죠?"

희수가 눈을 반짝이며 말하자 상진이 상체를 숙이고 두 손으로 깍지를 낀 채 생각에 잠긴 모습을 연출했다.

"흐음, 글쎄요……."

그가 운만 띄워 놓고는 슬쩍 뒤로 물러나는 듯한 반응을 보이자 희수의 얼굴에 당혹스러움이 지나갔다. 지금까지 자신의 최대 무기인 매력적인 외모와 화려한 언변을 백퍼센트 발휘해서 이런 반응이 돌아왔던 적은 단 한 번도 없었다.

"이사님께서 조금 전 분명 무슨 뜻인지 잘 아셨다고……."

희수가 다시 얼굴 가득 화사한 웃음을 머금고 고혹적인 자태로 머리를 쓸어 넘겼지만 상진은 미간을 슬쩍 좁힌 채 그녀의 얼굴을 보지 않고 테이블에만 시선을 두고 있었다.

"이해와 동의는 다른 문제라서 말입니다. ……이 자리에서 결정 내리긴 조금 힘든 문제인 것 같군요. 이 건은 저희 팀과 상의한 후 결정하는 걸로 하죠."

"네……?"

희수에 얼굴에 확실한 낭패감이 서렸다. 하지만 곧 예의 그 화사한 미소를 담뿍 지으며 상진에게 부드러운 목소리로 말했다.

"저기, 이사님. 아무래도 제 설명이 조금 부족했던 모양이에요. 제가 다시 한 번 설명드릴 테니……."

"아뇨. 말씀해 주신 내용은 확실히 이해하고 있으니 그러실 것 없습니다."

상진이 미소를 지은 채로 단칼에 말을 자르고 자리에서 일어서 자 희수의 얼굴은 순식간에 낭패감에 젖었다.

왜 안 넘어오지?

먹기 좋은 떡처럼 군침 흐르는 남자를 앞에 두고 말하다 보니 실수를 한 부분이 있었나? 그녀가 내건 명목은 겉보기엔 서로 원원하는 조건이라 이 남자가 이렇게 나온다는 것이 이해가 되질 않았다.

이성과 사고를 간교히 현혹시키는 그녀가 없는 자리에서 시커먼 남자들과 머리를 맞대고 이 건에 대해 얘기하다 보면 얼마 안 가 곧바로 그녀 쪽의 노림수는 탄로 날 것이 뻔했다. 어떻게든 그건 막아야만 한다는 생각에 그녀의 마음이 급해졌다.

"저, 저기요."

이러다 두 마리 토끼를 전부 놓칠 것만 같아 희수가 다급하게 상진을 불렀다.

"네?"

회의 테이블을 빠져나가려던 상진이 우뚝 멈춰 서서 그녀를 돌아봤다. 희수는 입술을 살짝 깨물고는 표정을 정리하고 애교스럽게 웃어 보였다.

"저…… 생각해 보니 저희 쪽에서 충분히 회의를 거치지 않고 나온 사안이다 보니 제가 나서서 계약 조건을 수정시키는 건 조금 무리가 있는 것 같아요."

"그게 무슨…… 뜻입니까?"

상진이 눈을 가늘게 뜨자 희수가 얼른 설명을 덧붙였다.

"제가 이 프로젝트에 워낙 애착이 많다 보니 아직 확정이 되지 않은 사안을 어서 상의해 보고 싶어서 상부의 허락 없이 온 거거든요. 괜히 의욕만 앞섰다가 양사에 애꿎은 피해를 끼칠 수 있으니 좀 더 확실히 알아보고 다시 오는 게 좋을 것 같아요. 저 그러니까 오늘 제가 얘기한 건 우선 없던 걸로 해 주셨으면 좋겠는데……."

희수가 어색하게 웃자 상진이 단번에 표정을 딱딱하게 굳혔다.

"그럼 한 팀장님은 확실하게 결정 나지도 않은 사항을 가져와서 저에게 계약을 수정해 달라 말씀하신 겁니까?"

"아니 그건……. 그게 아니라요."

"그렇다면 저희 쪽에선 더 이상 신의를 가지고 일을 진행하긴 힘들겠군요. 언제 어떻게 말이 바뀔지 어떻게 압니까."

차가운 상진의 말투에 희수의 얼굴이 창백해졌다. 그녀의 얼굴 위로 낭패감과 동시에 수습 방법이 여러 가지 버전으로 떠오르는 걸 상진이 냉소적인 시선으로 훑었다. 희수는 프로적인 태도를 보이며 순식간에 표정을 수습하고 생긋 웃어 보였다.

"저기 진 이사님. 그럼 이렇게 하는 게 어떨까요? 이사님 말씀대로 제가 너무 일을 무리해서 진행시키려는 과욕을 부린 건 사실인 것 같아요. 이 부분은 제가 분명 잘못한 거니까 이사님께서 다시 신의를 가질 수 있도록 새로운 조건을 제시할게요."

"어떤 조건입니까?"

"지금 계약된 내용을 보면 홍보 쪽 비용을 양사에서 절반씩 부담하는 걸로 되어 있는데 이걸 제가 책임지고 저희 쪽에서 조금 더 부담할 수 있도록 해 볼게요. 그러니 저의 주제넘은 행동을 너그럽게 이해해 주시면 안 될까요?"

상진이 눈을 가늘게 뜨고 희수를 바라봤다.

생각보다는 머리가 좋은 여자군.

순식간에 떠오른 여러 솔루션 중 가장 자신 측에 손실이 적은 방법을 본능적으로 택한 걸 보면 타고난 업무 능력이 뛰어난 여자였다. 상진은 턱을 살짝 들어 보이며 말했다.

"홍보비용이라…… 그렇다면 어느 정도로?"

"6대…… 4정도면?"

입술 끝만 올린 채 눈을 가늘게 뜬 희수가 밀당을 하듯 조심스럽게 던지자 상진이 단박에 쳐냈다.

"7대 3이라면 긍정적으로 고려해 보죠."

"치, 칠대 삼이요?"

희수의 얼굴에 다시 한 번 낭패감이 서렸지만 상진은 시니컬하게 말했다.

"저희 쪽에선 8대 2도 나쁘지 않지만 그 조건은 그쪽에 너무 부담스러울 것 같기에 배려해드린 겁니다. 어떻게 하시겠습니까?"

"아…… 그럼…… 7대 3으로 하죠."

조삼모사도 아니고, 울며 겨자 먹기로 상진이 내민 카드를 받아들일 수밖에 없는 희수는 순식간에 얼굴이 어두워졌다. 그렇다고 이 커다란 프로젝트를 망칠 수는 없는 노릇이라 희수가 안 받아들일 수 없다는 걸 잘 알고 있는 상진은 여유로운 미소를 지었다.

"좋습니다. 그럼 오늘 일은 없던 일로 하고, 나머지 사항은 수정된 계약서 가져오시면 다시 진행하도록 하죠."

"네. 그럼 그런 걸로……."

억지로 웃음을 지어보이며 미팅 룸을 빠져나가는 순간까지 희수의 얼굴엔 여러 가지 생각들이 혼란스럽게 떠올라 있었다.

— 말도 안 돼. 내가 실패하다니……. 부장님한테는 뭐라고 해야 돼?

— 근데 저 남자는 어쩜 저래? 얼굴도 몸매도 잘난 데다 일까지 완벽하다니……. 하아, 밀려도 저 남자에게 밀려서 차라리 다행인가? 이걸 빌미로 어떻게 한번 연락을…….

현실 부정과 해결 방안, 그리고 개인적 흑심까지 뒤죽박죽 혼재된 희수의 얼굴을 미소를 지은 채 바라보며 배웅한 뒤 상진은 집무실로 돌아왔다.

집무실 책상에 앉자 기다렸다는 듯 전화벨이 울렸다.

"네가 어쩐 일이야?"

상진이 전화를 받자 다급한 문혁의 목소리가 들려왔다.

— 아주 급한 일이야. 이번엔 네가 날 좀 도와줘야겠다.

"무슨 일인데 그래."

— 설명하자면 조금 긴데……. 어쨌든 내일 주말이니까 쉬지? 오늘 밤 강원도로 좀 내려와 주라. 너 아니면 나 큰일 나. 우리 마숙이 뺏기게 생겼어.

"마숙이면…… 애마?"

마숙이는 문혁의 애마 1호인 빨간색 마세라티 그란트리스모 S의 애칭이었다. 문혁은 여자보다 차를 더 아끼는 녀석이니 애마를 뺏긴다는 건 자기 여자를 뺏긴다는 것과 비슷한 종류의 타격이었다.

— 그래! 내 사랑스런 마숙이, 오늘 밤 내기에서 지면 내 애마가 중태 그 자식한테 넘어가게 생겼다고! 아후! 내가 환장하겠다, 아주 그냥!

그 내기란 것이 짐작이 간 상진이 피식거렸다.

"그러게 그딴 내기는 왜 해? 쓸데없이. 그리고 내가 그쪽 멤버도 아닌데 거길 가서 뭐해."

— 괜찮아! 와도 돼! 중태 그놈이 데려온 친구 놈이 알고 봤더니 친구가 아니라 완전 꾼이다, 꾼! 그놈이 지금 다 쓸어가고 있어! 내가 오죽하면 우리 마숙이까지 걸었겠냐. 마숙이 걸고 오늘 마지막 게임판 벌인 거니까 너 꼭 와 줘야 돼! 안 오면 나 죽는다. 진짜! 나 마숙이 없으면 못 살아! 못 산다고!

문혁의 목소리는 정말 애인을 볼모로 잡힌 남자의 한 맺힌 절규처럼 처절했다.

강원도라…….

상진은 잠시 생각하더니 말했다.

"알았어. 오늘 밤 가지. 너네 리조트로 가면 되지?"

"강원도요?"

자로 잰 듯 똑같은 크기로 접혀 완벽한 각도로 쌓인 수건 탑 앞에서 보송보송하게 건조시킨 수건을 든 채로 지안이 눈을 깜빡였다.

"당신 소개시켜 준 문혁이 알죠? 그 친구가 부탁할 게 있다고 당장 와 달라고 합니다."

상진이 담담한 목소리로 말하자 지안이 눈을 더 **빨리** 깜빡이다가 잘못 알아들은 건가? 하고 고개를 갸웃거렸다.

"그런데…… 거기에 저도 같이 가야 한다는 말씀이세요?"

"네."

당연하다는 듯 상진이 끄덕였다. 너무나 당연하다는 듯한 반응에 지안은 자신이 뭔가 잘못 생각하고 있는 듯한 생각마저 들었다. 하지만 아무리 생각해도 도우미가 고용주의 출장이나 개인적인 용무를 보는 자리에 따라가진 않는다. 멍하니 상진을 보면서도 본능적으로 수건을 차곡차곡 접어가다가 지안이 다시 물었다.

"저기 저는 왜……?"

"당신 밥 아니면 내가 밥을 못 먹으니까."

"아, 그런 거라면 도시락을 싸 드릴게요."

자신의 요리를 칭찬해 주는 말이라 내심 흐뭇한 지안이 말하자 상진이 완강히 고개를 저었다.

"아뇨. 난 당신이 막 지은 밥 아니면 입안에 가시가 돋아서."

"네……?"

이게 무슨 소리일까.

"재료는 그쪽에 다 준비되어 있으니 몸만 가면 됩니다. 준비하시죠."

상진은 그 말만 하고 계단으로 올라가 버렸다.

준비하라고……?

멍한 얼굴로 수건을 접던 지안의 손이 마침내 멈췄다. 지안은 눈동자를 이리저리 굴리다가 우선 초스피드로 남은 수건을 신속히 개킨 뒤 1층과 2층에 분포되어 있는 욕실에 골고루 채워 넣었다. 욕실에서 나와 자신의 방으로 들어와 조용히 문을 닫고 지안은 생각에 잠겼다.

강원도, 강원도라니. 강원도에 같이 가자니?

상진과 매일 같은 집 안에 있지만 그건 자신의 일이기 때문에 당연한 걸로 생각되었다. 그런데 집이 아닌 다른 곳으로 둘이 함께 이동한다고 생각하니 머릿속에 순식간에 패닉이 왔다. 이 와중에 강원도의 힘이라는 말은 왜 떠오르는 거람?

아랫입술을 잘근잘근 씹으며 초조한 얼굴로 방을 이리저리 서성거리던 지안이 우뚝 멈춰 섰다.

"그래. 과민하지 말자. 밥 때문이라잖아. 밥. 난 그냥 가서 밥을 해 주는 일을 하러 간다고 생각하면 돼. 이를테면 출장이지."

둘만의 여행이 아니라 그저 식사를 준비해 주기 위한 업무라고 생각하니 순식간에 마음에 안정이 왔다. 지안은 마음을 가라앉히고 그때서야 차분한 얼굴로 강원도로 갈 준비를 시작했다.

"뜨거우니 조심해요."

"네. 감사합니다."

상진이 커피점에서 테이크아웃 해 온 커피를 건네주자 지안이 두 손으로 받으며 인사했다. 차 안에 따뜻한 커피 향이 감돌았다. 상진은 우산을 접어 뒷좌석에 놔두고 옷을 털며 운전석에 앉았다.

"눈길인 것치고는 다행히 많이 막히지는 않네요."

"지금 상태로는 계속 그럴 것 같긴 한데 두고 봐야 알겠죠."

지안이 커피를 한 모금 마시고 창밖을 보며 말하자 상진이 다시 차를 출발시키며 대답했다. 차 안에는 조용한 음악이 흐르고 있었다. 허스키한 여가수의 재즈 음색이 창밖으로 보이는 눈이 내리는 풍경과 잘 어울렸다. 진한 초콜릿 같은 목소리를 들으며 지안이 힐끗 상진을 바라봤다. 한 손으로 부드럽게 핸들을 움직이는 모습이 여유 있어 보였다.

콩콩콩콩콩.

차 안에 단둘이 앉아 있으니 반사적으로 지안의 심장이 뛰기 시작했다.

이러면 안 돼. 이건 일이야, 일.

지안은 창밖을 보는 체하며 손가락으로 가슴을 꾸욱꾸욱 눌렀다. 하지만 차창에 비친 그의 샤프한 옆모습에 심장이 덩덕덕쿵덩덩 덕쿵덕 뛰며 세마치장단을 휘몰아치기 시작했다.

아, 난 아무래도 안경에 약한 것 같아. 이 남자 왜 오늘 안경을 끼고 온 걸까?

상진은 누가 봐도 미남이라 안경을 안 쓴 모습이 더욱 조각 같은 미모를 빛내 주긴 했지만 지안은 어릴 때부터 안경 낀 남자를 좋아했었다. 그래서인지 상진이 일할 때 안경을 끼고 있는 모습을 볼 때마다 평소보다 더욱 호감도가 상승하곤 했다. 특히 안경 모델을 해도 될 정도로 까만색 뿔테가 잘 어울리는 상진을 볼 때마다 자신은 역시 까만 뿔테 안경 취향이었다는 걸 절절히 깨닫게 되고는 하는 것이었다.

"이사님은 밖에선 안경 안 쓰시는 줄 알았어요."

지안이 슬쩍 하는 말에 운전대를 잡은 채로 상진이 고개를 옆으로 살짝 돌렸다.

"일할 때나 운전할 때만 씁니다. 출근할 땐 비서가 운전하니 안경은 집무실에서만 착용하는 편이고."

"서재 청소하면서 보면 항상 안경을 두고 가시던데요?"

"집무실 서랍에도 따로 놔뒀어요."

"그러셨구나……. 전 그래서 집에서만 안경 쓰시는 줄 알았거든요. 전 안경이 없으면 조금 많이 불편한 편인데 이사님은 안 그러신가 봐요."

"많이 나쁜 편은 아닙니다."

"네."

지안이 끄덕거리고는 조용히 커피를 마셨다. 그의 시선이 와 닿는 것이 느껴져 지안이 살짝 고개를 들자 상진의 시선이 그녀의 목에 향해 있었다.

"목걸이가 마음에 안 듭니까?"

"네? 아뇨. 그럴 리가 있겠어요?"

상진이 시선을 다시 전방으로 향한 채 묻자 지안이 화들짝 놀라 얼른 대답했다.

"마음에 드는데 안 하고 다닐 리가 있나?"

그의 퉁명스러운 말투에 지안은 고개를 숙인 채로 손으로 자신의 목을 멋쩍은 듯 매만지며 말했다.

"……죄송해요. 서랍에 있는데 그런 걸 제가 받아도 되는지 아직 확신이 서지 않아서 꺼내지 못하고 있었거든요. 언젠가 돌려 드려야 될 수도 있고……."

"다시 돌려 달란 말을 할 리는 없으니 차고 다니든 버리든 이지안 씨 맘대로 해요."

상진의 목소리가 어둠처럼 낮게 깔려 나왔다. 명백하게 언짢음이 느껴지는 목소리에 지안이 고개를 들어 그를 바라봤다. 목소리만큼 차갑게 굳어 있는 옆모습에 지안의 심장이 덜컥 내려앉았다.

화가 난 걸까?

시선을 차창 밖으로 돌린 채 지안의 머릿속은 복잡하게 얽혀 들었다. 하지만 그가 말한 주고 싶어서 줬다는 의미가 어떤 의미인지 제대로 알지 못한 채 그 비싼 목걸이를 당당히 하고 다닐 수는 없었다.

이사님이 왜 나한테?

머릿속을 떠다니는 물음표들이 자꾸 혼란스럽게만 했다. 줄기차게 이유만 생각하다가 결국 서랍을 열어 종종 꺼내 보기만 할 뿐 다시 목에 걸 용기는 없었다. 목에 걸지 않았다는 이유로 이렇게 화가 난 얼굴을 볼 줄 알았다면 이유를 알든 모르든 차라리 걸고 있는 게 나았을까……?

둘 사이엔 여전히 커피 향과 감미로운 재즈선율이 흘렀지만 얼굴을 굳힌 채 아무 말도 하지 않는 상진과 죽어라 창밖만 쳐다보며 이유를 생각해 내려고 노력하는 지안 사이엔 보이지 않는 벽이 있는 듯 멀게만 느껴졌다.

"오! 자식, 고맙다!"

웅장하리만치 커다란 규모의 리조트에 도착하여 발레파킹 시키는 동안 로비에서 문혁이 환한 얼굴로 달려 나왔다. 라이더재킷을 걸치고 흰 티셔츠에 블랙진을 입은 문혁은 여전히 모델처럼 예쁘장한 얼굴이었다.

"안녕하세요."

지안이 인사를 하자 문혁이 그녀를 발견하고 눈을 둥그렇게 떴다.

"어? 지안 씨도 왔어요? 어라? 잠깐. 이거 이거 혹시……?"

놀란 얼굴로 상진과 지안을 번갈아 바라보며 삿대질을 하는 문혁에게 상진이 인상을 썼다.

"빨리 안내나 해. 애마가 죽니 사니 우는소리 하더니 그 정도는 아닌 모양이지?"

상진의 말에 그제야 퍼뜩 정신을 차린 문혁이 얼른 상진을 잡아끌었다.

"아차, 지금 이러고 있을 때가 아니지! 우리 마숙이를 뺏기느냐 마느냐인데……. 너 인마, 빨리 이쪽으로 와. 아, 지안 씨! 지안 씨도 어서 이쪽으로……."

상진을 이끌며 지안에게 손짓하던 문혁이 멈칫했다. 조용히 그들 뒤를 따라 걷던 지안이 자신을 위아래로 훑어보는 문혁의 시선을 느끼고 고개를 들었다.

"왜 그러세요?"

문혁이 고개를 갸웃거리며 고민하는 표정을 짓자 지안이 그에게 다가서며 물었다. 상진의 시선도 그제야 문혁에게 향했다.

"음, 그게……. 지안 씨. 잠깐 실례할게요."

문혁이 순식간에 지안의 안경을 벗겨 냈다.

"뭐 하는 짓이야?"

상진이 미간을 일그러뜨리며 날카롭게 물었지만 문혁은 상진의 말은 들은 척도 하지 않고 지안의 얼굴을 빤히 바라보기만 했다. 지안이 눈을 깜빡거리며 문혁을 바라보자 심각한 얼굴로 보고만 있던 그가 환하게 웃었다.

"역시. 지안 씨 안경만 벗어도 완전 미인이네요? 특히 눈이 막 호수같이 빨려 들어갈 것 같은 것이……. 이런 눈 흔치 않은데 그땐 왜 몰랐지? 내가 사람 얼굴 대충 보는 성격이 아닌데. 혹시 안경 바꿨어요?"

"아, 네. 얼마 전에 바꿨어요."

문혁이 그럴 줄 알았다는 듯 끄덕이며 지안에게 더욱 얼굴을 가까이 대고 노골적으로 쳐다보며 감탄했다.

"어쩐지! 전에 봤을 땐 그런 걸 못 느꼈는데 갑자기 확 달라졌다 했더니 안경 때문이었구나. 지안 씨 안경 안 쓰는 게 훨씬 예쁜데 왜 안경 써요? 확 라색이나 라식해 버려…… 어?"

상진이 성큼 다가오더니 문혁의 손에서 안경을 낚아채선 지안의 얼굴에 다시 씌웠다. 그러곤 지안을 자신의 등으로 막아서서 안 보이게 가린 뒤 얼굴을 험악하게 굳히고 문혁을 노려봤다.

"최문혁. 왜 니 멋대로 사람 안경을 벗기지? 지나치게 무례한 거 아닌가?"

문혁은 진심으로 화가 난 듯한 상진의 딱딱하게 굳은 얼굴을 눈을 끔뻑이며 바라보다가 믿어지지 않는 듯 웃었다.

"와우, 대단한데? 네가 이유도 없이 데려왔을 리는 없다고 생각하긴 했다만, 역시 그런 거였어? 이야. 놀랍다. 진상진이 드디어······. 아! 어쨌든 지금 그게 문제가 아니고."

문혁이 말을 끊고 상진 옆으로 쓱 고개를 내밀고 뒤에 다소곳하게 서 있는 지안에게 말했다.

"지안 씨. 내가 부탁 하나만 할 테니 좀 들어줄래요?"

"무슨 부탁."

상진이 다시 그 앞을 가로막고 낮게 을렀지만 문혁은 개의치 않고 반대쪽으로 잽싸게 몸을 내밀어 지안과 다시 아이컨텍을 시도했다.

"실은 위에 있는 내 친구들······이라고 말하긴 조금 기분이 더럽긴 하지만 아무튼 아는 사람들이 모여 있거든요. 그런데 그놈들은 남자는 돈으로, 여자는 외모로만 판단하는 저급한 놈들이라 지금 이대로 올라가면 지안 씨가 여러 가지로 곤란해질 수 있어요. 그렇게 되면 아무래도 상진이도 좀······."

"헛소리하지 마."

"그래서요?"

상진의 말과 동시에 지안의 묻는 말이 나오자 문혁이 지안을 바라보며 싱글거렸다.

"그래서 지안 씨가 조금만 참아 주면 저 안에 있는 뇌가 아주 청순한 여자들보다 훨씬 나을 것 같은데. 그럼 상진이도 지안 씨가 상처받는 데 신경 안 써도 되고, 나도 그런 뒷말 좋아하는 인조인

간들한테 지안 씨가 안 좋은 소리 듣는 건 싫으니까 여러 가지로 좋을 것 같거든요. 어때요? 내 말대로 조금만 참아 줄래요?"

"음……."

지안이 고민하기 시작하자 상진이 잘랐다.

"고민할 거 없어요. 쓸데없는 소리니."

"선택은 지안 씨가 해요."

"최문혁. 안 된다고 했어."

"네가 지안 씨냐? 난 지안 씨한테 물어봤거든?"

"어쨌든 안 돼."

"그럴게요."

지안의 대답에 티격태격하던 두 사람의 고개가 동시에 그녀 쪽으로 돌아갔다. 지안은 담담한 얼굴로 서 있었다.

"그러니까 제가 그렇게 하는 것이 이사님께도 도움이 되고, 문혁 씨에게도 좋다는 뜻이잖아요? 그럼 할게요."

"와, 정말요? 고마워요. 지안 씨!"

문혁이 방방 뛰며 기뻐했지만 상진이 그 앞을 가로막고 지안을 똑바로 내려다보며 말했다.

"당신 이러라고 데려온 거 아니야. 그럴 의무도 없고 필요도 없어."

지안이 날카로운 눈빛을 하고 있는 상진의 눈을 가만 바라봤다.

"의무나 필요가 아니라 제가 그러고 싶은 것뿐이에요."

"뭐……?"

상진이 인상을 쓴 채로 서 있자 문혁이 얼른 지안의 어깨를 끌어당겼다.

"본인이 하겠다는데 진 이사님은 빠지시죠? 지안 씨, 이쪽으로 와요. 여기가 우리 호텔에서 만든 리조트인데 파티나 행사도 많이 해서 헤어부터 의상까지 한 번에 케어받을 수 있는 샵이 있거든요. 평소엔 쓸모없더니 이럴 때 유용하네. 안 그래요?"

문혁이 지안의 어깨에 턱 하니 손을 올리고 수다를 떨며 안쪽으로 이끌었다. 상진은 그녀의 코트 위에 올려진 문혁의 손을 노려보다가 미간을 일그러뜨린 채로 뒤따라갔다.

잠시 후, 샵 실장에게 지안을 맡긴 뒤 문혁은 상진과 대기실에 앉아 있었다. 푹신한 소파와 각종 음료와 잡지 등이 마련된 대기실에 앉아 문혁은 싱글거리며 상진에게 말했다.

"뭐야? 평생 연애 따윈 못할 것 같더니 어느새 그렇게 발전한 거야?"

직원이 가져다준 홍차를 마시며 상진이 인상을 썼다.

"입 다물어. 최문혁. 지금 여기 온 걸 지독히 후회하는 중이니까."

"호오, 왜? 왜 그러실까? 너 지금 지안 씨 예쁘게 꾸며서 혹시 어떤 놈이 집적대기라도 할까 봐 애가 타서 그러는 거지? 너만 내 속 다 아는 줄 알아? 나도 니놈 속은 다 알아. 인마."

능글거리며 말하는 문혁을 상진이 살벌하게 쏘아봤지만 문혁은 아랑곳하지 않았다.

"그런데 너 그거 때문에 누구 좋아하지 못하는 거 아니었냐? 지안 씨는 뭔가 달라? 속이 투명하다거나?"

"……맞아."

상진이 퉁명스럽게 대꾸하자 문혁이 눈을 가늘게 떴다.

"그럼 지안 씨가 겉과 속이 똑같은 당근 같은 여자냐? 겉도 단단한 주황색이고 속도 단단한 주황색인?"

"아니. 그게 아니라, 보이지 않아."

"보이지 않는다고……? 너 여태껏 그런 적 없었잖아."

눈을 가늘게 뜬 문혁을 바라보며 상진이 고개를 끄덕였다.

"맞아. 처음이야."

"와……. 이거, 신기하네? 정말 인연이라 안 보이고 그러는 건가?"

문혁이 신기한 듯 고개를 이리저리 기울이는데 그때 문을 열고 실장과 지안이 들어왔다.

"어……?"

지안이 나타나자 둘의 눈이 크게 떠졌다. 부드럽게 웨이브 진 실크 같은 까만 머리칼이 물결치듯 허리까지 내려와 있고 투명한 피부가 돋보이는 핑크빛 블링블링한 메이크업이 지안의 크고 동그란 눈과 도톰하고 작은 입술을 더욱 인형처럼 보이게 했다. 과하지 않은 볼륨이 들어간 시폰 재질의 화이트 색상 원피스가 여성스러움을 한껏 발산하고 있었다.

상진과 문혁의 반응을 확인한 실장은 만족스러운 얼굴로 설명을 하기 시작했다.

"피부도 너무 좋으시고 이목구비도 어디 하나 빠지는 구석이 없어서 전체적으로 살짝씩만 메이크업하고 정돈해 주기만 했어요. 몸매도 늘씬하시고 파마나 염색도 한 적이 없어서 머릿결까지 너무 좋으신 거 있죠? 살짝만 건드려도 이 정도인데 너무 안 꾸미고 계시니까 제가 다 아까울 정도예요."

"가……감사합니다."

마치 최고급 요리를 품평하는 미식가처럼 미사여구를 늘어놓으며 칭찬하는 실장에게 지안이 뻣뻣하게 굳은 채 인사를 하려 머리를 굽혔다. 그런데 그만 옆에 있는 기둥에 부딪히면서 그녀의 몸이 크게 휘청거렸다.

　　"어머!"

　　실장이 놀라서 눈을 크게 뜨고 잡으려는데 번개같이 소파에서 일어난 상진이 얼른 지안을 잡아 줬다.

　　"아, 죄송해요. 잘 안 보여서……."

　　"굽이 너무 높은 것 아닙니까?"

　　상진이 그녀의 몸을 강하게 잡고는 10cm는 족히 될 듯한 아슬아슬한 힐을 못마땅한 표정으로 바라보며 물었다.

　　"다리가 이렇게 늘씬하신데 이 정도는 신어 주셔야 각선미가 제대로 살죠. 그래도 너무 높으시면 조금 낮은 굽으로 바꿔 드릴까요?"

　　실장이 말하자 상진이 지안의 어깨를 자신에게 바짝 끌어당기며 말했다.

　　"시간이 없으니 됐습니다. 일단 올라가자."

　　"그래."

　　상진의 말에 문혁도 시계를 보고 일어섰다. 문혁이 일어서서 그들을 앞질러 나가자 상진이 지안의 가느다란 허리에 팔을 둘렀다.

　　"나한테 기대서 조심히 걸어요. 앞도 잘 안 보일 테니."

　　"아, 네. 고마워요."

　　지안이 자신의 허리를 받치고 있는 상진의 단단한 팔을 느끼며 조금 쑥스러운 기분으로 에스코트 받듯 천천히 걸음을 옮기기 시작했다.

호화리조트 맨 꼭대기 층에 위치한 커다란 VIP룸으로 들어서자 모두의 시선이 상진과 지안에게 쏠렸다. 키가 큰 조각같이 잘생긴 남자와 인형처럼 청순한 여자에게 시선을 꽂은 사람들이 술렁이는 소리를 들으며 문혁은 카드 레이스가 진행되는 테이블로 그들을 이끌었다.

카드를 차르륵 셔플하며 힐끗 쳐다본 남자가 입술 끝을 이죽거리듯 올렸다.

"문혁이가 말하던 숨은 고수라나 뭐라나 하던 분이시군요. 반갑습니다. 한오그룹의 정중태입니다."

얍삽하게 생긴 남자가 거만하게 손을 내밀자 상진이 대충 잡은 뒤 자리에 앉았다.

"시간 끌 거 없으니 바로 시작하죠."

중태는 감히 한오그룹의 황태자인 자신을 무시하는 듯한 기분에 슬쩍 배알이 뒤틀렸지만 상진의 말대로 자리에 앉았다. 그의 옆엔 무표정한 남자를 포함한 남자 셋이 앉아 있었는데 상진은 한눈에 무표정한 남자가 문혁이 말하는 고수라는 걸 알았다.

"그럼 멤버가 다 모였으니 판을 벌려 볼까요?"

중태의 리드로 게임이 시작되었다.

그로부터 정확히 한 시간 후, 룸 안에 있던 모든 사람들이 카드 테이블 주위를 에워싸고 구경 중이었다.

"500."

"500 받고 500 더."

"……받고 천."

이번 판에도 마지막까지 남은 무표정한 남자와 상진은 끝없이 판돈을 불려 갔다. 보통 상진이 중간에 카드를 접는 경우엔 대부분 무표정한 남자가 휩쓸어 갔지만 상진이 끝까지 살아남기만 하면 100퍼센트의 확률로 상진이 이기는 것이 반복되자 사람들은 신기한 듯 둘을 바라봤다.

무표정한 남자도 상진이 마지막까지 살아남을 때마다 묘하게 표정을 굳힌 채로 앉아 있었다. 겉으로 아무리 표정이 없어도 그의 속마음은 빤히 간파할 수밖에 없는 상진을 사람들은 신기한 듯 바라봤고 지안과 문혁은 알 수 없는 미소를 띤 채 바라보고 있었다.

"올인."

마침내 자신의 마지막 남은 전 재산을 모조리 앞으로 밀어 넣은 남자가 말했다. 이번 판으로 게임이 끝나느냐 마느냐가 되자 사람들은 더욱 흥미진진한 표정으로 침을 꿀꺽 삼켰다.

"그럼 오픈할까요?"

상진의 말에 모두가 숨을 죽이고 무표정한 남자를 쳐다보자 그가 자신의 카드를 펼쳐 보였다.

"풀 하우스."

K 트리플에 원페어가 섞인 카드를 보고 사람들은 놀라운 표정을 짓고는 얼른 상진 쪽으로 고개를 돌렸다. 모두의 시선이 쏠린 채 상진이 입술 끝을 말아 올리며 테이블 위에 던지듯 카드를 펼쳤다.

"A 포카드."

위압적인 A 네 개가 연달아 펼쳐지자 사람들의 눈이 커다래졌다.

"우와, 아포커잖아?! 저 남자가 또 이겼어!"

"대단하다! 어떻게 붙었다 하면 한 번을 안 지나?"

믿을 수 없다는 듯 사방에서 탄성이 쏟아졌다. 상진이 옷을 툭툭 털며 자리에서 일어서자 중태가 얼이 빠진 표정으로 테이블 위를 바라보다가 똑같이 얼이 빠져 있는 무표정한 남자를 홱 노려보더니 이를 득득 갈았다.

"고맙다! 자식, 덕분에 살았다. 하마터면 우리 마숙이 큰일 날 뻔했는데. 휘유, 간 떨려서, 와……. 정말 죽는 줄 알았다."

문혁이 마치 못된 악당들에게 납치됐던 애인을 되찾은 것처럼 크게 안도의 숨을 내쉬며 상진의 공을 입에 침이 마르도록 치하했다.

"이런 부탁은 앞으론 사절이니까 마지막으로 알아."

"걱정 마. 나도 다신 이런 일 안 만들 거다. 지안 씨도 오늘 고생 많았어요."

문혁이 지안을 보며 말하자 지안이 조용히 웃었다.

"아뇨. 전 한 것도 없는데요."

"모르시는 말씀. 그냥 거기 앉아 있어 주는 것만으로도 얼마나 빛이 났는데요? 지안 씨 같은 여자가 또 있다면 저도 차보다 여자에게 더 정성을 쏟고 싶어질지도 모르는데 말입니다."

문혁의 말에 지안은 웃었지만 상진은 눈썹을 날카롭게 휘어 올렸다.

"아, 지안 씨. 잠깐만 여기 앉아 있을래요? 상진이랑 잠깐 할 얘기가 있어서요. 잠시면 돼요."

"네. 그러세요."

문혁이 상진을 한쪽으로 끌고 가며 양해를 구하자 지안이 흔쾌히 대답했다.

"무슨 얘길 하려고?"

지안이 벨벳의자 위에 얌전히 앉는 걸 확인한 뒤 상진이 인상을 쓰며 물었다. 문혁은 못마땅한 얼굴의 상진을 보며 혀를 찼다.

"눈 찢어지겠다. 이놈 이거 이렇게 집착 심한 줄 오늘 처음 알았네? 지금까진 여자한테도 찬바람 씽씽 불게 대하기에 겁나 쿨한 놈인가 보다 했더니만 알고 봤더니 지 여자가 아니라서 그랬을 뿐이었어. 나 지금 사기당한 기분인 거 알지?"

"농담할 시간 없다. 본론만 말해."

상진이 조금 거리를 두고 앉아 있는 지안을 계속 곁눈질로 흘끗거리며 말하자 문혁이 못 말리겠다는 듯 피식 웃고는 상진에게 무언가를 내밀었다.

"이거나 받아."

"뭐야?"

내민 것을 받아들며 상진이 묻자 문혁이 싱글거리며 대답했다.

"우리 사파이어 리조트의 자랑, 로얄 층 최상급 스위트룸 키다."

상진이 자기 손에 들린 카드키를 확인하고는 헛웃음 치듯 웃자 문혁이 싱글거리며 목소리를 낮춰 말했다.

"오늘 힘써 준 보답이니까, 이제 다른 데도 힘써 봐. 알았냐?"

자신의 어깨를 툭툭 두드리는 문혁에게 뭔가 말을 하려던 상진이 움직임을 멈췄다. 그의 시야에 어떤 남자가 지안에게 접근하는 것이 포착됐다.

"젠장."

상진이 눈썹을 일그러뜨린 채 빠른 걸음으로 지안에게 다가가는 걸 지켜보고 있던 문혁은 그의 주먹 안에 카드키가 꽉 쥐어 있는 것을 확인하곤 쿡쿡거리며 뒤돌아서 로비를 나갔다.

　"내 일행에게 무슨 볼일입니까."

　자신에게 남자가 다가오는 것도 모른 채 얌전히 앉아 발끝만 보고 있던 지안은 상진의 목소리에 퍼뜩 고개를 들었다.

　"아, 아니 그게……. 하하. 제가 아는 사람과 착각을 한 것 같군요. 그, 그럼 이만."

　지안에게 작업을 걸려던 대학생 정도로 보이는 어린 남자는 웬 모델같이 생긴 남자가 서슬 퍼런 눈빛을 하고는 위압적으로 말하자 헛소리를 줄줄 늘어놓으며 사라졌다.

　"오셨어요? 그런데 문혁 씨는요?"

　지안이 태평한 얼굴로 묻자 상진이 인상을 썼다.

　"왜 이렇게 허술해요? 남자가 수작 거는 것도 모르고 넋 놓고 앉아 있고."

　"네? 수작이라니, 누가요?"

　무슨 소리인지 전혀 모르겠다는 표정으로 지안이 그를 쳐다보자 상진은 속이 터질 것 같은 답답함을 느꼈다.

　"됐습니다. 식사나 하러 가죠."

　상진이 한숨을 내쉬며 말하자 지안이 일어서며 물었다.

　"문혁 씨는 어디 가셨는데요? 저, 옷을 먼저 갈아입어야 할 것 같은데요. 안경도 써야 하고……."

　"그 녀석은 볼일 끝났다고 갔습니다. 안경과 옷은 룸에 올려다 놨다고 하니 우선 식사 먼저 하고 올라가죠."

"네? 룸이요?"

지안이 눈을 크게 뜨자 상진이 문혁에게 받은 카드키를 보여 줬다.

"문혁이 건네준 겁니다. 스위트룸이라 아마 방은 따로 나뉘어져 있을 테니 정 불편하면 층이 나눠지지 않은 집이라고 생각해요. 집에서도 늘 같은 공간에 있잖습니까."

"아, 아뇨. 불편하다는 의미는 아니었어요."

지안이 민망한 얼굴로 작게 말했다. 이미 한 번 덮친 마당에 신용을 잃은 건 그가 아니라 자신이지 않은가. 지안이 높은 구두를 신은 상태로 아슬아슬하게 걷기 시작하자 상진이 자연스럽게 그녀의 허리에 팔을 두르고 가녀린 몸을 자신 쪽으로 기대게 했다.

"레스토랑은 7층에 있다고 하니 엘리베이터로 가죠."

자신의 몸을 강하게 이끌어 주는 단단한 몸과 익숙한 스킨 향에 지안의 머릿속이 어지러워졌다. 이 향에 중독되듯 취해서 단단한 몸에 안겨 한없이 흔들리던 기억이 머릿속을 가로지르며 지나가자 고개를 숙이고 있는 그녀의 볼이 발갛게 물들었다.

어머, 나 좀 봐. 여기서 무슨 생각을 하는 거야.

지안이 머릿속의 아찔한 기억들을 애써 털어 내 버리려 노력하며 상진에게 이끌려 고급스러운 엘리베이터 위에 올라탔다. 지안은 머릿속이 복잡한 나머지 자신이 이곳에 밥을 하러 왔다는 것도 까맣게 망각하고 그가 이끄는 대로 레스토랑으로 올라가고 있었다.

넓은 리조트 전경이 한눈에 내려다보이는 창가에 앉아 두툼한 스테이크를 썰고 있자니 지안은 왠지 이상한 기분이었다.

예쁘게 꾸미고 좋아하는 남자와 데이트를 하는 기분이란 게 이런 걸까?

늘 일에만 신경 쓰고 사느라 그런 평범한 데이트가 일종의 환상처럼 생각되었던 지안에겐 지금 이 순간이 무척 특별하게 느껴졌다. 마침 눈까지 내려 온 세상이 하얗게 물들어 있는 것을 확 터진 창 너머로 보고 있자니 꼭 동화 속 나라에 있는 것 같은 기분마저 들었다. 지안이 저도 모르게 입술 끝을 둥글게 휘어 올리자 와인을 마시던 상진이 눈썹을 추켜올렸다.

"왜 웃는 겁니까?"

또다시 실수하는 것이 두려워 와인을 새 모이만큼씩만 홀짝이던 지안이 상진에게 시선을 향했다.

"아뇨. 그냥……. 문혁 씨에게 고마워서요."

지안의 입에서 다른 남자의 칭찬이 나오자 상진이 단번에 얼굴을 굳혔다.

"어째서?"

"뭐랄까. 음, 이런 특별한 밤을 보내게 해 줬다는 데에…… 일까요? 뭐라 설명해야 할지 모르겠지만 문혁 씨 덕분에 이런 곳에서 식사도 하구요."

"이런 것쯤은 나도 얼마든지 해 줄 수 있는데요."

상진이 기분 나쁜 듯 자신의 빈 잔에 와인을 들이부으며 말하자 지안이 맑게 웃었다.

"그런 의미가 아니에요. 이사님은 이해 못 하시겠지만 지금 저에게만 느껴지는 그런 게 있거든요."

"그러니까 그게 어떤 건데요."

"그건……."

말을 하려던 지안의 눈빛이 살짝 흔들리더니 입을 다물었다.

"그건?"

상진이 다시 묻자 지안이 고개를 저었다.

"아뇨. 아무것도 아니에요. 표현하기가 어렵네요. 맛있는데 어서 드세요."

지안이 애써 웃어 보이며 포크로 두툼한 스테이크를 입으로 가져갔다. 뭔가 물으려던 상진도 더는 캐묻지 않으려는 듯 미간을 좁힌 채로 와인만 마셨다. 말없이 포크와 나이프 소리만 달그락거리는 테이블 앞에서 지안의 얼굴이 서서히 창백해졌다.

'그러니까 그게 어떤 건데요.'

'그건, 좋아하는 사람과 데이트 하듯 이렇게 마주 앉아서 맛있는 걸 함께 먹을 수 있는 게 기뻐서 문혁 씨에게 고마운 거예요.'

방금 전 순간적으로 떠오른 답변이, 자신의 진심이라는 걸 깨달은 지안은 왜 데이트하는 것 같은 기분에 이렇게 들뜨고 가슴이 설레었는지 이제야 그 이유를 제대로 알 수가 있었다.

난…… 이사님을 좋아하고 있구나.

그 깨달음의 순간.

지안의 머릿속에 그간 풀리지 않던 이유들이 일제히 한 곳으로 모아져 열쇠가 되더니 마음속 깊숙한 곳에 꽁꽁 숨겨 둔 은밀히 봉인된 판도라의 상자를 망설임 없이 열어 버렸다. 그리고 그 안에서 쏟아져 나온 상진을 향한 감정은 어찌나 꾸역꾸역 몸을 불렸는지 더 이상 모른 척할 수 없을 정도로 커져 있었다.

어떻게 하면 좋을까?

이제 도대체 어떻게 하면 좋지?

누군가를 좋아했던 적도 한 번도 없었던 지안에게 첫사랑의 상대가 매일 같은 집에서 얼굴을 봐야 하고 엄연히 업무의 영역 안에 두어야 하는 고용주이라는 것은 너무 가혹한 것이었다. 안 그래도 요즘 내내 상진에게 신경 쓰여 제대로 일을 하지 못했는데 그 이유가 이것 때문이었다니…….

스스로의 마음까지 깨달아 버려 앞으로 그 증상이 점차 심해질 거라 생각하니 그야말로 좋아하는 상대에게 민폐나 끼치는 사람이 되는 것 같아 몹시 우울해졌다. 너무나 맛있게 느껴졌던 스테이크에서 더 이상 아무런 맛도 느껴지지 않았다.

한편 지안이 고민에 가득한 얼굴로 식사를 하는 모습을 상진은 말없이 바라보고 있었다.

스위트룸은 호화 별장을 압축시켜 놓은 것 같은 구조라 다행히 침실용 방이 몇 개로 나뉘어져 있었다. 게다가 열 몇 명이 단체로 와도 충분히 편하게 지낼 수 있을 만큼 넓고 쾌적한 공간이었다.

"그럼 안녕히 주무세요."

룸 안으로 들어온 지안이 그중 현관과 가장 가까이 있는 방으로 도망치듯 들어가려고 하자 상진이 그녀의 팔을 낚아챘다.

"……!"

팔을 잡히자 지안이 크게 숨을 들이마시곤 뒤돌아봤다. 상진이 얼굴을 굳힌 채로 지안의 팔을 잡고 내려다보고 있었다.

진지한 그의 얼굴을 보자 안 그러려고 했는데도 동공이 심하게 흔들리고 있는 것이 느껴졌다. 이대로 조금만 더 있으면 또 심장에서 약 빨기 좋아하는 경주마인지 야생마인지가 또다시 내달리기 시작할 것이 분명했다.

"이거, 놔주세요."

지안이 겨우 말하자 상진이 차갑게 말했다.

"식사 때부터 내내 표정이 안 좋던데, 혹시 내가 뭐 실수한 거 있습니까?"

"그런 거 아니에요."

지안이 손끝의 떨림을 들킬 것만 같아 잡힌 팔을 빼내려 애쓰자 상진이 잡은 손에 더욱 힘을 줘 그녀를 확 끌어당겼다.

"앗."

강하게 끌어당겨진 힘에 순식간에 몸이 포개질 듯 가까워지자 지안의 얼굴이 더욱 창백해져선 그를 올려다봤다. 상진은 턱을 팽팽히 조이며 지안을 노려봤다.

"그럼 왜 내 시선도 피하는 건데."

그의 입술에서 낮은 목소리가 위압적으로 흘러나왔다.

"피한 적…… 없어요."

"거짓말하지 말고 똑바로 날 보고 말해요. 내가 부담스럽습니까?"

"아뇨. 아니에요."

"하, 계속 아니라고만 하지."

상진이 고개를 들고 가슴을 들썩이며 크게 숨을 내쉬었다. 딱딱하게 굳은 그의 표정과 살짝 충혈된 눈이 무척 화가 난 듯 보여 지안은 어찌할 바를 몰랐다.

한동안 말없이 거칠게 숨을 고르던 상진이 고개를 내리고 시선을 맞췄다.

"이지안 씨. 지금부터 내가 하는 말 잘 들어요. 두 번은 안 하니까."

"네……?"

지안의 까만 눈동자를 똑바로 응시하며 상진이 말했다.

"나, 하루 종일 너만 생각하고 있는 것 같아. 착각인 줄 알았는데, 아니야."

지안의 시선이 흔들렸다. 상진은 그녀의 흔들리는 시선을 꼼짝 못하도록 강하게 휘어 감고는 말을 이었다.

"다른 여자를 봐도 머릿속으로는 네 생각만 해. 이지안은 저 여자보다 머리가 긴데, 이지안은 좀 더 피부가 하얀데, 이지안은 웃을 때 왼쪽 볼에 살짝 보조개가 패는데……. 그런 생각만 하고 있다 보면 네가 너무 보고 싶어져 버려. 누굴 만나도, 누구와 함께 있어도 마찬가지야. 심지어 이 비서와 함께 있을 때조차 그래. 나 미친놈 같아?"

상진의 질문에 지안은 대답을 할 수가 없었다. 머릿속의 산소가 급격히 희박해지고 있다는 기분이 들었다. 아무런 말도 아무런 생각도 할 수가 없어 멍한 눈으로 그저 눈앞의 그를 바라보고만 있었다. 오로지 심장 속에 야생마가 애마부인 어디 갔냐며 황급히 찾고 있는 것이 느껴졌다.

상진이 고개를 천천히 아래로 기울였다.

애마부인 찾기를 포기한 야생마가 마침내 더 이상 참을 수 없다는 듯 혼자 약을 빨아 대더니 내달리기 시작했다.

지안은 자신의 얼굴로 점점 다가오는 매혹적인 상진의 얼굴을 보며 이대로 가다간 심장이 터지거나, 머릿속이 터지거나, 피가 잔뜩 몰린 얼굴이 터지거나 어디든 터져서 분명 죽고야 말 것 같다는 기분이 들었다.

"처음엔 그날 밤 때문인 줄 알았어."

붉게 달아오른 지안의 얼굴에 바짝 자신의 얼굴을 갖다 댄 그가 기다란 속눈썹을 내리깔고 그녀를 바라봤다.

"그런데 아니더군. 그저 다시 한 번 널 안고 싶다는 핑계를 스스로 만들어 내고 있을 뿐이었어. 나라는 놈은 절대 마음에 없는 여자를 안을 수 있는 남자가 아니야. 이미 그날 밤 이전에 내 마음이 너한테 기울어 있다는 걸 인지하지 못했던 것뿐이었어."

"그전……부터요?"

"그래. 그래서 유치한 핑계 만드는 짓 따위, 이제 그만두려고."

입술이 닿겠어.

지안은 흔들리는 눈빛으로 그를 올려다보며 생각했다. 조금만 더 다가오면 그가 쓰고 있는 안경에 닿을 정도로 가까운 거리였다. 남성적인 그의 체취가 그녀의 머릿속을 온통 어지럽게 만들고 있었다. 눈앞에서 상진의 입매가 슬쩍 올라가며 그의 눈가가 부드럽게 휘어졌다.

아, 이 남자 웃는 게 참…… 매력 있다.

자주 웃지 않는 남자라 그런 걸까? 종종 보이는 달콤한 미소에 온몸이 흐물흐물 녹을 것만 같았다. 그 웃음에 반응하듯 어디선가 호호호호호 높은 웃음소리를 울리며 애마부인이 등장했다. 거친 야생마 위에 껑충 올라탄 애마부인이 관능적인 자태로 다가닥다가닥 말을 타기 시작했다. 동시에 온몸이 후끈 달아올랐다.

"······상진 씨라고 불러 봐."

들기 좋은 중저음의 목소리로 상진이 말했다.

"네?"

"어서."

그가 채근하자 주저하던 지안이 겨우 입술을 열었다.

"상진······ 씨."

지안의 목소리를 들은 상진이 미간을 살짝 찡그리더니 못 참겠다는 듯 지안의 말캉한 입술을 그대로 삼켰다. 뜨거운 입술이 그녀의 입술을 담뿍 빨아들이고는 쪽, 소리 나게 떨어졌다.

상진이 젖은 입술이 닿을 듯한 거리에서 낮게 속삭이듯 말했다.

"네가 내 이름을 부르는 것만으로도 이렇게 돌아 버릴 것같아. 무슨 뜻인지 알겠어?"

지안이 여전히 대답을 못하고 붉게 달아오른 얼굴로 그를 쳐다만 보고 있자 상진이 그녀의 작은 턱을 잡아 올리곤 속삭였다.

"내가 너한테 완전히 빠져 버렸다고."

다시 해일처럼 그의 더운 입술이 덮쳐왔다.

상진이 열정적으로 지안의 입술을 빨아들이며 벌어진 입술 사이로 파고 들어가 거칠게 입안을 헤집었다. 볼 때마다 머금고 싶던 붉은 입술을 한껏 빨아들이자 그의 온몸의 피가 뜨겁게 달아올랐다.

"이, 이사님······."

지안이 숨이 꼴딱꼴딱 넘어갈 것처럼 헐떡이며 급히 말하자 그가 그녀의 아랫입술을 살짝 깨물고 말했다.

"상진 씨라고 불러."

"상진 씨. 잠깐……. 잠깐만요. 으읍!"

그가 저돌적으로 그녀의 입술을 삼키고 달콤한 타액을 빨아마시자 지안의 머릿속이 팽글팽글 돌았다. 격렬하게 파고들어 뜨겁게 혀를 휘감자 숨이 턱턱 막혀 왔다. 막힌 숨결까지 자잘하게 입술로 빼앗으며 탐욕적으로 키스를 퍼붓자 지안의 아랫배에서부터 뜨거운 무언가가 홧홧하게 피어올랐다.

아, 왜 이렇게 기분이 좋은 거야?

매끈한 혀를 부드럽게 쓰다듬듯 빨아 당겼다가 뿌리까지 뽑을 것처럼 강하게 휘몰아치는 키스에 지안은 점차 빠져들기 시작했다.

"하, 아합……."

젖은 입술이 떨어졌다 붙을 때마다 지안의 숨소리가 점차 농밀해지며 입술이 크게 벌어졌다. 상진은 그녀의 반응이 열락의 빛깔을 띠는 것을 확인하고 가느다란 허리를 강하게 끌어당기며 하체를 바짝 밀착시켰다. 단단하고 묵직한 감촉이 느껴지자 지안의 작은 엉덩이가 본능적으로 옴찔거렸다.

"대답해. 이건 나만의 감정인가? 나만 너한테 미쳐 버린 거야?"

잔뜩 잠긴 듯한 목소리로 상진이 그녀의 가느다란 하얀 목에 키스를 퍼부으며 물었다.

"하아. 상진 씨……."

이미 바짝 힘이 들어가 팽팽하게 솟아오른 남성이 당장 그녀의 스커트 안의 속옷을 찢어발긴 뒤 그 안으로 짓쳐 들어가고 싶은 욕구를 내비치며 터질 듯 빳빳해져 있었다.

"말해 줘. 이지안……. 말해, 어서."

"아아."

하체를 바짝 밀착시킨 상진이 허리를 은밀하게 튕겨 올리자 지안이 그 움직임에 반응하며 크게 허리를 비틀었다. 잊히지 않는 그 날 밤의 격렬함이 그녀의 속옷을 순식간에 젖어 들게 만들었다.

"저, 저는……."

할딱거리며 달뜬 숨을 뱉어 내던 지안의 몸이 순간 흠칫 굳었다.

"……?"

상진이 그녀의 반응을 알아채고 입술을 떼고 고개를 들었다. 지안의 얼굴이 울상이 되어 있었다. 붉게 달아올랐던 얼굴이 점차 창백해지더니 새파랗게 질리고 있었다.

"왜 그래?"

얼굴을 딱딱하게 굳힌 상진이 물었다.

"저는……. 저는……."

뭐라 중얼거리던 지안이 갑자기 상진을 확 밀어냈다.

"죄송해요!"

지안이 다급히 외치곤 뒤돌더니 열려 있던 룸으로 후다닥 들어가 문을 쾅! 닫았다. 상진은 지안에게 밀쳐진 자세 그대로 굳은 채 닫힌 방문을 황당한 표정으로 바라봤다.

죄송? 죄송하다니. 지금 이거 거절당한…… 건가?

믿기지 않는다는 얼굴로 망연자실 서 있는 상진의 머릿속이 충격으로 하얗게 변했다.

상진이 문밖에서 충격의 쓰나미에 휩쓸린 것도 모른 채 지안은 급히 스마트폰으로 인터넷 검색을 하기 시작했다.

[고백할 때 하는 말]

검색어를 입력하자마자 수많은 글이 떠올랐다. 비슷한 고민을 하는 사람들이 이렇게나 많다는 사실에 지안은 내심 안도를 했다. 비장한 표정으로 글들을 훑다가 궁서체로 아주 진지하게 답변한 고수의 글을 발견하자 지안의 눈이 반짝였다.

도저히 맨정신으로 있을 수 없던 상진은 룸 안에 마련되어 있는 미니바에서 굳은 얼굴로 위스키를 마시고 있었다. 거절의 가능성을 염두에 두지 않은 건 아니지만 그래도 역시 충격은 컸다.

도망갈 정도로 싫다는 건가? 도대체 왜??

필사적으로 이유를 찾는 상진의 눈빛이 혼란스러움으로 가득했다. 누군가의 마음을 진심으로 알고 싶어진 것도 처음인데, 그 유일한 상대가 하필 속이 보이지 않는 유일한 사람이라니.

"⋯⋯후우."

상진이 답답한 마음으로 위스키 잔을 들어 올리는데 뒤에서 지안이 다가오는 소리가 들렸다.

"여기 계셨어요?"

살짝 긴장한 듯한 그녀의 목소리에 상진이 뒤돌아봤다. 지안은 양손을 꼭 맞잡은 채로 비장미가 감도는 얼굴로 서 있었다.

"뭡니까."

본의 아니게 퉁명스러운 목소리가 나가 버린 상진은 스스로의 옹졸함에 화가 치밀었다. 지안은 그의 곁으로 조용히 다가오더니 가까이에 우뚝 섰다. 상진이 그녀를 의아한 눈초리로 보고 있는데 지안이 손바닥 안에서 꼬깃꼬깃 접은 메모지를 펼쳐 들었다.

그리고 심히 긴장된 얼굴로 메모지에 적힌 글을 읽기 시작했다.

"그대가 어떤 허물 때문에 나를 버린다고 하시면 나는 그 허물을 더 과장하여 말하리라. 그대가 나를 절음발이라고 하시면 나는 곧 발을 절으리라. 그대의 말에 구태여 변명을 아니하며……."

이게 무슨 소리야?

무척 진지한 얼굴로 메모지를 읽고 있는 지안을 상진이 어이없는 얼굴로 바라봤다.

"……그리고 그대를 위해서 나는 나 자신과 대적하여 싸우리라. 그대가 미워하는 사람은 나 또한 사랑할 수 없으므로."

마침내 장문의 글을 다 읽은 듯 지안이 크게 숨을 내쉬며 종이에서 시선을 들어 올렸다. 상기된 표정의 지안을 미간을 좁힌 채 바라보던 상진이 물었다.

"그게 뭐지?"

"셰익스피어의 『사랑의 노래』예요."

지안이 결연한 표정으로 대답하자 상진의 표정은 더욱 혼란스러워졌다.

셰익스피어가 그래서 뭘 어쨌다는 말인가.

"……그래서?"

상진의 물음에 지안의 눈동자가 당황한 듯 크게 흔들렸다. 예상치 못한 물음인 듯 파랗게 질린 채 입술을 달싹이던 지안이 겨우 말했다.

"아…… 저…… 그게…… 그러니까 대답……인데요."

머뭇머뭇 지안이 말하자 상진이 대번 인상을 일그러뜨렸다.

"대답? 지금 그게 내 고백에 대한 대답이라고?"

"네. 대답……인데……."

지안이 고개를 끄덕이자 상진은 잠시 할 말을 잃은 듯 허탈한 표정으로 그녀를 바라봤다. '사랑의 노래'라는 제목은 그렇다 쳐도 다리를 저니, 대적하여 싸우니 등의 문구를 어디를 어떻게 들어야 고백에 대한 대답으로 받아들인단 말인가.

"마음에 안…… 드세요?"

지안이 그의 표정을 살피며 묻자 입을 다물고 있던 상진이 그녀 쪽으로 몸을 돌리고 물었다.

"미안하지만 내가 지금 조금 이해가 안 돼서 말인데. 무슨 뜻인지 알아듣기 쉽게 설명해 줄 수 있을까?"

상진의 말에 그녀의 표정이 순식간에 다시 창백해졌다.

"마, 마음에 안 드시면 다른, 다른 걸로 다시 검색…… 아니 찾아볼게요."

"어딜 가려고. 이리 와 봐."

하얗게 질린 얼굴로 주춤주춤 뒷걸음질 치는 지안의 손목을 상진이 단박에 잡아끌었다.

"어멋."

그에게 끌려가며 지안이 휘청거렸다. 상진은 그녀를 가까이 당겨 도망가지 못하도록 팔을 단단히 잡은 뒤 시선을 맞췄다.

"검색하다니? 지금까지 이걸 찾아보고 있었던 거야?"

상진이 묻자 지안이 난처한 얼굴로 끄덕였다.

"……네."

"뭘 검색했는데?"

"그, 그게……."

"괜찮으니까 말해 봐."

난감한 듯 눈을 굴리는 지안을 다시 재촉하자 할 수 없다는 듯 그녀가 말했다.

"고백할 때 하는 말……이요."

상진이 눈을 가늘게 뜨고 지안을 응시했다.

"고백이라면 연인끼리의 사랑 고백, 뭐 그런 걸 말하는 건가?"

지안의 창백해졌던 피부가 리트머스 종이의 색이 바뀌듯 다시 붉어지기 시작했다.

"네. 맞아요."

"아니 그게 어떻게 사랑 고백……!"

순간 답답함으로 버럭거리려던 상진이 말을 멈추고 크게 숨을 내쉬었다.

"후……. 그런 이상한 거 알아보지 말고. 그냥 당신 생각을 말해 봐."

상진이 지안의 깜빡이는 눈을 똑바로 바라보며 말했다. 깜빡이는 횟수가 비정상적으로 많은 걸 보아 그녀는 지금 몹시 당황한 것이 분명해 보였다. 상진은 지안이 또 도망갈까 봐 그녀를 더욱 가까이 끌어당기며 낮게 말했다.

"어떤 말이든 좋으니까."

지안의 가녀린 손목이 가늘게 떨리는 것이 느껴졌다. 상진은 말 없이 그녀의 까만 눈동자만 바라보며 그녀의 말을 기다렸다. 그녀 는 더 이상 눈도 깜빡이지 않았다.

"숨, 쉬고."

상진이 말하자 지안은 그제야 생각났다는 듯 어깨를 들썩이며 숨을 크게 내쉬었다.

"하아. 죄송해요."

"괜찮으니까 말해 봐."

상진이 그녀의 손등을 부드럽게 쓰다듬으며 말하자 지안이 아랫입술을 살짝 깨물고는 다시 숨을 깊이 들이마셨다 내쉬고 입을 열었다.

"저는 그냥……. 이사님이, 아니 상진 씨가…… 좋아요."

힘없는 개미가 비틀거리며 지나가는 것 같은 작은 목소리였지만 상진의 가슴에 그 말은 엄청난 위력으로 단번에 푸욱 박혔다.

"다시 말해 봐."

"상진 씨가 좋아요."

"다시."

"상진 씨가……. 앗."

갑자기 벌떡 일어난 상진이 그녀의 몸을 와락 끌어안자 지안이 크게 휘청거렸다. 단단한 팔로 지안의 등을 강하게 껴안고 그가 말했다.

"정말이야?"

그의 꽉 억눌린 듯한 허스키한 목소리가 귓가를 뜨겁게 울리자 지안의 심장이 쿵쾅거렸다.

"네. 정말로요."

그를 마주 안으며 작게 말하는 지안의 목소리에 상진은 그제야 깊은 한숨을 토해 냈다.

"후우……네가 날 거절한 줄 알았어. 도망쳐 버린 줄 알았는데…… 다행이야."

상진이 천천히 고개를 들고 지안의 어깨를 잡고 몸을 떼어 내 마주 봤다. 하얀 목덜미까지 붉게 달아올라 있는 모습이 미치도록 사랑스러웠다. 부끄러운 듯 풍성한 속눈썹을 내리깔고 있는 그녀의 얼굴을 보고 있던 상진이 한 손으로 안경을 벗어 바 위에 올려놨다.

"이리 와."

지안의 가느다란 허리를 다시 끌어당겨 살짝 부어오른 도톰한 입술을 집어삼켰다. 갈증이 이는 듯 입술을 다급하게, 그리고 거칠게 탐하자 지안의 입술이 저절로 벌어졌다. 그 안을 침입해 들어가 작은 혀를 빨아 당기자 뒤엉킨 혀 사이로 순식간에 뜨거운 숨이 뒤섞였다.

"하아, 음……."

색정적인 신음 소리에 상진은 그녀의 뒷머리를 움켜쥐고 더욱 깊이 축축한 혀를 밀어 넣었다. 고개가 뒤로 한껏 젖혀지도록 격렬한 키스를 퍼붓자 지안이 헐떡거리며 그의 어깨를 밀었다.

"상진 씨. 숨, 숨 막혀요."

거칠게 밀어닥치는 키스에 지안이 겨우 그의 입술에서 도망쳤지만 상진은 그녀의 작은 턱을 잡아 돌려 통통한 입술을 살짝 깨물었다.

"도망가지 마."

지안의 입술을 물고 탁한 목소리로 으르듯 말한 상진이 다시 키스를 퍼붓기 시작했다. 예민한 여린 살갗과 말캉한 혀를 어루만지듯 쓸다 단번에 휘감아 빨아들이자 지안은 눈앞이 빙글빙글 도는 것만 같았다.

"하……."

겨우 풀려난 입술 사이로 지안의 막혔던 숨결이 터져 나왔다. 열기에 들뜬 듯 살짝 풀린 까만 눈동자가 상진을 가득 담아 내고 있었다.

상진의 눈동자엔 이글거리는 열기가 가득했다. 진지한 표정으로 달뜬 지안의 얼굴을 보는 그의 매혹적인 검회색 눈동자를 마주 보며 그녀가 홀린 듯 말했다.

"키스…… 왜 이렇게 잘해요?"

예상치 못한 질문에 잠시 할 말을 잃은 듯 멈칫한 상진에게 지안이 다시 물었다.

"많이 해 봤어요?"

"아니."

상진이 여전히 혼란스러운 듯 미간을 좁히며 대답했다. 지안은 발그레해진 얼굴로 곰곰 생각하더니 다시 물었다.

"그럼 어디서 배우신 거예요? 상진 씨도 그…… 인터넷에서 고수님들의 도움을 받은 거예요?"

눈을 깜빡이며 묻는 지안에게 상진은 점차 어지러움을 느꼈다.

"안 배웠어. 그런 걸 왜 배워?"

"정말요? 그럼 배우지도 않았는데 왜 이렇게 잘하세요?"

지안이 눈을 동그랗게 뜨고 진심으로 궁금하다는 듯 물었다. 상진은 이게 키스를 하다 말고 나눌 대화인가 하는 강렬한 의문이 들어 어서 이 대화를 끝내야 한다는 생각에 짧게 말했다.

"원래 타고난 것들도 있는 거야."

"그럼 남자들은 이런 건 다 타고나는 건가요? 모든 남자들은 태어날 때부터 다 키스를 잘하…… 흐읍!"

그대로 놔두면 끊임없이 질문들을 쏟아 낼 것 같아 상진은 지안의 입술을 자신의 입술로 막아 버렸다. 그녀의 얼굴이 호흡곤란으로 노래질 때까지 거칠게 키스를 퍼부은 후 입술을 떼고 지안의 부풀어 오른 젖은 입술을 엄지로 살살 쓸며 말했다.

"천천히 알려 줄 테니까 조급해하지 말고 지금은 나한테만 집중해."

"네? 그……게…… 앗."

상진이 여린 그녀의 목덜미를 뜨거운 입술로 덮어 세차게 빨아들이자 지안의 어깨가 바짝 움츠러들었다.

"아, 간지러워요……. 아앗."

지안이 상진을 꽉 움켜잡고 몸에 잔뜩 힘을 줬다.

"로봇 같더니 간지럼을 많이 타는군."

그가 하얀 목덜미에 입술을 묻고 큭큭거리자 그것조차 자극이 심한 듯 지안이 몸을 이리저리 비틀었다. 상진은 그녀의 허리를 강하게 끌어당겨 제 몸에 바짝 붙이고 잔뜩 성이 난 남성으로 은밀한 부위를 쿡쿡 찔러 댔다.

"아훗."

노골적인 자극에 지안의 얼굴이 새빨갛게 달아올라선 씩씩거렸다.

"……싫어? 그만뒀으면 좋겠어?"

붉어진 귀에 젖은 입술을 대고 상진이 낮게 속삭이자 어찌할 바모르고 몸을 비틀던 지안이 고개를 저었다.

"아뇨, 아뇨. 싫은 건 아닌데……. 기분이 너무……. 아!"

그녀의 탱글한 엉덩이를 잡고 번쩍 들어 올린 상진이 바 옆의 벽에 등을 기대게 밀어붙이고 귓가에 낮게 속삭였다.

"허리에 다리를 감아."

지안이 상진을 꽉 끌어안은 채로 날렵하고 탄탄한 허리에 날씬한 다리를 들어 올려 감았다. 하얀 원피스가 속절없이 벌어져 허벅지 위로 아찔하게 말려 올라갔다. 상진은 매끈한 허벅지를 강인한 팔로 잡아 지탱하며 바지 버클을 풀어 내렸다. 그러자 브리프 위에 발기해 단단하게 솟아오른 남성이 드러났다. 터질 듯 팽팽하게 달아오른 굵은 남성을 촉촉하게 젖은 얇은 속옷 위에 대고 찌르듯 쿡쿡 쳐올렸다.

"아, 아앗……."

젖어서 예민한 맨살에 찰싹 달라붙어 있는 속옷을 위아래로 자극하듯 찔러 대자 지안의 입술에서 연거푸 달뜬 신음이 뚝뚝 끊기듯 흘러나왔다. 첫 관계 때는 정확한 감각이 제대로 기억나지 않았는데 맨정신으로 느끼게 되니까 기억보다 훨씬 자극적이었다.

금방이라도 속옷을 찢고 뚫고 들어올 듯한 강한 치받침에 지안은 숨이 턱턱 막혀 왔다. 그의 하체가 관능적으로 튕겨질 때마다 본능적으로 허리를 움찔거리며 고개를 젖히는 지안의 얼굴을 상진이 뜨거운 눈빛으로 응시하고 있었다.

"예뻐, 미치도록. 머리끝부터 발끝까지 통째로 잡아먹고 싶을 정도야."

"하웃, 사, 상진 씨……."

달아오른 쾌감에 안타깝게 찌푸려진 얼굴의 지안이 고개를 저어 댔다. 이를 악문 상진이 더는 못 참겠다는 듯 허리를 강하게 내지르자 지안의 몸이 용수철처럼 높이 튕겨 올랐다.

"아학!"

아슬아슬하게 걸쳐져 있던 지안의 다리가 그의 탄탄하고 둥근 엉덩이를 타고 미끄러져 내렸다. 상진은 멈추지 않고 더욱 거칠게 그녀의 흠뻑 젖은 속옷 위를 찔러 댔다.

"아, 안 되겠……. 안 되겠어요. 상진 씨. 그만……."

지안이 단단한 그의 몸에 매달리며 거친 숨을 몰아쉬자 상진은 어림도 없다는 듯 탱탱한 그녀의 엉덩이를 꽉 움켜쥐고 고정시킨 뒤 부풀어 오른 꽃잎 사이의 정점을 뭉툭한 끝으로 문댔다. 그의 타이트한 브리프가 그녀가 흘린 애액에 흥건히 젖어 있었다.

"나도 안 돼. 못 멈춰."

상진이 낮게 으르자 지안이 쌕쌕거리며 고개를 흔들었다.

"아니. 멈추겠다는 게 아니라요……."

"그럼?"

움직임을 멈춘 상진이 미간을 좁히고 지안을 바라봤다. 이미 터질 것 같은 욕망을 가까스로 참아 누르고 있는 그의 목소리는 허스키하게 가라앉아 있었다.

"저기 너무 창피해서……. 매, 맨정신으로는 조금 힘든데……. 술을 조금만 마시면 안 될까요?"

정말 부끄러운지 귀까지 새빨개져 곧 터져 버릴 것 같은 얼굴로 지안이 입술을 깨물며 말했다. 상진은 그녀의 얼굴을 가만 바라보며 거친 숨을 내쉬었다.

"후우……."

환장하겠군. 저런 얼굴을 하면 내가 더 미칠 것 같다는 걸 왜 모르는 거야?

상진은 팽팽하게 피가 몰린 하체가 이젠 아플 정도였지만 물먹은 사슴 같은 눈망울을 하고 간절하게 바라보는 지안의 말을 거부하기도 어려웠다. 결국 한 손을 뻗어 바 위에 올려놓은 위스키 병을 집어 들었다.

"한 모금만이야."

병 입구로 입술을 가져간 상진은 호박색의 액체를 입술 안에 머금고는 그대로 지안의 턱을 들어 올려 입술을 포갰다. 지안이 놀랄 새도 없이 입술 안으로 독한 액체가 흘러 들어왔다.

"으음……."

입술 사이로 흘러 들어오는 야릇한 감각에 지안은 목구멍이 타들어 갈 것 같은 뜨거운 기운에도 끝까지 다 받아 마셨다. 남김없이 위스키를 흘려보낸 상진은 그녀의 촉촉한 혀를 휘감아 깊게 빨아들였다.

자극하듯 혀를 희롱하다 퉁퉁하게 부푼 입술을 쪽 소리 나게 빨아들이자 지안은 온몸에 전기가 찌르르 오르는 기분이었다. 발가락 끝까지 오그라드는 야릇한 감각에 가쁜 숨을 몰아쉬는데 상진이 매력적인 미소를 지으며 그녀에게 말했다.

"술은 이것만."

그러더니 지안을 번쩍 안아 들고 바를 빠져나와 걸어가기 시작했다. 그의 단단한 가슴에 안겨 몸이 흔들릴 때마다 지안은 머릿속이 아득해졌다. 상진의 강한 페로몬에 멀미가 나는 것만 같았다.

"그날은…… 술 때문이었나?"

머리 위에서 상진의 목소리가 뿌려지자 지안이 고개를 들었다.

"네? 그날요……? 아아, 그날."

그가 말한 날이 첫 관계 때임을 안 지안이 기다란 속눈썹을 내리깔았다.

"저도 처음엔 그런 줄 알았는데 아마 아닐…… 거예요. 지금 생각해 보면 이미 상진 씨에 대한 마음이 있었는데 그게 술기운에 조금 이상한 쪽으로 발현된 게 아닌가 싶어요."

지안이 작게 말하자 상진은 그녀의 얼굴을 내려 보며 한쪽 눈썹을 슥 치켜 올렸다.

"그래도 앞으로는 나 없는 데선 술은 한 방울도 입에 대지 마. 알았어?"

"네."

상진이 완고한 목소리로 말하자 지안이 얼굴을 붉힌 채로 끄덕였다.

어느새 상진은 커다란 침대가 있는 방으로 들어와 지안을 그 위에 천천히 내려놓고 있었다. 푹신한 침대 위에 지안의 몸이 눕혀지자 상진은 그 위로 올라가 그녀를 양팔 아래 가뒀다. 커다란 방은 은은한 조명만 켜 있어 부드러운 분위기를 내고 있었다.

상진이 양팔 아래 가둔 지안을 뜨거운 시선으로 내려다봤다. 그 시선에 꼼짝 못하고 갇힌 지안이 머루같이 까만 눈망울로 그를 올려다보며 말했다.

"방 안이 어두워서 다행이에요."

"왜?"

상진이 고개를 아래로 더 숙여 얼굴을 좀 더 가까이 대자 지안의 얼굴이 더욱 붉게 달아올랐다.

"아무래도 밝은 건…… 부끄러우니까요."

지안의 속눈썹이 살짝 떨리며 아래로 향하자 상진은 그녀의 눈 두덩에 부드럽게 입술을 댔다.

"괜찮아. 충분히 예뻐."

낮은 그의 목소리가 지안의 심장을 더욱 쿵쾅거리게 만들었다. 야생마와 애마부인도 분위기를 봐서 빠져 준 건지 머릿속이 하얗게 비워져 아무 생각도 나지 않았다. 상진의 입술이 눈에서 동그란 콧날로 천천히 내려왔다.

"저……."

"말해."

말하라고 해 놓고는 콧방울을 지나 양 뺨과 이마를 번갈아 가며 잘게 키스하는 상진 때문에 지안은 입술만 달싹이고 있었다. 머뭇거리는 입술을 담뿍 빨아들이고 놔주자 그제야 지안이 야트막한 숨을 터뜨리며 말했다.

"전 누군가를 좋아해 보는 게 처음이라 어떻게 해야 할지 잘 모르겠어요. 그, 그날은 술기운에 저도 놀랄 정도로 대범할 수 있었는데 사실은 그렇게 용기, 있질 못해요. 그래서 너무 서투를까 봐…… 걱정돼요. 솔직히."

상진의 검회색 눈동자가 지안을 똑바로 쳐다봤다.

"당신은 좋지 않은 습관이 있어."

"제가요……?"

그의 말에 지안이 당황한 듯한 표정을 지었다. 상진이 부드럽게 말했다.

"뭐든 잘하려는 습관. 왜 그렇게 완벽하려고 하는 거야? 처음엔 당연히 서투른 거고, 아무리 해도 서투른 것들도 있는 거잖아."

"그건 그렇지만……."

"그건 그렇지만이 아니라 그래. 물론 당신이 당신 일에 있어서 완벽을 추구하는 성격이란 건 나도 잘 알고 있고 대단하다고 생각해. 하지만 모든 일에 완벽해지려고 하는 데는 반대야. 로봇이 아닌 사람인 이상 그럴 수도 없고."

지안이 아무 말도 못 하고 그의 얼굴만 바라보고 있었다.

"난 이지안이 완벽하기 때문에 좋아하는 게 아니야. 단지 이지안이라서 좋아하는 거지."

상진의 입술이 지안의 입술을 다시 천천히 빨아들였다. 말캉한 혀가 스칠 때마다 머릿속의 열기가 점차 뜨거워지고 그 열기가 온몸 구석구석으로 퍼져 나갔다.

"그리고……."

상진이 한껏 빨아들이던 입술을 놔주고 속삭이듯 말했다.

"나 역시 처음이야. 이성에게 이렇게 끌리고, 닿고 싶고, 안고 싶고, 키스하고 싶은 게 처음이라 나도 완벽한 모습을 보여 줄 수 없을 거야. 그럼 나에게 실망할 건가?"

"아뇨. 절대 아니에요."

지안이 고개를 도리도리 저으며 급히 말을 이었다.

"저도 상진 씨라서, 상진 씨 그 자체를 좋아…… 사랑해요."

그녀의 고백에 상진의 입술이 폭풍처럼 다시 그녀의 입술을 덮쳤다. 벌어진 입술 사이를 거칠게 파고 들어가 깊고 진하게 키스를 퍼붓자 몰아치는 키스 세례에 지안이 팔로 그의 목을 단단히 휘감았다.

상진의 손이 그녀의 원피스를 거세게 잡아당기자 탱글한 가슴이 출렁이며 드러났다. 브래지어를 밀치고 들어간 그의 강한 손이 가슴을 움켜쥐자 지안의 입술에서 여린 신음이 새어 나왔다.

"으응."

본능적으로 바짝 솟아오른 유두를 상진이 기다란 손가락으로 비비며 자극하자 지안이 몸을 작게 떨었다. 고무공처럼 탱탱한 가슴을 엉망으로 일그러뜨리며 세게 움켜쥐고는 뾰족하게 솟아오른 분홍빛 유두를 꼬집듯 비틀었다.

"아!"

묘한 쾌감이 그의 손가락 사이에서 홧홧하게 퍼져 나갔다. 지안의 숨결이 점차 가빠지자 상진은 그녀의 원피스를 거친 손놀림으로 단번에 벗겨 냈다. 들춰 올라가 있는 브래지어의 후크를 풀어 벗겨 내자 압박되어 있던 탱글한 가슴이 관능적으로 쏟아져 내렸다. 말랑한 하얀 가슴이 크게 출렁이는 모습을 본 상진의 눈동자가 욕망으로 어둡게 가라앉았다. 탐스러운 가슴을 움켜잡고 그의 시선을 사로잡은 핑크빛 유두를 젖은 입술로 뜨겁게 삼켰다.

"아훗! 상진 씨……!"

온몸이 뒤틀릴 것 같은 야릇한 쾌감에 지안이 그의 부드러운 머리칼 속으로 손가락을 밀어 넣어 움켜잡았다. 뜨거운 입술이 팽팽히 부푼 유두를 물고 축축한 혀로 휘어 감자 그녀의 손가락에 바짝 힘이 들어갔다. 연신 신음을 터뜨리는 그녀의 입술 안에 상진이 손가락을 집어넣었다.

"으음……."

야하게 입술 안으로 밀려 들어온 단단한 손가락을 지안이 뜨거운 입술로 빨자 상진이 쾌감에 진저리치듯 몸을 떨며 부풀어 오른 젖가슴을 크게 쭉 빨아올렸다.

"하!"

소스라치는 쾌감에 지안의 허리가 크게 휘자 상진은 타액으로 번들거리는 가슴을 놔주고 반대쪽 가슴을 음란하게 핥아 올렸다. 살짝살짝 치아로 깨물 듯 건들다가 뜨거운 혀로 단번에 휘감자 지안의 몸이 요란하게 출렁거렸다.

가슴의 정점에서 뜨거운 쾌감이 밀려들자 지안이 그의 손가락을 힘껏 물고 빨아 댔다. 상진이 고개를 허리를 세우고 지안의 얼굴을 똑바로 바라보며 한 손으로 잔뜩 예민해진 유두를 손가락 끝으로 둥글게 비비며 그녀의 입 안에 있는 손가락을 빼냈다.

촉촉이 젖은 입술을 손가락으로 부드럽게 쓸며 다른 손으로 가슴 위의 정점을 세게 문지르자 지안이 아찔한 쾌감을 느끼며 필사적으로 입술 위에 머문 그의 손을 움켜잡고 손가락을 빨아 댔다.

"후우."

상진은 할딱이며 자신의 손가락을 쪽쪽 빨고 있는 그녀의 말캉한 입술과 혀의 감촉에 하반신에 뻐근하게 피가 몰려 더 이상 참을 수 없을 지경이었다.

"그만 빨아."

무섭도록 낮은 그의 목소리는 흥분으로 가득 차 억눌린 듯 새어 나왔다. 그녀의 분홍 돌기를 팽팽히 곤두세운 상진은 상체를 들어 올리고 그녀의 입 안에서 손가락을 빼냈다.

"이것만으로 갈 뻔했잖아."

그가 관능적인 시선으로 지안을 똑바로 바라본 채 번들거리는 자신의 손가락을 길게 핥아 올렸다. 그 모습이 놀랍도록 음란하게 보여 지안은 아랫배가 뜨겁게 달아올랐다. 상진은 그녀의 팔을 잡아 올려 하얀 손가락을 사탕 빨듯 천천히 빨았다.

"그만……. 그만요. 제발……."

손가락을 음란하게 핥아 올리며 굵고 단단한 남성으로 한 번 달아올랐던 예민한 여성을 음란하게 문질러 대자 지안은 견딜 수가 없었다. 축축이 젖은 속옷을 아래에서 위로 밀어 올리듯 문지르자 그녀의 엉덩이가 절로 흔들렸다.

"허리를 좀 더 움직여 봐."

가늘게 떠는 손가락을 입 안에 문 채로 상진이 허리를 강하게 밀어 올리며 명령했다.

"하아…… 웃, 으웃……. 기분이 너무……. 이상해요. 흐읏!"

그의 말대로 거친 허리 움직임에 맞춰 허리를 움직이자 은밀하고 짜릿한 쾌감이 온몸을 저릿저릿하게 만들 만큼 증폭되어 갔다. 상진은 흐트러진 탱글한 가슴이 관능적으로 흔들리는 모습을 야수 같은 강한 시선으로 내려다봤다. 허리를 강하게 밀어 올릴수록 압박해 오는 강한 충동에 그녀의 가느다란 손가락을 힘껏 깨물 것만 같아 입에서 지안의 손가락을 빼냈다.

자신의 옷을 거칠게 벗어 버린 상진이 그녀의 다리 사이에 무릎을 꿇고 앉았다. 뜨거운 성적인 열기에 잔뜩 취한 지안은 흐릿한 시선으로 상진의 몸을 훑었다. 날렵한 몸매는 야수처럼 탄탄하고 남성적이었다.

상진이 잔뜩 오므린 지안의 하얀 무릎을 잡아 벌리고 그 사이로 머리를 숙이자 그녀의 눈이 당황으로 흔들렸다.

"사, 상진 씨. 안 돼요!"

지안이 어쩔 줄 몰라 하며 다리를 오므리려 했지만 그의 강한 손아귀에 잡힌 몸은 꿈쩍도 하지 않았다. 상진은 뜨거운 시선으로 그녀의 애액으로 흠뻑 젖어 속옷이 피부에 찰싹 달라붙은 은밀한 부위를 바라봤다. 지안은 그 시선만으로 정말 죽을 것 같았다.

"제발……. 제발 상진 씨!"

"먹고 싶어."

낮게 말한 상진이 날씬한 다리를 잡은 손에 단단히 힘을 주고 천천히 고개를 숙여 뜨거운 입술로 도톰한 둔덕을 삼켰다.

"아아!"

지안의 허리가 크게 휘어지며 탄성 같은 신음이 터져 나왔다. 상진이 젖은 입술로 얇은 속옷과 흥분으로 부푼 동그란 정점을 동시에 물고 힘껏 빨아들였다. 믿기지 않을 정도로 강한 쾌감이 그녀의 온몸을 번개처럼 훑어 내렸다.

"아, 아흣……!"

작은 엉덩이를 움찔거리며 지안이 침대시트를 움켜쥔 채 헐떡거렸다.

"여기가 얼마나 뜨거운지 난 알아. 들어가고 싶어. 이 안으로."

뜨거운 입김을 불어 넣으며 웅얼대듯 말하고 축축한 혀로 둥글게 핥아 올리자 지안의 눈앞이 캄캄하게 변했다. 말캉한 속살을 빨아들이며 애액으로 흥건하게 젖은 정점을 이로 살짝 깨물자 지안이 자지러질 듯 고개를 젖혔다.

"하악! 상진 씨…… 제발!"

그녀의 애원과 동시에 상진은 애액으로 찰싹 달라붙은 얇은 속옷을 단번에 찢어발기고 단단히 발기한 굵은 남성을 힘껏 찔러 넣었다.

"아학……!"

충분히 젖은 여성으로도 감당하기 어려운 거대한 남성이 온몸을 관통하듯 뚫고 들어오자 지안이 필사적으로 그의 몸을 껴안았다. 상진이 그녀의 하얀 목덜미에 이를 박으며 더욱 깊이 파고 들어가자 엄청난 압박감과 함께 그의 머리칼이 모조리 곤두설 정도로 강한 쾌감이 휘몰아쳤다.

"크웃, 이지안. 힘을…… 빼."

끊어질 듯한 강한 압박에 상진이 고통스러운 듯 이를 악물었다. 손톱이 박혀 들어갈 만큼 그의 탄탄한 근육질 몸을 힘껏 껴안은 지안이 발가락 끝까지 바짝 힘을 줬다. 상진이 그녀의 턱을 잡고 입술을 겹쳤다. 뜨거운 혀가 엉켜들고 거친 숨이 섞여 들자 그의 남성을 부러뜨릴 듯 꽉 옥죄고 있던 여성이 조금 부드러워졌다.

"아……! 너무 좋아. 조금만 더. 조금만 더…… 들어가게 해 줘."

쾌감에 휩싸인 그의 허스키한 목소리와 부드러운 입맞춤에 지안은 숨을 크게 내쉬며 천천히 그를 따라 허리를 움직이기 시작했다. 틈새 없이 빠듯하게 밀려 들어온 두꺼운 남성이 더욱 팽창하며 안으로 더 깊숙이 밀려 들어왔지만 고통의 강도는 점차 약해지고 있었다. 불길처럼 치솟아 오른 짜릿한 쾌감이 급속도로 증폭되며 고통의 자리를 메우더니 순식간에 크기를 넓혀 갔다.

"하아, 하아, 상진 씨……."

열기에 휩싸인 듯 그녀의 붉은 입술에서 연신 신음이 터져 나오자 상진은 상체를 빳빳이 세우고 허리를 강하게 밀어 올리기 시작했다. 탄탄한 허벅지에 힘이 불끈거리며 들어갈 때마다 지안의 여린 몸이 사정없이 위아래로 흔들렸다. 핑크빛 젖꼭지가 이리저리 흔들리는 선정적인 모습에 상진은 낮은 신음을 흘리며 팔을 뻗어 보드라운 가슴을 양손으로 힘껏 움켜잡았다.

"아훗!"

지안에게도 지나치게 자극적이었던지 그녀의 안이 순식간에 상진의 터질 듯 팽팽한 남성을 무섭게 옥죄었다. 턱을 팽팽히 조이고 이를 악문 상진이 손등의 푸르스름한 실핏줄이 불거져 나오도록 거세게 가슴을 움켜잡고 둥글고 탄탄한 엉덩이를 리드미컬하게 움직였다.

질 안을 휘젓는 강한 움직임에 자극받아 왈칵 터져 나온 우윳빛 애액이 두 사람의 몸이 연결된 은밀한 부위를 흥건하게 적셨다. 그가 그녀 안으로 강하게 쑤셔 들어갈 때마다 질척이는 야한 소리가 음란하게 커져 갔다.

"아, 못 참겠어."

상진이 짐승처럼 으르렁거리며 그녀의 가느다란 발목을 잡고 최대치로 힘껏 벌리더니 무섭게 치고 들어갔다. 빠른 속도로 자궁까지 찔러 들어갈 듯 깊숙이 들이치자 지안이 허리를 크게 휘며 시트를 바짝 움켜잡았다.

"아, 아앗, 아아앗!"

지안의 여린 몸이 매트리스 속으로 깊이 함몰될 것처럼 강하게 밀어붙여지자 그녀의 입술에서 급박한 신음이 연달아 터져 나왔다. 그녀의 정신없이 흔들리는 시야 사이로 상진의 이글거리는 듯한 시선과 마주칠 때마다 온몸이 터져 버릴 듯 뜨겁게 열기가 달아올랐다. 관능적으로 일그러진 그의 얼굴이 지안의 심장을 미친 듯 뛰게 만들었다.

상진이 상체를 숙여 지안의 부풀어 오른 입술을 빨아들인 뒤 축축한 혀로 귓바퀴를 핥으며 속삭였다.

"날 안아."

후들거리는 팔로 상진의 목을 감자 그가 지안의 허리를 잡고 몸을 일으켰다. 침대 위에 앉은 상진의 다리 위에 지안이 올라와 마주 본 채로 앉은 자세가 됐다. 지안이 물기 가득한 눈빛으로 숨을 몰아쉬며 상진을 내려다보자 그가 은근한 눈빛을 빛내더니 천장을 향해 솟구친 굵은 남성을 핑크빛 속살에 맞췄다.

"아, 잠깐…… 아훗!"

상진이 탱글한 엉덩이를 움켜잡고는 단번에 확 잡아 내리자 뜨거운 그녀의 속살이 순식간에 우윳빛 애액이 흥건하게 묻은 뿌리까지 먹어치웠다. 아래에서 뚫고 들어온 엄청난 쾌감에 지안의 고개가 뒤로 크게 젖혀졌다.

"너, 너무 커요……! 사, 상진 씨……. 아, 아웃, 하아, 앗……!"

상진이 그녀의 엉덩이를 꽉 움켜잡은 채로 격렬하게 허리를 튕겨 대자 지안의 몸이 말을 타듯 위아래로 크게 흔들렸다. 그의 눈앞에서 정신없이 흔들리는 핑크빛 유두를 힘껏 빨아대며 짓쳐 들어가자 지안은 눈앞이 하얗게 부서지는 숨 막히는 오르가즘을 느꼈다.

"하으웃!"

절정의 순간 지안의 속살이 강하게 수축하며 뜨거워지자 상진은 열락으로 잔뜩 일그러진 그녀의 얼굴을 응시하며 더욱 강하게 짓쳐 들어갔다. 음란하게 움직이는 탱글한 엉덩이를 터뜨려 버릴 듯 거

세게 움켜쥐고 아래에서 위로 퍽퍽거리며 쑤셔 들어가자 지안의 눈
에서 눈물이 왈칵 터져 나왔다.

"아악! 상진 씨!"

절정에 다다른 지안이 그의 어깨에 손톱을 박아 넣으며 자지러
질 듯 허리를 휘었다. 미칠 듯한 쾌감에 쫓기듯 거칠게 허리를 쳐
올리던 상진도 포효하듯 으르렁거리며 바짝 조여드는 여체를 찢어
버릴 듯 거칠게 들이쳤다.

"이지안!"

마침내 그녀의 이름을 외친 상진이 온몸이 부서질 것 같은 강렬
한 절정 속으로 휩쓸려 들어갔다.

6.

당신에게 힘을

상진이 잠에서 깼을 때 지안의 달콤함 향기가 났다. 그는 본능적으로 팔을 뻗어 지안의 부드러운 몸을 바짝 끌어당겼다. 따뜻하고 매끈한 피부가 제 몸에 착 감기는 감촉이 무척이나 기분이 좋아 그의 입술에서 만족스러운 한숨이 새어 나왔다. 그 움직임에 잠에서 깬 모양인지 지안이 부끄러운 듯 그의 품에서 바르작거렸다.

"깼어요?"

지안이 조심스럽게 시트를 끌어당겼다.

"가로막지 마. 치워."

상진이 지안이 끌어당긴 시트를 뺏고는 펼쳐서 둘의 몸 위를 덮었다.

"이제 안 부끄럽지?"

시트 아래에서 부드러운 지안의 나신을 꽉 껴안으며 상진이 입꼬리를 늘렸다. 지안은 제 몸에 찰싹 와 닿는 상진의 탄탄한 몸에 더욱 부끄러워져 버려 볼을 발그레하게 붉혔다.

"식사 준비하러 내려가야 해요."

강한 팔 사이에서 빠져나오려 바르작거리며 지안이 말했다.

"조금만 더 있다가."

강원도에서 집으로 돌아온 후 상진은 그녀를 하루 종일 품에서 놓아주지 않았다. 그럼에도 아직도 지안을 품에서 놔줄 맘이 없어 보였다. 지안은 할 수 없이 잠시 더 그대로 있기로 했다. 오늘이 일요일이기도 하고 사실 그녀 역시 이틀 동안 에너자이저 백만돌이 같은 상진을 받아 내느라 온몸이 노곤노곤하니 힘이 하나도 없었다.

상진은 느긋하게 품 안에 지안을 안은 채로 작은 그녀의 발을 발가락으로 부드럽게 쓸었다.

"상처는 이제 괜찮아?"

"네. 이제 괜찮아요."

상진은 확인하듯 발바닥을 살살 쓸었다.

"이래도 안 아픈가?"

"네."

지안이 대답하고는 작게 웃음을 터뜨렸다. 상진의 움직임에 발바닥이 간질간질하기도 했지만 그것보다는 심장 부분이 더 간지러운 것 같았다. 뭔가 깃털 같은 가벼운 걸로 살살살 간질이는 듯한 느낌.

"전에는 일어나니까 이미 옆이 비어 있었지."

상진이 지안에게 팔베개를 해 준 채로 내려다봤다. 잠시 당황한 표정이 된 지안이 어물거리며 말했다.

"그땐…… 실수했다고 생각해서 그대로 있을 수가 없었어요. 미안해요."

지안이 얼굴을 붉히며 말하자 상진이 다정하게 웃었다.

"아니 사과를 들으려고 한 말은 아니야. 그땐 나도 지금처럼 확실한 감정은 아니었는데 이상하게 텅 빈 옆자리를 보니까 화가 나더라고. 어쩌면 그때 그 일이 내 마음을 깨닫는 계기가 됐을지도 모르겠어."

"아…… 그랬어요?"

지안이 눈을 깜빡이며 그를 바라봤다. 상진이 그녀의 호수 같은 눈을 바라보며 흘러 내려온 긴 머리칼을 쓸어 넘겨 줬다.

"이러고 있으니까 그때 이런 즐거움을 느끼지 못했다는 뒤늦은 아쉬움은 드는군. 이렇게 좋은 걸 그땐 몰랐다는 게."

상진의 말에 지안이 눈을 가늘게 접으며 웃었다.

"앞으로는 안 그럴게요."

"상관없어. 앞으로는 내가 그렇게 놔둘 마음이 없으니까."

"네? ……어머!"

상진이 짓궂은 눈빛을 빛내며 순식간에 몸을 굴려 지안 위로 올라오더니 양팔 아래 그녀를 가뒀다. 갑자기 상진 아래 갇히게 된 지안이 눈을 동그랗게 떴다. 상진이 고개를 숙여 그녀의 귓불을 더운 입술로 지분거리더니 한 손을 잡아 아래쪽으로 끌어당겼다.

"나 아까부터 이 상태인데."

낮은 음성이 귓바퀴를 타고 들어오며 손바닥에 크고 단단한 남성이 느껴지자 지안의 얼굴이 시뻘겋게 달아올랐다. 이미 몇 시간

전까지 몇 번이나 그녀를 격렬하게 안은 그 때문에 다리 사이가 아직 화끈거리는데……. 사실 첫 관계 때도 며칠이나 끙끙 고생했을 만큼 후유증이 컸는데 이번엔 더했다. 당분간 게걸음 신세는 면할 수 없겠다고 생각하고 있는데 또?

"사……상진 씨. 지금은……."

"갖고 싶어."

상진은 지안의 손을 끌어다 바짝 힘이 들어간 남성을 잡게 하고 그녀의 귓가에 뜨겁게 속삭였다. 다 잡을 수도 없이 굵은 남성의 위용에 지안은 숨이 막힐 지경이었다.

"하지만……. 아앗."

상진이 그녀의 귓바퀴를 지분거리며 뜨거운 숨을 불어 넣자 지안의 어깨가 움츠러들었다. 그러다 자신도 모르게 그의 것을 잡고 있는 손에 힘이 들어갔다.

"아……."

그의 관능적인 신음 소리가 귓가에서 생생히 울리자 지안의 귓불이 새빨개졌다. 심장이 빠르게 뛰며 강렬한 불길 같은 화끈한 열기가 치솟아 올랐다. 그의 거친 숨소리에 이끌리듯 지안이 단단한 남성을 잡은 채로 위아래로 천천히 쓸었다. 그의 얼굴이 딱딱하게 굳어지며 미간이 일그러지자 지안이 눈을 깜빡이며 걱정스럽게 물었다.

"아파요?"

"아니. 아픈 게 아니라……. 크웃, 아. 미칠 것 같아."

상진의 억눌린 목소리에 지안은 더욱 용기가 생긴 듯 대학 때 연구하던 야한 동영상에 나왔던 장면을 떠올리며 손을 빠르게 움직였다. 지안의 목에 얼굴을 묻은 상진의 턱이 단단하게 조여드는 것이 느껴졌다. 바짝 힘을 준 그의 몸은 야수처럼 탄탄했다. 그녀의 손안에서 더욱 빳빳해지는 남성이 지안은 무척 신기했다.

"제길."

잇새로 거친 숨을 터뜨리던 상진이 지안의 몸을 잡아 거칠게 침대 위로 눕혔다. 그러고는 그녀의 다리 사이를 힘껏 벌리며 파고들어갔다.

"아아!"

상진의 무섭도록 발기한 남성이 좁은 속살을 단숨에 꿰뚫고 들어가자 지안의 입술에서 탄성이 쏟아져 나왔다. 이미 사정의 욕구를 한 번 느꼈던 상진은 이를 악문 채 강하게 짓쳐 들어갔다.

"앗! 아읏! 아아……!"

거친 그의 움직임에 따라 시트가 크게 밀릴 정도로 흔들리며 지안의 교성이 방 안 가득 흩뿌려졌다. 도저히 받아들일 수 없을 것 같았는데 신기하게도 그를 받아들이자마자 그녀의 몸은 또다시 뜨겁게 달아오르며 그의 격한 움직임을 유연하게 받아들이고 있었다. 붉은 목걸이가 거친 움직임에 맞춰 흔들렸다.

뜨거운 속살이 조여들 듯 그의 몸을 감싸자 상진은 지안의 몸을 힘껏 껴안은 채로 허리를 더욱 빠르게 움직였다.

그렇게 시작한 관계는 그날 하루 종일 끝나지 않고 이어졌다.

월요일 아침.

지안은 화들짝 놀라 침대에서 몸을 일으켰다. 급히 시계를 확인하니 4시 반이 지나고 있었다. 지안은 안도의 한숨을 내쉬고 옆에서 곤히 자고 있는 상진이 깨지 않도록 조심스럽게 침대에서 한 발을 내렸다.

"아."

발이 바닥에 닿는 순간 지안의 매끈한 이마가 찌푸려졌다. 결국 주말 내내 상진 때문에 거의 침대를 벗어날 수 없었던 통에 다리 사이에 홧홧한 통증이 일었다.

세상에서 가장 부끄러운 통증이 있다면 이거일 거야.

지안은 살짝 열이 오르는 볼을 톡톡 두드리며 앉은 채로 바닥에 떨어져 있는 옷을 집어 들려고 허리를 숙였다.

그때 커다란 손이 지안의 잘록한 허리를 감싸더니 확 끌어당겼다.

"……또 먼저 일어나는 거야?"

상진의 목소리는 잠이 덜 깬 듯 잠겨 있어 살짝 섹시한 분위기를 풍기고 있었다. 주말 동안 이런 식으로 몇 번이나 상진의 품으로 끌려갔기에 지안은 익숙한 듯 그의 가슴에 안긴 채로 생긋 웃었다.

"주말 끝났어요. 출근 준비해야죠."

"아직 놔주기 싫어."

상진이 지안을 더욱 당겨 안으며 투정부리듯 말했다. 단단한 가슴과 남성적인 체취가 머릿속을 또 혼미하게 만들기 시작하자 지안은 프로의식을 강제 소환시키며 겨우 그의 품을 벗어났다.

"안 돼요. 할 일이 많아요. 준비 끝내고 깨울 테니 상진 씨는 좀 더 자요."

지안이 몸을 일으키며 말하자 상진이 맘에 안 든다는 듯 불만스러운 얼굴로 올려다봤다. 지안이 옷으로 몸을 가리고 탁자 위에 올려 뒀던 안경을 먼저 꼈다.

헝클어진 머리칼과 옷으로 가리지 못한 하얀 어깨라거나 날씬한 다리를 은근한 시선으로 훑은 상진이 그녀의 목에 걸려 있는 루비 목걸이를 보고 입술 끝을 추켜올렸다. 어제 집에 오자마자 목에 걸어 준 뒤 다신 풀지 말라고 으름장을 놓은 상태였다.

"로봇 지안으로 돌아왔군. 그런데 그런 흐트러진 차림으로 안경 끼니까 그것도 나름 섹시한데?"

그가 느른하게 누운 채로 관능적인 미소를 짓자 지안이 얼굴을 확 붉혔다.

"저, 전 그럼 일 시작할게요."

지안은 조금만 더 있다간 또 상진에게 붙잡혀 한참 동안 침대 위를 벗어날 수 없을 것 같다는 위기감에 서둘러 그의 침실을 빠져나왔다. 걸을 때마다 욱신거리는 통증을 참으며 계단을 내려가 1층 욕실에서 샤워를 하고 깔끔한 화이트셔츠에 블랙 바지로 갈아입었다.

평소처럼 식사 준비가 끝나자 상진이 씻고 식당으로 내려왔다.

"아, 지금 깨우려고 했는데."

"옆에 당신이 없으니까 잠이 안 와. 나도 그때부터 일어나 있었어."

"그랬어요? 서재에 있는 줄 몰랐어요. 아직 침실에 있는 줄 알았는데……."

상진이 식탁 앞에 앉아 지안이 나란히 앉았다.

식사를 하던 지안은 그러고 보니 이렇게 같이 앉아 밥을 먹는 것도 어느새 익숙해진 것 같다는 생각이 들었다. 특히 요 며칠 사이 그의 품에서 먹은 적이 많아 더 그런 것 같다는 생각을 하자 민망함이 스멀스멀 올라왔다. 지안이 얼굴을 살짝 붉힌 채로 물을 마시다가 고개를 드니 상진이 턱을 괴고 앉아 자신을 바라보고 있다는 걸 알았다.

"왜 안 드세요? 뭐 빠진 거라도 있어요?"

상 위의 반찬을 빠르게 눈으로 훑으며 지안이 물었다.

"이지안은 먹는 것도 왜 이렇게 예쁜가 해서."

"풋!"

상진이 표정 하나 바꾸지 않고 하는 간지러운 말에 지안이 급기야 마시던 물을 뿜어 버렸다.

"콜록콜록! 어머, 어떡해."

당황해하며 급히 티슈를 뽑아 드는 지안을 보며 상진이 사뭇 놀랍다는 표정으로 말했다.

"와. 이거 놀라운걸? 이지안은 뿜는 것도 예뻐."

"콜록콜록콜록!"

상진의 말에 지안의 나아지던 기침이 다시 심해지고 말았다.

"왜, 왜 그래요. 정말."

지안이 티슈로 코를 막고 괴로워하면서도 벌겋게 달아오른 얼굴로 상진에게 볼멘소리를 했다. 상진은 여전히 태연한 표정으로 지안을 바라보며 말했다.

"이지안이 예쁘니까 예쁘다고 하는 건데 내가 뭐 잘못했나?"

그는 마치 홍시 맛이 나기에 홍시 맛이 난다고 했다던 장금이같이 당당한 얼굴이었다. 지안은 겨우 숨을 고르고는 얼른 말했다.

"그런 말은 그만하고 빨리 드세요. 국 다 식어요."

상진이 그제야 능청스럽게 식사를 시작했다. 지안은 그 모습을 바라보며 이 남자가 처음에 쌀쌀맞은 말만 골라 하던 그 남자와 정말 같은 사람이 맞는지 혼란스러울 지경이었다.

그녀의 혼란스러워하는 얼굴을 상진은 귀여워 죽겠다는 표정으로 바라보고 있었다.

정말 저 여자는 뭘 먹고 자랐기에 저렇게 예쁜 거지?

상진은 본래 스스로가 이런 생각을 하는 사람이 절대 아니라고 생각했었지만 이제 그런 건 다 상관없다는 기분이었다. 그녀에게 솔직한 자신을 더 이상 숨기고 싶지 않았다.

절대 오지 않을 것 같은 기적 같은 사랑에, 쓸데없는 자존심 따위는 필요하지 않다는 걸 그는 본능적으로 알고 있었다.

상진이 출근 준비를 끝내고 내려오자 지안이 언제나처럼 텀블러를 건네줬다. 그가 악몽을 꾸는 걸 본 이후로 늘 캐모마일차와 구기자차를 번갈아 가며 챙겨 주는데 오늘은 구기자차였다. 상진은 익숙하게 그것을 받아 든 뒤 지안이 골라 준 구두를 신으면 말했다.

"나오지 마. 추워."

"괜찮아요. 바로 앞인데요, 뭐."

따라나서려던 지안이 상진의 몸에 가로막혀 멈춰 섰다.

"내가 안 괜찮아. 그럼, 전화할게."

상진은 일방적으로 말하고 문을 닫아 버렸다. 지안은 닫힌 현관문 앞에서 뻘쭘하게 서 있다 그가 마지막에 한 말을 떠올렸다.

'전화할게.'

가사도우미에게 하는 말이 아닌 연인에게 하는 말. 춥다며 대문까지 나오지 못하게 한 것도 같은 맥락일 것이다. 지안은 프로로서 공과 사를 구분 못하면 안 된다고 생각하면서도 그가 해 주는 따뜻한 배려에 저절로 가슴속이 따뜻해져 옴을 느꼈다.

"후훗."

입술 끝을 둥글게 위로 끌어올린 지안이 세탁을 하기 위해 빙글 뒤돌아 타박타박 걸어갔다.

오늘도 차 안에서 인사할 태세를 취하고 있던 광훈은 상진 혼자 나오자 실망한 얼굴을 했다.

"지안 씨는요?"

광훈이 묻자 상진은 차에 타며 짧게 말했다.

"내 여자 이름은 함부로 부르지 않는 게 좋지 않겠어?"

"……네?"

광훈이 눈을 끔벅거리며 보자 상진이 눈썹을 치켜 올렸다.

"앞으로 형수님이라고 부르라고."

"예에? 아니. 언제 그렇게 되신 겁니까?"

깜짝 놀란 듯 묻는 광훈의 얼굴에 반가움과 놀라움, 그리고 아쉬움이 뒤죽박죽 뒤섞여 떠올랐다.

"그건 알 필요 없으니 출발이나 해."

"아, 예."

광훈이 어리둥절한 표정으로 차에 시동을 걸고는 말했다.

"축하드립니다. 이사님. 드디어 짝을 만나신 거군요. 연애는 처음이시잖아요."

아쉬움보단 반가움이 훨씬 컸는지 룸미러로 상진을 보는 광훈의 얼굴에 기쁜 기색이 완연했다. 그 표정을 보고 상진도 입술 끝을 부드럽게 올렸다.

"그래…… 처음이지."

"역시 사람 일은 모르는 건가 봐요. 전 이사님한테 여자들이 아무리 따라다녀도 무시하시기에 평생 혼자 사시려나 보다 했었거든요. 인연은 한순간이라더니……. 저도 언젠가 인연이 오겠죠? 이사님을 롤모델 삼아 힘내 봐야겠습니다."

광훈이 싱글거리며 말하는 것을 들으며 상진은 평소처럼 창밖을 바라보고 있었다. 풍경도, 지나가는 사람들도, 그들의 생각도 평소와 다를 것이 없는데 이상하게 그 모든 것이 평소와는 다르게 느껴졌다. 어딘가 좀 더 들뜨고 따스해 보인달까.

훗, 이지안 때문인가.

상진은 입가에 미소를 띤 채로 창밖을 바라봤다.

회사에 도착한 후 상진은 요즘 파고 있던 인도 쪽 자일컴퍼니에 대한 조사에 몰두했다. 그러던 중 커다란 벽에 부딪혀 버렸다.

설마…….

화면을 응시하던 상진이 눈을 가늘게 떴다. 한성에게는 아직 이쪽의 의심에 대해선 말을 하지 않은 상태였다. 처음엔 조금 더 확실하게 가닥이 잡히면 보고할 생각이었지만 파면 팔수록 뭔가 모를 찜찜한 기분이 들어 그 이유를 해소하기 전까진 보고를 미뤄뒀다.

분명 뭔가가 있다.

자일컴퍼니와 이 회사의 수뇌부가 깊숙이 연계되어 있다는 느낌을 지울 수가 없었다. 그리고 정황상, 그 사람은 자신이 잘 알고 있던 사람이었다. 하지만 상진은 머릿속에 떠오른 생각을 지워 내 버리려 머리를 흔들었다.

그때 인터폰이 울렸다.

갑자기 울린 소리에 상진이 흠칫 놀랐다. 긴장된 표정으로 인터폰을 보고 있다가 깊게 숨을 들이마신 뒤 버튼을 눌렀다.

"네."

— 이사님. 차 상무님께서 찾으십니다.

"……알겠어요."

상진이 앉은 자리에서 한숨을 내쉬고는 얼굴을 굳힌 채 일어나 집무실을 나섰다.

"아직 정황을 잡지 못했나?"

한성이 상무실에서 상진과 마주 앉은 채로 넌지시 물었다. 상진은 그의 얼굴을 보며 끄덕거렸다.

"네. 아직 딱히 이렇다 할 움직임을 발견하진 못했습니다."

"그래……."

한성이 눈을 가늘게 뜨고 상진의 얼굴에서 무언가를 찾으려 하는 눈빛을 했다. 상진은 말없이 그의 얼굴을 조용히 바라보고 있었다. 찻잔을 내려놓은 한성이 안타까운 표정인지 허탈한 표정인지 알 수 없는 표정을 지으며 말했다.

"자네가 못 찾는다는 건 그만큼 치밀하다는 소리겠지. 그래. 일단 가 보고 뭔가 잡히면 바로 알려 주게나."

"네. 알겠습니다."

상진은 자리에서 일어서서 한성에게 인사를 한 뒤 상무실을 빠져나왔다. 엘리베이터를 올라타는 상진의 표정이 어두워져 있었다.

이틀간 제대로 청소하지 못한 집 안을 꼼꼼히 청소하는 중에 전화벨이 울렸다. 한껏 음량을 키워 둔 벨소리가 우렁차게 울리자 지안은 흠칫 놀라 근처 테이블 위에 올려 둔 휴대전화를 잽싸게 들어 올렸다. 핸드폰 번호가 아니었지만 그가 회사 전화를 사용할 수도 있어 화면을 터치하는 손이 바빴다.

"네. 여보세요."

최대한 단아한 목소리로 전화를 받자 남자 목소리가 들려왔다.

─ 오늘 고객님께 좋은 정보를……

뚝.

그 정보가 뭔지 전혀 알고 싶지 않았기에 지안은 단숨에 전화를 끊었다. 아마 휴대전화 무상 교체니 뭐니 하는 정보거나 보험가입 권유겠지.

지안은 상진의 휴대전화번호를 모르고 있었다. 처음 일하기로 한 날 상진은 휴대폰 번호가 아닌 집 전화번호를 알려 줬다.

'휴대폰 번호를 알려 주시는 게 연락드리기 더 편할 것 같은데요.'

'상관없습니다. 어차피 집 전화로 해도 제 휴대폰으로 연결되게 해 놨으니 그건 걱정하지 마시죠.'

자신의 개인정보를 지나치게 보호하려는 고용주 중에 그런 식으로 개인 휴대폰 번호를 숨기는 사람들도 있었기에 대수롭지 않게 넘어갔었지만 지금은 문제가 됐다. 상진만 자신의 번호를 알고 자신은 그의 번호를 모르고 있는 입장이니.

지안은 전화를 다시 테이블 위에 내려 두고 걸레질을 시작했다. 바닥을 박박 닦다가 다시 걸레를 빨아 오는 사이 또 전화벨이 울리고 있었다. 들고 오던 대야와 걸레를 내던지다시피 한 지안이 순식간에 테이블 앞으로 달려와 낚아채듯 휴대전화를 들어 올렸다.

"네, 학. 여보세요."

거친 숨소리가 뒤섞이긴 했지만 최대한 단아한 목소리로 전화를 받았다.

— 고객님을 위한 특별한 이벤……

특별하든 안 하든 궁금하지 않다고!

지안은 전화를 뚝 끊어 버리고 테이블 위에 탁 소리 나게 내려놨다. 뒤돌아보니 엎질러진 대야와 내동댕이친 걸레가 한심하다는 듯 자신을 반기고 있었다. 지안이 씁쓸한 얼굴로 치우려는데 다시 전화벨이 울렸다.

"여보세요."

— 바쁜가?

익숙한 낮은 목소리에 지안이 눈을 크게 떴다.

"아…… 상진 씨."

— 목소리 듣고 싶어서 전화했는데 바쁘면 나중에 걸고.

"아뇨. 괜찮아요. 저기 이 번호 저장해 놔도 되죠?"

지안이 조심스럽게 묻는 말에 상진이 불만 가득한 목소리로 말했다.

— 당연하잖아. 저장하라고 전화한 거야. 뭐 하고 있었어?

"거실 닦고 있었어요. 상진 씨는요?"

— 보고 싶어.

대답과 다른 말이 나왔지만 지안의 심장이 말랑말랑해졌다. 지안이 떨리는 마음을 감추며 태연한 목소리로 말했다.

"출근한 지 얼마나 됐다고 벌써요?"

— 항상 보고 싶은데 지금은 특히…… 보고 싶어.

문득 지안은 그의 목소리가 평소와 조금 다른 것 같다는 생각이 들었다. 전화기를 고쳐 잡으며 지안이 말했다.

"혹시 무슨 일 있어요? 목소리가 안 좋은데……."

— 아무것도 아니야. 그냥 당신이 보고 싶어서 그래. 회의 들어가야 하니까 나중에 연락할게.

"아, 네."

전화를 끊은 지안이 고개를 갸웃거렸다.

기분 탓일까?

마지막 끊을 때의 목소리는 평소와 별다를 것이 없는 듯도 했다. 지안은 잠시 전화기를 바라보다가 테이블 위에 올려놓고 엎질러진 대야와 걸레가 있는 곳으로 다가갔다.

상진이 퇴근하기만을 기다린 지안은 그가 퇴근하자마자 얼른 다가갔다.

"어서 와요."

"별일 없었지?"

상진은 현관 앞에서 지안을 살짝 끌어안고는 집 안으로 들어왔다. 너무나 자연스러운 스킨십에 늘 이런 식으로 맞은 것 같다는 착각이 들 정도였다. 지안은 2층으로 올라가는 그를 따라가 드레스 룸에서 그의 코트를 받으며 상진의 표정을 살폈다.

별다른 건 없어 보이는데…….

"오늘 혹시 무슨 일 있었어요?"

지안이 타이를 받으며 아무렇지도 않은 말투로 묻자 상진이 싱긋 웃었다.

"아무 일도 없었어. 왜?"

순간 지안의 안경알이 번쩍거렸다. 웃는 그의 얼굴에 묘한 그림자가 져 있는 것이 보였다.

"기분 탓인가 봐요. 그럼 씻고 내려와요."

지안은 생긋 웃고는 드레스 룸을 빠져나왔다. 계단을 내려가는 지안의 표정이 진지해졌다. 아무렇지 않은 척하고는 있지만 언뜻언뜻 스치는 어두운 표정이 마음에 걸렸다.

분명 뭔가 있단 말이지.

지안은 잠시 후 식당을 내려온 상진과 식사를 하며 하얀 생선살을 발라 뽀얀 쌀밥 위에 얹어 주고 일상적인 대화를 하면서 머릿속으론 끊임없이 생각에 빠져 있었다.

언제부터 이런 조짐이 있었지? 분명 출근할 때까진 아무런 이상을 발견하지 못했었는데…….

그렇다면 회사에서부터란 뜻이 된다. 회사에서 무슨 일이 있었던 걸까?

이리저리 유추하는 사이 상진은 식사를 끝내고 서재로 올라갔다. 커피를 내리며 매의 눈을 빛내던 지안이 법랑주전자에 물을 끓이기 시작했다.

"코코아?"

평소와 달리 진한 코코아를 두 잔 타 가자 상진이 의외라는 얼굴로 지안을 봤다. 자신의 코코아잔을 들고 옆에 있는 동그란 소파를 끌어와 앉으며 지안이 말했다.

"신경이 예민할 때 달콤한 음식을 먹으면 좋아요. 코코아에 있는 테오브로민이라는 물질이 중추신경을 흥분시켜 모세혈관도 넓히고 혈액순환을 돕기 때문에 혈압 안정에 좋구요. 카카오에 함유된 카페인도 우울할 때 정신 안정에 도움을 줘요."

차분한 얼굴로 말한 지안이 상진을 지그시 바라봤다. 개의치 말고 어서 말을 해 보라는 듯한 그녀의 모나리자 미소를 본 상진이 뿔테 안경을 추켜올리며 물었다.

"내가 우울해 보이나?"

"꼭 우울해 보인다는 건 아니에요. 단지, 그냥 조금 기운이 없어 보여서."

'단지'에 힘을 실어 말하며 지안이 모나리자 미소를 유지했다.

"흐음."

상진이 안경을 벗어 책상 위에 올려놓고 지안을 가만 바라봤다. 그의 표정이 어딘가 피곤한 듯 보여 걱정이 되었지만 지안은 더욱 자애로운 미소를 짓고 있었다.

그녀를 가만 들여다보던 상진이 천천히 입을 열었다.

"당신은…… 내가 다른 사람의 속마음을 읽는 게 이상하지 않아?"

지안은 눈을 깜빡이며 상진을 보다가 진지한 얼굴로 곰곰 생각을 했다. 잠시 생각에 잠겼던 지안이 이윽고 고개를 들고 말했다.

"특별하다고는 생각해요. 이상하다고는 생각해 본 적 없는 것 같구요. 그런데 혹시 그것 때문에 우울한 거예요?"

특이와 특별은 다르다. 특이는 부정적인 의미로 많이 쓰이지만 특별은 반대적인 의미로 많이 쓰인다. 그 차이를 모를 리 없는 상진의 표정이 조금 부드러워졌다.

"아니. 그건 아니야."

"그럼……?"

"예전에 어릴 때 그렇게 생각했던 적이 있었어. 어릴 때……. 처음 그런 능력이 생겼다는 걸 알았을 때, 그리고 그걸 알게 된 유일한 식구의 반응을 보았을 때……. 그땐 이 능력이 저주스러웠지."

"그땐 충분히 그럴 수 있겠어요. 어릴 때니까."

"그래서 그 후로는 다른 사람에게 말하지 않았어. 그걸 알게 되면 다들 아버지 같은 반응을 보일 것만 같았으니까."

"그렇군요."

지안이 상진의 말에 충분한 공감을 표시하며 천천히 끄덕거렸다. 그러면서 한 손으로는 어서 마시라는 듯 책상 위에 놓인 코코아를 그의 앞으로 살짝 더 밀었다. 상진이 코코아잔을 들며 말했다.

"처음엔 다른 사람의 얼굴을 보는 게 무서웠어. 난 상대의 얼굴에서 속마음을 읽는 케이스니까."

"얼굴에 마음이 떠올라요? 글자로 떠오르는 건가요?"

그러고 보니 그의 능력에 대해선 자세히 들어 본 적이 없는 것 같다는 걸 떠올리고 지안이 신기한 듯 물었다.

"설명하긴 조금 어려운 데 글자라기보다는 이미지로 알게 된다고 해야 하나……. 그 사람이 지금 하고 있는 생각을 저절로 알게 돼. 보는 순간."

"그럼 그 사람의 모든 걸 다 알게 되는 건가요?"

상진이 고개를 저었다.

"아니. 그건 아니야. 그냥 일회성이랄까 그 당시의 생각이지. 그래서 대화를 하는 중에 정확히 알게 되는 경우가 많아. 상대방이 대화에 대해 답을 생각하거나 하는 과정에서. 평소에는 그냥 이미지 정도야. 그것도 사람에 따라 차이가 있고."

"아아……. 사람에 따라 달라요?"

"음. 당신처럼 아예 아무것도 보이지 않는 사람은 처음이지만."

상진이 코코아를 한 모금 마셨다. 지안은 그의 말을 생각해 보다가 고개를 끄덕이며 말했다.

"그렇구나. 신기하네요. 정작 나한테 그런 능력이 있으면 정말 싫을 것 같긴 하지만요."

"싫을 것 같아?"

"그렇잖아요. 내가 원하든 원하지 않든 사람의 양면성을 항상 느끼면서 살아가야 하는 건데……. 얼마나 싫겠어요? 모르는 게 약이라는 말이 괜히 있는 말이 아니죠. 더구나 사람이란 게 얼마나 이기적이고 겉과 속이 다른 존재인데…… 남의 본심은 정말 알고 싶지 않을 것 같아요."

"……."

상진이 말없이 지안의 얼굴을 바라봤다. 지안은 진지한 그의 얼굴을 보고 뭔가 실수를 한 것 같다는 생각이 들어 얼른 말했다.

"미안해요. 당신한테 있는 능력인데 내가 너무 비하해 버렸죠? 전 그냥 그런 능력이 싫다거나 나쁘다는 의미로 말한 게 아니라……."

"아니야."

상진이 지안의 말을 끊고 그녀의 눈을 들여다봤다.

"그렇게 생각해 주는 게 고마워서 그래."

부드럽게 미소를 지으며 상진이 말하자 지안이 안심한 듯 웃었다.

"그럼 다행이구요."

"당신 말대로였어. 예전엔 내가 감당하기 너무 힘들었거든. 웃는 얼굴로 친절한 말을 하는 사람이 속으로는 전혀 다른 생각을 하고 있다는 게…… 참을 수 없을 정도로 역겨웠어."

한 번도 그가 가지고 있는 능력 때문에 얼마나 힘들어하는지에 대해선 생각해 본 적이 없는데 이런 말을 듣고 보니 그가 참 힘들게 살아왔을 거란 생각이 들어 마음이 짠해졌다.

상진은 말없이 코코아를 마셨다. 달달한 코코아를 마시면서도 그의 표정은 카카오 함량 100%짜리 코코아를 먹는 것처럼 씁쓸해 보였다.

왜 그런 표정을 짓는 걸까……?

아직 말하지 못한 것이 있다고 지안은 짐작했지만 물을 수가 없어 코코아잔을 만지작거리다가 말했다.

"그러다 어떻게 익숙해진 거예요?"

지안의 물음에 상진이 고개를 들었다.

"언제부터인가 익숙해진 것 같아. 그냥 사람은 다 겉과 속이 다르다는 걸 어느 순간 인정하게 된 거지. 그걸 인정하고 난 후엔 더는 다른 사람의 얼굴을 보는 게 그전만큼 무섭거나 힘들진 않았어."

"인정하면 편하다, 라는 거죠?"

"맞아. 딱 그거야. 그런 걸 알게 된 후엔 점점 내 표정을 컨트롤할 수 있게 됐지. 상대가 어떤 더러운 생각을 하든 그걸 뻔히 보면서도 표정에 전혀 드러내지 않을 수 있게 되니 오히려 재미도 느꼈고. 나한테 유리하게 이용할 줄도 알게 된 거지. 지금 내가 하고 있는 일에도 도움이 돼."

"대단해요. 그 정도까지 발전할 수 있다니. 강해졌다는 뜻 아닌가요?"

지안이 눈을 반짝거리자 상진이 희미하게 웃었다.

"그렇게 말해 주니 고맙군. 난 솔직히 당신이 내 말을 그렇게 쉽게 믿어줄지도 몰랐어. 거짓말이라고 치부할 수도 있는 거잖아."

상진의 말에 지안이 완고한 표정으로 고개를 저었다.

"아뇨, 상진 씨는 거짓말할 사람이 아니에요."

"그걸 어떻게 장담하지?"

상진이 눈썹을 휘어 올리고 물었다. 지안은 다시 모나리자의 미소를 띠고 말했다.

"집을 보면 알아요. 저도 이 일을 하면서 사람과 집을 많이 겪잖아요? 그러면서 알게 된 건 사람과 집을 떼어 놓고 생각할 수 없다는 거예요. 이 집을 보고 상진 씨가 어떤 사람인지 대충 알고는 있었어요."

"그것도 능력이라 할 수 있겠군. 그런데 이 집은 내 집이 아니야. 아버지 집인데?"

"그래도 지금 살고 있는 사람은 상진 씨니까요. 지금 살고 있는 모습을 보고 판단한 거예요. 이 집과, 아래층에 있는 도자기들이나 화분, 그리고 정원의 나무들은 상진 씨 아버지 거죠?"

"……그걸 어떻게 알았어?"

상진이 놀라운 표정을 지으며 묻자 지안이 입술을 부드럽게 올렸다.

"상진 씨 나이에 좋아할 것들이 아니고, 같이 살아 보니 딱히 그런 곳에 취미가 있는 것도 아닌데 아끼는 모습을 보고 알았어요. 상진 씨는 아버지의 물건을 아끼는구나…… 하고."

"……."

지안의 말에 상진의 얼굴이 딱딱하게 굳었다. 그 얼굴로 상진에게 그의 아버지가 아직도 얼마나 큰 트라우마인지를 느낄 수가 있었다.

그렇게 생각하니 지안은 마음이 조금 아팠다.

사실 이 집에 일한 지 얼마 안 되었을 때 그전 도우미라고 하던 아주머니가 놓고 간 게 있다고 찾아와선 한참 동안 상진의 험담을 늘어놓고 간 적이 있었다.

'그깟 도자기 하나 깨 버린 걸 가지고 얼마나 사람을 잡아먹을 듯 성을 내던지……. 아니 그게 멀쩡히 일 잘하는 사람을 잘라 낼 이유가 된다고 생각하우? 사람이 얼마나 깐깐한지, 도자기 개수까지 세어 놓고 감시하고 있는 남자라니까?'

아주머니는 그렇게 말했지만 사실 지안은 이 집의 전 도우미가 얼마나 일을 엉망으로 했는지는 집 안의 상태를 보고 이미 알고 있었기 때문에 아주머니의 말에 동조를 해 줄 순 없었다. 단순한 대답만 반복하고 있자 오히려 사람 말을 제대로 안 들어 준다며 성을 내고 간 그 아주머니의 말을 듣고 파악하건대 그 깨진 도자기는 필시 아버지의 것이었을 거다. 그리고 상진이 아버지의 도자기를 무척 소중히 생각하고 있다는 걸 알 수 있었다.

"상진 씨. 아버지는……."

"그 얘기는 그만하도록 하지."

상진이 고개를 숙인 채 냉소적인 목소리로 지안의 말을 막았다. 그의 표정이 어둡게 가라앉아 있어 지안은 얼른 사과했다.

"미안해요. 제가 참견이 지나쳤죠. 잘 알지도 못하는데……."

지안의 미안해하는 목소리를 들은 상진이 번쩍 정신을 차린 듯 고개를 들었다.

"아니, 아니야. 걱정해서 하는 말인 거 알아. 미안해."

"아뇨. 제가 실수한 거예요."

"당신 실수 아니야. 내가 옹졸해서 그런 거니 마음 쓰지 마. 지금 일 때문에 예민해서 그런 거니 당신이 이해해."

상진이 지안의 얼굴을 부드럽게 어루만지며 미안한 얼굴로 말했다. 그의 손길은 부드러웠지만 지안은 생각보다 상진의 상처가 훨씬 깊은 것이 느껴져 한편으로 계속 마음이 아팠다.

며칠 내내 상진의 기분은 가라앉아 있었다. 지안은 그를 고민하게 만드는 일이 어서 해결되길 바라며 잠자코 기다렸다.

그의 말대로 일 때문이라면 내가 할 수 있는 게 없긴 하지…….

그래도 마냥 기다리는 건 답답해서 지안이 작게 한숨을 내쉬었다. 스트레스와 불안에 좋은 음식을 챙겨 먹이는 것 외에 뭔가 자신이 할 수 있는 일이 없을까 고민하며 겉으로는 아무렇지도 않게 평소처럼 상진의 출근 준비를 도왔다.

"다녀와요."

"너무 무리하지 말고 쉬어."

"걱정 마요."

지안은 웃는 얼굴로 상진을 배웅한 뒤 비장한 얼굴로 노트북을 켰다.

〈연인에게 기운을 주는 방법〉으로 검색어를 입력하자마자 무수히 많은 정보가 펼쳐졌다. 진지한 눈빛으로 하나하나 클릭해 가던 지안은 많은 추천수를 받은 글을 클릭했다.

— 뭐니 뭐니 해도 남자의 스트레스를 단번에 날려 주는 건 바로 당신의 섹시한 이벤트죠. 평소 한결같은 침실 룩을 보여 줬다면 섹시하고 과감한 아이템 하나 장만하셔서 연인을 깜짝 놀래켜 주세요. 아마 없던 기운도 불끈불끈 솟을걸요? 그게 바로 남자라는 동물입니다!

……왜 이 글이 이렇게 많은 추천을 받은 거지?

지안의 눈에 미심쩍은 빛이 스쳤다. 이해할 수 없다는 표정으로 아래 댓글들을 훑어봤다.

— 옳소!

— 이게 정답. 분위기 좋은 비싼 레스토랑에서 기분 전환? 그게 남자를 위한 겁니까? 여자를 위한 거지.

— 레이스는 진리입니다.

— 난 섹시 계열보다 큐트 쪽이…….

— 가터벨트가 끝판왕.

— 어리석은 것들. 아무것도 안 입는 게 제일 아니냐?

보면 볼수록 혼란스러워져 고민하던 지안은 바로 빠른 손놀림으로 섹시속옷을 검색했다. 그랬더니 눈앞에 신세계가 펼쳐졌다. 듣도 보도 못한 희귀한 명칭들과 지나치게 천을 아낀 듯한 디자인들이 쏟아져 나오자 지안의 안경이 팽글팽글 도는 기분이었다.

"어머."

지안이 제정신을 차렸을 땐 무언가 잔뜩 담겨 있는 장바구니를 스피디하게 결제해 버린 뒤였다.

……내가 무슨 짓을 한 거지?

잠시 멍한 얼굴로 결제완료창이 떠 있는 모니터를 가만 바라보던 지안이 결연한 표정으로 고개를 주억거렸다.

그래. 상진 씨에게 힘이 된다잖아! 해 보자.

이걸로 힘이 되어 줄 수 있다면 잠시의 창피함 따위는 감수 못할 바가 아니었다. 고수들이 말하지 않았던가. 레이스는 진리라고. 끝판왕이라던 가터벨트도 구입했으니 더욱 두려울 게 없었다.

청담동의 고급 바 룸 안에서 상진은 엉망으로 취해 있었다.

오늘 모든 것을 확인한 사실이 준 충격은 그를 맨정신으로 버티기 힘들게 만들었다. 그래서 거래처들이 모인 술자리에서 따라 주는 술을 거부하지 않고 다 받아 마셨다가 급기야 완전히 취해 버린 것이다. 평소의 그라면 절대 하지 않았을 실수지만 오늘은 그럴 수밖에 없었다.

"그렇게 많이 마셨는데 진 이사는 취하지도 않는구만. 하하하."

겉으론 드러나지 않는 탓에 옆에 앉아 있던 김 이사가 술잔에 넘치도록 술을 부어 주며 말했다. 상진이 흐릿한 시선을 들어 올려 김 이사를 보자 그의 사람 좋게 웃고 있는 얼굴에 어김없이 속내가 떠올라 있었다.

— 쭈욱 들이켜라, 쭈욱. 마시고 완전히 취해 버리라고. 그래서 실수도 하고 말이야. 어린놈이 너무 완벽해. 술 마시고 이름처럼 진상질 한번 떨어 주라니까? 속 시원하게 말이지.

상진은 그 이중적인 행태에 속이 역겨워져 그 자리에 더 앉아 있고 싶은 마음이 완전히 사라져 버렸다.

"그럼 저 먼저 일어나겠습니다."

상진이 멀쩡한 얼굴로 일어서자 김 이사가 아쉬운 듯한 얼굴로 말했다.

"그, 그럴 텐가? 그래. 시간도 늦었는데 어서 들어가 쉬게."

룸 안에 있는 사람들에게 정중하게 고개를 숙인 상진이 복도로 나왔다. 미로 같은 복도를 지나 무사히 바를 빠져나오긴 했지만 출입문을 나오자마자 다잡은 정신력이 한순간에 흐트러졌다.

"후우."

어지러운 시야를 손으로 가리고 벽에 기대 서 있는데 누군가가 팔을 잡았다.

"진 이사님. 저도 같이 가요."

갑자기 들려온 여자의 목소리에 상진이 흐릿한 눈으로 내려 봤다. 분명 어디서 봤던 기억이 있는 화려하게 생긴 여자가 생글거리며 서 있었다. 그가 미간을 찌푸리고 내려다보자 희수가 웃으며 말했다.

"저도 자리에 있었는데 기억 안 나시나 봐요. 저 라움 투자증권의 한희수 팀장이에요."

부드럽게 컬을 늘어뜨린 희수는 넥이 깊게 파인 붉은 니트와 하얀 모피코트를 걸치고 있었다.

"아, 그렇습니까."

전에 계약 조건을 유리하게 바꾸려고 왔다가 오히려 그에게 당하고 갔던 여자였다는 걸 깨달은 상진이 미간을 더욱 좁혔다. 같은 자리에 있었다고 하는데 전혀 기억이 나지 않았다. 하긴 오늘은 그 자리에 있던 누구도 제대로 기억나는 사람이 없었다. 모든 것이 엉망인 기분이었다.

"차 안 가지고 오셨죠? 저도 택시로 갈 거예요. 아까 듣기로 진이사님 댁이 저희 동네와 같은 방향이라고 하시던데 콜택시 불러 놨으니 같이 가요."

희수가 상진의 팔을 잡고 생긋 웃었다. 오늘 내내 상진만 관찰하고 있던 덕에 그가 기사를 먼저 보내 놨다는 걸 알고 있었다.

"아뇨. 괜찮습니다."

"전에 제가 죄송한 것도 있고 해서 그런 거니까 거절하지 마세요. 어차피 같은 방향이잖아요."

상진은 희수를 똑바로 바라보려고 했지만 시야가 점차 흐릿해졌다. 그녀의 얼굴에 노골적인 흑심이 언뜻언뜻 보였지만 제대로 읽기 힘들 만큼 그는 취해 있었다. 상진은 이 순간 이 여자가 무척 귀찮게 느껴졌지만 아직 라움과 공동프로젝트가 진행 중이고, 계속 실랑이할 여력도 없어 인상을 쓴 채로 몸을 일으켜 세웠다.

"그럼 그렇게 하시죠."

똑바로 서서 걸음을 옮기려는 상진의 몸이 비틀거리자 희수가 황급히 다가와 잡았다.

"어머! 괜찮아요?"

"……괜찮습니다. 가시죠."

상진은 희수의 손을 떼어 내고 다시 앞으로 걸어갔다.

엘리베이터까지 걸어가는 상진의 걸음이 조금 휘청이는 것을 희수가 뒤에서 야릇한 미소를 지으며 지켜보고 있었다.

콜택시를 타고 상진이 주소를 말하자 희수는 일부러 그의 집에서 더 들어가야 하는 동네 이름을 댔다. 조수석에 앉아 차창에 팔을 기대고 힘든 듯 살짝 거칠어진 숨을 내쉬는 상진을 뒷자리에 앉은 희수가 예리한 시선으로 살피고 있었다.

상진은 택시에 탄 순간부터 무겁게 짓누르는 알코올의 힘으로 눈꺼풀이 점차 내려왔다. 억지로 버티고 떠 있던 그의 눈꺼풀이 마침내 감기며 정신을 잃자 희수가 입꼬리를 슬쩍 올렸다.

역시. 그렇게 많이 마시고 멀쩡할 리가 없지.

룸 안에 앉아 있는 내내 그녀는 멀리 떨어져 앉아 있는 상진의 술잔에만 시선을 두고 있었다. 상진이 기억할지 모르겠지만 전에도 술자리에 몇 번 동석한 적이 있는데 그때마다 늘 한결같이 자제하는 모습을 보여 왔던 그였는데 오늘은 전혀 그럴 생각이 없어 보였다.

이건 기회야.

그 순간 다시없을 기회를 포착했다 생각한 희수는 내내 그가 일어나는 타이밍을 보고 있었다. 굴욕적이긴 했지만 첫 만남 이후로 상진은 그녀의 마음을 완전히 사로잡았다. 그 후로 은밀한 기회를 포착하려 몇 번이나 노력했지만 단체로 어울리는 자리밖에 없었고 그때마다 상진은 조금만 방심하면 먼저 자리를 뜨곤 했었다. 그런 그녀에게 오늘은 하늘이 내린 기회였다.

'그러고 보니 진 이사 그 넓은 집에 혼자 살고 있지? 적적할 텐데 아직 결혼할 생각은 없나?'

술자리에서 그와 같은 회사 사람과 오간 대화를 떠올리는 희수의 얼굴엔 감출 수 없는 기대감이 가득 차올랐다. 룸미러로 힐끗 보이는 잠든 상진의 높은 콧날과 기다란 속눈썹을 보니 기대감은 더욱 커져 점차 흥분으로 바뀌고 있었다.

"아저씨. 저도 같이 내릴 테니 삼성동에서 세워 주세요."

희수가 은밀한 목소리로 하는 말도 듣지 못한 채 상진은 깊은 꿈속에서 혼란스러운 어딘가를 헤매고 있었다.

그 시간, 지안은 정갈하게 무릎을 꿇고 앉아 배송되어 온 상자를 열어 바라보다 조용히 다시 닫았다. 그녀는 아까부터 이 행동을 반복하고 있었다.

……어쩌지? 이건 사람이 입는 것이 아니야.

만약 이게 사람이 입는 용으로 만들어졌다면 아마 제인과 치타가 사는 곳이거나, 도저히 천 쪼가리 하나 걸치기도 힘들 정도로 푹푹 찌는 아프리카 지대의 그 어딘가에서 만들어진 것이 분명할 것이다. 그렇지 않고서야 이런…… 이런…… 엄청난 것을 사람이 입을 리가 없다.

저건 절대 못 입어. 암, 못 입고말고…….

지안이 입술을 잘근잘근 깨물고는 상자를 들어 옷장 깊숙한 곳에 넣어 봉인시켰다. 망측하다는 듯 고개를 절레절레 젓다가 문득 시계를 봤다.

"이상하네. 올 시간이 지났는데……."

시간을 확인한 지안이 이상하다는 듯 중얼거렸다. 회식이 있어 늦어진다고는 했지만 늦어진다고 해도 늘 11시 전엔 들어왔었다. 그 시간이 넘어갈 것 같으면 10시 전까진 꼭 전화를 하든 메시지를 남기든 하는 상진이었다. 그런 상진이 12시가 다 되어 가는 지금까지 아무 연락도 없으니 걱정이 되었다.

가뜩이나 요즘 내내 얼굴이 어둡던데…….

지안은 거실을 종종걸음으로 왔다 갔다 하다가 그것도 불안했는지 장소를 옮겨 휴대전화를 들고 정원 계단을 왔다 갔다 했다. 그러다 잠시 후엔 대문 밖까지 나와 같은 행동을 반복하고 있었다.

똥마려운 강아지처럼 같은 곳을 뱅뱅 돌고 있는데 골목에 택시가 멈춰 섰다. 지안이 얼른 그쪽으로 다가가는데 화려한 복장의 여자가 문을 열고 내리자 멈칫했다.

상진 씨가 아닌가 봐.

착각을 했다는 생각에 민망하게 돌아서는데 뒤에서 그 여자의 목소리가 들렸다.

"진 이사님. 아이, 정신 좀 차려 보세요."

그 말에 지안이 얼른 다시 뒤돌아서 달려갔다. 가까이서 보니 희수가 낑낑거리고 들어 올리려는 술에 취한 남자는 상진이 분명했다.

"진 이사님…… 맞죠?"

다가간 지안이 물으며 상진의 한쪽 팔을 부축해 올리자 희수가 눈썹을 앙칼지게 세웠다.

"누구세요? 진 이사님 혼자 사신다고 알고 있는데."

"전 가사도우미인데요."

아주 짧은 시간 뭐라고 말을 해야 할까 고민했지만 지안은 그의 회사 사람에게 혹시 오해를 받을 일이 생기지 않게 직업적인 명칭만 말하기로 했다. 지안의 말을 들은 희수가 바짝 힘을 줬던 눈을 풀었다.

"가정부였어요? 난 또……. 그럼 거기 좀 제대로 잡아 봐요."

희수가 명령하듯 말하자 지안은 상진의 안색을 살피며 그를 부축했다. 훅 끼쳐 오는 술 냄새로 그가 상당히 과음했음을 알 수 있어 걱정이 됐다. 희수와 상진의 양팔을 잡고 걸어 대문 앞에 다다르자 키가 큰 상진이 꽤 무거웠는지 희수가 신경질을 팍 냈다.

"뭐 해요? 문 안 열고."

자기가 잡으라고 해 놓고 냅다 짜증을 내는 희수의 말에 지안이 잠금장치를 풀었다. 그사이 희수는 상진의 몸을 끌어안다시피 하며 지안에게 다시 소리쳤다.

"이봐요! 걸을 수가 없잖아. 빨리 이쪽 좀 잡아 봐요!"

희수는 앙칼지게 소리치며 상진의 팔 한 짝을 흔들어 댔다. 한마디로 자긴 이 남자 몸을 잡을 테니 넌 팔만 잡아라, 라는 뉘앙스가 다분했지만 지안은 말없이 희수의 뜻에 따랐다.

"상진 씨 방은 어디죠?"

집 안으로 들어온 희수가 곁눈질로 탐색하듯 집 내부를 주욱 훑으며 물었다. 호칭이 진 이사님에서 상진 씨로 바뀌어 있었지만 지안은 이번에도 태연히 상진을 부축한 채로 2층으로 향하는 계단으로 안내했다.

"위층입니다. 이쪽으로 올라오세요."

워낙 키가 크고 건장한 체격이라 두 여자가 2층으로 끌고 올라 가기에는 상당히 오랜 시간이 소요됐다. 희수보다는 좀 더 힘이 있 는 지안이 온 힘을 쏟아부은 후에야 겨우겨우 상진의 방까지 도착 했다.

"학, 학. 죽겠네."

상진을 침대에 눕히자 희수가 힘들다는 듯 침대에 털썩 걸터앉 았다. 헥헥거리던 희수는 상진의 몸이 불편하지 않게 베개를 정돈 해 주고 있는 지안을 쳐다보고는 인상을 찌푸렸다.

"그런데 가정부가 왜 이 시간에 여기 있어요? 퇴근 안 해요?"

방해된다는 표정이 노골적으로 얼굴에 드러나 있었다. 지안은 그 얼굴을 보며 담담한 말투로 말했다.

"제가 쓰고 있는 바깥채가 지금 공사 중이라 당분간 여기 1층을 사용하고 있습니다."

"세상에, 그럼 젊은 남녀가 같은 집에 있는 거야? 안 되겠네. 상 진 씨 일어나면 내가 뭐라고 해야지……. 아가씨도 아직 젊어 보이 는데 몸 간수 잘 해야지. 소문 돌면 시집 어떻게 가려고 그래요? 어쨌든 일 끝났으면 나가 봐요."

희수가 언짢은 표정을 지으며 말하자 지안은 차분한 얼굴로 대 답했다.

"네."

지안은 상진의 방을 빠져나와 계단으로 내려왔다. 식당으로 들어 선 지안의 표정에 순간적인 냉기가 서렸지만 곧 꿀차를 타기 위해 물을 끓였다.

희수는 상진의 잠든 얼굴을 찬찬히 바라보며 뺨을 쓰다듬었다.

보면 볼수록 잘생겼단 말이야.

흐뭇한 미소를 머금은 채 희수는 탐욕적인 시선으로 상진의 얼굴과 몸을 훑었다. 아무리 훑어봐도 빠지는 구석이 없는 조각 같은 아름다운 얼굴과 흐트러진 와이셔츠 안에 살짝 보이는 탄탄한 가슴이 절로 몸을 후끈 달아오르게 만들었다.

그에게서 흘러나오는 남성적인 페로몬에 희수는 절로 넓고 섹시한 가슴에 손을 가져다 댔다. 손에 닿는 단단함에 침이 꿀꺽 삼켜졌다. 손바닥으로 천천히 와이셔츠 위의 가슴을 쓸며 굳게 다물어진 금욕적인 입술로 저도 모르게 천천히 고개를 숙이는 순간, 상진이 눈을 떴다.

뭔가 기분 나쁘고 찝찝한 느낌에 상진이 무거운 눈꺼풀을 억지로 들어 올려 눈을 뜨자 흐린 시야가 점차 또렷해지더니 이지안이 아닌 다른 여자의 얼굴이 시야에 들어왔다.

"상진 씨. 깼어요?"

그의 얼굴에 가까이 다가간 희수가 눈을 깜빡이더니 유혹적인 미소를 지으며 그대로 자신의 입술을 포갰다.

"……!"

그 순간 확 술이 깨버린 상진의 인상이 험악하게 굳어지더니 희수를 거칠게 잡아떼선 밀쳐냈다.

"꺄악!"

상진이 힘껏 밀쳐낸 힘에 희수가 침대 위에서 바닥으로 떨어져 나뒹굴었다. 무슨 일이 벌어진 건지 알 수 없다는 듯 눈을 크게 뜨고 멍청히 주저앉아 있던 희수가 창피함에 순식간에 벌겋게 달아오른 얼굴로 소리쳤다.

"왜, 왜 이래요?"

지끈거리는 머리를 움켜쥐고 침대 위에서 몸을 일으켜 세운 상진이 흐트러진 머리칼을 추스르는 희수를 노려봤다.

"더럽게 뭘 들이대? 당장 나가."

무서울 정도로 낮게 가라앉은 목소리로 상진이 으르자 희수가 모멸감으로 파르르 떨며 눈을 치떴다.

"술 취한 남자 여기까지 데려와 줬더니 어떻게 나한테 이래요?"

"그런 거 부탁한 적도 없고 그게 지저분한 짓을 나한테 해도 된다는 이유도 못 돼. 내 말 안 들려? 나가."

상진이 얼굴이 험악하게 굳어지자 씩씩거리며 거칠게 숨을 몰아쉬던 희수가 벌떡 일어나선 바닥에 떨어져 있는 자신의 핸드백을 집어 들었다.

"뭐 이런 남자가 다 있어?"

벌겋게 달아오른 얼굴로 눈물까지 고인 채 희수는 상진을 힘껏 노려본 후 그의 방을 빠져나왔다. 이런 모멸감은 생전 처음이었다. 남자한테 이런 취급을 당하는 건 늘 공주 취급만 받던 그녀에겐 상상도 할 수 없던 일이었다.

거친 숨을 몰아쉬며 계단을 내려온 희수가 구두에 이리저리 발을 꿰어 넣더니 문을 쾅! 닫고 나갔다. 그 모습을 위에서 지안이 가만히 바라봤다.

"이지안!"

상진이 급히 계단을 내려오는 소리가 들려 식당으로 다시 들어온 지안이 뒤돌아봤다. 상진이 딱딱하게 굳어진 얼굴로 숨을 몰아쉬며 지안을 바라보고 있었다. 낭패감이 서린 얼굴로 그녀에게 다가가며 상진이 말했다.

"오해하지 마. 저 여자는……."

"드세요."

지안이 그에게 대뜸 꿀차를 내밀었다. 상진은 굳은 얼굴로 꿀차를 받아 식탁 위에 내려놓고 지안을 끌어안았다. 그의 깊은 한숨 소리가 머리 위로 뿌려졌다.

"후우……. 미안해. 많이 불쾌했지?"

무슨 일이 있었는지는 기억나지 않아도 침실 안에 그 여자가 그렇게 당당히 들어와 있다는 사실만으로도 어느 정도 상황이 유추가 됐다. 상진은 버젓이 그의 여자가 있는 집에 마치 자신이 애인인 양 당당히 쳐들어와 그의 침실까지 들어온 희수라는 여자에게 분노가 치밀었다.

"아뇨. 괜찮아요."

지안이 대답하자 상진이 지안의 양어깨를 잡아 떼어 내고는 고개를 숙여 눈을 맞췄다.

"거짓말하지 마. 저 여자가 어떤 여자인지 알고 있어. 당신에게 뭐 안 좋은 소리 한 거 아니야? 도대체 왜 들어오게 한 거야. 쫓아 내 버리지."

상진이 답답함과 미안함이 섞인 얼굴로 말하자 지안은 태연한 표정으로 대답했다.

"오늘 업무 때문에 저녁 약속 있다고 하셨잖아요. 그럼 일 관련에 있는 분일 텐데 무작정 내쫓을 순 없죠."

"그랬더라도 상관없어. 당신에게 이런 무례한 짓을 하는 사람은 설사 회장이라고 해도 용서 못 해."

그녀를 강하게 바라보는 상진의 눈빛은 진심을 담고 있었다. 지안은 살짝 미소를 짓고는 식탁 위에 얌전히 올려져 있는 꿀차를 가리켰다.

"전 정말 괜찮으니 어서 꿀차 드세요. 과음하셔서 속이 많이 안 좋으실 거예요."

"……정말 괜찮은 거야?"

상진으로선 지안의 속마음을 알 수 없다는 게 이럴 때 정말 답답했다. 미심쩍은 눈빛으로 그녀의 눈을 보며 묻자 지안이 평소와 다름없는 얼굴로 끄덕거렸다.

"네. 정말로요."

상진은 그제야 안도의 한숨을 내쉬며 식탁 앞에 앉아 그녀의 권유대로 꿀차를 마시기 시작했다. 지안은 그의 앞에 다소곳이 앉아 물었다.

"그런데 그건 말해 줄 수 있어요? 무슨 일로 이렇게 과음을 한 건지……."

지안이 조용조용한 목소리로 묻자 상진이 찻잔에서 시선을 들어 그녀의 얼굴을 바라봤다. 그의 눈빛이 어둡게 잠긴 채 흔들리는 것이 보이자 지안은 더욱 걱정이 됐다.

"저, 상진 씨가 아무 이유도 없이 이렇게 과음하는 사람이 아니라는 거 잘 알고 있어요. 요즘 내내 고민이 있어 보여서 마음에 걸리기도 했구요. 말해 줘요. 상진 씨."

상진이 고개를 숙인 채 한숨을 내쉬자 지안이 걱정을 담은 불안한 시선으로 그를 바라봤다.

"그렇게 안 좋은 일이에요? 도대체 무슨 일인데요……?"

제발 별일이 아니길 바라며 지안이 상진의 말을 기다렸지만, 상진은 근심 가득한 얼굴로 지안을 바라보기만 할 뿐이었다. 지안은 자신이 걱정하는 게 오히려 상진을 더욱 힘들게 하는 것 같아 이내 부드럽게 미소 지으며 말했다.

"무슨 일인지는 몰라도 무리하지 마세요."

그녀의 미소에 엉망진창으로 구겨진 마음이 말랑하게 펴지는 기분이 들어 상진도 단단하게 굳히고 있던 표정을 풀었다.

"고마워."

아직 혼란스러움이 가득한 눈동자로 상진이 미소 지었다. 지안은 무슨 일인지 궁금하지만 물어보진 않기로 했다. 요사이 마른 그의 까칠한 얼굴이 걱정스러웠지만 아직은 스스로 정리가 되지 않은 듯 보였기 때문이다.

그의 피로한 얼굴을 안쓰러운 시선으로 보고 있던 지안은 문득 서랍 속에 봉인시킨 그것이 떠올랐다.

— 뭐니 뭐니 해도 남자의 스트레스를 단번에 날려 주는 건 바로 당신의 섹시한 이벤트죠. 아마 없던 기운도 불끈불끈 솟을걸요? 그게 바로 남자라는 동물입니다!

수많은 추천을 받은 고수님의 주옥같은 말씀이 그녀의 뇌리를 스치고 지나갔다. 그 난감하던 디자인을 떠올린 지안이 잠시 머릿속으로 치열한 고민을 한 후에 의자에서 벌떡 일어났다. 상진이 고개를 들자 그녀는 결연한 표정으로 상진에게 말했다.

"잠시만 기다려 줘요."

그 말을 남긴 지안이 빠르게 걸어가 자신의 방으로 들어갔다.

지안이 바람같이 사라진 식당 안에 홀로 남은 상진은 머릿속이 복잡한 상태였다.

……후우.

깊은 한숨을 내쉰 상진이 손바닥으로 마른 얼굴을 쓸어내렸다. 파리한 그의 얼굴이 어둡게 가라앉았다. 텅 빈 찻잔을 식탁 위에 내려놓고 고민에 빠져 있는데 뒤에서 머뭇거리는 지안의 목소리가 들렸다.

"저……."

그 소리에 상진이 고개를 들었다.

"왜 그러고 있어?"

식탁 입구에서 벽에 달라붙어 이쪽을 향해 고개만 빠끔히 내밀고 있는 지안을 상진이 의아스러운 얼굴로 바라봤다. 잠시 다녀온 사이 안경을 벗고 머리를 풀어 내린 그녀의 얼굴이 묘하게 상기되어 있었다.

"저……. 그게……."

뜸을 들이는 그녀의 표정이 어딘가 난처한 듯 보이기도 해 상진이 이상한 표정으로 일어서려고 하자 지안이 다급히 말했다.

"아, 안 돼요! 거, 거기 그냥 그대로 앉아 있어요!"

당황한 듯한 지안의 목소리에 상진이 미간을 좁힌 채 다시 자리에 앉았다. 식은땀을 뻘뻘 흘리는 듯한 난처한 표정의 지안이 아무리 봐도 이상했다.

"어디 아파? 왜 그래?"

"아니, 아, 아픈 게 아니라……."

"그럼 왜 그러는데."

상진이 걱정이 가득한 얼굴로 재차 묻자 지안은 도저히 이 상황을 자신이 감당할 수 없다는 것을 깨달았다. 그녀는 한순간에 잘 익은 토마토처럼 확 붉어진 얼굴로 거친 숨을 몰아쉬더니 황급히 말했다.

"여, 역시 안 되겠어요. 미안해요."

도대체 뭐가 미안하다는 거야?

상진이 미간을 좁힌 채 바라보자 지안의 머리가 벽으로 쏙 들어가 버렸다. 포기하고 다시 되돌아가려는 지안의 허둥거리는 발자국 소리를 듣고 상진은 본능적으로 몸을 벌떡 일으켰다.

"도대체 왜 그러……."

"꺅!"

상진의 몸이 식당에서 불쑥 튀어나오자 문워크 하듯 뒷걸음질쳐서 도망가던 지안이 비명을 지르며 멈춰 섰다.

그녀를 본 상진의 눈이 확 커지더니 믿을 수 없다는 표정으로 망부석처럼 그 자리에 굳어 버렸다. 창피함으로 얼굴이 벌겋게 달아오른 지안이 입고 있는 것은…… 전체 면적을 다 합쳐도 한 뼘도 되지 않을 듯 중요 부위만 가려져 있고 나머지는 온통 화려한 레이스로 이루어진 코르셋이었다. 그리고 그 아래로 이어진 날씬한 다리를 감싸는 아찔한 망사 스타킹과 허리를 잇고 있는 얇은 벨트는…… 소문으로만 듣던 가터벨트가 아닌가.

……환각인가?

하긴 내가 요즘 너무 극심한 스트레스를 받긴 했지.

상진이 자신이 헛것을 보는 거라고 생각해 눈을 비비고 다시 천천히 감았다 떴지만 여전히 눈앞에는 하얀 피부 위가 온통 아찔한 레이스로 뒤덮인 지안이 서 있었다.

지안 역시 너무 놀란 나머지 입술을 벌린 채로 그 자리에 굳어 있었다. 사람이 너무 놀라면 몸이 굳는다더니 그게 정말인 모양이었다. 머릿속이 온통 백지화가 돼 버린 그녀가 정신을 차린 건 언제 다가왔는지 성큼 다가온 상진이 자신을 번쩍 안아 들었을 때였다.

"사, 상진 씨. 저, 저기 이건……."

지안이 황급히 말을 쏟아 냈지만 상진은 아무런 반응을 보이지 않은 채 그곳에서 가장 가까운 거리에 있는 식당으로 지안을 안고 다시 걸어갔다.

넓은 아일랜드 식 식탁 위에 지안을 사뿐 올려놓은 상진은 한 걸음 뒤로 물러났다. 그의 진지한 눈빛이 마치 예술 작품을 감상하듯 그녀의 몸을 아래위로 훑어 대자 지안은 부끄러움으로 온몸이 마비가 될 것만 같았다.

"질문 하나 해도 되나?"

"네? 아, 네."

상진이 그녀에게서 눈을 떼지 않은 채 묻자 지안이 얼른 대답했다.

"이건 날 위해 준비한 거 맞지?"

"그건……. 네. 맞아요."

귓불까지 빨개진 지안이 양손으로 얼굴을 가리고 발가락을 비비 꼬며 대답했다. 상진은 입술 끝을 올리며 말했다.

"그럼. 이 정보도 검색해서 얻은 건가?"

"……네. 남자에게 힘을…… 주는 방법이라고 해서……."

여전히 얼굴을 가린 채 지안이 부끄러운 듯 대답하자 상진이 그녀에게 천천히 다가가 찰랑이며 흘러내린 까만 머리칼을 쓸어내렸다. 머리카락을 부드럽게 쓸어내리는 그의 손길에 지안이 얼굴을 가리고 있던 손가락을 살짝 내리고 눈을 맞추자 상진이 매력적인 웃음을 지어 보였다.

"누군지 몰라도 고맙군. 내 눈이 이런 호사를 누리게 해 주다니 말이야."

낮은 목소리로 천천히 말한 상진이 그녀가 앉아 있는 엉덩이 양 옆으로 팔을 내려 식탁을 지탱하고는 상체를 살짝 숙였다. 얼굴이 가까이 와 닿자 지안의 콩콩거리며 뛰던 심장이 쿵쾅대기 시작했다.

"하지만 앞으론 그러지 않았으면 좋겠어……. 이런 건 너무 위험한 짓이야."

"위험한 짓이라뇨……? 훗."

상진이 입술을 그녀의 귓가에 대고 낮게 말하자 뜨거운 숨결이 귓속으로 밀려 들어왔다. 그 자극에 지안이 하얀 어깨를 흠칫거리자 상진이 그 어깨를 더운 입술로 살짝 눌렀다. 맨살에 와 닿는 부드러운 감촉이 점차 목덜미를 타고 올라왔다.

"자극이 너무 심해. 내가 미쳐서 날뛰면 어쩌려고? 감당할 수 있겠어?"

가녀린 목덜미를 입술로 빨아 대다 야수처럼 이를 박자 지안의 숨결이 점차 뜨거워졌다. 예민한 피부를 자극시키는 은밀한 쾌감에 그녀의 고개가 뒤로 젖혀졌다. 유두 부분만 살짝 가려진 풍만한 가습이 헐떡이는 숨소리와 함께 관능적으로 오르내렸다.

상진이 갑자기 그녀가 입고 있는 가슴 부근의 레이스를 양손으로 거세게 움켜잡았다. 지안의 눈이 크게 떠지는 순간, 우두둑 소리를 내며 양쪽으로 뜯어졌다.

"아앗……!"

단숨에 찢어발긴 레이스 아래 탱탱한 가슴이 출렁이며 쏟아져 나왔다. 아슬아슬하게 감춰져 있던 핑크빛 유두가 툭 불거져 나오자 상진은 뜨거운 입술로 거칠게 삼켰다.

"하, 아앗, 아, 상진 씨……!"

새하얀 가슴을 움켜잡은 상진이 짐승처럼 거칠게 빨아올리자 지안이 등 뒤로 손을 뻗어 식탁을 짚은 채 크게 헐떡거렸다. 가슴부터 허리까지 뜯어져 훤히 드러난 맨살에 상진의 입술이 무자비하게 내려앉았다. 자극을 참지 못한 지안의 몸이 뒤로 물러나자 상진의 강한 팔이 허리를 잡았다.

"안 돼. 도망치지 마."

낮게 으르고 도망치지 못하게 허리를 잡아 바짝 끌어당긴 그의 입술에서 거친 숨이 쏟아져 나왔다. 흥분으로 달아오른 그가 지나치게 세게 빨아 대는 통에 유두가 발갛게 달아올라 땡땡하게 곤두섰다. 바짝 곤두선 유두에 묻은 미끈거리는 타액을 손가락 끝으로 문지르며 반대쪽 가슴부터 헐떡이는 아랫배까지 길게 핥아 내렸다. 그녀의 몸 곳곳엔 붉은 열꽃이 피어났다.

"하아, 하아, 앗! 거, 거긴……!"

납작한 아랫배 아래 동그란 배꼽에 축축한 혀를 밀어 넣자 지안이 자지러지듯 허리를 휘었다. 상진이 상체를 들어 올려 무섭게 굳은 얼굴로 그녀의 다리 사이를 아슬아슬하게 가리고 있는 레이스 팬티를 찢어발겼다.

우두둑!

그녀의 은밀한 샘을 가리고 있던 거추장스러운 것을 뜯어내자마자 자신의 벨트를 풀고는 망사 스타킹을 신은 하얀 다리를 잡아 올렸다.

"아홋!"

처참하게 엉망으로 찢어진 레이스 사이 드러난 촉촉이 젖은 여성을 벌겋게 달아오른 굵은 남성이 무자비하게 짓쳐들어왔다. 강하게 들이쳐 오는 힘에 딱딱한 식탁 위에 걸쳐진 탱글한 지안의 엉덩이 살이 밀려 올라갔다.

"크앗……."

온몸을 뒤흔드는 강한 쾌감에 상진이 허리를 세운 채로 고개를 뒤로 한껏 젖히고 으르렁거렸다. 우윳빛으로 번들거리는 지안의 꽃잎에 굵은 남성을 뿌리 끝까지 단단히 박아 넣을 때마다 참을 수 없을 정도로 짜릿한 쾌감이 밀려들었다.

"아! 아아! 학, 아학!"

지안의 몸이 세차게 흔들리며 그녀의 꽃봉오리 같은 두 가슴이 위아래로 정신없이 출렁거렸다. 탄탄한 근육질 허벅지에 힘을 잔뜩 준 상진이 거세게 짓쳐 들어가며 탐스러운 가슴을 힘껏 움켜쥐자 지안이 미칠 듯한 쾌감에 신음했다.

"사, 상진 씨. 상진 씨……."

상진이 거칠게 파고들 때마다 그녀의 까만 머리칼이 공중에서 세차게 흔들리며 등을 찰싹찰싹 때려 댔다. 넓은 식탁이 벽에 쿵쿵

부딪힐 정도로 강한 힘으로 뜨거운 그녀의 안을 휘젓자 불꽃같은 강렬한 쾌감을 느끼며 지안이 더욱 그를 압박했다.

"아아앗!"

"후욱, 후욱, 으읏…… 아!"

상진의 입술에서도 참을 수 없는 신음이 낮게 새어 나왔다. 망사 스타킹을 신은 날씬한 다리가 방만하게 벌어져 공중에서 이리저리 흔들렸다. 흐트러진 와이셔츠가 거친 움직임으로 땀에 달라붙어 단단한 근육질의 보기 좋은 상체를 육감적으로 드러냈다.

강한 흥분으로 그의 가슴 위 돌기도 딱딱하게 도드라졌다. 정신 없이 흔들리던 지안의 흐릿한 눈이 그 돌기를 바라보다 그가 했던 것처럼 젖은 입술 안에 그것을 담고 말캉한 혀로 살짝 굴렸다.

"젠장, 이지안!"

상진이 무섭게 으르렁거리며 지안의 몸을 잡아 식탁 아래로 끌어내렸다. 지안의 발이 바닥에 닿자 그는 그대로 그녀의 몸을 돌려 식탁을 잡게 했다.

갑자기 눈앞에 상진이 아니라 식당의 벽이 보이고, 뒤에 상진이 바짝 몸을 붙이고 서자 갑자기 심장이 크게 뛰기 시작했다. 상진은 탱글한 엉덩이를 양손으로 짜부라뜨릴 듯 움켜잡고 탐스러운 복숭아같이 갈라진 엉덩이 사이에 딱딱하게 곤두선 두꺼운 남성을 단번에 밀어 넣었다.

"아학!"

지안이 자지러질 듯 교성을 터뜨리며 식탁을 잡은 손에 바짝 힘을 줬다. 쿵! 쿵! 커다란 못을 박듯 찍어 대는 묵직한 쾌감에 그녀의 입술이 속절없이 벌어져 거친 숨을 쏟아 냈다. 어찌나 깊숙이 짓쳐들어오는지 치골까지 꿰뚫고 들어올 것만 같았다.

"아! 안 돼! 안 돼요! 상진 씨! 아아……!"

지안은 정신이 나가 버릴 것 같은 두려움에 연거푸 절박한 호소를 쏟아 냈지만 상진은 강한 턱을 무섭게 조이며 욕망으로 흠뻑 젖은 눈으로 그녀의 뒷모습을 응시했다. 가녀린 하얀 몸에 듬성듬성 엉겨 붙어 있는 레이스 자락과 날씬한 허리부터 허벅지까지 가느다란 끈으로 이어진 가터벨트 사이로 보이는 탐스러운 엉덩이가 그의 욕망을 부채질했다.

더 이상 멈출 수 없을 만큼 강하게 휘몰아치는 욕망에 그녀의 안을 헤집고 있는 굵은 남성이 더욱 두껍게 발기했다.

"아아악……!"

지안의 손이 이리저리 정신없이 식탁 위를 더듬다가 갑자기 찢어 버릴 듯 강하게 그가 짓쳐들어오자 고양이같이 크게 허리를 휘며 온몸을 파르르 떨었다.

"아……아아……."

끔찍한 오르가즘의 절정 속에서 지안의 몸이 식탁 위로 무너졌다. 차가운 식탁에 가슴살이 뭉개지는 것도 모르는 채 지안은 그대로 의식을 잃어버렸다.

한참 후 지안이 눈을 떴을 때 침대 속에서 상진의 팔베개를 한 채 누워 있었다. 자신의 머리칼을 부드럽게 어루만지는 그의 손길을 느끼며 잠에서 깨어나자 지안은 잠시 멍한 눈빛으로 눈을 깜빡였다. 그러다 곧 욕망의 식탁이 생각나 볼을 붉혔다.

"어떡해요? 나……."

그의 품으로 파고들며 지안이 부끄러운 듯 말하자 상진이 쿡쿡 웃었다.

"그러니까 내가 위험하다고 했잖아. 앞으론 그런 일을 할 때는 이런 부작용을 각오해야 할 거야."

상진의 은밀한 목소리에 지안이 작게 한숨을 내쉬며 말했다.

"그런 부작용에 대해선 안 나왔단 말이에요……. 하아, 몰라요."

얼굴을 들 수 없을 만큼 부끄러운지 지안은 그의 가슴에 콕 박힌 채 고개를 들지 못했다. 상진은 입가에 부드러운 미소를 띤 채로 그녀의 동그란 정수리에 살짝 키스했다.

"고마워. 덕분에 힘이 났어."

"……정말이에요?"

지안이 그 말에 조금 용기를 받은 듯 물었다.

"못 믿겠으면 더 보여 줄까? 내가 얼마나 힘이 났는지."

상진이 강한 팔로 그녀를 꽉 껴안고 자신의 몸 위로 올리자 지안의 머리칼이 그에게로 출렁이며 쏟아져 내렸다.

"아, 아뇨! 아니에요! 충분, 충분해요!"

탄탄한 그의 몸 위에 올라온 채로 지안이 황급히 말하고는 넓은 가슴에 다시 콕 머리를 박았다.

"……한 번만 더 그런 식으로 하면 정말 죽을 것 같단 말이에요."

하소연하듯 말하는 지안이 귀여워 상진은 느슨한 웃음을 흘렸다.

"알았어. 앞으론 조심할게. 그러니까 당신도 지나치게 힘을 주는 건 자제해 줘. 나도 참기 힘드니까."

"……네."

지안은 깊은 반성을 했는지 사뭇 비장한 목소리로 대답하고는 그의 가슴에 얼굴을 비볐다. 부드러운 감촉에 슬몃 웃음을 머금은 상진이 그녀의 머리칼을 부드럽게 쓸어내리며 말했다.

"아버지를 만나 봐야 할 것 같아. 뉴욕에 계시는데…… 같이 가 주겠어?"

지안이 그의 목소리에 감기던 눈을 뜨며 고개를 들었다. 상진의 시선과 눈을 마주친 지안이 해사하게 미소 지었다.

"기꺼이요."

그 말을 한 지안은 상진의 가슴에 얼굴을 묻고는 다시 잠 속으로 빠져들었다. 체력 소모가 너무 컸는지 그녀가 정신없이 잠 속으로 빠져드는 동안 상진은 그녀의 머리칼을 어루만지며 낮게 속삭였다.

"네가 있어 얼마나 다행인지…… 모르겠지, 넌."

들릴 듯 말 듯 한 목소리로 낮게 속삭이는 소리도 듣지 못한 채 지안은 고른 숨소리를 내쉬고 있었다.

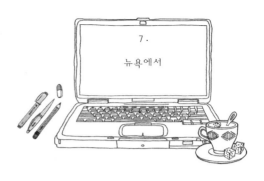

7.

뉴욕에서

　뉴욕행 비행기 안에서 상진은 굳은 얼굴로 창밖만 바라보고 있었다. 옆자리에 앉아 있는 지안은 그의 기분을 배려해서 아무 말도 하지 않고 그저 그의 손만 꼬옥 잡아 줬다.

　한참을 말없이 창밖만 내다보고 있던 상진이 시선은 그대로 창밖에 둔 채 낮게 말했다.

　"내가 잘하고 있는 건지 자신이 없어."

　옆자리에 앉아 자격증 공부를 하고 있던 지안이 상진에게 고개를 돌렸다.

　"잘하고 있는 걸 거예요."

　그녀가 부드럽게 미소 지으며 그의 손을 잡고 있던 손에 힘을 줬다. 상진은 지안을 향해 옅은 미소를 짓고는 다시 창밖으로 시선을 돌렸다.

아버지를 만나는 건 마치 괴물이라도 본 듯한 충격적인 표정을 짓고 그의 앞에서 사라져버린 여섯 살 때 이후로 처음이었다.

상진이 커 가는 데는 부족함이 없을 정도로 송금해 주고 어릴 땐 관리인도 따로 뒀지만 아버지가 자신을 피한다는 사실을 알게 된 후로는 늘 가슴속에 묵직한 돌덩이를 안고 살고 있는 것 같았다. 부모님은 결혼과 동시에 집안과의 연을 끊었다고 들었기에 친척과의 왕래도 없어 그는 철저히 고립된 상황에서 살아가야만 했다.

주변에선 그의 아버지를 누구보다 올곧은 사람이라고 칭하지만 정작 아들인 그가 느끼는 건 전혀 다른 감정이었다. 이유 없이 생긴 능력은 그가 원해서 생긴 것도 아니었는데 그런 식으로 버려두는 건 무책임 외엔 무엇으로도 설명되지 않는다.

어머니에 대한 기억도 없었다.

어릴 때 돌아가셨다고 듣기만 한 어머니는 사진을 봐도 전혀 애틋함이 생기지 않을 정도로 기억이 없었다. 원치 않은 능력과 어린 나이에 받은 충격 때문인지 어릴 때의 기억은 모든 것이 혼란스럽기만 했다.

찾아가려고 마음만 먹으면 언제든 찾아갈 수 있는 곳에 있는 아버지를 굳이 찾지 않은 건 그만큼 유일한 혈육이라 생각했던 아버지가 늘 자신을 피한다는 데에 대한 배신감이 아직도 컸기 때문이었다.

……그런데 지금 당신을 만나는 것이 과연 옳은 것일까?

만나면 도대체 뭐라고 해야 할까.

상진의 얼굴은 여러 가지 복잡한 심정이 뒤섞여 한층 더 어두워졌다.

뉴욕에 도착해 호텔에 체크인 한 후 지안은 여행책자를 하나 들고 상진을 따라 나오며 말했다.

"뉴욕은 처음이니 가 보고 싶은 곳이 몇 군데 있어요. 천천히 둘러보고 있을 테니 저는 걱정 말고 다녀오세요."

상진이 지안의 코트 깃을 여며 주며 걱정스러운 눈빛을 했다.

"같이 안 가도 정말 괜찮겠어? 오늘 호텔에서 기다리고 내일 같이 다녀도 되잖아."

"전혀 걱정할 것 없어요. 와 본 적이 없을 뿐이지 오기 전에 뉴욕 공부도 많이 했고 영어도 조금은 하니까요. 걱정 말고 대화 잘 나누고 와요."

지안이 여행 책자를 흔들며 생긋 웃고는 인파 속으로 총총 걸어갔다. 상진은 반듯한 그녀의 뒷모습을 보며 슬몃 웃었다.

역시 이지안답군.

지안은 길 가던 사람에게 책자를 내밀고 무언가 물어보는 듯하더니 꾸벅 인사하고 그 사람이 가리킨 방향으로 걸어갔다. 그녀가 더 이상 보이지 않을 때까지 그 자리에 멈춰 서서 보고 있던 상진의 표정이 순간 길 잃은 아이처럼 변했다.

이미 사라진 그녀의 흔적을 눈으로 좇던 상진은 한숨을 내쉬며 택시를 잡기 위해 몸을 돌렸다. 지나가는 택시를 잡아타 그가 알아낸 아버지가 있는 곳 주소를 불러 줬다. 회사에 등록되어 있는 공식적인 주소와는 다른 곳이었다.

택시 안에서 상진은 혼란스러움이 가득한 눈빛으로 뉴욕 거리를 바라봤다. 그러다 이 거리 어딘가에 지안이 그녀다운 발걸음으로 조용히, 그러나 밝게 걷고 있을 거라고 생각하니 어둡던 마음이 조금 나아지는 기분이었다.

마음을 가라앉힌 상진은 아버지를 만나면 물어볼 말을 떠올렸다.

'왜 그러셨어요? 회사에 그런 욕심이 있으셨던 겁니까?'

인도의 자일컴퍼니를 비롯하여 회사의 지분을 상당수 보유하고 있는 대다수의 해외 투자자를 주시한 끝에 그들이 모두 한 명과 꾸준한 접촉을 이어 가고 있다는 것을 알아냈다. 그 상대가 회사의 상무직을 맡고 있는 실세 중의 한 사람이라면 그의 목적은 쉽게 유추해낼 수 있다.

그가 회사를 차지하려 한다……

이십오 년 만에 아버지를 만나는 이유가 이런 것이 될 줄은 상상도 하지 못했었다. 회사 내의 주요 임원 안에 상진이 들어갈 수 있기를 늘 종용하던 이유가 이런 것인 줄도 몰랐다. 봐주지 않는 아버지에게 항의하듯 필사적으로 그 자리를 차지하려 노력했던 자신에게도 상진은 깊은 회의감이 들었다.

제가 알게 된 이상, 아버지 생각대로만 되진 않을 겁니다.

상진은 눈을 번뜩이며 택시에서 내려 거대한 건물 입구로 들어섰다. 로비에 들어서는 순간 상진은 멈칫했다. 엘리베이터 앞에 서 있는 중년의 동양 남자의 뒷모습을 보자 그의 눈이 흔들렸다.

그 사람이 누군지 직감적으로 알 수 있었다.

그때 남자도 무언가를 느꼈는지 상진 쪽으로 고개를 돌렸다. 그가 상진을 발견하고 깜짝 놀란 듯 굳어 버렸다. 상진 역시 그를 바라보며 얼굴을 딱딱하게 굳혔다. 서로를 바라보는 두 남자의 눈빛이 크게 흔들렸다.

"어째서⋯⋯."

상진의 입술에서 탄식 같은 신음이 새어 나왔다. 그의 앞으로 아버지인 진도경이 천천히 걸어왔다.

"상진아."

도경이 인자함이 담긴 목소리로 상진을 불렀다. 그를 바라보는 상진의 얼굴이 괴롭게 일그러졌다. 도경의 얼굴을 보는 순간, 그의 얼굴에 황망하게 떠오른 생각들로 상진은 왜 그가 지금까지 자신을 피할 수밖에 없었는지 그 이유를 단번에 알게 되었다.

상진이 단단히 다문 턱을 움직여 떨리는 목소리로 낮게 말했다.

"내 아버지가⋯⋯ 아니었습니까?"

상진은 도경의 집무실에 앉아 있었다. 시선은 비서가 놓고 나간 하얀 커피 잔에 향해 있었지만 아무것도 눈에 들어오진 않았다.

창밖을 바라보던 도경이 상진에게 고개를 돌리고 찬찬히 그의 얼굴을 바라봤다. 그리고 잠시 후 그가 말문을 열었다.

"많이 컸구나."

그 말에 상진이 고개를 들어 도경을 바라봤다. 상진의 눈이 살짝 붉게 충혈되어 있었다.

"왜 지금까지 숨기고 계셨던 겁니까?"

절박한 눈빛으로 물었지만 도경은 여전히 부드러운 미소만 띠고 있었다.

"말씀해 주십시오."

상진이 다시 묻자 도경이 차를 한 모금 마시고 말했다.

"네가 미리 알게 되면 여러 가지가 곤란했다. 어린 나이에 이 사실을 알게 되었다가는 또다시 네 신변에 위협이 올 수 있었고, 모든 걸 밝히기엔 아직 준비가 다 끝나지 않았기 때문이었다."

이십 년이 넘은 세월의 위력을 알려 주려는 듯 도경의 눈가엔 자글자글한 주름이 잡혀 있었다. 하지만 나이에 비해 큰 키와 마른 체격은 멋스러운 중년의 분위기를 풍겼다.

"네가 오늘 여기 찾아온 이유도 내가 준비하고 있는 일을 알게 되어서겠지?"

도경의 말에 상진이 끄덕거렸다.

"그래……. 네가 이곳으로 오게 될 거라는 걸 알고 있었다. 그 시기가 조금 당겨지긴 했지만 오히려 그만큼 네가 능력을 갖추었단 뜻일 테니 기쁘구나."

도경이 부드럽게 주름을 잡으며 미소 짓자 상진이 얼굴을 딱딱하게 굳혔다. 저 말을 간절하게 듣고 싶었던 시절이 있었다. 지금도 마음 한 구석엔 여전히 있을지도 모른다. 하지만 그 말을 이런 식으로 듣게 될 줄은 몰랐다.

"너도 이제 다 알게 됐으니 얘기해야겠지. 그래. 난 너의 친아버지가 아니다."

상진의 턱이 단단히 맞물리는 걸 보며 도경이 천천히 말을 이었다.

"넌 회장님 부부의 자식이었다. 언론에 그때 사고와 함께 죽었다고 발표된 아들이 바로 너였어. 그날 죽은 건 내 아들이었지."

이미 마음을 읽어 알고 있었지만 막상 도경에게 직접 듣게 되자 상진의 목울대가 울컥거렸다.

"……그때 사고차량에 함께 타고 계셨던 겁니까?"

도경이 천천히 고개를 끄덕이며 대답했다.

"넌 태어났을 때부터 몸이 약해서 일 년의 대부분을 입원해 있어야 했을 정도였어. 하지만 회장의 유일한 후계자인 아들이 병약하다는 소문이 돌면 여러 가지 위험한 일이 발생할 수 있지. 그래서 너와 생김새도 나이도 비슷한 내 아들이 어릴 때부터 공식적인 네 자리를 대신해 온 거였다."

"자기 아들을 남의 대역으로 세웠다는 뜻입니까."

상진의 냉정한 말에도 도경은 온화한 미소를 잃지 않고 끄덕거렸다.

"내가 회장님께 갚아야 할 은공이 너무 커서 도와 드릴 수 있는 일이 있다는 생각에 기쁘게 응했던 일이었어. 사고가 일어난 그날도 창립 기념 행사가 있던 날이었다."

도경이 말을 멈추고 상진의 얼굴을 바라봤다.

"지금 내가 하고 있는 이야기도 넌 이미 알게 된 거냐?"

"……대강은 알았습니다."

"그래. 그럼 사고 부분에 대해서도 이제는 그 능력을 통해 알았겠구나."

"네."

그날의 사고.

회장 일가족이 교통사고로 일시에 사망하는 일이 벌어졌다고 언론에서 대대적인 기사를 내던 그날의 사고차량 안에는 기사에는 나오지 않았지만 사실 진도경과 그의 아들인 본래의 진상진도 있었다. 회장의 아들 이름은 한현수였다.

그날 회장 부부는 처음엔 자신의 아들을 참석시키려 했지만 열이 오르고 있던 상태라 평소처럼 진상진과 한현수를 똑같은 옷을 입혀 차에 태웠다. 도착할 때 상황을 봐서 몸이 다시 안 좋아진다면 한현수는 다시 집으로 보내고 진상진을 아들 대신 행사장에 데리고 들어갈 생각이었다.

"비까지 오다니, 날씨가 너무 안 좋아요."

차창 밖으로 퍼붓듯 쏟아지는 비를 바라보며 대호그룹 회장 한학수의 부인 금희란이 불안한 눈빛으로 말했다. 곱게 머리를 틀어 올리고 우아한 한복을 입고 있는 희란은 하얀 피부와 동양적인 선한 눈이 인상적인 아름다운 외모를 가지고 있었다.

그 옆에 앉아 있는 보기 좋은 풍채의 학수가 희란의 손을 잡아 주며 말했다.

"걱정 마. 도경이 저 녀석이 예전부터 운전 하나는 기가 막히게 했으니까."

"맞습니다. 사모님. 염려 마십시오."

학수의 말에 도경이 운전대를 잡고 룸미러를 보며 싱긋 웃었다. 그 미소에 화답하듯 부드럽게 웃으며 희란이 옆에서 잠든 아들 현수의 볼을 쓸었다.

"현수가 아무래도 열이 가라앉지 않을 모양이에요. 역시 오늘까진 상진이가 고생을 해 줘야 할 것 같은데……."

미안한 듯 한숨을 내쉬는 희란을 룸미러로 보며 도경이 다시 말했다.

"걱정 마십시오. 상진이 녀석도 오늘이 마지막이라고 아쉬워할 정도니까요. 오히려 이 녀석은 이제 사모님을 못 보게 된다고 내심

서운해할지도 모릅니다."

조수석에서 잠든 상진을 힐끗 보며 도경이 말하자 희란이 다시 미소를 지었다. 상진이 그녀에게 일찍 세상을 떠난 엄마에 대한 그리움을 느끼고 있다는 걸 잘 알기 때문이었다.

"그렇게 말해 줘서 고마워요. 진 차장님도 마음고생이 있으셨을 텐데……. 이런 일이 없더라도 상진이는 제 친자식 같은 아이인걸요. 상진이가 서운할 일 없을 거예요."

"하하. 상진이가 이 말을 들으면 기쁠 텐데요. 둘 다 자고 있군요."

도경이 잠든 현수와 상진을 보며 말했다. 화기애애한 차 안의 분위기와 달리 고속도로를 달리는 차 밖의 날씨는 갈수록 험상궂게 변했다. 쩌적거리며 시커먼 하늘이 갈라지며 번개가 내리꽂히는 창밖을 불안한 표정으로 희란이 계속 바라보고 있었다.

그때, 긴 커브길에 진입하자마자 도경의 표정이 갑자기 심각해지더니 말했다.

"어어? 이, 이게 왜……."

차가 시끄러운 소리를 내며 불안하게 덜컹거리자 학수가 운전석으로 고개를 내밀며 물었다.

"왜 그런가? 무슨 문제라도 생겼어?"

도경이 식은땀이 흐르는 얼굴로 심각하게 말했다.

"브레이크가…… 이상합니다."

"뭐? 브레이크가?"

도경의 표정이 심상치 않은 것을 본 학수의 목소리도 날카로워졌다. 내내 불안한 표정으로 앉아 있던 희란이 본능적으로 잠든 현수를 꼭 끌어안았다.

"여보⋯⋯."

희란이 현수를 끌어안고 불안한 목소리를 내는 순간, 커다랗게 휘어지는 급커브길에서 빗길에 차가 크게 미끄러지며 갑자기 굉음을 내기 시작했다.

덜컹! 덜컹! 끼기기기기기기긱!

"위험해!"

차가 시끄러운 소리와 함께 길게 미끄러지며 난간 쪽 가드레일을 향해 전속력으로 돌진했다. 가드레일이 다가오는 걸 확인한 순간 눈을 크게 뜬 도경이 소리쳤다.

"안 돼!"

"꺄아아악!"

우지끈! 콰앙!

순식간에 가드레일을 들이받은 차는 그대로 깎아지는 낭떠러지 아래로 굴러떨어졌다.

쿵! 쿠웅!

몇 번 묵중한 마찰음을 내며 절벽과 부딪힌 차체가 고물짝처럼 구겨져 바닥으로 추락했다. 추락한 차 내부는 아비규환이었다. 뒤집힌 차 안에서 잠시 기절해 있던 도경이 겨우 정신을 차리고 운 좋게 열린 문틈을 기어서 전복된 차 밖으로 빠져나왔다.

콜록거리며 겨우 일어서서 쏟아붓는 비를 맞으며 뒤돌아보자 뒤집힌 차의 처참한 몰골에 도경은 큰 충격으로 순간 입을 다물지 못했다.

"사, 상진아! 회장님!"

정신을 차린 도경은 온몸에 피를 뒤집어쓴 채 필사적으로 차로 달려갔다. 차 밖으로 반쯤 튕겨 나와 있는 현수가 보이자 먼저 끌어내 안전한 쪽으로 옮겼다. 의식이 없는 현수의 얼굴을 두드리며 도경이 소리쳤다.

"현수야! 일어나! 일어나 봐라, 현수야!"

그때 현수가 슬핏 눈을 뜨는 것을 확인한 도경이 안도의 한숨을 내쉬었다.

"……아저……씨."

"그래! 아저씨다! 정신이 드니? 여기서 잠깐만 기다려라. 절대 잠들지 말고 기다려야 해. 알았지?"

필사적으로 당부의 말을 한 도경이 현수를 내려놓고 몸을 일으켰다. 퍼붓는 비에 흐릿하게 가려진 시야를 팔뚝으로 훔치며 차로 다시 달려가려 몸을 돌렸다.

콰과광!

그때, 커다란 소리를 내며 차가 폭발했다.

회상에 잠겼던 도경이 그늘진 얼굴을 들어 현수였던 상진을 바라봤다.

"그 후 회장님의 고문 변호사의 도움으로 비밀리에 널 미국의 병원으로 보내고……. 내 아들로 신분을 은밀히 바꿨다. 그날 공식적으로 그 차에 타고 있었던 건 회장님 부부와 그 아들, 그리고 운전기사였을 거다. 우리는 사람을 사서 중상을 입은 기사로 위장시켰어. 언론에도 그렇게 보도 자료를 냈다."

"……."

도경의 설명을 말없이 듣고 있던 상진이 고개를 들었다.

"왜 절 구하신 겁니까."

상진의 흔들리는 눈빛을 도경이 담담한 시선으로 마주 봤다.

"그땐 그게 최선이었다. 누구를 살릴지 말지 생각할 겨를이 없었어. 당장 빼낼 수 있는 사람이 너였기 때문에 그렇게 한 거였다. 내 아들도, 회장님과 사모님도 구하고 싶었지만 신이 그럴 시간을 주시지 않았지……."

그날의 기억은 아직도 도경에게 끔찍했던 것인지 마른세수를 하는 그의 얼굴이 어두워져 있었다.

"어쩌면 나 때문……일 수도 있다."

도경의 말에 상진이 숙이고 있던 고개를 들어 그를 바라봤다. 도경이 회한에 잠긴 눈으로 노을 지는 창밖을 바라보며 말을 이었다.

"그 사고가 일어난 데엔 내 잘못도 분명 있다. 나 역시 원죄에서 피해 갈 수 없는 사람이었어. 그가…… 그렇게 할 줄 누가 알 수 있었겠니."

"……."

상진은 말없이 그의 노을빛으로 물든 후회에 가득한 옆얼굴을 응시했다.

택시를 타고 호텔로 돌아오는 동안 상진의 머릿속은 혼란스러웠다. 방금 전 도경과 대화하던 중 머릿속이 과부화된 듯 엉망진창이 되어 버리자 그걸 알았는지 도경이 부드러운 미소를 지으며 말했다.

'모든 것을 갑자기 알게 되어 많이 혼란스러울 거다. 그게 당연해. 오늘은 일단 돌아가서 천천히 생각해 보고 생각이 정리되면 다시 만나서 얘기하는 게 좋을 것 같구나. 상진아.'

그 말을 듣고 자리에서 일어나 어떻게 인사를 하고 나왔는지 기억조차 제대로 나지 않았다.

평생 진상진으로 알고 살아왔는데 자신이 진상진이 아니라 한현수고, 아버지라 생각했던 사람은 아버지가 아니었다. 오히려 어떻게 보면 자신은 그의 친아들을 죽인 셈이지 않은가. 자신의 역할을 대신해 주다가 사고를 당했고 어쩌면 살 수 있을지도 모르는데 도경이 택한 건 자신이었으니…….

상진이 피곤한 듯 손으로 눈을 가렸다.

눈을 가린다고 세상이 가려지는 건 아니지만 보지 않을 수 있다면 보고 싶지 않았다. 세상도, 진실도, 사람들의 본심도 모두 다.

일부러 먼 길을 뱅뱅 돌아 호텔 앞에 도착한 택시기사는 원래 요금보다 훨씬 많이 나온 금액을 아무렇지도 않게 요구하며 친절한 미소를 지었다.

— 동양인이니 바가지인지 아닌지 알 게 뭐야?

그의 얼굴 위에 천연덕스럽게 떠오른 속내가 상진을 더욱 피곤하게 만들어 버려 그냥 달라는 대로 던져 주곤 택시에서 내렸다. 지금은 아무것도 상대하고 싶지 않았다.

엉망진창인 기분으로 호텔 룸에 들어오니 지안이 얼른 나와 그를 반겼다.

"어서 와요."

집에서 늘 그러하듯 단정한 얼굴로 미소를 짓고 있는 지안을 보자마자 상진의 마음 한 귀퉁이가 와르르 소리를 내며 무너졌다.

상진은 현관 앞에서 지안을 와락 끌어안았다.

"어머!"

가녀린 그녀의 몸이 으스러질 것처럼 강하게 끌어안자 지안은 그에게 안긴 채로 눈을 깜빡거리다가 조용히 그의 등을 마주 껴안았다. 절박함이 묻어나는 상진의 단단한 몸을 껴안고 등을 천천히 쓸어내리며 속삭였다.

"괜찮아요."

작은 그녀의 목소리에 팽팽히 당겨졌던 그의 날카로운 턱이 조금 느슨해졌다.

"이제 괜찮아요. 다 괜찮을 거예요."

그녀의 차분한 목소리가 지속적으로 들리자 그의 딱딱하게 굳은 몸에 서서히 힘이 풀어졌다. 바짝 긴장해서 치켜 올라갔던 어깨가 자연스럽게 내려가고 가슴이 크게 들썩일 만큼 거칠게 뛰던 심장이 안정되어 갔다.

"후우……"

깊은 한숨을 토해 내며 상진이 지안의 머리칼을 쓸어내렸다. 부드러운 머리칼이 손바닥 안을 간질이자 그제야 숨이 제대로 쉬어지는 것 같았다.

"……고마워."

그녀를 꼭 끌어안은 채로 상진이 낮게 가라앉은 목소리로 말했다.

"뭘요."

지안이 미소 짓자 상진이 양손으로 그녀의 얼굴을 잡고 하얀 이마를 입술로 살짝 눌렀다. 부드러운 입술이 닿았다 떨어지자 지안이 고개를 들어 그를 올려다봤다.

며칠 새 야윈 탓에 날카로운 턱선이 더욱 도드라지고 눈은 더 깊어 보였다. 깊은 빛을 띠는 검회색 눈동자를 바라보며 지안이 입술 끝을 둥글게 휘어 올리며 미소 지었다.

눈을 떴을 때 지안은 침대 안에서 상진의 품에 안겨 있었다.

침대 옆 스탠드만 켜진 스위트룸 안은 은은한 분위기가 감돌았다. 단단하고 따스한 그의 가슴에 안긴 채 고개를 들어 올리자 상진이 부드러운 눈빛으로 지안을 내려다보고 있었다.

"안 잤어요? 피곤하지 않아요?"

"괜찮아."

상진이 그녀의 머리칼을 쓸어 넘겨주며 말했다.

"……잠이 안 오는 거예요?"

그의 불면증엔 민감하게 반응하는 지안이 걱정스러운 표정을 짓자 상진이 그녀의 이마에 살짝 키스했다.

"생각할 게 조금 있어서 그래. 걱정하지 마."

"혹시 어제 무슨 안 좋은 말이라도 들은 거예요?"

지안이 조심스럽게 묻자 낮은 조명에 비친 상진의 단정한 이마가 살짝 찌푸려졌다.

"그런 건 아니야. 다만……. 아직 나도 어떻게 받아들여야 할지 모르겠어."

"무슨 일인데요. 괜찮다면 얘기해 줄 수 있어요?"

잠시 고민하는 듯한 상진이 머리를 쓸어 올리고는 그녀에게 아버지와의 대화를 이야기하기 시작했다.

"……그랬군요."

이야기를 끝낸 상진은 약간 불안한 표정으로 지안의 표정을 살폈다. 그의 말을 듣는 내내 진지한 얼굴로 들어주던 지안이 생각을 정리하는 듯 조용히 시선을 내리깔고 있었다. 동그란 하얀 이마와 부채꼴로 펼쳐져 있는 기다란 속눈썹을 내려다보며 상진은 가슴 한 켠이 불안함으로 내려앉았다.

이미 남들과 다른 특이한 능력을 지니고 있는 데다 본인도 믿기 힘든 과거까지 지니게 되었으니 평범한 사람은 충분히 질릴 만하지 않은가.

그때 곰곰이 생각하고 있던 지안이 고개를 들고 살짝 미소 지었다.

"드라마 같은 데서만 나오는 일인 줄 알았는데, 실제로 그런 일이 있기도 하네요."

지안이 입을 다물고 잠시 머뭇거리다가 말을 이었다.

"그런데요, 나 좀 이기적이고 속물적인 걸까요? 당신과의 격차가 더 벌어진 것 같아서 좀 난감한 것도 있어요."

"왜 그렇게 생각해?"

상진이 조금 긴장한 표정으로 묻자 지안이 부드러운 눈빛으로 그를 바라보며 말했다.

"상진 씨가 갑자기 회장 아들이라고 하니까, 신데렐라 같잖아요. 꼭. 신분의 차이가 느껴지는 것 같고."

"신데렐라?"

지안이 민망한 듯 살짝 얼굴을 붉혔다.

"네. 하지만…… 역시 안타깝다고 생각해요. 친부모님도 그렇게 돌아가시고 지금 아버지의 친아드님도 그 일로 잃게 된 거잖아요…….
그 사건으로……. 모든 사람들이 다 안타까운 것 같아요. 상진 씨도
지금까지 알고 있던 모든 일들이 다 거짓이 되어 버리는 것 같아서
많이 힘들 것 같고."

조근조근 말하는 지안의 목소리를 들으며 상진이 그녀의 사슴
같은 까만 눈망울을 응시했다. 손등으로 보드라운 지안의 뺨을 쓸
어내리자 지안이 자신의 손을 들어 그 손 위를 덮어 꼬옥 잡았다.

"하지만 당신 곁에서 힘이 되어 주고 싶어요, 나…… 계속 곁에
있어도 되는 거죠?"

상진의 손을 잡을 채로 흔들림 없는 눈동자로 시선을 맞추며 지
안이 말하자 긴장했던 상진의 얼굴이 부드럽게 펴졌다. 그가 손을
뻗어 지안의 어깨를 당겨 꼭 끌어안았다. 따뜻한 몸이 밀착되고 부
드러운 살결이 느껴지자 깊은 안도감이 느껴졌다.

"고마워. 그렇게 말해 줘서……."

귓가에 속삭이는 그의 감미로운 음성을 들으며 지안도 그의 몸
을 힘껏 마주 안았다. 그의 깊은 안도의 한숨을 들으며 지안은 그
제야 자신의 반응을 그가 이렇게나 걱정했다는 걸 알게 되어 왠지
그가 더욱 안쓰럽게 느껴졌다.

불안했구나. 이 사람…….

지안이 손을 뻗어 그의 등을 부드럽게 천천히 쓰다듬었다. 그녀
의 손바닥으로 전해지는 따스한 온기를 느끼며 상진이 말을 꺼냈
다.

"내일 아버지와……."

상진이 미간을 찡그렸다. 아버지가 아니라는 걸 알았음에도 아버

지라고 불러도 되는지 순간적으로 망설이는 듯한 표정이 지나갔다.

"아버님과 다시 얘기하기로 한 거예요?"

지안이 결론을 내주듯 도경을 '아버지'라 칭하며 물었다. 그녀의 손은 아직도 상진의 넓은 등을 찬찬히 어루만지고 있었다.

"그래야 할 것 같아. 어제는 충격이 커서 듣기만 하고 제대로 대화를 나눈 건 아니었으니까."

"하긴 얼마나 놀랐겠어요. 저는 당사자가 아니라 상진 씨의 마음을 헤아리긴 힘들지만…… 아마 저라도 갑자기 그런 말을 듣는다면 공황 상태에 빠져서 아무것도 못 했을 것 같아요."

지안이 당연하다는 듯 고개를 끄덕이며 말하자 상진이 그녀를 진지하게 바라봤다.

"내일 같이 있어 주겠어?"

지안이 눈을 깜빡이며 물었다.

"아버님 만날 때 저도 같이 가자는…… 말이에요?"

"네가 옆에 있어 주면 어떤 말을 듣는다고 해도 무너지지 않을 것 같아서 그래. 내 옆에 있어 줘."

그의 검회색 눈동자가 호소하듯이 바라봤다.

"방해가 되지 않는다면 그렇게 할게요."

지안이 생긋 웃어 보이자 상진도 환하게 웃으며 그녀에게 입술을 맞췄다.

도경은 상진과 같이 나타난 지안을 보고 일순 놀란 듯한 표정을 했다가 곧 온화한 미소를 지었다.

"상진이에게 이런 좋은 연인이 있었는 줄은 몰랐는데. 반갑습니다. 진도경입니다."

"편하게 불러 주세요. 전 이지안이라고 해요."

도경이 지안과 악수를 나눈 뒤 상진을 바라봤다.

"하루 사이에 많이 정리된 모양이구나. 다행이다."

"많이 나아졌습니다. 그제는 혼란스러운 모습만 보여 드려 죄송합니다."

"아니다. 당연한 반응이지. 오히려 예상한 것보다 훨씬 침착해 보여 대단하다고 생각했을 정도였다. 오늘은 긴 이야기를 해야 하니 편한 장소로 옮기자꾸나. 지안 씨도 식사 아직 안 했죠? 어떤 음식을 좋아하는지요?"

도경이 지안을 보며 묻자 그녀가 단정한 얼굴로 말했다.

"저는 어디든 좋으니 아버님 편한 곳으로 정하세요."

"그럼 그럴까? 일단 나갑시다. 자, 나가자. 상진아."

상진의 어깨를 툭툭 친 도경이 앞질러 집무실을 빠져나가자 지안과 상진이 뒤따라갔다. 상진은 지안이 말한 '아버님' 이라는 호칭에 자연스럽게 대답하며 그를 여전히 '상진' 이라고 부르는 도경의 뒷모습을 말없이 뒤따라갔다.

도경의 기사가 운전하는 차를 타고 조용한 룸으로 나뉘어져 있는 모던한 레스토랑으로 향했다. 룸 한쪽 면이 커다란 전면 유리로 트여 있어 시원스러운 느낌을 주는 인테리어였다. 넓은 룸 안에 배치된 테이블에 마주 앉아 이런저런 대화를 나누는 사이 식사가 끝났다.

와인을 추가 주문한 도경이 상진을 한참 쳐다보더니 말했다.

"잘 컸구나. 아주 미남이 됐어. 하긴 어릴 때도 인형 같을 정도로 예뻤었지. 내 아들도 잘생기긴 했지만 너에 비하면 조금 떨어지는 편이었으니."

상진이 굳은 표정으로 와인 잔을 내려놓고 말했다.

"죄송합니다. 저 때문에……."

"아니, 그건 네가 사과할 일이 아니다. 이미 지난 일은 더 이상 말하지 말자꾸나."

도경이 부드럽지만 완고한 목소리로 말했다. 강경한 그의 얼굴을 보고 상진은 뒷말을 삼키고 와인으로 입술을 축였다.

지안이 상진의 얼굴을 바라봤다. 어딘가 경직되어 있는 그의 표정은 아슬아슬한 분위기를 풍겼다. 걱정스러운 표정으로 상진의 얼굴을 살피는 지안을 도경이 바라보며 물었다.

"지안 씨도 이 녀석한테 들은 이야기가 있으니 여기 같이 나왔겠지요?"

"네? 아, 네."

상진의 표정을 살피던 지안이 얼른 도경에게 고개를 돌리며 대답했다. 도경이 인자한 미소를 지으며 지안에게 말했다.

"평생 마음 둘 곳 없는 까칠한 성격이라 걱정이 많았는데 오늘 지안 씨를 만나 내가 마음이 한결 놓입니다. 상진이가 자기의 이야기를 전부 했다는 건 당신의 전부를 믿고 있다는 뜻이에요. 앞으로도 우리 상진이, 잘 부탁합니다."

"제가 상진 씨 옆에 있는 거죠. 그런 말씀 마세요, 아버님."

지안이 단아한 미소를 지으며 대답했다.

흐뭇한 표정으로 끄덕거리며 와인 잔을 들어 올리는 도경을 바라보는 상진의 표정이 복잡해졌다. 평생 자신에겐 관심도 없는 것 같은 아버지였는데 누구보다 자신을 잘 이해하고 있다는 사실이 그의 심장을 뻐근하게 만들었다.

"본사에 들어가면 차 상무에게 어떻게 보고할지 생각해 놔야 할 거다."

도경의 말에 상진이 의외라는 듯 말했다.

"이쪽을 조사하게 된 게 차 상무님이 시킨 일이라는 걸 알고 있었습니까?"

"그렇지 않을까 짐작했을 뿐이다. 여기 온 건 보고하고 온 거냐?"

"아뇨. 조사와는 별개로 이곳에 온 건 저의 개인적인 의문 때문이었습니다. 제가 아는 아버지는 회사에 대한 야심은 없으셨던 걸로 알고 있는데 모든 것이 아버지에게로 이어져 있다는 걸 확인했기 때문에……."

"그럼 회사에 돌아가서 차 상무에게는 아직 조사 중이라고만 일러두는 게 좋겠구나. 준비가 끝나기 전까진 최대한 조심해야 해."

안경 너머 도경의 눈빛이 형형하게 빛났다. 상진이 수긍하는 듯 끄덕거리고 말했다.

"알고 있습니다. 그런데 궁금한 것이 있습니다. 저한테 능력이 생기게 된 이유는 그 사고 때문인 겁니까?"

"아마…… 그럴 거다. 나도 정확한 건 모르지만 그 후 미국에서 사고의 치료와 더불어 그때 일과 그전 일들을 기억에서 지우는 최면 요법을 같이 진행했었어. 나이가 아직 어리고 병약했던 상태라 다행히 성공적으로 끝났는데 내 기억으로 그 후에 그런 능력이 생겼던 것 같구나."

도경이 기억을 더듬으며 말하자 상진은 악몽처럼 수시로 꿈에 나오는 그때의 일이 실제 있었던 사고의 기억일 거라는 생각을 했다. 어릴 때의 기억이 잘 나지 않는 것도 의문이 풀렸다.

"그렇군요……."

아직 제대로 실감나는 건 아니었지만 답답했던 부분들이 어느 정도 해소되자 한편으로는 조금 시원해진 기분도 들었다.

"상진아. 내가 준비하는 게 곧 끝난다. 이게 마무리되는 대로 내가 관리하던 지분을 너에게 넘기고 고문 변호사 통해서 본격적인 유산승계절차를 밟게 될 거야. 그렇게 되면 넌 최대주주가 되어 경영권을 확보하게 된다."

도경의 말을 들은 상진의 눈이 흔들렸다. 그 눈을 바라보며 그가 말을 이었다.

"그렇게 되면 오래도록 제 주인을 찾지 못한 회장직에 정식으로 오르게 될 거고, 그때쯤 되면 아무도 널 건드릴 수가 없게 돼. 그러니 날 믿고 조금만 더 기다려라."

"왜…… 저를 위해 그렇게 하신 겁니까? 25년이라는 시간은 절대 짧은 시간이 아닙니다. 이 일이, 아버지의 인생을 바칠 만한 일은 아니지 않습니까."

괴로운 듯한 상진의 표정을 도경이 담담하게 바라보며 말했다.

"누굴 위해서가 아니라, 날 위해서다. 상진아. 이건 날 위해 한 일이야."

"아버지를 위해서라고요?"

도경이 상진의 혼란스러운 시선을 받으며 천천히 끄덕였다.

"그래. 이건 날 위해 한 일이었어. 다른 누구를 위해서가 아니다. 그러니 네가 그런 얼굴 할 것 없다."

상진이 신음 같은 한숨을 내쉬었다. 이해할 수 없다는 표정이 그의 얼굴에 역력히 드러났다. 아버지의 진심을 몰랐다는 자책과 회한, 그리고 아직은 받아들일 수 없다는 혼란스러움이 혼재된 그의 얼굴을 도경이 미소를 띤 채 바라보고 있었다.

"전 이해할 수 없습니다."

"그래. 넌 부모가 아니라 아마 모를 거다."

도경이 빙긋 웃음을 짓자 상진이 미간을 좁히고 말했다.

"내 부모가 아니지 않습니까. 그런 희생을 할 필요가 없단 말입니다."

"아니."

도경이 강하게 부정한 뒤 목소리에 힘을 실어 말했다.

"넌 지금까지도, 그리고 앞으로도 내 자식이다. 피가 섞이지 않았다 해도 내가 널 거둔 그날부터 넌 항상 내 아들이었어. 그건 절대 변하지 않아."

진심을 담은 도경의 말에 상진의 눈가가 일순 붉게 달아올랐다. 도경에게서 시선을 내린 상진이 어깨를 들썩이며 크게 숨을 내쉬었다.

"……저도 마찬가집니다."

상진이 붉게 충혈된 눈으로 말하자 도경의 얼굴에 인자한 미소가 퍼져 갔다. 그건 분명 따뜻한 부정(父情)이 담긴 미소였다.

둘의 표정을 번갈아 바라본 지안도 작게 미소를 지었다.

그날 밤 늦도록 많은 대화를 한 세 사람은 아쉬운 마음을 안고 헤어졌다. 헤어지기 전 지안이 다음엔 도경의 집으로 찾아뵌다는 말에 꼭 그러라고 하며 그가 부드러운 미소를 지어 보였다.

상진과 호텔로 돌아오는 택시 안에서 지안이 그의 어깨에 기댄 채로 말했다.

"좋은 분이세요."

"······그래."

상진이 지안을 한 번 내려다본 후 맞잡은 손에 꽉 힘을 주었다. 지안도 그의 손을 힘주어 잡았다. 따뜻한 손의 온기를 느끼며 상진은 창밖을 바라봤다. 그 때 지안이 상진에게 말했다.

"어머. 저 트리 너무 예쁘죠."

지안이 가리킨 대형 트리를 바라본 상진은 크리스마스가 다가오는 뉴욕의 휘황찬란한 불빛들이 그제야 눈에 들어왔다.

"그렇군."

"크리스마스 분위기를 여기서 느끼니 색다른데요?"

지안의 목소리를 들으며 들뜬 분위기의 거리와 화려한 크리스마스 장식들을 바라보는 그의 눈빛에 따스한 빛이 감돌았다. 창밖을 바라보던 상진이 지안의 손을 잡은 채로 말했다.

"지금 같이 가고 싶은 데가 있는데."

"지금요?"

갑자기 한 상진의 말에 지안이 의아스러운 눈빛을 했다.

"와아. 너무 멋져요."

허드슨 강을 이어 주는 고딕양식의 아름다운 아치가 다리 한가운데에 세워져 있는 브루클린브리지 위에서 지안이 탄성을 터뜨렸다. 어두운 밤을 수놓는 브리지와 건너편에 보이는 맨해튼의 화려한 야경이 시선을 홀릴 듯 밝게 빛나고 있었다.

"여긴 항상 차로만 지나다녔는데 한 번쯤 걸어서 지나고 싶었어."

"아, 그랬어요? 왜요?"

나무판으로 이어진 인도를 상진과 손을 잡고 천천히 걸어가며 지안이 물었다. 불야성 같은 강 건너의 야경을 바라보며 상진이 대답했다.

"밖에서 보면 늘 화려해 보이는데……. 그 안을 혼자 걸어가면 왠지 외로울 것 같았거든. 멀리서 볼 때와 그 안에서 직접 느끼는 기분은 다를 테니까."

"음. 그건 그렇겠어요. 멀리서 감상해야 더 좋은 것들이 있는 법이니까."

지안이 끄덕거리며 추운지 어깨를 살짝 움츠리자 상진이 난간에 기대선 채로 자신의 코트 안으로 그녀를 끌어당겼다. 둘의 시선이 반짝반짝 빛나는 야경으로 나란히 향했다.

"나한테는 여기가 그런 장소였어. 멀리서 바라만 봐야 될 것 같은……. 그땐 누군가와 함께 지나가고 싶다는 생각은 하지 않았는데 오늘 갑자기 당신과 걸어가고 싶다는 생각이 들었어."

"그런 장소에 함께할 수 있다니 저도 기뻐요."

그의 따뜻한 온기를 느끼며 지안이 뒤돌아보며 밝게 웃었다.

"춥지?"

"괜찮아요. 조금 걸으면 괜찮아질 거예요. 상진 씨가 걷고 싶었던 곳을 저도 같이 걷고 싶어요. 걸어요, 우리."

지안이 상진의 품에서 빠져나와 그의 팔에 팔짱을 끼고 나란히 걷기 시작했다. 따스한 지안의 미소를 보며 상진도 부드러운 미소를 지었다.

　"여긴 관광지로도 유명한 곳이죠? 뉴욕에서 가장 유명한 다리 아니에요?"

　"맞아."

　"관광책자에서 본 기억이 나요. 시간이 나면 한번 와 보고 싶었던 곳인데 상진 씨 덕분에 보게 되네요?"

　"앞으로 올 일이 잦을 테니까 가고 싶은 데가 있으면 얘기해. 데려다 줄게."

　"아, 상진 씨는 뉴욕에 자주 왔겠구나. 그쵸? 그럼 새로울 것도 없겠다."

　지안이 눈을 깜빡이며 말하자 상진이 그녀의 어깨를 껴안아 자신의 몸으로 가까이 끌어당기며 귓가에 낮게 속삭였다.

　"당신과 함께 있으면 나한텐 늘 새로워. 특별하고."

　귓속을 간질이는 낮은 목소리에 지안의 얼굴에 함박웃음이 번졌다. 아치가 있는 곳에 다다랐을 때 벤치에 앉아 반짝이는 야경을 배경으로 달콤한 키스를 나눴다. 혀끝으로 전해지는 따스한 온기에 온몸이 따뜻하게 덥혀지는 기분이었다. 부드럽고 말랑한 혀로 서로를 간질이며 깊고 진한 키스를 나누다가 다시 손을 잡고 걸어갔다.

　"이지안."

　"네?"

　말없이 걷던 상진이 문득 지안을 내려다보며 불렀다. 추위에 양뺨이 발갛게 물든 지안이 사슴 같은 눈을 들어 올려다보자 상진이 빙긋 웃었다.

"내가 사랑한다는 말 했던가?"

"네. 아주 많이요."

지안이 살짝 웃음을 베어 물며 대답하자 상진이 다시 말했다.

"나보다 더 이지안을 사랑한다는 말 했던가?"

"그건……. 으음, 글쎄요?"

지안이 생각을 더듬는 듯 미간을 좁히자 상진이 멈춰 서서 고개를 숙여 지안의 입술에 살짝 키스했다.

"그렇게 너를 사랑해."

"……저도 사랑해요."

지안도 환하게 웃으며 그에게 뜨거운 키스를 돌려줬다.

코끝이 매서울 정도로 추운 날씨였지만 손을 꼭 붙잡고 몸을 붙인 채 걸어가는 동안 둘은 추위를 느끼지 못했다. 서로를 덥혀 주는 따스한 온기가 흐르는 달콤한 키스가 다리를 건너는 내내 끊임없이 이어지고 있었다.

호텔로 돌아오자마자 상진은 기다렸다는 듯 지안을 끌어안고 속삭이듯 낮게 말했다.

"오늘……. 고마워."

"고맙긴요, 저도 즐거웠어요."

지안이 눈을 가늘게 접으며 복숭아처럼 달콤한 미소를 지었다. 복숭아의 보얀 속살을 베어 물듯 상진이 그녀의 도톰한 입술을 함빡 머금었다. 사르르 녹을 듯한 달콤한 키스가 오가고 촉촉한 소리를 내며 입술이 떨어졌다.

"지금 이 순간 깨달은 게 뭔지 알아?"

"뭔데요?"

"이지안은 내 모든 인생을 통틀어 가장 소중한 사람이고…… 지금 날 버틸 수 있게 만드는 유일한 존재라는 거."

진지하게 속삭이는 그의 목소리가 지안의 마음을 벅찰 정도로 뜨겁게 달아오르게 만들었다.

"상진 씨도 나한테 그런 존재예요."

지안이 사슴 같은 눈망울로 그를 바라보며 말하고는 그의 입술에 자신의 입술을 쪽 부딪치자 상진의 입술 끝이 휘어 올라갔다.

"나만큼, 소중해?"

"소중해요. 무엇보다."

그녀의 벌어진 입술을 상진이 뜨겁게 삼켰다. 지안의 어깨가 뒤로 꺾일 만큼 깊게 침투해 들어간 뒤 달콤하고 작은 혀를 한껏 탐하고 빨아 당겼다. 뜨거운 호흡이 뒤섞이자 지안의 입술 안에서 달뜬 한숨이 새어 나왔다.

"하아……. 상진 씨."

억눌린 듯한 달뜬 그녀의 목소리에 상진은 주름스커트에 감싸인 탱글한 엉덩이를 힘껏 움켜쥐고 바짝 끌어당겼다. 맞닿은 몸에서 불길이 치솟듯 순식간에 후끈 뜨거워졌다.

"보여 줄게. 내가 더 하다는 걸."

젖은 입술로 지안의 하얀 귓불과 가느다란 목덜미를 강하게 빨아들이며 상진이 말을 이었다.

"진상진이 이지안을 얼마나 뜨겁게 원하는지 확인시켜 주지."

자신의 이름을 힘주어 말하는 상진의 눈빛이 강렬하게 번뜩였다.

마치 자신을 여전히 진상진으로 있을 수 있게 만드는 유일한 존재가 그녀라는 듯 강하게 그녀를 탐했다.

"아, 잠깐. 잠깐만요, 상진 씨. 여기서는……."

그의 강한 힘에 밀쳐지다시피 한 지안의 등이 현관 옆 벽에 닿았다. 상진은 야수처럼 번뜩이는 눈빛으로 지안을 노려보며 재킷을 벗어 던지고 넥타이를 거칠게 잡아 흔들어 풀었다.

지안은 벽에 바짝 달라붙은 채로 쿵쾅대는 심장을 진정시키기 위해 안간힘을 썼다. 그에게서 오만한 수컷의 폭압적인 소유욕이 느껴져 다리 사이가 저릿할 정도였다. 흐트러진 와이셔츠의 커프스 버튼을 풀며 응시하는 시선에는 꼼짝할 수 없는 마성적인 섹시함이 감돌았다.

아아. 어쩌면 좋아…….

지안은 지독히도 관능적인 그의 강한 눈빛에 온몸이 흐물흐물 녹을 것만 같았다. 무서우면서도 흥분되는 상반된 두 개의 마음 사이에서 지안은 어찌할 바 모르고 숨을 몰아쉬었다. 그가 셔츠 단추를 몇 개 풀어 내리자 탄탄한 가슴과 쫀득한 초콜릿 복근이 살짝 드러났다. 그 뇌쇄적인 모습에 지안의 심장에서 야생마의 울부짖음이 다시 들리는 것 같았다.

상진은 이글거리는 눈빛으로 그녀에게 한 발 한 발 다가오더니 바로 앞까지 다다르자 갑자기 그녀 앞에 무릎을 꿇고 앉았다.

"사, 상진 씨?"

그가 갑자기 긴 스커트를 들추더니 그 안으로 불쑥 머리를 집어넣자 화들짝 놀란 지안이 황급히 다리를 오므렸다. 상진은 날씬한 종아리를 축축한 혀로 훑으며 올라가 동그란 무릎을 뜨거운 입술로 덮어 빨았다.

"아, 아앗……."

무릎에 닿는 생소한 감촉에 지안의 몸이 더욱 휘어졌다. 치마 속으로 그가 들어온 탓에 긴 주름 스커트가 한껏 펼쳐졌다. 상진은 그녀의 하얀 다리를 어루만지며 혀로 매끄럽게 핥아 올라가다가 보드라운 허벅지 안쪽 살을 쭉 빨아들였다.

"흐읏."

바들거리던 무릎이 꺾일 듯 휘청대자 다리 사이를 손으로 잡아 벌린 상진이 안쪽 예민한 살을 타고 올라갔다. 뜨거운 혀가 허벅지부터 젖은 속옷까지 단번에 핥아 올라오자 짜릿한 쾌감이 지안의 척추를 순식간에 타고 올랐다.

"아!"

휘청거리는 그녀의 다리를 강한 두 손으로 단단히 잡아 벌리며 상진의 입술은 더욱더 깊숙한 곳까지 찾아 들어갔다. 마침내 꽃잎 사이의 정점을 더운 입술로 단번에 삼키자 지안이 터질 듯한 신음을 내질렀다. 뜨거운 입김과 축축한 혀의 감촉이 끊임없이 자극하며 빨아올렸다.

"안 돼……. 안 돼요……."

지안이 연신 고개를 저으며 어쩔 줄을 몰라 했다. 달콤한 샘을 흘리는 그녀의 속살이 그의 입술 안에 갇혀 참을 수 없는 쾌감에 몸을 떨었다. 상진은 예민한 맨살에 찰싹 달라붙어 있는 속옷을 입술로 크게 물어 도톰한 속살을 힘껏 빨아들였다. 헐떡이며 고개를 젖힌 지안의 부풀어 오른 가슴이 거친 숨소리에 맞춰 육감적으로 오르내렸다. 가슴 한가운데 뾰족이 곤두선 분홍빛 유두가 저릿저릿한 쾌감에 못 이겨 팽팽히 당겨졌다.

상진이 동그랗게 솟아 있는 음핵을 이로 살짝 깨물자 지안이 교성을 내지르며 벽을 움켜잡으려 했다.

"아흣! 더 이상, 더 이상은 못 참겠…… 학!"

젖혀진 속옷 사이로 매끈한 혀가 파고 들어와 우윳빛 애액이 홍건한 속살을 길게 핥아 올렸다. 무너지는 지안의 몸을 강한 팔로 단단히 지탱한 채 상진은 달콤한 꽃물을 남김없이 빨아들였다. 그의 입술과 혀가 닿는 곳마다 불이 붙은 듯 미칠 듯한 쾌감이 일었다. 점차 강해지는 쾌감에 지안은 도저히 정신을 차릴 수가 없었다.

"사, 상진 씨. 내가 어떻게 될 것…… 같아요. 제, 제발 그만……."

지안이 물기 젖은 목소리로 말했지만 상진은 바들거리는 여린 꽃잎을 입술 안에 문 채로 웅얼대듯 말했다.

"차라리 어떻게든 돼 버려. 나도 정신이 나갈 것 같으니까."

"그런…… 훗!"

상진의 젖은 입술이 쭈웁 소리가 나도록 강하게 속살을 빨아 당겼다. 그녀의 갈라 터진 속살 사이를 뜨거운 혀를 세워 길게 핥아 올리자 지안은 눈물이 왈칵 쏟아질 것만 같았다.

"아아, 상진 씨! 제발…… 제발 들어와 줘요!"

지안이 더는 참을 수 없다는 듯 소리치자 상진이 그녀의 치마 안에서 빠져나와 양 허벅지를 단단히 잡아 번쩍 들어 올렸다. 들춰 올라간 치맛자락 사이로 빠져나온 날씬한 다리가 상진의 허리를 휘감았다.

그는 지안의 등을 벽에 고정시키고 한 팔로 그녀의 몸을 지탱한 채 바지 버클을 풀었다. 거친 숨이 두 사람 사이에서 빠르게 뒤섞였다. 마침내 상진이 지안의 속옷을 손가락으로 끌어당겨 옆으로 밀친 채 빳빳이 곤두선 두꺼운 남성을 단번에 깊게 찔러 넣었다.

"아핫!"

그의 흐트러진 셔츠를 움켜쥔 지안의 몸이 위아래로 크게 들썩였다. 깊숙이 쑤셔 들어간 단단한 기둥이 쑤욱 빠져나갔다가 무서운 힘으로 재차 뚫고 올라왔다. 그녀의 몸을 반으로 갈라 버릴 듯 거세게 들이치는 굵은 남성에 좁은 여성이 바짝 조여들었다.

"큭, 너무 조여."

상진이 미간을 찡그리며 짐승처럼 으르렁거렸다. 정신이 나가 버릴 듯한 강한 쾌감이 그의 움직임을 더욱 격렬하게 부추기고 있었다.

"아! 아아!"

쿵, 쿵 소리가 나도록 거세게 찍어 올리자 지안이 부풀어 오른 입술을 벌려 달콤한 신음을 쏟아 냈다. 탱탱한 엉덩이를 큼직하게 움켜잡고 손가락으로 속옷을 팽팽히 당기며 상진은 허리를 강하게 밀어 올렸다. 찢을 듯 당겨도 한정된 면적 안에선 움직임이 자유롭지 못했다. 하지만 그 구속감이 오히려 그를 더욱 뜨겁게 흥분시켰다.

"찢어발기고 싶어."

정말 찢을 듯 젖은 속옷을 힘껏 당긴 사이로 터질 듯 부푼 굵은 남성을 깊이 쑤셔 넣었다. 귓가에 속삭이는 그의 관능적인 목소리에 지안이 어깨를 움츠리며 헐떡거렸다. 질척거리며 섞이는 몸 사이로 끊임없이 애액이 흘러나와 속옷을 당기고 있는 그의 손가락까지 흠뻑 적셨다.

지안의 좁은 여성 안이 흥분으로 강하게 조여들며 잔뜩 발기한 단단한 기둥을 힘껏 움켜잡고 조이자 상진은 낮은 신음을 흘리며 더욱 강하게 찍어 올렸다. 그녀의 하얀 다리가 공중에서 정신없이 흔들렸다.

"하읏! 아하, 웃, 아웃……. 아아아!"

지안이 날카로운 교성을 터뜨리며 허리를 크게 휘었다. 날씬한 다리가 발가락 끝까지 빳빳이 힘이 들어가 상진의 허리를 힘껏 휘감았다. 전신을 휘몰아치는 강렬한 오르가즘에 숨이 턱턱 막혀 왔다.

상진은 그녀의 반응을 하나도 빠뜨리지 않고 바라보며 뜨겁게 진동하는 여성 속을 깊숙이 파고 들어갔다. 단단하게 휘젓는 감각에 그녀의 땀에 젖은 얼굴이 파르르 떨려 왔다.

"아…… 아흐읏!"

절정까지 치솟아 올라간 지안이 급히 숨을 몰아쉬며 그에게 매달리자 상진은 자신의 몸을 빼내고 그녀를 안은 채로 몇 걸음 걸어가더니 푹신한 러그 위에 눕혔다.

"상진 씨……?"

지안이 쾌감에 젖어 흐릿한 눈으로 그를 올려다봤다. 그녀를 똑바로 눕힌 채 팔 안에 가두고 내려다보던 상진이 싱긋 웃으며 이마에 달라붙은 그녀의 젖은 머리칼을 떼내 귀 옆으로 넘겨 줬다.

"내가 말했지? 확인시켜 준다고. 아직 멀었어. 현관에서 침대까지 가는 동안 몇 번이나 절정에 오르는지 한번 세어 봐."

"그, 그게 무슨……."

놀란 듯 눈을 둥그렇게 뜬 지안에게 고개를 숙인 상진이 그녀의 귓가에 낮게 속삭였다.

"셀 수 있다면 말이야."

무서운 선전포고를 한 상진이 당황해서 벌어진 그녀의 입술을 쭉 빨아들이고는 까만 스웨터를 벗겨 냈다. 그 안에 수줍게 드러난 새하얀 브래지어도 벗겨 내고 말랑한 가슴을 한 손으로 움켜쥔 채 앙증맞게 솟아오른 분홍빛 유두를 삼켰다.

"아, 아하……."

오르가즘 뒤에 한껏 예민해진 정점을 자극하자 지안이 단번에 달뜬 신음을 흘리며 허리를 비틀었다. 팽팽하게 솟아오른 유두를 입안에 넣고 살짝살짝 굴리다 강하게 빨아올리자 당장이라도 터질 듯 뾰족하게 곤두섰다. 짜릿짜릿한 감각에 지안이 자신도 모르게 가슴을 앞으로 내밀며 그의 머리칼 속에 손을 집어넣고 더욱 가까이 끌어당겼다. 거부할 수 없는 진한 열락이 그녀를 더욱 숨 가쁘게 만들었다.

"으응, 상진 씨. 좀 더……. 좀 더요. 아……!"

상진은 하얀 가슴 위에 붉은 열꽃을 수도 없이 만들어 내며 한 손으로 치마 사이를 들추고 들어갔다. 한 손으로 젖은 속옷을 벗겨 내곤 방금 전의 관계로 인해 한껏 부풀어 오른 속살을 미끈한 애액이 묻은 손가락으로 문질러 댔다.

지안의 숨이 더욱 가빠지고 허리가 이리저리 뒤틀렸다. 가슴을 힘껏 빨아들이며 손가락을 잔뜩 뜨거워진 여성 안으로 찔러 넣었다.

"……훗……!"

손가락을 깊숙이 넣은 뒤 쑤욱 빼내고 푹푹 찔러 대자 지안의 허리가 그 움직임에 맞춰 음란하게 요동쳤다. 상진이 흥건히 젖은 손가락을 빼내고 가느다란 발목을 잡아 힘껏 벌려 강하게 파고들었다.

"아학!"

그녀의 허리가 활시위처럼 휘었다. 두껍고 단단한 남성이 자궁 끝까지 닿을 듯 깊게 쑤셔 들어오자 머릿속이 깜깜해졌다. 상진은 이를 악문 채로 허리를 빳빳이 세워 강하게 허리를 밀어 올렸다. 새하얀 러그 위에 펼쳐진 지안의 육감적인 나신과 위아래로 정신없이 흔들리는 탐스러운 가슴이 당장이라도 사정할 듯 자극적이었다.

말려 올라간 스커트 아래 드러난 하얀 허벅지와 그 사이에 자리 잡은 거뭇한 숲, 그리고 질척한 소리를 내며 몸과 몸이 섞이는 은밀한 부분까지 그의 뜨거운 시선이 차례로 훑어 내렸다.

딱딱하게 얼굴을 굳힌 채 야수처럼 강렬한 눈빛으로 노려보던 상진이 오만하게 고개를 위로 젖힌 채 둥글고 탄탄한 엉덩이를 퍽퍽거리며 강하게 밀어 올렸다.

"아, 빌어먹을. 갈 것 같아."

그녀의 다리를 한껏 잡아 벌리고 깊이 파고들며 상진이 낮게 신음했다. 치받치는 힘이 감당이 안 될 정도로 거칠어지고 있었다. 격렬한 움직임에 맞춰 그녀의 온몸이 탄력적으로 흔들렸다. 그의 팔뚝에 손톱을 박으며 고개를 이리저리 뒤흔들던 지안이 무자비한 움직임에 못 이겨 또다시 절정으로 치솟아 올랐다.

"아아…… 아아악!"

하지만 상진은 끝나지 않았다.

그는 절정의 여운에 파르르 떠는 그녀를 안아 좀 더 앞에 있는 소파 위에 앉혔다.

"하악. 하악."

숨을 몰아쉬며 당황하는 눈빛으로 지안이 올려다보자 상진은 태연하게 그녀의 한쪽 다리를 잡아 어깨에 턱 걸쳤다.

"세고 있겠지? 아직 절반도 안 왔어."

상진이 관능적인 미소를 지으며 입술을 끌어 올렸다.

결국 지안은 그날 숫자를 세는 것을 포기했다. 침대에 도착하기도 전에 완전히 정신을 잃고 말았기 때문이다.

8.

너라는 공기가 필요해

한국으로 돌아온 그들은 일상으로 돌아왔다.

지안은 며칠 비워 둔 집을 깨끗이 청소하는 것으로 여독을 풀었다. 상진의 표정은 미국에 가기 전보다 한결 편안해 보였다. 많은 일들을 알게 됐지만 항상 마음을 무겁게 했던 가장 큰 돌덩이는 뉴욕에 내려놓고 온 모양이었다.

지안이 다행이라고 생각하며 출근하는 상진을 배웅했다.

"다녀올게."

"네. 조심히 다녀와요."

상진이 코트 깃을 여미며 대문을 나서자 광훈이 싱글벙글 기다리고 있었다.

"이사님. 여행은 잘 다녀오셨습니까?"

상진이 차에 타자마자 광훈이 얼른 물었다. 광훈에겐 지안과 여행을 다녀온다고 하고 미국에 다녀온 터라 그의 얼굴 위에 떠오른 이런저런 망상들을 보자니 헛웃음이 나왔다.

"잘 다녀왔으니까 이상한 상상 그만하고 출발해."

"네, 네? 하하! 이상한 상상이라뇨. 하하. 이사님도 참. 하하하하 하하."

광훈이 램프의 바바처럼 웃으며 어색하게 시동을 걸었다.

"이 비서."

"네?"

상진이 부르자 광훈이 손으로 운전대를 돌려가며 대답했다. 상진이 턱을 괴고 룸미러로 광훈을 잠시 응시하고는 말했다.

"너, 내가 어느 날 갑자기 회장 아들이라고 하면 어쩔 거야?"

그게 웬 피콜로 더듬이 빠는 소리냐는 듯이 멍한 얼굴로 상진을 바라보던 광훈이 씨익 웃었다.

"이사님은 제가 어느 날 갑자기 삼상의 이간휘 회장의 숨겨 둔 아들이라고 하면 어쩌실 겁니까?"

광훈의 말에 상진이 어이없다는 듯 피식 웃었다.

"어? 왜 웃어요? 기왕이면 꿈도 크게 꾸는 게 좋잖아요? 로또 사면서 누가 2등 3등 하는 거 상상한답니까? 다들 1등하는 거 상상하고 그러는 거지. 이간휘의 숨겨진 아들 정도는 돼 줘야 뭔가 스토리가 제대로 살지 않겠어요?"

"실없는 놈. 운전이나 해."

"이사님도 꿈은 크게 가지시라니까요? 그래야 사람이 출세도 하고 그런 거예요. 이사님. 제가 로또 1등만 되면 말이죠. 이사님 차 쌔끈한 걸로다가 하나 뽑아 주겠습니다. 저는 정과 인정이 넘치고 의리도 충만한 대한민국 남아니까요."

주절주절 연설을 늘어놓는 광훈의 뒤통수를 어이없이 바라보던 상진이 피식 웃으며 창밖으로 시선을 돌렸다.

회사에 도착한 상진에게 이미 손님이 와 있었다. 비서에게 집무실 안에 한성이 기다리고 있다는 말을 들은 상진이 싸늘한 눈빛으로 고개를 끄덕이고는 집무실로 들어갔다.

한성은 접대용 소파 위에 앉아 녹차를 마시고 있었다.

"왔군."

상진이 들어오자 한성이 기다렸다는 듯 미소를 지으며 말했다. 한성의 눈을 똑바로 바라보는 상진의 머릿속에는 뉴욕에서 도경을 만났을 때의 일이 스쳐 지나갔다.

"그 사고가 일어난 데엔 내 잘못도 분명 있다. 나 역시 원죄에서 피해 갈 수 없는 사람이었어. 그가…… 그렇게 할 줄 누가 알 수 있었겠니."

착잡한 얼굴로 그 말을 하던 도경의 얼굴엔 후회가 어려 있었다.

"차한성을 회장님에게 소개시켜 준 것이 모든 후회의 원흉이었다. 능력은 있지만 아픔이 있던 녀석이라 그의 바람대로 회장님에게 소개시켜 줬고 그는 순식간에 회사 내부의 핵심인물이 될 정도로 빠르게 성장했지."

하지만 한성이 계획적으로 도경에게 접근했다는 것을 깨달았을 때엔 이미 늦어 있었다. 그가 무언가 숨기고 있다고 느낄 즈음, 우연히 한성이 통화하는 소리를 듣게 됐다.

'브레이크 하나로 모든 걸 끝낼 수 있다고 어떻게 장담해? 좀 더 확실히 준비해 둬. 어설프게 했다간 가만두지 않을 줄 알아.'

낮고 조용히 말하는 목소리는 평소의 그의 목소리와는 전혀 다른 것이었다.

"하지만 한성이 간과한 부분이 있었지. 내 아들과 네가 역할을 바꾸는 건 나와 회장님 내외만 아는 일이었으니 그 차 안에 나와 내 아들이 타고 있었을 줄은 몰랐던 거다."

그 사고로 식구처럼 모시던 회장 부부와 자신의 친아들이 죽었지만 도경은 슬퍼할 겨를이 없었다. 한성의 의도를 안 이상 현수를 그대로 두는 건 너무도 위험했다. 그래서 현수의 앞날을 위해 한성의 범죄를 밝혀내려 뒤에서 할 수 있는 건 다 했지만 정황만 드러났을 뿐 결정적인 증거는 하나도 발견하지 못했다. 한성은 증거를 남기지 않을 정도로 철저한 사람이었다.

"비밀리에 고문 변호사에게만 사실을 알리고 네가 안전하게 유산을 상속받을 수 있는 방법을 강구했다. 그래서 공식적으로는 모든 유산을 회사에 기증하는 걸로 한 뒤 해외에 페이퍼 컴퍼니를 여러 군데 분산시켜 주식을 관리해 온 거지. 내가 지금하고 있는 일이 그거다. 그래서 해외에 나와서 살게 된 거고."

"해외에 나와야만 되는 이유는 그것만이 아니지 않습니까."

상진이 미간을 좁히고 말하자 도경이 가볍게 어깨를 으쓱했다.

"물론 네가 그런 신비한 능력을 갖게 되지 않았다면 널 피하는 것도, 완벽히 해외생활만 하게 되는 일도 없었겠지. 어린 네가 상처받을 거라는 걸 알고 있었다. 하지만 다른 방법이 없었어. 그것이 모두로부터 널 지키기 위한 유일한 방법이라고 생각했다."

미소는 짓고 있지만 그 눈 안에는 지난날에 대한 회한과 죄책감이 짙게 자리 잡은 도경의 얼굴을 보며 상진도 더는 아무것도 물을 수가 없었다.

생각을 마친 상진이 한성의 맞은편 소파에 앉으며 태연한 얼굴로 말했다.

"기다리셨습니까? 출근 뒤에 내려오라고 부르시지 그러셨어요."

상진이 소파에 앉자 한성이 은밀한 눈빛으로 몸을 앞으로 살짝 기울였다.

"며칠 휴가 내고 자리를 비웠다고 알고 있네. 뭔가 잡은 거라도 있는 건가?"

"아닙니다. 요즘 계속 쉬지도 못했기도 하고 머리 좀 식히고 싶어서 개인적인 여행을 좀 다녀온 겁니다."

"아……. 그런 거였나?"

— 잘못 짚었나? 먼가 잡은 줄 알았는데……?

상진의 말에 한성의 얼굴에 대번 실망이 비춰졌다. 상진은 표정을 바꾸지 않고 정중하게 대답했다.

"네. 연인과 미국에 다녀왔습니다."

"자네도 애인이 있었나? 없는 걸로 알고 있었는데."

"오래 되진 않았습니다."

"호오, 그래……. 잘됐구먼. 하하."

상진의 말을 들은 한성의 얼굴이 호탕한 웃음을 띠고 있었지만 그의 속에 있는 말들은 예전보다 훨씬 잘 파악이 됐다.

— 이 중요한 때에 여자와 여행이라니. 이놈도 사안이 얼마나 위급한

지 모르는 모양이군. 요 며칠 사이 해외로 2%나 빠져나간 상황인데. 이렇게 되면 3%……. 앞으로 3%만 더 있으면…….

상진이 한성의 얼굴에 스쳐 지나가는 본심들을 표정 변화 없이 주시하고 있었다. 그가 권력에 대한 욕심이 많다는 건 알고 있었지만 이렇게 디테일하게 그 탐욕이 느껴진 건 처음이었다. 아마 지금까지는 아버지처럼 생각해 온 어떤 환상이 그에 대한 온전한 평가를 막고 있었던 것 같다는 기분이 들었다.

"왜 그러십니까? 저 없는 사이에 무슨 일이라도 있었던 겁니까?"

"아니 뭐 딱히 무슨 일이 있던 건 아니지만 진행상황이 궁금해서 그랬네. 이쯤이면 대강의 윤곽이 잡히지 않았나 해서 말이지."

— 3%만 더 모으면 내가 최대주주가 될 수 있다. 어서 위험요소를 뽑아내고 그중 3%를 취득해서 내가…….

상진이 한성을 향해 싱긋 웃었다.

"지금까지 알아본 바로는 차 상무님이 걱정하실 만한 일은 아닌 것 같습니다. 적어도 우리 쪽 사람과의 커넥션은 보이지 않고 있으니까요."

한성의 얼굴에 대번 화색이 돌았다.

"그래? 그거 듣던 중 반가운 소리군. 자네가 조사하는 거니 믿을 수 있는 정보겠지?"

"네. 아직 확답을 드리긴 어려운 단계지만 지금까지로는 그렇습니다."

"하핫, 그래. 그 정도면 충분하지. 그럼 좀 더 수고해 주게. 진 이사."

한성이 한결 가벼워진 얼굴로 자리에서 일어나 상진의 어깨를 툭툭 쳐 준 뒤 집무실을 나갔다.

미소 띤 얼굴로 한성을 보고 있던 상진은 문이 닫히자마자 표정을 딱딱하게 굳혔다. 닫힌 문을 노려보는 상진의 턱이 팽팽히 당겨졌다. 낮게 한숨을 내쉰 그가 코트 주머니에서 휴대전화를 꺼내 들었다.

"접니다. 앞으로 3%만 모으면 최대주주로 등극할 수 있다고 합니다. 그 전에 막아야 합니다."

잇새로 내뱉듯 낮고 차갑게 말한 상진의 눈빛이 날카롭게 번뜩였다.

밤 11시.

방에서 자격증 공부에 몰두 중이던 지안은 시계를 힐끗 보고 상진의 커피가 떨어졌을 시간일 것 같아 새로 커피를 내려 2층으로 올라갔다. 한국으로 돌아온 뒤에도 상진은 무척 바빠 보였다. 퇴근 후 식사시간 외에는 서재에 틀어박혀 새벽 늦게까지 일에 열중하는 날이 많았기 때문에 그의 건강이 염려스러울 정도였다.

그의 서재 앞에선 지안이 방문을 작게 노크하고는 말했다.

"상진 씨. 저 들어갈게요."

문을 열자 상진은 책상 위에 노트북을 켜 둔 채로 창가 앞에 팔짱을 끼고 서서 창밖을 내다보고 있었다. 그가 돌아보자 지안은 커피 잔을 책상 위에 놓고 다가갔다.

"커피 타 왔어요. 안 피곤해요?"

"괜찮아."

상진이 창틀에 기대앉은 채 부드럽게 웃으며 지안의 허리를 끌어당겼다. 방금 전 뒤돌았을 때 본 그의 어두운 표정이 맘에 걸려 지안이 조심스레 물었다.

"……솔직히 말해도 돼요?"

"뭘?"

지안의 허리를 끌어안은 채로 얼굴을 마주 보며 상진이 물었다. 지안은 웃음기 없는 냉랭한 표정으로 그를 바라봤다.

"하나도 안 괜찮아 보여요. 왜 상진 씨는 괜찮지 않을 때도 늘 괜찮다고 하는 거예요?"

"내가 그래 보여?"

상진이 의외라는 표정으로 묻자 지안이 잠자코 고개를 끄덕였다.

"네. 상진 씨가 어두운 얼굴로 있으면 솔직히 많이 신경 쓰이고 그래요. 걱정되고……. 무슨 일인지 먼저 말해 주면 참 좋을 텐데, 하고 늘 생각해요."

"……미안. 일부러 그런 건 아니야."

"그건 알아요."

상진이 손을 들어 올려 손가락으로 지안의 얼굴을 천천히 쓸어내렸다. 그의 매혹적인 눈빛이 서늘할 정도로 가라앉아 있었다. 그 안에 깃든 슬픔을 가만히 들여다보던 지안이 자신의 뺨을 어루만지는 그의 손등 위에 살며시 제 손을 포갰다.

"다른 사람의 마음을 본다는 게…… 요즘처럼 고통스러웠던 적이 없었던 것 같아."

상진이 옅게 웃음을 지으며 말했다.

"세상엔 모르는 게 나을 불편한 진실들이 참 많죠. 상진 씨는 억지로 그런 것들을 다 알게 되니까…… 그분이 상진 씨에게 잘해 주시던 분이라는 걸 알아요. 그래서 상진 씨가 느끼는 배신감이나 슬픔이 더 큰 거겠죠. 혼란스러운 게 당연해요."

상진이 그녀의 어깨에 천천히 고개를 숙였다. 가녀린 어깨에 그의 매끈한 이마가 닿았다.

"차라리, 아무것도 보이지 않았으면 좋겠어."

깊은 한숨과 함께 흘러나온 목소리가 괴로운 듯 낮게 깔려 나왔다. 지안이 팔을 들어 올려 상진을 꼬옥 껴안았다.

"그렇게 생각하지 말아요. 쉽진 않겠지만……. 아, 그럼 이렇게 생각하는 게 어떨까요?"

지안이 생각났다는 듯 몸을 떼고 눈을 반짝이며 그를 바라봤다.

"상진 씨의 그 능력은 상진 씨 친부모님이 당신만 남기고 가는 게 맘에 밟혀서 할 수 있는 모든 기적을 총동원해서 만들어 준 능력이라고요. 상진 씨가 스스로를 지킬 수 있게."

"기적이라."

상진이 낮게 되뇌자 지안이 입술 끝을 부드럽게 올리며 미소 지었다.

"저는 그렇게 생각할래요. 그러니까 상진 씨도 앞으로 그렇게 생각해 봐요. 알았죠?"

상진이 그녀를 마주 본 채로 콧등을 찡그리고 웃었다.

"나에게 가장 큰 기적은 바로 이지안이야."

상진이 고백하듯 속삭이고는 지안의 말랑한 입술을 담뿍 빨아들였다. 깊고 진한 입맞춤이 책상 위에 올려 둔 커피가 완전히 식을 때까지 이어졌다.

도경과 통화를 마친 상진은 휴대전화를 거대한 마호가니 책상 위에 던지듯 내려놓고 의자를 뒤로 젖혔다. 고개를 들어 집무실 천장을 바라보며 생각에 잠겼다.

'네 생각이 그렇다면 그렇게 해도 된다. 내가 준비한 게 물거품이 되는 건 염려하지 마라. 모든 걸 널 위해 준비했듯 네가 원하지 않는다면 나에게도 전혀 미련은 없다. 네가 편한 대로 하면 돼. 큰 틀에서 달라지는 건 없으니.'

방금 전 통화 속의 도경 목소리가 상진의 머릿속을 어지럽게 맴돌았다.

"후우."

한숨을 크게 내쉰 상진이 시계를 힐끗 보고는 의자를 바로 했다. 그의 손가락이 주저 없이 인터폰에 가 닿았다.

— 네. 이사님.

"차 상무님 불러 주세요."

— 알겠습니다.

인터폰을 끊고 집무실 문을 노려보는 상진의 눈빛이 강하게 빛났다.

잠시 후 한성이 그의 집무실 안으로 급히 들어섰다. 한성은 기대에 찬 표정으로 성큼성큼 걸어와 소파 위에 앉았다.

"드디어 마무리가 된 것인가? 결과는 기대해도 되겠지?"

상진이 천천히 자리에서 일어서서 소파 쪽으로 다가왔다.

"상무님."

"그래. 어서 말해 보게."

한성이 침을 꿀꺽 삼키고 상진을 바라봤다. 그의 얼굴 위로 초조함과 기대감이 뒤죽박죽으로 섞여 나왔다. 상진은 소파 앞에 우뚝 서서 그의 얼굴을 똑바로 바라보며 입을 열었다.

"……왜 그러셨습니까."

"뭘 말인가?"

한성의 물음에 상진이 차가운 얼굴로 대답했다.

"그런 큰 죄를 짓고도 태연하게 살아가며 그 회사까지 먹어치울 생각을 하시다니, 그게 사람으로서 가당키나 한 일입니까?"

"도대체 그게 무슨 소리야? 알아듣게 설명을 해 줘야 알 것이 아닌가."

한성이 오히려 질책하자 상진이 싸늘한 시선으로 그를 응시하며 말문을 열었다.

"전 진 상무님의 아들 진상진이 아닙니다. 한학규의 단 하나뿐인 아들인 한현수입니다."

상진의 말에 한성의 얼굴이 순식간에 충격과 경악으로 물들었다. 하지만 곧 평정을 가장하고는 말했다.

"도통 모를 소리를 하는구나. 네가 잘 모르고 있는 것 같은데 회장님의 아들은 안타깝게도 25년 전 사고로……."

"그때 죽은 건 한현수가 아닌 진상진이었습니다. 그 차 안에 진상진과 진 상무님이 타고 계셨던 건 모르시겠지요."

"……!"

한성의 눈과 입이 크게 벌어져 당혹스러운 표정으로 뻐끔거렸다. 흔들리는 그의 동공이 순식간에 많은 생각들을 담아내고 있었다.

— 그럴 리가. 그럴 리가 없어! 내가 분명히 다 처리했는데……! 당

시 살아남은 운전기사도 철저히 입단속 시켰는데, 진도경이 그 차 안에 타고 있었다고? 거기다 넷이 아니라 다섯이 타고 있었다니? 이건 말이 안 돼. 말도 안 되는 소리야!

끊임없이 터져 나오는 한성의 속마음을 상진이 냉소 어린 시선으로 응시하고 있었다.

"제 말이 거짓인 것 같으시면 진 상무님께 확인해 봐도 좋습니다. 진 상무님은 그 모든 일을 벌인 사람이 상무님이라는 걸 알고 계시니까."

한성의 눈동자가 정처 없이 흔들렸다. 여러 상념이 우후죽순으로 떠오른 뒤에 한성이 평소처럼 온화한 미소를 지어 보였다.

"네가 뭔가 착각하고 있는 것 같구나, 상진아. 진 상무가 무슨 말을 했는지는 모르겠지만 그런 일이 말이 된다고 생각하는 거냐? 애먼 사람을 살인자로 만들다니, 네 아비가 오랜 타향 생활에 지쳐 상상과 현실을 구분하지 못하는 것 같구나."

"제가 아무것도 알아보지 않고 이런 말을 할 거라고 생각하진 않으실 텐데요. 상무님은 지금까지의 저를 가까이서 지켜보셨으니 잘 아시지 않습니까."

처음부터 그걸 모를 리 없었던 한성의 눈동자가 흔들렸다. 둘 사이에 정적이 흘렀다. 고요한 집무실 안에 시계 초침 소리만 공허하게 울리고 있었다. 한참을 아무 말 없이 표정만 굳히고 있던 한성의 입매가 이내 비틀어 올라갔다.

"그래, 이렇게 된 거 허심탄회하게 이야기하겠다. 난, 그때 일에는 후회하지 않아."

차가운 어조로 내뱉은 그의 일그러진 얼굴에 떠오른 속마음을 읽은 상진이 미간은 좁혔다.

"원한이 있었다 해도 그런 식의 방법은 아무것도 해결되지 않는다는 걸 왜 모르십니까."

"네가 내 원한에 대해 뭘 알아?"

상진의 말에 한성이 살벌하게 눈을 부라렸다. 그 시선에는 아랑곳하지 않고 상진이 말했다.

"긴말하지 않겠습니다. 이곳 정리하시고, 중국에 자리 만들어 놨으니 그곳에서 마음 다스리고 남은 여생 속죄하며 사십시오. 그게 제가 상무님께 해 드릴 수 있는 최선입니다."

한성의 관자놀이가 크게 꿈틀거렸다.

"그 말은 날, 좌천시킨다는 말이냐?"

― 회장 자리에 오르기까지 지분 3%만 남겨 놓은 지금? 그걸 위해 지금까지 달려왔는데, 그걸 눈앞에서 날리고 타국에서 뒷방 늙은이나 되란 말인가!

상진이 눈을 날카롭게 뜨고 차갑게 일갈했다.

"그럼 내 부모를 죽인 사람과 함께 있으란 말입니까? 저에게 여기서 더한 인내를 요구하지 마십시오."

"……뭐, 뭐라……!"

상진이 단칼에 자르자 한성의 눈동자가 이리저리 흔들렸다.

― 고얀……! 이미 공소시효도 지난 일을 들먹이며 감히 날 몰아내려고 해? 내가 그 자리를 차지하기 위해 무슨 짓까지 했는데……!

자신의 모든 야욕이 물거품이 될 위기에 놓이자 한성의 얼굴이 벌겋게 달아올랐다. 숨을 거칠게 몰아쉬며 필사적으로 머리를 굴렸다.

— 하지만 저놈 성격상 절대 패를 숨겨 두지 않고 이런 제시를 할 리가 없지……. 분명 공소시효가 지나기 전에 무슨 장치를 해 뒀을 거야. 그렇지 않고서야 저리 강경하게 나오지 못하지. 게다가 그 뒤를 진도경이 받쳐 주고 있다면…….

이런 빌어먹을……!

한성의 머릿속이 엉망진창으로 얽혀 들었다.

그가 지금까지 계획한 모든 일을 벌일 수 있도록 최초의 발판을 만들어 준 건 진도경이었다. 친구를 이용한 건 미안하지만 그가 아니었으면 겉으론 아무것도 가진 것이 없던 그가 대호에 입사하는 건 꿈도 못 꿀 일이었다.

그래서 그의 아들인 상진에게 잘해 준 것이다. 거기에 악의는 없었다. 그런데 그 아들이 원수의 자식이었고, 진도경에게 자신은 자식을 죽인 철천지원수가 되었단 말인가……!

자신이 대호를 품으려 지금까지 애써 온 시간 동안 도경이 자신을 노리고 말없이 일을 꾸미고 있었다는 사실에 한성의 등줄기가 서늘해졌다.

상진은 이리저리 눈알을 굴리는 한성의 머릿속을 빠르게 스쳐 지나는 생각들을 잠자코 지켜보고 있었다. 대호의 꼭대기를 치고 올라갈 야욕과, 인간으로서의 최소한의 양심 사이에서 갈등하는 한성이 제발 후자를 선택하기를 상진은 간절히 바라고 있었다.

"후우……."

마침내 한성이 길게 한숨을 뱉어 내더니 두 손으로 마른세수를 했다. 잠시 그 자세로 한참을 있던 그가 손을 떼어 내고 힘없는 얼굴로 천장을 바라보며 포켓에서 담배를 꺼내 물었다.

"결정하신 겁니까."

"……그래. 인정한다. 너에게나 도경에게나 몹쓸 짓을 했어."

상진이 그가 뱉어 내는 희뿌연 담배 연기를 바라봤다.

"하지만 그땐 나에게도 그럴 수밖에 없는 이유가 있었다. 그걸 위해 평생을 이를 악물고 살았어……. 그건 정말이다. 그래도 너의 부모를 죽인 놈이니 이해해 달라고는 하지 않겠다. 네 말대로 하마. 너와 도경이 다 알게 된 마당에 나도 더 이상 버텨 봐야 얻을 수 있는 건 없겠지……."

한성이 피곤한 얼굴을 들어 상진을 바라봤다. 그의 얼굴이 매우 노회해보였다.

"미안하구나. 넌 아무 잘못도 없는데 너까지 죽이려 했으니……. 죄 없는 무고한 생명들을 죽이고, 또 죽이려 한 죗값을 이렇게 받게 되는 것일지도 모르겠구나. 네 뜻대로 모든 걸 정리하고 중국으로 가마. 상진아……. 내가 그러면 되겠느냐?"

상진이 말없이 한성의 지친 얼굴을 바라봤다. 모든 게 끝났다는 듯한 한성의 눈은 텅 빈 우물 같았다.

"후우."

상진이 어깨를 들썩이며 크게 한숨을 내쉬었다. 짙은 눈썹 사이를 일그러뜨린 상진이 입을 열었다.

"……거짓말이군요."

상진의 입술에서 탄식 같은 말이 흘러나왔다. 한성이 매달리듯 필사적으로 말했다.

"아니다. 상진아! 거짓말이라니, 날 믿어 다오."

한성의 절박한 얼굴 위에 그의 속내가 가득 떠올랐다.

— 우선 이렇게 말하고 중국으로 넘어간 뒤 당분간 조용히 지내는 것이 좋겠군. 일단 그 전에 가지고 있는 주식들을 믿을 만한 사람들한테 나눠서 돌려놓고……. 가만, 친척 중에 믿을 만한 놈이 남았나? 마누라 쪽은 못 믿지. 가능한 한 이쪽으로…….

마지막까지 실낱같은 희망을 가지고 있었건만 탐욕을 버리지 못하고 그 와중에도 치밀한 잇속 계산에 들어간 한성의 더러운 머릿속을 상진은 더 이상 보고 싶지 않았다.

"들어와!"

상진이 버럭 소리를 지르자 집무실 문이 벌컥 열리고 여러 명의 남자들이 달려 들어와 순식간에 한성의 몸을 포박했다. 부지불식간에 일어난 사태에 한성은 눈을 크게 뜨고 당황해하며 소리쳤다.

"이, 이게 무슨……!"

당혹감에 창백하게 질린 한성의 얼굴을 바라보며 상진이 싸늘하게 말했다.

"지금까지 상무님이 십 년 동안 회사 안에서 벌이셨던 자금세탁과 불법증여, 그리고 수차례에 걸친 불법로비와 뇌물수수가 밝혀져 경찰이 지금 이곳으로 오고 있습니다. 죄송하지만 경찰이 도착하기 전까진 잡혀 계셔야겠습니다."

한성의 눈이 바보스러울 정도로 크게 떠지더니 충격을 받은 듯 벌린 입만 뻐끔거렸다.

"뭐, 뭣이?! 그, 그럼 방금 전 했던 말은 모조리 거짓말이었단 거냐? 기회를 준다더니 단지 시간을 벌기 위한 수작이었어! 이 비열한……!"

시뻘겋게 달아오른 얼굴로 한성이 미친 사람마냥 버럭거리며 악을 쓰자 상진이 차가운 얼굴로 재킷 안주머니에 손을 넣어 무언가를 꺼냈다. 그의 손에 들린 녹음기와 봉투를 본 한성의 눈이 커졌다.

"그, 그건……?"

당혹스러워하는 한성 앞에 녹음기를 내려놓은 상진이 봉투 안에 들어 있는 비행기 티켓을 꺼내 보였다.

"만약 상무님이 진심이셨다면, 경찰이 오기 전에 상무님을 어떻게든 중국으로 빼돌릴 계획이었습니다. 하지만."

좌악! 좌악!

상진이 두 손으로 티켓을 찢어 버렸다. 잘려진 종이가 허공을 맴돌다 바닥으로 천천히 떨어졌다. 그걸 바라보는 한성의 동공이 크게 흔들렸다.

"이제 그럴 필요가 없어졌지만 말입니다."

싸늘한 눈빛으로 한성을 일별한 상진은 그대로 몸을 돌려 걸어나갔다. 정처 없이 흔들리는 시선으로 굳어 있는 한성의 등줄기를 타고 소름이 올라왔다. 마지막이었을지도 모를 단 한 번의 기회를 자신의 발로 걷어차 버린 현실이 인식될수록 눈앞이 깜깜해졌다.

그런 한성을 상진이 문 앞에서 힐끗 뒤돌아봤다.

"그럼 안녕히 가십시오. 다시는 뵈는 일 없기를 바랍니다."

차가운 말을 남긴 채 상진은 문을 열고 밖으로 나갔다.

"자, 잠깐. 잠깐 상진아! 내 말, 내 말 좀 들어 다오! 상진아!"

등 뒤로 뒤늦은 한성의 절규가 따라붙었지만 상진은 뒤돌아보지 않고 걸어갔다. 안에서 들린 목소리로 사건을 알게 된 비서들이 다들 놀라운 얼굴로 엉거주춤 서 있었다.

"이, 이사님."

광훈이 충격을 받은 얼굴로 주춤거리며 한 발 다가왔지만 상진을 딱딱하게 굳은 얼굴로 낮게 을렀다.

"따라오지 마."

그 말에 우뚝 멈춰선 광훈의 옆을 지나쳐 이사실을 박차고 나갔다. 상진은 엘리베이터에 올라탄 뒤 휴대전화를 들었다.

"접니다."

— 그래. 어떻게 됐지?

"아버지 말씀대로 됐습니다. 지금 경호원들이 결박해 놓은 상태니 곧 경찰이 도착하면 체포될 겁니다."

전화기 저편에선 한동안 말이 없었다. 잠시 후 낮은 한숨 소리가 들려왔다.

— 후우, 그래. 역시 그랬구나……. 준비는 그렇게 했지만 나 역시 속으로는 네 말대로 그가 뉘우치길 바랐는데 안타깝게 됐구나. 오늘 입국할 거다. 경찰에 넘긴 뒤는 내가 알아서 할 테니 넌 집에 가서 쉬도록 해. 당분간 회사 정리될 때까지는 나오지 말고.

"네."

— 아무 생각 하지 말고 푹 쉬어라. 알겠지?

"알겠습니다."

상진은 딱딱하게 굳은 얼굴로 전화를 끊고 엘리베이터에서 내렸다. 그새 소문이 퍼졌는지 주차장으로 내려가 차에 올라타는 사이 마주친 모든 사람들의 얼굴엔 놀라움과 호기심이 뒤섞인 채 떠올라 있었다.

— 회장 아들이라고? 진 이사가?

— 지금까지 왜 숨기고 있었대? 어쨌든 이제 잘 보여야겠군.

— 세상에, 저 남자가? 이럴 줄 알았으면 그때 회식에서 들이대 보는 건데! 애인 있던가? 뭐 있으면 어때. 아직 결혼한 것도 아니니 가능성 은 남은 거지!

상진은 미소를 지은 채 그에게 다가오는 사람들을 지나쳐 빠르 게 차에 올라탔다. 급히 시동을 걸고 차를 출발시키는 그의 얼굴이 창백할 정도로 질려 있었다. 회사 주차장을 빠져나가자 그가 이를 사리물고 미친 듯이 속도를 올렸다. 여기저기서 놀란 차들이 급정 거를 하며 클랙슨을 울려 댔지만 그의 차는 질주를 멈추지 않았다.

숨을 쉴 수가 없었다.

공기. 공기가 필요하다. 숨을 쉴 수 있는 공기가…….

지안은 오늘이 상진에게 중요한 날임을 알고 있었다. 출근할 때 평소와 다름없이 웃으며 배웅했지만 사실 속으론 많이 걱정이 됐 다.

괜찮을까? 잘되어야 할 텐데…….

지안은 초조함을 이기려 이미 광채가 돌 정도로 번쩍번쩍 윤이 나는 접시들을 닦고 닦고 또 닦았다. 그걸로도 안정이 되지 않아 두꺼운 솜이불을 끙끙거리며 욕실로 옮긴 뒤 욕조에 넣고 두 발로 힘껏 밟아 댔다. 긴 바지를 무릎 위까지 걷어 올리고 꾹꾹 밟아 대 며 매의 눈으로 빨래판과 다듬이를 노려봤다.

저 빨래판에 놓고 힘껏 두들겨 줄 게 뭐가 있나 생각해 보고 있 는데 갑자기 등 뒤에서 익숙한 낮은 목소리가 들렸다.

"찾았잖아."

지안이 그 목소리에 깜짝 놀라 뒤돌아봤다.

"상진 씨! 벌써 왔어요?"

슈트 차림의 상진이 욕실 문에 기대선 채로 지안을 응시하고 있었다. 웃음기 없는 그의 창백한 얼굴에 지안은 심장이 쿵 내려앉는 것만 같았다.

"무슨 일…… 있었어요?"

말아 올린 바짓단을 잡고 엉거주춤 선 채로 지안이 걱정스러운 얼굴로 말을 꺼냈다. 그때 상진이 단숨에 다가와선 그녀의 입술을 거칠게 삼켰다.

"으읍……!"

뜨거운 키스를 퍼부으며 무서울 정도로 강하게 몰아붙이는 상진 때문에 지안의 얼굴에서 안경이 벗겨지고 욕실 벽까지 밀쳐졌다. 상진은 옷이 젖는 데는 관심도 없다는 듯 욕조 안으로 들어와 지안을 몰아세우며 다급히 그녀의 입술과 혀를 빨아들였다.

숨을 쉬어야 해.

상진은 절박하게 공기를 찾듯 말캉한 혀를 휘어감아 강하게 빨아 당기며 밀어붙였다. 지안은 숨이 턱턱 막히고 정신을 차릴 수가 없었다. 그녀의 입술을 타고 농밀한 타액이 턱까지 흘러내렸다.

격렬하게 몰아치는 키스에 샤워기 스위치가 눌려 높이 매달린 원형 샤워기에서 물이 쏟아져 내렸다. 상진에게 쏟아지는 갑작스런 물세례에 지안이 깜짝 놀랐지만 상진은 꿈쩍도 하지 않았다. 지안의 입안을 탐욕적으로 헤집던 상진이 그녀의 퉁퉁 부어오른 입술을 놔주고는 젖은 재킷을 거칠게 벗어 던졌다.

"하아, 하아."

지안이 막혔던 숨결을 토해 내며 휘청거리는 몸을 바로 세웠다. 그가 젖은 재킷과 타이를 벗어 던지자 하얀 셔츠가 쏟아지는 물줄기에 젖어 상체의 탄탄한 근육에 아찔하게 달라붙었다. 상진은 젖은 머리칼을 관능적으로 쓸어 넘기며 지안을 강한 눈빛으로 응시했다.

"상진 씨……."

지안이 숨을 고르며 눈앞의 상진을 바라보다가 그의 핏발 선 눈에 내비치는 무언가를 발견했다. 두려울 정도로 강한 욕망으로 가득 찬 어두운 눈동자 안에 담긴 것은 분명 슬픔이었다.

"숨을 쉴 수가 없어."

상진이 팔을 뻗어 지안의 양옆을 막고 낮게 말했다. 잠긴 듯한 그의 목소리가 억눌린 듯 새어 나오자 지안의 심장이 아프게 욱신댔다. 그의 머리가 지안의 어깨로 떨어지고 하얀 목덜미에 높은 콧날을 묻었다.

"숨 쉬게 해 줘. 지안아……. 제발."

마치 상처 입은 짐승이 애원하는 듯한 그의 목소리에 지안이 안타까운 얼굴로 그의 몸에 팔을 둘러 젖은 셔츠를 조심스럽게 끌어안았다.

"날 안아요."

지안의 말에 상진은 하얀 목덜미를 거세게 빨아들이며 양손으로 그녀의 셔츠를 힘껏 잡아당겼다. 강한 악력에 못 이겨 셔츠 단추들이 사정없이 뜯어져 나가고 벌어진 앞섶으로 베이지 톤의 브래지어가 드러났다. 거칠게 뜯어진 셔츠를 잡아 벗긴 상진이 브래지어 후크를 풀어 팔 위로 끌어올린 뒤 그녀의 양손을 머리 위에서 한 손으로 결박시켰다.

"아!"

그가 움켜잡은 손목이 아파 지안이 짧게 신음을 냈다. 그녀의 목
에 걸린 루비 목걸이가 거친 움직임에 찰랑거렸다. 상진이 뾰족하
게 곤두선 분홍빛 유두를 핏발 선 눈으로 노려보고는 뜨거운 입술
로 삼켰다.

"아, 아아……."

힘껏 가슴을 움켜쥐고 강하게 빨아들이자 그녀의 하얀 가슴이
순식간에 미끈한 타액으로 번들거렸다. 아플 정도로 세게 빨아 당
기는 힘에 지안이 야릇한 통증을 느끼며 몸을 비틀었다. 지속되는
거친 자극에 그녀의 핑크빛 정점이 터질 듯 팽창했다.

"하앗! 사, 상진 씨……!"

한껏 예민해진 유두를 축축한 혀로 핥다가 길게 빨아올리자 지
안이 고개를 젖히며 헐떡였다. 그녀의 숨결이 탁하게 거칠어지자
상진은 그녀를 잡아먹을 듯 노려본 채로 남은 옷을 한 번에 벗겨
냈다. 자신의 바지를 벗으려던 상진이 물에 젖은 바지가 잘 내려가
지 않자 그녀의 팔을 풀어주고 발갛게 부풀어 오른 입술을 살짝 물
고는 말했다.

"벗겨."

지안은 떨리는 팔을 뻗어 그의 젖은 바지를 천천히 벗겨 냈다.
그녀의 손이 몸에 닿을 때마다 상진의 숨결이 거칠어졌다. 타이트
한 블랙 브리프만 남자 지안의 손이 잠시 망설였다.

"그것도."

잠긴 듯 허스키하게 흘러나온 그의 목소리가 지독히도 관능적이

었다. 지안은 쿵쾅대는 심장을 진정시키려 노력하며 그의 단단한 치골에 손을 대고 아래로 쓸어내리며 그의 브리프를 벗겨 냈다. 브리프 위에 터질 듯 불룩하게 솟아 있던 커다란 남성이 드러나자 그녀의 볼이 화끈거리며 붉어졌다.

상진은 낚아채듯 그녀의 손을 잡아 자신의 무섭게 달아오른 남성으로 가져갔다.

"아……."

자신의 손 안에 거대한 남성이 만져지자 지안은 짧은 탄성을 터뜨렸다. 한 손으로 쥐어지지 않아 양손으로 조심스럽게 움켜쥐자 그의 입술에서 거친 숨소리가 터져 나왔다.

"……윽."

하얀 손이 위아래로 움직일 때마다 그의 억눌린 신음 소리가 뚝뚝 끊기듯 새어 나왔다. 단단한 근육질 허벅지에 힘이 잔뜩 들어간 것이 느껴졌다. 관능적으로 일그러진 상진의 얼굴을 보자 지안의 몸도 뜨겁게 달아올랐다. 그녀가 무릎을 굽혀 그의 다리 사이에 머리를 가까이 가져가자 상진의 눈빛에 놀라움과 당혹감이 서렸다.

"너……? 헉."

지안이 양손으로 위를 향해 빳빳이 곤두선 굵은 남성의 뿌리를 잡고 붉은 입술을 벌려 매끈한 끝을 살짝 머금었다. 뜨거운 입술 안에 갇힌 남성이 꿈틀거리며 쾌락의 비명을 내지르자 상진의 온몸의 근육이 터질 듯 팽창했다. 쏟아지는 물줄기가 그의 머리칼과 등을 적셔 내리고 있었다. 한 번에 입안에 담기 벅찬지 잠시 빠져나간 입술이 다시 크게 벌어지며 두꺼운 남성을 뜨겁게 삼켰다.

"아……! 이런, 윽……."

상진이 이를 악물고 고개를 뒤로 젖혔다. 그의 목울대가 관능적으로 울컥거렸다. 지안의 입술이 부드럽게 위아래로 움직이자 상진이 둥글고 탄탄한 엉덩이에 바짝 힘을 주고 자신의 젖은 머리칼을 이마 위로 쓸어 올리다 더는 안 되겠는지 지안의 뒷머리를 헝클이듯 움켜잡았다.

"미칠…… 것 같아. 읏. 계속해. 제발 계속해 줘."

상진이 꽉 잠긴 목소리로 말하며 거친 숨을 뱉어 냈다. 그의 허리가 관능적으로 천천히 움직이기 시작하자 지안은 그의 반응에 더욱 흥분되어 힘껏 빨아올렸다.

"크앗!"

상진이 오만한 수컷처럼 허리를 세우고 고개를 확 젖힌 채 으르렁거렸다. 그의 남성이 터져 버릴 것처럼 팽팽하게 발기하자 상진은 지안의 몸을 일으켜 뒤돌려 세운 뒤 욕실 벽을 짚게 했다.

"하아, 상진 씨……."

지안이 엉덩이 사이를 음란하게 비벼 대는 단단하고 두꺼운 남성을 느끼고 고양이같이 허리를 비틀며 재촉했다. 앞뒤로 문지르듯 쓸어 올리며 그녀의 허벅지 사이가 촉촉하게 젖은 것을 확인한 상진은 뜨겁게 달구어진 여성 사이로 단번에 쑤셔 들어갔다.

"아흑!"

온몸이 반으로 꿰뚫릴 듯한 거센 자극에 그녀의 몸이 크게 출렁였다. 둥글고 탐스러운 그녀의 엉덩이를 강하게 움켜잡은 상진이 무섭도록 강한 힘으로 짓쳐 들어갔다.

젖은 속살이 잔뜩 발기한 굵은 남성을 꽉 물고는 힘껏 조여 댔다. 상진은 참을 수 없을 정도로 시뻘겋게 달아오른 욕망에 좁은 여체를 무자비하게 들쑤셔 댔다.

"아, 아웃. 하! 사, 상진 씨! 너, 너무 세요. 조금만, 조금만 천천히⋯⋯. 흐웃!"

지안의 온몸이 부서질 듯 세차게 흔들렸다. 자궁까지 닿을 듯 퍽퍽 쑤셔 들어오는 강한 치받침에 지안은 머릿속이 하얗게 비워지고 온몸을 뒤흔드는 짜릿한 쾌감만 느낄 수 있었다. 상진은 위아래로 출렁거리는 지안의 탱글한 가슴을 힘껏 움켜잡고 거칠게 허리를 움직였다.

지안의 묶은 머리가 흐트러진 채로 정신없이 흔들리며 거친 반동에 그녀의 등을 찰싹찰싹 때려 댔다. 그의 터질 듯 부푼 남성이 쑤셔 들어와 좁은 여성을 크게 휘젓고 빠져나갈 때마다 척추를 타고 머리끝까지 치고 올라오는 아찔한 쾌감에 소름이 끼쳤다.

상진은 욕망에 가득 찬 시선으로 그녀의 흔들리는 하얀 여체를 내려다보며 잡고 있는 탱글한 엉덩이를 짜부라뜨릴 듯 강하게 힘을 줬다.

"이지안⋯⋯!!"

"하웃!"

야수처럼 으르며 상진이 자신의 몸을 먹어 치우고 있는 탐스러운 엉덩이 사이의 분홍빛 속살을 뜨겁게 응시했다. 그가 허리를 강하게 움직일 때마다 그녀에게 잡아먹히는 번들거리는 두꺼운 남성이 뿌리 끝까지 모습을 감췄다가 다시 나타났다. 쏟아지는 물줄기가 그의 몸에 달라붙어 있는 풀어헤쳐진 셔츠 사이로 보이는 조린 듯 쫀쫀하게 갈라져 있는 탄탄한 근육 사이를 타고 흘렀다. 그의 이마에서 배어난 땀이 높은 콧날을 타고 흘러내렸다.

질척거리는 소리를 내며 두 사람의 몸이 격렬하게 얽혀 들었다.

"으음! 아! 아······홋!"

지안이 정신없이 신음을 터뜨리며 음란하게 허리를 한껏 비틀어 그의 몸을 최대치로 받아들였다. 빠르게 들이쳐 오는 그의 움직임에 맞춰 둥글게 원을 그리듯 엉덩이를 돌려 대자 상진이 거칠게 헐떡이며 더욱 격렬하게 허리를 밀어 올렸다.

"사, 상진 씨! 더는, 더는······!"

지안이 허리를 한껏 비틀며 욕실 벽을 긁어 내렸다. 더는 참을 수 없는 욕망이 그녀의 몸을 절정으로 치솟아 오르게 했다. 상진은 그 틈을 놓치지 않고 더욱 깊숙이 쑤셔 올라갔다.

"아아아!"

지안이 날카롭게 소리를 내지르며 고개를 뒤로 확 젖히자 묶은 머리채가 허공에서 채찍처럼 크게 휘둘러졌다.

"흐으······읏······."

오르가즘의 격렬한 쾌감 속에 지안이 벽을 짚은 채로 바르르 몸을 떨자 그녀의 안에 뿌리까지 단단히 밀어 박은 상진에게까지 그 자잘한 떨림이 느껴졌다. 그 감각이 미치도록 자극적이라 상진은 하얀 엉덩이를 꽉 움켜잡은 채 거친 숨결을 헐떡였다.

"네 안에 날 진하게 새기고 싶어. 네가 어디로도 가지 못하도록."

"······하아!"

상진이 그녀의 뜨거운 속살 안에서 몇 번 길게 움직이다 확 빼내자 지안이 앓는 신음을 흘렸다. 상진은 그녀의 몸을 앞으로 돌린 채 욕조 틀에 자신의 다리 한쪽을 올리고 지안의 다리 한쪽도 잡아 올려 그 위에 걸쳤다.

벽에 등을 기댄 지안이 물기에 젖은 흐릿한 시선으로 상진을 바라봤다. 온몸이 뜨거운 열기로 녹아 버릴 것만 같았다. 상진은 그녀의 열락에 젖은 얼굴을 뜨거운 눈빛으로 응시하며 벌어진 다리 사이로 단단한 남성을 푹 찔러 넣었다.

"아!"

지안이 상진의 몸을 움켜잡은 채로 고개를 한껏 젖혔다. 그는 강한 팔로 그녀의 몸을 지탱한 채 근육이 불끈거리는 둥근 엉덩이를 힘차게 밀어 올렸다. 지안의 날씬한 다리가 그의 다리 위에서 바짝 힘이 들어갔다. 그녀의 하얀 목덜미에 이를 박은 채 상진이 낮게 으렀다.

"받아들여. 날. 내 몸을, 모조리 다⋯⋯!"

거친 숨을 몰아쉬며 말하는 상진의 허스키한 목소리를 들으며 지안이 그의 몸을 필사적으로 끌어안았다.

"줘요, 다."

퍽! 퍽! 퍽! 격한 움직임에 온몸이 정신없이 요동쳤지만 지안은 그를 껴안은 팔을 놓치지 않았다. 그가 밀어 올릴 때마다 물과 땀으로 범벅이 된 그의 단단한 등 근육이 강하게 꿈틀거리는 것이 생생하게 느껴졌다. 상진이 그녀의 연한 속살을 사정없이 찍어 올리며 해일처럼 강렬하게 몰아치는 거센 쾌감에 사납게 몸을 떨었다.

폭풍 같은 격렬한 정사에 필사적으로 매달리던 지안의 얼굴이 관능적으로 일그러지더니 벌어진 입술에서 높은 교성이 터져 나왔다. 그러고는 또다시 까무룩 정신을 잃고 말았다.

도경이 한국으로 돌아온 이후로는 그의 말대로 모든 것이 일사

천리로 진행됐다. 그동안 도경이 모아 두었던 사고 당시의 증거물과 한성의 의뢰를 받은 남자를 매수해 밝혀낸 증언 등이 법적으로는 구속 사유가 되진 않았지만 회사 내의 불법비리 행위들과 맞물려 기자들에게 흥미로운 소스가 되었다.

《대기업 내에서 벌어진 놀라운 살인사건이 25년 만에 그 실체를 드러내다.》

《평생 신분을 감추고 살아온 진상진(본명 한현수) 씨에게 세간의 관심이 집중. 과연 그는 무사히 대호의 왕좌로 등극할 수 있을 것인가?》

《부모를 죽인 원수를 평생 믿어 왔던 진상진 씨에게 쏟아지는 동정과 격려. 그 영향으로 주주총회를 앞둔 대호의 주가는 껑충 뛰어…….》

탁.

상진이 노트북을 덮고 고개를 들었다.

"이런 반응까지 예상하신 겁니까?"

맞은편에 앉은 도경이 대답 대신 빙긋 웃자 상진이 허탈한 듯 웃으며 등을 의자에 기댔다.

"과연. 대단하네요."

"주주총회가 아직 남았지만 이미 최대주주는 너이고, 이 회사를 만든 회장의 아들로서 본래 당연히 너에게 돌아갈 자리였다. 그걸 다들 알고 있으니 아마 무리 없이 경영권을 획득할 수 있을 게다."

상진이 말없이 책상 위를 보다가 도경에게 시선을 올렸다.

"……차 상무님이 부모님을 죽인 이유를 혹시 알고 계십니까?"

도경이 표정을 살짝 굳히더니 안경을 고쳐 쓰고 천천히 고개를 끄덕였다.

"조사하는 중에 알게 됐지."

"그럼 혹시, 그 이유로 살인 건으로 기소하지 못하고 다른 비리 정황을 확실히 잡을 때까지 기다리신 겁니까?"

"아니. 그건 아니다. 내가 당시 얻은 증거들에 대해 변호사와 상의해 보니 그걸로는 충분치 못하다는 걸 알게 됐었다. 어중간하게 밝혀서 구속시키지도 못하고 제대로 너에게 상속도 하지 못하게 될까 봐 확실한 안정장치를 해 둘 때까지 기다린 거였다. 다행히 차상무는 권력욕이 상당했고 비리란 본래 한 번 저지르기 시작하면 점차 커지는 법이니 나머지는 시간이 해결해 줄 문제였지."

"그런 거군요······."

상진이 한숨을 내쉬자 도경이 강경한 목소리로 말했다.

"한성이 뭐라고 했던 네 부모가 죄를 지은 건 아니니 신경 쓰지 말아라. 기업을 이끌어 가다 보면 부실한 회사를 인수해서 몸덩이를 불리는 건 당연한 이치야. 한성의 부모가 꾸리던 회사는 대호에 인수 합병되기 이전부터 이미 식물 회사로 전락한 상태였다고 알고 있다. 그 일로 제 부모가 자살했다고 생각하는 한성이 틀린 거야. 정당한 과정이었음에도 실패를 인정하지 못하고 극단적인 방법을 선택한 건 그들의 책임이지 네 부모님의 책임은 아니야."

"······알고 있습니다."

상진도 머리로는 알고 있었다. 하지만 그날 한성의 얼굴에 떠오른 기억들······. 부도로 인한 부모의 자살로 인한 충격과 혼자만 살아남았다는 죄책감. 그리고 그 원망의 화살을 회사를 인수한 대호에 돌린 그의 원한이 아예 이해 못 할 것이 아니라 착잡한 마음을 떨칠 수는 없었다.

"네가 무슨 생각을 하는지는 안다. 하지만 그 모든 이유가 살인의 핑계가 되진 않는다."

마치 상진의 속마음을 간파한 듯한 도경의 말에 상진이 의아스러운 얼굴로 물었다.

"혹시 제 얼굴에서 뭔가…… 보이십니까?"

도경에게도 그 사고의 여파로 무언가 능력이 생긴 게 아닐까 하는 시선으로 상진이 바라보자 그가 부드럽게 웃었다.

"이 정도 세월을 살다 보면 저절로 보이는 것들이 생기는 법이다. 그만 일어나자. 곧 주주총회 시작할 시간이니 슬슬 준비를 해야겠지."

자료를 들고 일어서서 빙긋 웃는 도경을 따라 상진도 일어섰다. 집무실 문을 열고 나서는 상진의 눈빛은 더 이상 혼란을 담고 있지 않았다. 확고한 시선으로 정면을 응시한 채 빠르게 걸어가는 그의 뒤로 여기저기서 응원의 시선이 따라붙고 있었다.

회의가 끝나고 웅성거리는 소리와 함께 정장을 입은 사람들이 회의실에서 쏟아져 나왔다.

"축하드립니다! 회장님."

"이기실 줄 알았어요, 축하드려요!"

상진은 사방에서 쏟아지는 축하인사를 목인사로 받으며 서둘러 엘리베이터를 타고 1층으로 내려갔다. 이미 그가 회장 자리에 오를 것을 예상하고 있던 직원들의 얼굴에 떠오른 호감과 관심을 뒤로한 채 로비로 나서자 수많은 취재진이 그를 보자마자 플래시를 터뜨려 댔다.

"대호의 황태자로 등극하셨는데 지금 심정이 어떠십니까?"

"차한성 씨는 앞으로 어떻게 하실 생각인가요?"

"지금까지 모든 것을 알면서 숨기고 계셨던 겁니까? 진상진 씨. 한 말씀만 해 주시죠!"

경비들의 가드를 뚫고 나오며 사방에서 마이크를 들이대는 기자들을 헤치고 상진은 오직 한 곳만 보고 걸어갔다.

마침내 취재진의 뒤에 멀리 떨어져 단정하게 서 있는 수수한 차림의 지안을 발견하자 딱딱하게 굳어 있던 그의 얼굴이 부드럽게 펴졌다. 그녀를 확인하는 순간 그의 발걸음이 더욱 빨라졌다.

"상진 씨."

지안이 자신에게 다가오는 상진을 발견하곤 미소를 지었다. 급히 그녀 앞까지 다다른 상진이 두 팔로 지안을 와락 껴안았다.

"다 끝났어."

그녀를 안고 상진이 낮게 속삭이자 지안도 그의 등을 토닥이듯 쓸어내렸다.

"네. 수고했어요."

상진은 그제야 안심한 듯 깊은 숨을 내쉬었다. 그때 뒤에서 그들을 바라보는 기자들의 눈이 번뜩거리더니 미친 듯이 플래시를 터뜨리기 시작했다. 플래시 조명이 반짝반짝 부서지며 마치 그들을 위한 화려한 축하 세레모니같이 쏟아져 내렸다.

9.

그대에게 프러포즈

상진과 지안이 대문을 열고 나오자 광훈이 얼른 차에서 나와 문을 열어 줬다.

"좋은 아침입니다. 회장님."

넉살 좋은 광훈의 얼굴을 본 상진이 삐딱하게 한쪽 눈썹을 들어 올렸다.

"그런 식으로 부르지 말랬지."

지안과 뒷좌석에 나란히 앉으며 상진이 쏘아붙이자 운전석으로 돌아온 광훈이 여전히 능글맞게 웃었다.

"아니 그럼 회장님을 회장님이라고 부르지 뭐라고 부릅니까? 전처럼 이사님이라고 부를 수도 없고 말입니다."

"내가 호칭 가지고 이러는 것 같아? 사람을 무슨 인생 다 산 늙은이마냥……."

"네? 제가요? 에이, 설마 제가 고귀하신 회장님께 어찌 그런 망발을 하겠어요?"

"그딴 거 집어치우랬지."

"그만해요. 상진 씨."

지안이 웃으며 상진의 옆구리를 콕 찌르자 그제야 상진이 못마땅한 표정으로 입을 다물었다.

"기분 나빠 하지 마세요, 광훈 씨. 이 사람이 원래 말투가 조금 뾰족할 뿐인 거 아시죠?"

"하하! 물론 잘 알지요. 같이한 시간이 얼만데요."

나긋한 지안의 말에 광훈이 입을 크게 벌리고 벙긋 웃으며 대답했다. 그 모습을 본 상진의 미간이 불만스럽게 좁혀졌다.

지안은 상진의 대외적 이미지를 위해 외출 때는 나름대로 렌즈도 끼고, 옷차림이나 헤어스타일도 신경 쓰는 터라 겉모습이 그전과는 확 다른 분위기를 내고 있었다. 호수 같은 눈망울을 가리고 있던 안경도 없는 데다 늘 단정하게 묶고 있던 머리도 롤을 말아 부드럽게 웨이브지게 만든 뒤 어깨 아래로 자연스럽게 흘러내리게 했다. 가냘픈 몸매에 여성스러운 니트 원피스와 고급스러운 체크무늬 모직코트를 걸치자 놀라울 정도로 아름다워 보였다.

그런 지안을 룸미러로 힐끔거리는 광훈의 얼굴에 묘한 홍조가 어리자 상진의 눈이 대번 험악하게 굳었다.

"힐끔거리지 말고 운전 똑바로 못 해? 아주 눈알을 확……!"

"상진 씨."

지안이 조용하지만 강한 목소리로 상진의 말을 막았다.

"아무리 편한 사이라지만 아래 직급에 있는 분에게 그런 식으로 말하면 안 되죠. 한 기업을 이끌어 가고 수많은 식솔을 챙겨야 하시는 분이 그런 입에 담지 못할 말을 해서야 되겠어요?"

"……미안."

"저한테 미안할 일이 아니라 광훈 씨에게 사과하셔야죠."

지안의 단호한 말에 상진이 떨떠름한 표정으로 광훈을 향해 말했다.

"내가 말이 지나쳤군. 이 비서가 이해해 줘."

"뭘요, 전 괜찮습니다. 하핫!"

광훈의 의기양양한 표정이 룸미러에 비치자 상진은 순간 불같은 성질이 치솟았지만 옆자리에서 흐뭇한 미소를 띠고 있는 지안 때문에 꾹 참았다.

"역시 사모님은 저희 회장님께 딱 어울리는 분이세요. 뭐 붉은 물로 다스린다, 그런 말이 있잖아요? 불같은 성미의 회장님에 물처럼 유한 사모님, 정말 천생연분이 아닐까 싶습니다."

"어머, 좋게 봐 주신다니 고마워요. 광훈 씨."

"고맙긴요. 솔직한 생각인데요, 뭐."

미간을 찌푸리고 있던 상진은 광훈의 천생연분이라는 말에 입술 끝을 끌어올렸다.

자식, 옳은 말도 할 줄 아는군.

"아버지는?"

"먼저 가 계신다고 했습니다. 남양주에 볼일이 있으시다고 곧바로 내려가신대요. 위치는 제가 알고 있으니 걱정 마십시오."

광훈의 말에 상진이 고개를 끄덕이고 창밖으로 시선을 돌렸다. 그의 손안에 지안의 하얀 손이 따스한 온기를 전해 주고 있었다.

산 중턱에 위치한 너른 주차장에 차를 세우고 나와 보니 도경이 기다리고 있었다.

"왔구나. 어서 들어가자."

도경이 인자한 미소를 지으며 상진과 지안을 건물 안으로 이끌었다. 그의 안내에 따라 회벽색의 커다란 건물을 통해 안쪽에 위치한 잘 관리된 묘지가 있는 곳으로 걸어갔다. 그곳엔 두 개의 무덤과 작은 무덤이 있었다.

"여기다."

상진은 꽃으로 화려하게 장식된 무덤 앞에 서서 말없이 묘비를 바라봤다. 묘비엔 그의 부모인 한 회장 내외의 이름과 본래의 자신의 이름도 쓰여 있었다.

"저 작은 묘지 안엔 아버님의 친아드님이 계신 건가요?"

지안이 조심스럽게 묻자 도경이 고개를 저었다.

"아니다. 겉으로 보이는 무덤만 만들어 뒀을 뿐 내 아들은 다른 곳에 있다."

말없이 부모의 묘를 바라보던 상진이 도경에게 시선을 돌렸다.

"그곳이 어딥니까? 괜찮다면 지금 가 봤으면 하는데요."

"내 아들의 묘를 말이냐?"

도경이 조금 놀란 듯 묻자 상진이 대답 대신 고개를 끄덕였다. 잠시 생각하던 도경이 옅게 미소를 지었다.

"그래. 그 전에 먼저 네 부모님에게 인사는 제대로 하고. 그동안 얼마나 아들이 보고 싶었겠니. 먼저 차에 가 있을 테니 천천히 인사하고 나오너라."

"……네."

그 말에 상진이 고개를 다시 묘지 쪽으로 돌렸다. 도경이 그곳을 빠져나가자 지안이 상진의 곁에 가만히 서서 그의 손을 살짝 잡았다.

"향을 피울까요?"

지안의 물음에 상진이 시선을 묘비에 향한 채로 고개를 저었다.

"솔직히 아직은……. 갑자기 알게 된 친부모님이라는 존재가 절실하게 와 닿지 않아. 잃어버린 기억 때문일 수도 있지만 지금은 그저…… 낯설기만 해."

"그럴 거예요. 저라도 어느 날 갑자기 지금 부모님이 친부모가 아니라 다른 낯선 사람들이 제 진짜 부모님이라며 나타난다면 굉장히 이상하고 낯설 것 같거든요."

지안이 수긍하듯 고개를 끄덕거렸다. 한참 묘비를 바라보던 상진이 입을 열었다.

"아직은 받아들이기 힘들지만 천천히……. 받아들일 수 있도록 노력하겠습니다. 대신 자주 올 테니 너무 서운해하지 마시기 바랍니다."

상진이 그다운 차갑지만 정중한 말투로 말하고는 꾸벅 인사한 뒤 지안의 손을 잡고 뒤돌아서서 입구로 향했다. 지안은 그를 따라 걸어가며 무덤 쪽을 살짝 뒤돌아봤다.

저도 자주 올게요.

속으로 그 말만 되뇌고 상진을 따라 그곳을 빠져나갔다.

그 후 도경을 따라 찾아간 작고 낡은 공동묘지에 본래의 진상진의 묘지가 있었다. 을씨년스럽게 잡초가 무성히 돋아난 묘비도 없는 작은 묘지 앞에 서자 상진은 가슴이 먹먹해서 아무 말도 할 수가 없었다.

"……이곳입니까?"

"그래."

상진의 말에 도경이 주름진 얼굴로 묘지를 바라보며 대답했다.

"저에게 피해를 주지 않기 위해 일부러 눈에 띄지 않게 하려고 이런 곳에 만드신 거군요."

낮은 그의 목소리에서 아픔이 느껴져 지안도 마음 한 켠이 괜스레 아려 왔다. 걱정스러운 눈빛으로 상진을 바라보자 밀랍인형처럼 차갑게 굳은 그의 옆얼굴이 눈에 들어왔다.

상진은 가슴을 들썩이면 크게 한숨을 내쉬고는 흙 위에 무릎을 꿇었다.

"상진아."

도경이 만류하듯 말하자 지안이 도경의 팔을 살짝 잡았다.

"그냥…… 두세요."

안타까운 얼굴로 지안이 옅은 미소를 짓자 도경도 한숨을 내쉬고는 상진을 바라보기만 했다. 한참을 바닥에 무릎을 대고 고개를 숙이고 있던 상진이 형체조차 불분명한 묘지를 바라봤다. 그가 일어날 생각을 하지 않자 도경이 말했다.

"너의 잘못이 아니다. 상진아."

상진이 고개를 저었다.

"제 역할을 하다 저 대신 죽은 아입니다. 죽어서도 변변한 묘비 하나 못 세우고 이런 곳에 방치시킨 것도 다 저 때문 아닙니까."

"아니다. 그건 그냥 사고였을 뿐이야. 죄가 있다면 네가 아니라 그렇게 시킨 나에게 있다. 그리고 그 아이 역시 그 역할을 즐거워했었어. 그날이 마지막 왕자 역할이라고 아쉬워할 정도였으니 말이다."

도경이 상진의 어깨를 지그시 잡으며 말하자 상진이 고개를 떨구고 천천히 몸을 일으켰다. 가장 괴로운 건 자신이 아니라 아비인 도경이라는 것을, 그도 알고 있었다. 아비로서 지켜주지 못한 그의 심정을 어떻게 감히 상상이나 할 수 있을까…….

몸을 일으킨 상진이 붉어진 눈시울로 도경을 똑바로 바라봤다.

"……대신이라고 할 순 없지만 앞으로 제가 잘하겠습니다."

"그래. 기대하마."

도경이 부드럽게 미소 지었다.

"그전에 우선 이 묘지부터 제대로 된 곳으로 옮기겠습니다. 진상진이라는 본래의 이름으로 묘비를 세우고, 자주 찾을 수 있도록 서울과 근접한 곳으로 제가 옮기게 해 주십시오."

"안 그래도 일이 모두 끝나면 옮길 생각이었으니 넌 신경 쓰지 않아도 돼."

상진이 고개를 저으며 확고한 목소리로 말했다.

"아뇨, 제가 하겠습니다. 그렇게라도 해야 마음이 덜 무거울 것 같아서이니 허락해 주세요."

"그렇게 하게 해 주세요, 아버님."

지안까지 간절한 목소리로 청하자 도경이 별수 없다는 듯 끄덕였다.

"그래. 그렇게 해서 네 마음이 조금이라도 편해진다면 그렇게 하는 걸로 하자꾸나. 그런데 이름을 돌려주면 네 이름은 본래의 이름으로 돌아갈 생각인 것이냐? 그렇다면 회사 내 경영권 승계를 위한 서류 문제가 있으니 어서 절차를……"

"제 이름은 바꾸지 않겠습니다. 계속 이 이름으로 살며 아드님의 못다 한 삶을 대신 살아간다는 마음으로 살아가고 싶습니다."

상진이 도경의 말을 끊고 묘지로 시선을 돌린 채 강하게 말했다.

"그래……. 네 생각이 그렇다면 그 문제는 변호사와 상의해서 네 뜻대로 할 수 있는 방안을 만들어 보도록 하마."

"감사합니다."

상진이 고개를 숙이자 도경이 웃으며 그의 어깨를 툭툭 두드렸다.

"고맙긴. 자, 이제 나도 오랜만에 찾은 작은아들과 대화를 좀 해야겠으니 너희는 먼저 서울로 올라가거라."

"그 전에 의논하고 싶은 게 있습니다."

"무슨?"

상진의 말에 도경이 안경을 추켜올리며 물었다. 그의 얼굴을 응시하며 상진이 입을 열었다.

"저는 경영에 대해 아직 부족한 게 많습니다. 아버님께서 왜 그동안 직접 경영에 참여할 수 있는 핵심인사까지 올라가라고 하셨는지는 이제 알게 됐기에 준비해 놓은 것이 하나도 없습니다. 솔직히 지금 이대로 이 거대한 회사를 저 혼자 이끌어 가는 건 무리입니다."

"그건 걱정 안 해도 된다. 회사 원로들 중심으로 널 도와줄 사람도 많고, 내가 지켜본 바로 넌 충분히 그런 능력이 있는 사람이야.

내가 보증하마."

도경이 부드럽게 웃으며 말하자 상진이 고개를 저었다.

"그렇지 않습니다. 이번 일도 실상 아버지께서 모든 걸 준비하지 않았습니까. 그리고 저 역시 차 상무님의 일도 있어서 아직은 누군가를 진심으로 믿기가 힘이 듭니다. 제가 상대할 경쟁자들은 태어날 때부터 제왕교육을 통해 철저히 훈련된 후계자들 아닙니까. 그러니 아버지가 저를 좀 도와주세요."

"내가 말이냐? 난 그런 자리를 바라고 한 게……."

난색을 표하는 도경의 말을 막고 상진이 그에게 허리를 굽혀 깊숙이 고개를 숙였다.

"제가 배울 동안만이라도 좋으니 부탁드립니다. 부디 총괄 사장 자리를 맡아 저를 좀 도와주십시오."

잠시 난처한 표정을 짓고 있던 도경은 한참이 지나도 상진의 고개가 들리지 않아 마지못해 말했다.

"내가 너에게 도움이 된다면 무슨 일이든 못하겠느냐. 알겠다. 내가 힘닿는 데까지 도와줄 테니 걱정 말아라."

상진은 그제야 깊이 숙였던 고개를 들어 올리고 안도한 표정으로 미소 지었다.

"정말 고맙습니다. 아버지."

아버지라는 말에 힘을 주는 상진이 도경의 얼굴을 한참 동안 바라봤다. 지안은 뒤에서 그들의 모습을 조용히 지켜보며 서 있었다.

상진과 지안을 먼저 서울로 올려 보낸 뒤 도경은 잡초가 우거져 있는 작은 묘지 앞에 앉아 있었다. 수북이 올라온 잡초들을 자신의 아들인 양 천천히 손으로 쓸어내리는 도경의 주름진 얼굴에 슬픈 미소가 떠올라 있었다.

"미안하다. 아빠가 너무 늦었지? 너의 복수를 좀 더 빨리 하고 싶었는데⋯⋯. 생각보다 너무 오래 걸리고 말았구나. 정말 미안하다, 상진아."

아무도 없는 무덤가에 앉아 도경은 낮은 목소리로 천천히 말했다.

"그동안 자주 오지도 못 하고⋯⋯. 이 일이 끝나면 네가 외롭지 않게 함께 있어 주려고 했는데 아무래도 그 아이에게 들킨 모양이구나. 숨긴다고 숨겼는데⋯⋯."

이곳을 떠나기 직전 그를 한참 바라보고 있던 상진의 붉게 충혈된 눈을 보고 도경은 상진이 그 제안을 한 이유가 자신의 마음을 간파 당했기 때문이라는 걸 알았다.

상진을 제자리로 다시 되돌려놓고 남은 생은 바람같이 떠돌아다니며 여행이나 하고 싶다는 핑계로 사라진 뒤 먼저 떠난 아들 곁으로 가려 했던 그의 본심을 들켜 버린 것이다.

"그걸 알아서 그런 제안을 한 거였어. 그래⋯⋯. 그 아이에게도 아빠가 너무 미안하게 되어 버린 것 같다, 상진아. 이곳에서 아빠의 역할이 남아 있다면 다 해결하고 가야 할 것 같은데⋯⋯ 괜찮겠니?"

저물어 가는 붉은 노을빛을 바라보며 천천히 무덤을 쓰다듬던 도경의 눈시울도 노을빛처럼 붉어졌다. 눈물이 가득 차오른 그의 얼굴이 처참하게 일그러졌다.

"미안하다. 불쌍한 내 아들⋯⋯. 이제야 외롭지 않게 아빠가 같이 있어 주려고 했는데 그러지 못해서 미안하다. 정말, 아빠가 미안해…… 부디 날 용서해 다오."

도경이 무덤에 삐죽 솟은 잡초를 움켜쥐고 주름 사이로 굵은 눈물방울을 떨어뜨렸다.

무덤가에서 도경의 노쇠한 어깨가 한없이 구슬프게 떨리는 것을 멀리서 조용히 지켜보고 있던 상진이 낮게 한숨을 내쉬고 천천히 몸을 돌렸다.

차가 있는 곳으로 걸어오는 상진을 보고 지안이 차에서 내려 다가갔다.

"괜찮아요?"

그의 안색을 보고 걱정스러운 듯 지안이 묻자 상진이 말없이 고개를 끄덕였다. 그의 허리를 살포시 끌어안은 지안이 미소를 지었다.

"강하신 분이니 괜찮을 거예요. 너무 걱정 마세요."

"……그래."

꽉 잠긴 목소리로 대답한 상진이 그녀의 어깨를 감싸 안고 걸어갔다.

저마다의 슬픔과 후회, 그리고 안타까운 걱정 위로 아픈 상처를 덮어 주듯 부드러운 노을빛이 따스하게 내려앉았다. 모든 상처는 치유되기까지의 시간이 필요하다. 지안은 어서 시간이 흘러 상진과 도경의 상처가 깨끗하게 아물길 간절히 바라며 그의 허리를 꼭 끌어안았다.

얼어붙을 것 같은 추위가 지나고 따뜻한 봄을 앞두고 있었다.

모든 일이 일단락되고 평화로운 나날이 흘러갔다. 상진은 도경과 다른 임원들과 함께 매일 밤늦도록 회의를 거듭하며 앞으로의 대호를 이끌어나갈 초석을 다지기에 분주했다. 지안은 지안대로 완벽한 가사 일을 해내며 곧 있을 자격증 시험을 위해 시험 공부에 한창이었다.

오늘도 늦은 시간까지 퇴근하지 않은 상진을 기다리며 동영상 강의에 집중하고 있는데 대문이 열리는 알림음이 들렸다. 지안은 반색을 하고 얼른 일어나서 잰걸음으로 현관까지 갔다. 상진이 막 문을 열고 들어오고 있었다.

"어서 와요."

지안이 환한 미소로 그를 반기자 상진도 피곤한 표정을 지우고 부드러운 미소를 지으며 그녀를 껴안았다.

"보고 싶었어."

그녀를 끌어안은 채 상진이 매일 퇴근 때마다 하는 말을 귓가에 속삭이자 지안도 늘 하는 말로 대답했다.

"저도 보고 싶었어요."

상진은 지안의 매끈한 이마를 입술로 살짝 누르고는 옷을 갈아입기 위해 2층으로 연결된 계단으로 향했다.

"식사는 했어요?"

지안이 그의 뒤를 따르며 그가 벗는 코트와 재킷을 척척 받아 한 손에 걸고는 물었다.

"음, 아까 아버지와 먹었어. 목욕만 하게 물만 받아 줘."

"네."

지안이 그의 옷을 옷걸이에 정갈하게 걸어 둔 뒤 그의 침실과 연결된 욕실로 가서 커다란 욕조에 물을 틀었다. 온도가 맞나 손가락을 물에 대고 심혈을 기울여 확인하고 있는데 갑자기 상진이 그녀를 뒤에서 번쩍 들어 올렸다.

"꺅!"

물소리 때문에 상진이 다가오는 소리를 못 들었던 지안이 화들짝 놀랐다. 상진이 지안을 들어 안은 채로 얼굴을 내려다보며 미간을 찡그렸다.

"뭐야. 치한이라도 만났어? 왜 소리를 지르고 그러지?"

"미안해요. 깜짝 놀라서 저도 모르게 그만……."

지안이 민망한 듯 웃으며 얼른 말하자 상진은 그녀를 푹신한 러그가 깔린 욕조 앞 대리석 위에 사뿐 내려놨다. 그러고는 지안의 치마를 무릎 위로 걷어 올렸다.

"사, 상진 씨?"

지안이 놀란 듯 묻자 상진이 태연한 얼굴로 샤워기를 빼내 샤워기에서 나오는 물의 온도를 잠시 확인했다. 그가 샤워기를 아래로 고정시키고 그녀 앞에 한쪽 무릎을 세우고 꿇어앉았다.

"어머. 왜 그래요?"

"가만히 있어."

상진이 벌떡 일어나려는 지안을 잡아 앉히며 말했다. 둥근 대야를 그녀의 발아래 놓고 날씬한 종아리를 잡아 그 안에 넣었다.

"저, 저기……."

그가 뭘 하려는 지 눈치챈 지안이 당황스러운 듯 발가락을 꼼질거리며 어쩔 줄을 몰라 했다. 상진은 샤워기를 그녀의 발쪽으로 고정시키고 지안의 발을 씻겨 주기 시작했다. 간지러움과 민망함에 몸을 비틀며 지안이 황급히 말했다.

"제가 할 수 있어요. 애도 아닌데 왜……."

"애 아닌 거 아니까 가만히 있어. 자꾸 그러면 온몸을 다 씻겨 줄 거니까."

상진이 자꾸 빼내려는 작은 발을 잡은 손에 힘을 주고 으르자 지안이 얼른 입을 다물었다. 재킷만 벗은 슈트 차림으로 그의 기다란 손가락이 그녀의 발을 가만가만 어루만지듯 정성스럽게 닦아 주었다. 발가락 사이사이에 닿는 간질간질한 감촉과 부드러운 비누거품 감촉이 왠지 심장을 달아오르게 만들었다.

"항상, 씻겨 주고 싶었어."

그녀의 발에 거품을 문지르며 상진이 말하자 지안이 눈을 동그랗게 떴다.

"제 발을요?"

"응."

순간 지안의 얼굴이 낭패감으로 젖어 들었다.

"혹시…… 제 발에서 냄새라도 나요……?"

민망함으로 작게 흘러나오는 그녀의 말에 상진이 입술 끝을 올리고 웃었다.

"뭐, 이지안 발 냄새라면 그것도 나쁘진 않을 것 같지만 안타깝게도 안 나."

"그럼 왜 발을 씻겨 주고 싶다는 건데요?"

지안이 입술을 뾰족이 내밀고 미심쩍다는 듯 말하자 상진이 낮은 목소리로 천천히 말했다.

"이 두 발이 내 옆에 서 있어 줘서 이겨 냈으니까."

고개를 든 상진이 그녀의 살짝 붉어진 얼굴을 올려다봤다.

"지금도 이 발 덕분에 내가 버틸 수 있는, 그런 고마운 발이니까……
그래서 씻겨 주고 싶었어."

"상진 씨……."

지안은 목구멍에 뜨거운 것이 울컥 치받치는 기분이었다. 그녀의
까만 눈동자를 바라보는 상진의 진지한 눈동자가 심장을 뭉클하게
만들었다. 상진이 포켓 속에 들어 있던 반짝이는 반지를 꺼내 지안
에게 내밀었다.

"이건……?"

큼직한 다이아몬드가 떡하니 박힌 반지를 본 지안의 눈이 크게
떠졌다. 상진의 검회색 눈동자가 흔들림 없이 그녀를 향했다.

"사랑해. 지안아. 넌 내게 있어 단 하나뿐인 축복이자 행운이야.
나와 결혼해 주겠어?"

느닷없는 프러포즈에 놀라 눈을 깜빡거리는 것도 잊은 듯 커다
랗게 뜬 채로 그를 바라보고 있던 지안이 함빡 웃음을 터뜨렸다.

"물론이에요."

지안이 그의 목을 와락 껴안으며 대답했다. 가슴이 벅차올라 그
말 외에는 아무 말도 할 수가 없었다.

에필로그 1.

진, 상진입니다만

지유는 지한, 지석, 지훈 삼형제와 함께 김치볶음밥을 앞에 두고 식탁에 오순도순 앉았다.

"어서 먹어 봐."

지유가 권하자 지석이 지훈과 지한을 슬쩍 쳐다본 후 총대를 매듯 한 수저 떠먹었다. 먹자마자 수저를 내려놓으며 지석이 인상을 찡그렸다.

"누나. 짜."

"짜?"

"그럴 줄 알았어. 누나 또 소금 들이부었어?"

지석을 반응을 본 지훈이 못마땅한 얼굴로 말하자 지유가 볶음밥을 한 수저 푹 퍼서 입안에 넣으며 성을 냈다.

"얘네들이 만들어 줘도 또 그딴 소리를…… 엑!"

지유의 얼굴이 마치 쇠똥구리라도 통째로 씹은 듯 처참하게 일그러지자 지석이 그럴 줄 알았다는 얼굴로 미간을 찌푸리며 물 잔을 건넸다.

"거봐. 짜다니까."

물 한 잔을 벌컥거리며 원샷한 지유가 크게 숨을 내쉬고 고개를 갸웃거렸다.

"이상하네……? 레시피대로 했는데 뭐가 문제지?"

"하여간."

지한이 안경을 추켜올리며 김치볶음밥이 담긴 접시를 모아 통째로 프라이팬에 부어 버렸다. 냉장고에서 치즈와 계란을 꺼내고 밥을 더 섞어 다시 볶은 뒤 내놓자 모두의 입에서 감탄사가 터져 나왔다.

"우와. 역시 냄새부터 다르다니까? 아주 고소고소하잖아?"

"한아, 예술이다. 완전 맛있어!"

지유도 허겁지겁 밥을 퍼먹으며 엄지를 추켜세웠다.

"형. 그냥 요리는 형이 하지? 그게 나을 것 같은데."

지훈의 말에 지유가 눈을 부라렸다.

"안 돼! 언니가 니들 밥 잘 챙겨 먹이라고 나한테 얼마나 신신당부를 하는데. 그리고 한이는 공부도 바쁜데 요리할 시간이 어디 있겠어. 그냥 누나가 해 줄게."

"어차피 형이 다시 하게 되는 일이 대다순데 뭐."

"이게……!"

지유가 눈을 부라리고 밥숟가락을 휘젓자 지훈이 익숙한 듯 유연한 몸짓으로 획획 피했다.

"아. 뉴스 한다. 조용히 해 봐."

지한이 리모컨으로 TV볼륨을 올리며 말했다. 지유는 지한이 안경을 추켜올리며 TV화면에 집중하는 모습을 보고 혀를 끌끌 찼다.

"도대체 뉴스를 왜 좋아하는지 알 수가 없다니까. 밥 먹으면서 뉴스 보면 입맛 달아나지 않아? 속만 답답해지고."

지유의 말에 지한이 화면에 시선을 박은 채로 대답했다.

"뉴스가 얼마나 재밌는데. 이 안엔 모든 종류의 코미디가 다 있어. 코미디만 있는 게 아니라 스릴러, 공포, 드라마까지 세상만사의 온갖 엑기스는 다 들어 있다고 보면 돼. 아주 재밌어."

"그렇게 재미있으면 너나 실컷 보렴. 근데 밥은 좀 먹어 가면서 봐."

지유는 화면 속으로 빨려 들어갈 듯 집중하고 있는 지한을 보고 고개를 절레절레 젓고는 다시 김치볶음밥을 폭풍흡입하기 시작했다.

"형. 저 사람이 그 사람인가? 이번에 이십 몇 년 만에 갑자기 정체가 밝혀졌다는 재벌 아들."

TV를 힐끗거리던 지석이 묻자 지한이 설명하기도 전에 옆에 있던 지훈이 끼어들었다.

"저 사람 나도 알아! 진짜 인생 장난 아니던데? 난 무슨 영화 내용인 줄 알았다니까. 멀쩡히 잘 살고 있다가 어느 날 알고 보니 부모님이 재벌 회장이었고 난 유일한 후계자! 거기다 평생 아버지라 알고 있던 사람은 나 대신 죽은 아이의 아버지! 그리고 친아들같이 대해 주던 아버지 친구는 알고 봤더니 부모를 죽인 원수! 아~ 정말 흥미로워."

"엄머. 디따 잘생겼다. 저 남자!"

지훈이 침을 튀기며 설명한 남자를 디따 잘생겼다는 한 마디로 압축시켜 버린 지유가 아주 흥미로운 시선으로 화면을 뚫어져라 바라봤다. 그 보습을 본 지석이 어이없다는 듯 말했다.

"뉴스는 재미없다더니. 밥 먹으면서 보면 입맛만 달아난다며?"

"저 남자 얼굴 좀 봐. 저게 뉴스 나올 얼굴이니? 드라마나 영화에 주인공으로 나올 얼굴이지. 저 남자는 인생도 그렇고 외모도 그렇고 어쩜 저리 드라마틱하대? 이야, 저 기럭지 길고 엉덩이 착 올라붙은 거 봐. 아주 실하네. 몸도 장난 아니게 탄탄해 뵌다."

화면을 불같은 시선으로 응시하는 지유의 입에서 침이라도 똑 떨어질 듯하자 지훈이 한심하다는 듯 말했다.

"하여간 누나는 좀 생겼다 하는 얼굴만 보면 정신을 못 차려선."

"훈이 너 눈이 삐었구나? 저게 어떻게 좀 생긴 얼굴이니? 아주아주 잘생긴 얼굴이지. 저게 좀 생긴 거면 넌 생기다 만 거야. 알아?"

"뭐야아? 누난 내가 얼마나 인기가 많은 줄 몰라서……."

"저거 큰누나 아냐?"

불쑥 들려온 지한의 말에 침을 튀기며 공방이 오가던 세 명의 시선이 일제히 TV 쪽으로 쏠렸다.

"뭐라고?"

설마 그럴 리가 있겠느냐 싶었지만 그래도 지한이 평소 헛소리를 하는 성격은 아니기에 세 명의 시선은 화면을 뚫어져라 집중해서 쳐다봤다.

화면에선 마치 파파라치가 톱스타를 쫓듯 수많은 기자들이 그 아주아주 잘생긴 얼굴의 남자를 향해 플래시를 터뜨리고 있었다.

그의 옆에 단아하게 서 있는 여자를 에스코트하듯 차에 태우는 남자의 모습이 나오더니 이어서 주주총회 당일이라는 자막과 함께 회사 로비에서 그 남자가 조금 전의 그 여자에게 다가가 와락 껴안는 장면이 연속해서 나왔다.

"……언니?"

화면을 멍하니 바라보고 있던 지유의 손에서 숟가락이 식탁 위로 툭 떨어졌다. 삼형제도 믿을 수 없다는 듯 이미 화면이 바뀐 TV를 멍한 얼굴로 한참 동안 보고만 있었다.

"글쎄, 내 말이 맞다니 까 그러네. 일단 한 번 시작해 보면 그날로 대박이 난대도?"

으슥한 포차 안에서 은밀한 목소리로 하는 곽수의 말에 창식이 어이없다는 듯 코웃음 쳤다.

"아, 곽수 형님. 말도 안 되는 소리 좀 하지 마슈. 이게 어딜 봐서 대박 아이템이란 거유? 내가 기가 막힌 사업 아이템이란 말에 속아서 여기까지 오는 게 아니었는데. 나 참……."

"진짜라니까 그러네."

"진짜고 가짜고간에, 그게 정말 팔릴 거라고 생각하우?"

곽수가 들고 있는 모피로 만든 팬티를 보며 인상을 쓰며 창수가 말하자 곽수가 버럭거렸다.

"아니 이 사람아! 요즘은 그 뭣이냐, 속옷도 트랜스포머 시대라고 하잖아? 지금까지 한 번도 안 나온 획기적인 아이템이라고 이게! 요즘같이 추운 날 얼마나 따뜻하겠어. 이게 나오기만 해 봐. 아주 대박 치지, 대박 쳐."

"도대체 누가 털 달린 팬티를 입냐고요! 생각만 해도 답답하고 땀띠 날 것 같구만."

티격태격하는 둘을 보고 있던 포차 주인 황 씨가 키득거리며 창식에게 말했다.

"창식이 넌 믿을 사람이 없어서 곽수 놈 사업 얘길 믿냐 그래?"

"뭣이여? 황 씨 너 그 말이 무슨 뜻이여?"

"아니 말이야 맞는 말이지 뭘. 이 동네에서 너한테 돈 안 뜯긴 사람이 어디 있냐. 안 그래?"

"뜯기다니? 뜯기다니! 너나 말 똑바로 혀. 다 갚았는데 그게 무슨 개소린겨."

곽수가 당당한 얼굴로 제 가슴을 팡팡 치며 말하자 황 씨가 한심하다는 표정을 지었다.

"큰딸 불쌍하지도 않어? 이제 정신 좀 차리고 형편껏 살어. 사업도 개나 소나 하는 게 아닌데 그만큼 말아먹었으면서도 왜 아직도 그걸 몰러?"

황 씨의 말에 옆에 있던 창식이 눈을 번쩍 떴다.

"아하, 곽수 형님 그 참하다는 따님 말씀이시죠? 저도 소문만 들었는데 말입니다. 고물상 형님이 그냥 목을 매더라는 말이 있던데. 그렇게 참합니까?"

"그럼. 이놈이 그래도 딸 복은 있어서 여기저기 구멍 난 항아리처럼 줄줄 새는 걸 큰딸이 다 막아 주고 메워 주고 한다니까. 아주 그런 딸이 없어. 그냥 놔두면 자기가 뜨거운 맛 좀 보고 알아서 그만둘 텐데 그걸 모르고 다 막아 주니 불쌍하기도 하고 말이지."

곽수가 대번 성난 얼굴로 버럭거렸다.

"보자 보자 하니까 무슨 말을 그렇게 한대? 구멍 난 항아리라니??"

"에이, 다 맞는 말인데 뭘 그래? 형씨 말아먹은 게 한두 개여?"

포차 안에서 소주를 마시던 최 씨가 키득대며 거들자 곽수의 얼굴이 대번 벌겋게 달아올랐다.

"이 사람들이 사람을 뭘로 보고 말을 고따구로 한대? 내가 일부러 그러는 줄 알아?"

"일부러든 아니든 어쨌든 형씨는 아무것도 안 하고 그냥 가만히 있는 게 자식들 도와주는 거라니까."

"내가 무슨 붕어여? 아무 일도 안 하고 방구석에 처박혀서 숨만 뻐끔뻐끔 쉬고 있게."

곽수의 얼굴이 불을 뿜을 듯 시뻘게지자 최 씨가 낄낄거렸다.

"아니 내가 언제 붕어라고 했수? 황 형 말마따나 딸내미 힘들게 돈 버는데 그만 좀 힘들게 하라는 거지. 갸도 이제 나이가 다 차고도 남았을 텐데 시집도 안 가고 그러고 있는 게 사실 다 형씨 때문……"

"시방 뭣이여? 이 개……."

흥분한 곽수의 입에서 질펀한 육두문자가 튀어나오려는 순간, TV를 보며 멸치를 다듬고 있던 황 씨의 눈이 크게 떠졌다. 그리고 대가리를 따고 있던 멸치를 손에서 툭 떨어뜨렸다.

"과, 곽수야."

"아, 말리지 말어! 시방 지금 이놈이 사람을 잣같이 보잖여!"

"그, 그게 아니라 이놈아! 저기, 저기 TV 좀 봐봐!"

황 씨가 답답하다는 듯 소리치며 황급히 TV쪽을 가리키자 그제야 곽수와 최 씨, 그리고 창식의 시선이 화면으로 향했다.

　— 주주총회를 마치고 나오는 진상진 씨가 기다리고 있던 연인과 함께 차로 향하는 모습을 단독 포착……

화면 안에선 앵커 멘트와 함께 웬 휠칠하게 큰 키에 배우 뺨치게 생긴 남자가 한 여자를 포옹하는 장면이 나왔다. 곧 둘이 대기하고 있던 고급 승용차에 올라타는 장면이 나오고 다른 화면으로 바뀐 뒤에도 포차 안 모두의 시선은 못 박힌 듯 TV화면으로 향해 있었다. 한참 후 커다란 눈을 끔뻑거리며 황 씨가 곽수에게 말했다.

"저거…… 곽수 너네 큰딸 아녀?"

평창동 한정식당 〈뜨레〉의 특실 룸 안.

긴장된 얼굴로 곽수를 비롯한 지유와 삼형제가 앉아 있었다. 목이 타는 듯 물만 벌컥벌컥 들이켜는 곽수가 입고 있는 회색 양복이 그제야 눈에 들어온 지유가 흠칫 놀란 얼굴로 말했다.

"아빠. 옷이 그것밖에 없었어요?"

지유가 말하자 곽수가 자신의 양복을 빠르게 눈으로 훑었다.

"왜. 이상허냐?"

"매우 촌스럽습니다."

지유 대신 지한이 안경을 추켜올리며 말하자 곽수가 매의 눈으로 자신의 옷을 더욱 세심하게 훑었다.

"그럴 리가 있냐? 이게 요즘 뭣이냐, 트랜스포머라고 서 씨한테서 큰맘 먹고 백만 원 주고 산 건데."

"네? 배, 백만 원짜리라구요? 그게??"

지유를 비롯한 삼형제의 눈이 경악으로 커지자 곽수는 위풍당당하게 다섯 손가락을 좍 펴서 들어 올렸다.

"이래 봬도 50만 원이나 깎은 거여. 이게 바로 물 건너온 이태리제 직수입이란다. 최신 유행 트랜스포머여."

"말도 안 돼! 서 씨 아저씨네 그 콩알만 한 양복점에 이태리제가 어디 있다구요?"

지유가 황당하다는 표정으로 소리치자 곽수가 인상을 찡그렸다.

"어허, 그게 시방 무슨 소리여? 우리 읍내에서 그 양반 양복점이 제일루 큰데 말이지."

"어차피 읍내에 거기 하나밖에 없잖아요! 거기 무슨 백오십만 원짜리 양복이 있다고!"

"아버지. 또 사기당한 거예요?"

"어허! 사기라니. 무슨 소리냐? 그딴 거 안 당했다!"

왁왁거리고 언성이 높아지는데 문이 드르륵 열리더니 키가 큰 남자가 불쑥 나타났다. 순간 시끄럽던 룸 안이 순식간에 찬물을 끼얹은 듯 조용해졌다.

"좀 늦었습니다. 죄송합니다."

블랙 슈트를 입은 상진이 곽수를 향해 고개를 숙이자 곽수가 허둥지둥 일어서며 말했다.

"아, 아니네. 어서 들어오게나."

"저 왔어요. 아버지."

상진이 룸 안으로 들어서자 그의 뒤에 서 있던 지안도 다소곳하게 안으로 들어왔다. 상진을 보고 이게 웬 영화배우냐 싶어 눈이 휘둥그레진 식구들은 지안을 보고는 입을 떡 벌렸다.

깔끔한 아이보리색 원피스에 펄이 들어간 은회색 재킷을 걸치고 짙은 보랏빛의 스타킹을 신은 지안은 몰라볼 정도로 세련된 모습이었다. 틀어 올린 까만 머리채에서 느슨하게 흘러내린 몇 가닥의 머리칼조차 우아해 보일 정도였다. 무엇보다 무거운 안경이 사라진 맨얼굴에 은은한 메이크업이 곁들여지자 저 모델같이 생긴 위압적인 남자 옆에 있음에도 전혀 빛을 잃지 않았다.

"우와……. 누나 진짜 장난 아니다. 깜짝 놀랐어."

"나도 순간 누군가 했네."

"어머. 왜?"

지안이 영문 모를 표정을 짓자 지유가 얼른 말했다.

"일단 앉아. 언니."

지안이 고개를 끄덕이고 상진의 옆에 얌전히 앉았다. 일곱 명이 앉아 있는 룸 안에 고요한 정적이 흘렀다.

"험. 허험."

괜히 헛기침을 한 곽수는 뭔가 말을 할 듯한 표정으로 마주 앉아 있는 상진의 얼굴을 바라봤다. 두 명이 시선을 교환하는 모습을 다섯 쌍의 눈동자가 침을 삼키며 지켜보고 있었다. 단정하게 앉아 있는 상진의 매끈한 얼굴을 보고 있던 곽수가 괜스레 얼굴을 붉히더니 또 헛기침을 해댔다.

"험. 허허험."

그때 노크 소리와 함께 조용히 문이 열렸다.

"실례합니다."

한복을 곱게 차려입은 여자가 먹기 아까울 정도로 색과 모양이 고운 음식들을 한상 가득 채워 주자 다들 눈이 번쩍거리기 시작했다.

"미리 주문해 둔 것이니 식사부터 하시죠. 아버님."

"응? 그, 그래. 그럼세."

곧 회장 자리에 오른다며 매스컴에서 난리가 난 남자에게서 '아버님' 소리를 들은 곽수가 묘하게 상기된 얼굴로 얼른 대답했다. 곽수가 수저를 들자 나머지도 차례로 수저를 들고 식사를 하기 시작했다.

삼남매와 지유가 상다리가 휘어지게 차려진 음식들을 전투적으로 해치우는 사이 곽수는 상진과 술잔을 나눴다. 술이 한 잔 들어가니 그제야 긴장이 좀 풀어진 얼굴로 곽수가 입을 열었다.

"그…… 뭐시기냐. 요즘 뉴스에 나오던 그…… 진상이 자네 맞지?"

곽수의 말에 상진의 눈썹 끝이 슬쩍 치켜 올라갔다.

"진, 상진입니다."

"아! 그래, 그렇지. 진상……진?"

"진, 상진이요."

"그거나 그거나. 뭐 어쨌든 그렇게 유명한 양반이 어쩌다가 우리 딸애와 연을 맺은 것인가?"

곽수가 상진의 빈 술잔을 찰찰 채워 주며 묻자 상진이 못마땅한 얼굴로 술을 받은 뒤 고개를 돌리고 정중히 술잔을 비웠다.

"따님이 저희 집에서 일을 하게 되어 만나게 되었습니다."

"그럼 저어기……. TV에서 둘이 연인 사이다 뭐다 하던데, 그 말이 사실이란 말이지?"

"네. 사실입니다. 인사가 늦어 죄송하지만 말이 나온 김에 가능한 한 빨리 식을 올렸으면 합니다."

쇠뿔도 단김에 뺄 기세로 상진이 말하자 곽수가 눈을 크게 떴다.

"식? 겨, 결혼식을 말하는 건가. 지금?"

"맞습니다."

곽수를 똑바로 바라보며 상진이 고개를 끄덕이자 지유와 삼남매가 믿기지 않는다는 듯 서로의 얼굴을 멍하니 바라봤다. 한참을 눈만 끔벅거리던 곽수가 지안에게 물었다.

"지, 지안아. 이 말이 지금 사실인 겨?"

"네. 맞아요."

상진 옆에 다소곳하게 앉아 있던 지안이 수줍게 볼을 붉힌 채 대답했다. 그 말에 지석이 툭 내뱉었다.

"우와, 진짜 대박! ……윽!"

지유가 순식간에 지석의 명치를 팔꿈치로 가격하고는 돌이 되어 있는 곽수를 밀치고 옆에 앉았다. 그러곤 날카로운 눈빛으로 상진을 바라보며 말했다.

"전 언니 동생 이지유라고 하는데요. 혹시 죽을병에 걸려서 당장 아이를 낳아 줄 여자가 필요하신 거 아니에요?"

"……!"

지유의 말에 지안의 얼굴이 뜨악해졌지만 상진은 표정의 변화 없이 대답했다.

"저혈압 외엔 신체에 별다른 문제는 없습니다. 원한다면 건강진단서 떼어 드리죠."

"그럼, 혹시 말 잘 듣고 애 잘 낳아 주고 바람피워도 말 한 마디 안 하는 얌전한 여자로 언니를 찍어서 결혼한 뒤에 집 밖에 애인 서넛씩 거느리고 이중 삼중 살림 차리려고 그러는 건 아니에요?"

"지, 지유야! 너 그게 무슨 말이야?"

지안이 새파랗게 질린 얼굴로 지유를 막으려 허공에 지휘하듯 손을 휘저었지만 지유는 상진을 예리한 눈빛으로 노려본 채로 말했다.

"언니는 가만히 있어. 언니는 순진해서 모르겠지만 재벌가 남자가 같은 레벨의 재벌가 여자를 결혼 상대로 선택하지 않는다는 건 다 이유가 있는 거랬어. 혹시 감춰 둔 이유가 있을지도 모르는 거 잖아?"

지유의 말에 상진이 잠시 생각하는 듯하더니 말했다.

"재벌이니 뭐니 하는 거와는 전혀 관계가 없을 때부터 언니와 만나 왔습니다만."

"아……. 그래요?"

세모꼴로 날카롭게 치켜떴던 지유의 눈에 슬쩍 힘이 빠졌다. 그래도 뭔가 머리를 데굴데굴 굴리는 듯하더니 다시 지유가 고개를 번쩍 쳐들었다.

"그럼 혹시!"

날렵하게 손가락을 쳐든 지유에게 모든 사람의 시선이 모아졌다. 눈을 가늘게 뜬 지유가 회심의 미소를 지으며 삿대질 하듯 손가락을 흔들었다.

"그거 아니에요? 성적 소수자의 특이한 취향을 들키지 않기 위해 눈가림용으로 우리 언니와 만난다거나."

"지유야!"

지안이 당혹스러운 표정으로 버럭 소리를 질렀지만 상진은 태연한 표정으로 지유와 시선을 맞춘 채로 대답했다.

"그 점에 대해서는 언니에게 물어보는 게 가장 확실한 방법인 것 같은데요. 내 성적 취향에 대해서 가장 잘 알고 있는 사람이니."

상진의 말에 지유를 비롯한 모두의 시선이 일제히 지안에게 향했다. 씩씩거리며 엄한 표정을 짓고 지유를 보고 있던 지안은 그제야 자신에게 쏠린 시선을 의식하고는 방금 전 상진의 말을 떠올렸다.

"네……?"

상진의 말뜻을 파악한 지안이 당황이 가득한 눈빛으로 상진을 바라봤다. 그때 지유가 예리한 시선으로 지안을 바라보며 물었다.

"언니. 이 남자 말이 정말이야?"

"아, 아니. 그, 그러니까 그게……."

지안의 얼굴이 순식간에 벌겋게 달아오르더니 허둥지둥 지유와 상진을 번갈아 바라봤다. 잘 익은 토마토처럼 새빨갛게 변한 지안의 얼굴을 빤히 바라보던 지유가 싱긋 웃으며 상진에게 손을 내밀었다.

"언니 반응 보니까 그 말이 확실한 것 같네요. 제가 조금 버릇없었죠? 죄송해요. 형부."

상진이 씨익 웃으며 지유의 손을 잡았다.

"인정해 주니 고맙군."

"이렇게 되면 저희도 인정할 수밖에 없네요. 매형."

"잘 부탁드립니다. 매형."

삼형제도 줄줄이 일어나 상진과 악수를 나눴다.

"허험. 험험."

곽수는 겸연쩍은 듯 연신 헛기침을 해대고 지안은 새빨간 얼굴로 이러지도 저러지도 못하고 안절부절못하며 그들을 바라보고 있었다.

공식적 형부 절차를 밟은 후로는 분위기가 훨씬 누그러졌다. 후식으로 나온 빛깔 고운 과일과 수정과를 나누며 훈훈한 분위기에서 담소를 이어 나갔다. 지안은 그사이 마음의 평온을 찾은 듯 무난하게 깎인 사과를 토끼 모양으로 재탄생시키고픈 욕구를 꾹꾹 눌러 참고 있었다.

"그럼 지금까지 친부모를 모르고 살아왔다고 하는 말이 사실인 거군."

"네. 사실입니다."

곽수는 끄덕이며 턱을 쓸었다.

"허허……. 자네 인생도 참 기구하구먼. 그럼 그 양아버지와는 계속 연락하고?"

"네. 결혼식에도 저의 아버지 자격으로 참석하시게 될 겁니다."

다시 단김에 쇠뿔 뽑기에 들어간 상진을 바라보며 곽수가 한숨을 내쉬었다.

"결혼식이라……. 그 결혼 이야기는 말이네. 자네 말처럼 그리 쉬운 문제는 아닐세."

"그게 무슨 뜻입니까?"

곽수의 말에 상진의 표정에 짐짓 긴장이 어렸다.

"내가 살아온 게 보잘것없고 지안이에게 해 준 건 하나도 없지만 아무리 그래도 좀 걱정이 돼서 말이네. 내 처가 몸이 안 좋아 일찍 세상을 뗬지 않은가. 그 후 지안이가 못난 아비 대신 남의 집 일을 도맡아 하며 가장 역할을 해 생계를 꾸려 나갔네. 그건 자네도 알지?"

"……네. 알고 있습니다."

곽수가 투박한 손으로 마른 얼굴을 쓸며 착잡한 표정으로 말을 이었다.

"내가 그게 늘 마음에 걸려 어떻게든 저 아이 그만 고생시키려고 이것저것 사업도 벌여 보고 했는데 사람 일이 뜻대로 안 되는지라 제대로 되질 않았네. 그거라도 잘 됐으면 우리 지안이도 남들처럼 지 얼굴이나 가꾸고 데이트나 하고 배우고 싶은 거나 배우면서 살 수 있었을 텐데 말이야."

지금껏 곽수가 그런 생각을 하고 있을 줄은 꿈에도 몰랐기 때문에 다들 아무 말이 없었다.

"아버지……. 그런 생각을 하셨어요?"

숙연해진 분위기 사이를 뚫고 지안이 놀란 눈빛으로 묻자 곽수가 멋쩍은 듯 머리를 긁적였다.

"늘 망해 먹어서 할 말은 없지만 말이다. 하하."

"그래도 그런 생각을 하셨으면 진작 말씀하시지 그러셨어요……. 전 그런 것도 모르고……."

겸연쩍은 듯 손가락으로 콧등을 긁는 곽수를 보는 지안의 커다란 눈에 눈물이 그렁그렁 차올랐다. 그때 지유가 옆에서 한마디 했다.

"아빠. 그거랑 오천만 원짜리 도자기 깬 거는 전혀 상관없는 것 같은데요?"

"그 양복 바가지 쓴 것도 전혀 관계없는 일이지."

"내 생각엔 사업 아이템이 늘 참신을 넘어 참담인 것이 문제인 것 같은데?"

"이, 이것들이……."

지유와 삼형제가 저마다 한마디씩 보태며 훈훈한 분위기에 찬물을 끼얹자 곽수의 얼굴이 붉으락푸르락해졌다.

"어쨌든 망해 먹은 건 인정하지만 애비 맘은 그게 아니었다 그거다! 나도 동네 사람들이 말하는 큰딸 등골 빼 먹는 못된 아비 소리 듣는 게 속이 편한 게 아니었다고!"

"전 괜찮아요, 아버지. 전 정말 이 일이 좋아서 하는 거지 희생이나 그런 이유는 절대 아니에요."

지안이 미소를 지으며 말하자 곽수가 고개를 저었다.

"네가 늘 그리 말하긴 하더라만 아비 맘은 또 안 그런 거다. 어쨌든 자네. 내가 하고 싶은 말은 그거네. 평생 고생만 시킨 아이라 결혼만은 제대로 사랑받을 수 있는 집에 보내고 싶었어. 그게 내 꿈이네. 그런데 아까 지유가 말했듯이 내가 알기로도 재벌이니 그런 놈들은 조금이라도 출신 성분이 다른 사람은 아예 사람 취급도 안 한다고 동네 여편네들이 떠드는 말을 들었어. 그 말을 듣고 아비로서 걱정이 안 되겠는가?"

곽수의 말에 상진이 일말의 지체 없이 대답했다.

"아버님 말씀이 무슨 뜻인지 압니다. 저도 주변에 그런 세계에 사는 사람들이 있고 일적으로 상대하는 사람들도 그런 부류가 많아 걱정하시는 부분에 대해 어느 정도 수긍도 갑니다. 하지만 알고 계시다시피 전 그들과 다른 삶을 살아왔기에 가치관 역시 다릅니다."

"그건 알고 있네. 하지만 앞으로 변하지 않는다고 어찌 장담하지?"

미심쩍은 곽수의 눈을 똑바로 바라보며 상진이 목소리에 힘을 주어 말했다.

"원하지도 않던 재벌이라는 타이틀보다 제가 사랑하는 제 여자 한 명이 훨씬 더 소중하다는 걸 모르는 바보는 아닙니다. 그리고 저, 갑자기 생긴 그 모든 것을 다 포기해도 충분히 이 여자 책임질 만큼의 능력도 있습니다. 믿어 주십시오."

흔들림 없는 시선으로 바라보는 상진의 강한 눈빛을 마주 보며 곽수가 천천히 고개를 끄덕였다.

"그리 말한다면 나 또한 안심이네."

그제야 곽수가 얼굴에 주름을 지으며 미소를 짓자 지안이 안심한 듯 밝게 웃었다.

"고마워요. 아버지."

"고맙긴. 내가 너에게 해 준 게 없어서 늘 마음에 걸렸는데…….
그나마 먼저 간 네 엄마가 널 위해 위에서 무던히도 애쓴 모양인지 이제야 고생을 안 하게 돼서 내가 다 고맙다."

"아버지……."

지안이 다시 사슴 같은 눈망울에 눈물을 글썽이자 상진이 그녀의 손을 잡으며 곽수에게 말했다.

"이 여자, 저에게 과분한 사람입니다. 절대 고생시키지 않겠습니다."

"그래. 내 자네만 믿겠네. 우리 지안이 누구보다 좋은 아이야. 내 모든 걸 걸고 맹세할 수 있네."

"잘 압니다. 걱정 마십시오."

상진이 미소를 짓자 곽수가 고개를 끄덕이며 손을 내밀어 악수를 했다.

"내 딸 잘 부탁하네."

지안이 조용히 눈물을 찍어내며 아버지와 상진을 바라봤다. 곽수의 노쇠한 눈에도 언뜻 물기가 스쳤다. 그들을 바라보는 동생들 역시 숙연한 마음이었다. 조용해진 자리에 이따금 눈물을 훌쩍이는 소리가 들렸다.

식사가 끝나고 대기시켜 둔 차를 타고 상진의 집으로 옮겨 간 식구들은 넓은 정원과 고급스런 저택에 입을 다물지 못했다.

"우와. 나 이렇게 좋은 집은 처음 와 봐."

지안이 곽수에게 정원 구경을 시켜 주러 나간 사이 지유가 눈을 크게 뜨고 사방을 둘러보며 말하자 지석이 옆구리를 쿡 찔렀다.

"창피하게 그러지 좀 마, 누나. 침 떨어지겠어."

"왜? 좋은 걸 좋다고 하는 건데. 이제 여기가 언니네 집이라니 얼마나 다행이야. 안 그래? 맨날 이런 집에서 일만 했을 텐데. 이제 이런 집의 주인이 된 거잖아…… 어?"

감탄한 듯 말하던 지유가 소파 위에 앉아 있는 삼형제의 표정이 어두운 것을 보고 그제야 이상한 분위기를 감지하고는 앞에 앉았다.

"너희들 표정이 왜 그래? 언니 행복해진 게 맘에 안 들어?"

"좋지. 그건 좋은데……."

"좋은데 뭐. 뭐가 문젠데."

지유가 맞은편에 앉아 재촉하듯 묻자 지훈이 한숨을 내쉬며 말했다.

"큰누나 고생 많이 했잖아. 우리 때문에…… 평생 얼마나 많은 걸 포기했어. 그래서 우리가 빨리 성공해서 우리 힘으로 누나 호강 시켜 주려고 했단 말이야."

"하지만 이렇게 돼 버렸으니 우리에게 기회는 날아간 거지."

"그랬어……?"

지훈과 지석의 우울한 표정을 보고 지유가 내심 의외라는 생각을 했다. 늘 언니 얘기에 표정이 무거워지는 동생들이긴 했다. 가능한 한 지안이 보내 주는 생활비도 아껴 쓰고, 꼭 필요한 돈도 말하지 않으려고 하는 걸 보고 속이 깊다는 생각은 한 적이 있었지만 밤늦게까지 학교 도서관에 처박혀 공부만 하는 이유가 그런 것인 줄은 몰랐다.

"아직 아무것도 해낸 게 없는데 결국 우린 짐덩이에 불과할 뿐이잖아. 큰누나한텐……."

씁쓸한 표정으로 말하는 지한의 뒤에서 굵직한 목소리가 들렸다.

"그렇게 생각하는 게 더 큰누나를 슬프게 할 것 같은데."

"어머. 형부."

샤워를 마치고 편한 옷으로 갈아입고 2층에서 내려오는 상진을 보고 지유가 일어섰다. 상진은 지유에게 앉아 있으라는 손짓을 하곤 소파 쪽으로 성큼성큼 걸어와 지유 옆에 털썩 앉았다. 삼형제의 얼굴을 하나하나 바라보며 상진이 팔짱을 꼈다.

"솔직히 말하자면 나 역시 그동안 지안의 행동에 화가 날 때가 많았다. 도대체 저 여자는 식구들한테 왜 저렇게까지 해야 되나 싶고. 동생들도 다 컸는데 혼자 그러고 있는 게 이해가 안 갈 때가 많았지."

치부를 찌르는 날카로운 상진의 말에 지유를 포함한 삼형제의 표정이 어두워졌다.

"그러다 나중에 알게 된 건데, 그게 그 여자의 기쁨이더군. 자기가 열심히 일해서 동생들 공부시키고 어엿한 성인으로 만든 게 무엇보다 소중한 보람이고 행복이었던 거지. 그걸 알고 난 다음에는 나도 어느 정도 이해하게 됐다."

"……하지만 그런 상황이 아니었다면 큰누나도 그 나이 때 다른 여자들처럼 평범하게 지냈을 거예요. 우리 때문에 학창시절도, 대학생활도 하나도 못 즐기고 일만 하는 로봇처럼……."

말을 하던 지석이 목이 메는지 입을 다물었다.

"그것들보다 동생들이 훨씬 소중했을 뿐이야. 미안해할 건 없어. 다만 그 고마운 마음 잊지 말고 앞으로 누나한테 잘하면 되고. 물론, 내가 더 잘해 줄 거지만."

상진이 싱긋 미소 지으며 말하자 고개를 숙이고 있던 지한이 안경을 추켜올렸다.

"압니다. 저도 매형에게 고맙게 생각하고 지금은 큰누나한테 제대로 해 줄 수 있는 게 없지만 이건 알아 두십시오. 제가 공부하는 게 법 쪽이니 매형도 돈 많다고 만에 하나 저희 큰누나 눈에서 눈물 나오게 하면, 그땐 제가 용서 안 합니다. 목숨 걸고 우리 누나 지킬 겁니다."

지한이 안경 너머로 강한 눈빛으로 쏘아보며 말하자 상진이 입술 끝을 비스듬히 기울였다.

"그거 기대되는군. 꼭 3차 붙기를 기다리지. 우리 회사 법무팀에서도 노리고 있다는 것만 알아둬."

상진의 말에 지한이 당혹스러운 눈을 했다.

"그걸 어떻게……?"

"어? 지한이 너 언제 2차까지 붙었어?"

"뭐야? 나도 처음 듣는데! 넌 들었어?"

"나도 못 들었어! 형, 뭐야? 우리한테는 말도 안 하고 몰래 시험 본 거야?"

지유와 지훈, 지석이 꽥꽥거리자 상진이 미간을 좁히며 정리했다.

"확실하게 합격하기 전까진 말하지 않을 생각이었겠지. 안 그런가?"

"……맞습니다."

속을 간파당한 것이 기분이 나쁜지 지한이 살짝 인상을 찡그리며 대답하자 상진이 빙글거리며 말했다.

"과연 이지안의 동생이라 그런지 그 신중한 성격 맘에 드는군. 3차 통과되지 않더라도 우리 쪽에서 스카우트 제의가 갈 수도 있어."

"3차 합격하면 고려해 보겠습니다."

지한의 확실한 대답에 상진이 쿡쿡거리고 웃었다.

"그렇게 대답할 줄 알았어. 기다리지."

지유가 지한을 바라보며 입모양으로 '너 이따 나 좀 보자'라고 빠르게 말한 뒤 주먹을 들어 올리는 것을 지한이 못 본 체했다.

"아, 그리고 지금 말해 둘 게 있는데. 처제."

"네, 네?"

상진의 말에 지한을 향해 연신 주먹을 흔들던 지유가 깜짝 놀라 상진을 바라봤다. 매력적인 모델같이 생긴 상진이 바로 옆에서 자신을 바라보자 지유는 주제넘게 뛰어대는 심장을 당장 빼서 바닥에 패대기치고 싶은 기분이었다.

"들어오면서 바깥채 공사하는 거 봤지? 거의 다 됐는데."

"네. 봤어요. 2층 건물 말이죠? 근사하던데요?"

"거긴 원래 이곳 상주도우미들의 공간이었는데 지안이 더 이상 상주도우미를 원하지 않아서 그 공간이 필요 없게 됐어. 그래서 말인데, 곧 리모델링 완공되면 동생들 데리고 거기에서 지내도록 해."

"저희……가요?"

지유가 눈을 동그랗게 뜨고 묻자 삼형제의 시선도 일제히 상진에게 향했다. 상진이 천천히 끄덕이며 대답했다.

"그래. 너희들 다."

"아니 우린 지금 있는 곳도 괜찮습니다. 큰누나에게 그런 피해까지 끼치고 싶지 않아요."

지한이 완강한 목소리로 말했다.

"지안이 원한 일이야. 물론 내가 원하는 일이기도 하고. 지안이 동생들과 따로 살아서 먹는 것도 제대로 챙겨 주지 못한다고 늘 마음에 걸려 하는 모습도 그만 봤으면 하는데. 내 제안이 불편한가?"

"불편하다기보단……."

"그럼 그렇게 해. 어차피 이 집도 우리 둘이 살기에 지나치게 넓고 가까이서 식구들이 살면 여기도 북적거리게 될 테니 사람 사는 분위기도 나고 좋겠지. 아버님께도 따로 말씀드려 봤는데 지금 계신 곳이 좋다고 하셔서 할 수 없이 그쪽 집만 따로 증축해 드리기로 했거든. 그러니 너희라도 들어와 줬으면 좋겠어."

상진이 못을 박듯 말하자 삼형제가 저마다 서로 얼굴만 쳐다보며 어물댔다.

"그렇다면 이중으로 생활비 나갈 것 없이 여기로 들어오는 게 좋겠네요! 그렇지?"

호화로운 대저택에 대한 로망이 갑자기 현실로 다가오자 급 상기된 얼굴을 하고 지유가 상진의 제안을 답삭 물었다.

"그럼 그렇게 하는 걸로 알고 공사를 진행하지. 아마 한 달 내로 완공될 것 같으니 조금만 기다리면 될 거야."

"고마워요. 형부!"

"뭘."

지유가 눈을 반짝반짝 빛내자 상진이 부드럽게 미소 지으며 대답했다. 그의 뒤로 후광이 비치는 듯한 착각에 빠진 지유의 표정을 보고 삼형제도 한숨을 내쉬며 끄덕거렸다.

"알겠어요."

"그렇게 하죠. 그럼."

삼형제의 대답도 받아 낸 상진의 입가에 만족스러운 미소가 떠올랐다. 늘 동생들이 사는 좁은 집을 걱정하던 지안의 활짝 웃는 얼굴을 볼 수 있을 거란 생각에 벌써 기분이 좋아졌다.

지안이 직접 솜씨를 발휘한 요리들로 커다란 식탁을 가득 메워 식구들과 저녁식사를 했다. 그리고 같은 집에서 하룻밤을 보낸 뒤 다음 날 다들 돌아갔다. 오랜만에 식구들과 함께 있다가 다시 헤어진 아쉬움을 털어내려 지안은 하루 종일 온 집 안을 번쩍번쩍 광나게 닦았다.

접시를 죄다 꺼내 닦고 있는 지안의 뒤에 슬쩍 다가온 상진이 뒤에서 가느다란 그녀의 허리를 껴안으며 말했다.

"식구들이 돌아간 게 그렇게 서운해?"

"네? 아, 아뇨."

갑자기 뒤에서 안은 상진에게 놀란 지안이 멋쩍은 표정으로 살며시 웃었다. 상진은 못마땅한 표정으로 그녀의 귓가에 낮게 속삭였다.

"그럼 왜 멀쩡하던 청소 집착증이 다시 도진 거지?"

"그냥 오랜만에 다들 모였던 거라 아쉬웠을 뿐이에요. 집착까진 아닌데……. 그렇게 보였어요?"

"충분히. 청소만 하느라 쉬는 날인데 나는 봐주지도 않고 있잖아, 지금."

상진의 투덜거리는 목소리에 지안이 입술 끝을 둥글게 올렸다.

"금방 끝낼게요. 조금만 기다려 줘요."

"싫어. 끝날 때까지 이러고 있을 거야."

상진이 지안을 껴안은 채로 어린애 같은 투정을 부리자 지안이 작게 웃었다. 그녀가 설거지를 하는 사이 뒤에서 말랑한 귓바퀴에 키스하자 지안이 간지럽다는 듯 목을 움츠렸다.

"간지러워요."

"벌이니까 참아."

"그래도……. 아하하."

뜨거운 입술이 귓불을 잘근거리며 예민한 귀에 숨소리를 불어넣자 지안이 맑은 웃음을 터뜨렸다. 물소리를 들으며 그녀를 껴안고 있던 상진이 잠시 침묵을 지키다 입을 열었다.

"곧 일하는 사람을 더 구할 거야."

"……네?"

상진의 말에 지안이 손을 멈추고 고개를 돌려 시선을 맞췄다. 동그랗게 뜬 눈을 내려다보며 상진이 말했다.

"언제까지 혼자 할 순 없잖아. 집안일 도울 사람을 더 구해 줄 테니까 당신은 관리만 해."

"하지만……."

"당신이 이 일을 좋아하는 건 알아. 그래서 일을 하는 것까진 말리진 않겠지만 당신은 나에게 도우미가 아닌 아내야. 난 내 아내가 집안일만 하고 있는 건 못 봐. 언제든 나와 여유 있게 시간을 보낼 수 있고, 쉬고 싶을 때 언제든 쉴 수 있는 생활을 했으면 좋겠어."

"……."

상진의 말에 지안이 기다란 속눈썹을 내리깔고 생각에 잠겼다.

"일을 그만두라는 소리가 아니잖아. 당신이 원하면 할 수 있지만 그걸 도울 사람이 언제든 집에 있을 뿐이야. 그렇게 해 줘. 부탁이야."

다시 상진이 진심을 담아 말하자 지안이 작게 한숨을 내쉬고는 미소를 지었다.

"알았어요. 그렇게 할게요."

"정말이지? 고마워."

상진이 다행이라는 듯 크게 한숨을 내쉬며 그녀의 몸을 더욱 꽉 끌어안았다. 지안이 씻던 접시를 마저 씻으며 말했다.

"배려해 줘서 하는 말이라는 거 알아요. 제가 더 고맙죠."

"그래도…… 고마워."

상진이 지안의 하얀 목덜미에 입을 맞추며 속삭였다. 지안이 달그락거리며 접시 닦는 소리를 들으며 작은 그녀의 몸을 안고 둥근

어깨와 가느다란 목에 자잘한 키스를 이어 가자 지안이 웃음을 터
뜨렸다.

"계속 그러고 있을 거예요?"

"방해돼?"

"아뇨. 방해되는 게 아니라…… 안 불편해요?"

"전혀."

전혀 불편하지 않다는 듯 상진이 하던 행동을 계속하자 지안도
미소를 지은 채로 설거지를 이어 나갔다. 접시를 놓으러 지안이 옆
으로 이동할 때마다 뒤에서 그녀를 껴안은 상태로 보조를 맞춰 뒤
뚱거리며 따라 움직이는 그의 행동에 지안은 몇 번이나 웃음을 터
뜨렸다.

물소리와 달그락거리는 소리, 그리고 작게 흘러나오는 웃음소리
가 가득 찬 식당 안의 공기는 더 없이 훈훈하고 따뜻했다.

에필로그 2.
행거치프의 비밀

결혼식은 햇빛이 무척 좋은 날 상진의 저택 정원에서 가든파티 식으로 치러졌다.

화려한 결혼식은 부담스럽다는 지안의 뜻과 그가 회장의 숨겨진 아들이었다는 사실이 밝혀지자마자 갑자기 친분을 쌓으려고 노골적으로 다가오는 사람들에게 지친 상진의 뜻이 합쳐져, 가까운 친지들과 꼭 필요한 사람들만 초대해서 치러지는 비공개 결혼식이었다.

넓은 정원 가득 꾸며진 꽃 장식들과 파스텔 톤의 벌룬들로 화려하게 장식된 공간을 소규모 오케스트라의 은은한 연주가 풍성하게 채우고 있었다. 새하얀 테이블보에 가득 차려진 음식들과 샴페인들 사이사이에도 활짝 핀 꽃들이 아름답게 수놓아져 있었다.

"아니 비공개 결혼식인데 도대체 어떻게 알고 화환이 이렇게 많이 왔대?"

줄을 잇는 끝없는 화환 행렬에 곽수가 눈을 크게 뜨고 지유에게 말하자 말쑥하게 차려입은 도경이 그의 옆으로 다가오며 미소 지었다.

"이 세계는 소문이 발보다 빠른 세계라 그럴 겁니다."

"아이고, 사돈어른 아니십니까? 반갑습니다."

"어머. 안녕하세요."

지유와 곽수가 도경을 보고 얼른 인사하자 도경도 마주 인사했다.

"네. 간밤엔 푹 쉬셨는지요? 불편하셨던 건 없고?"

"하하! 불편할 게 뭐 있겠습니까? 아주 그냥 푹 잘 잤습니다. 사위가 잡아 준 호텔이 시설이 아주 끝내주더만요. 어찌나 넓은지 운동장 같습디다. 하핫!"

"다행입니다."

곽수의 말에 도경이 온화한 미소를 지었다.

"아, 그런데 신랑 신부는 왜 아직 안 내려온대요? 찾으러 올라가 봐야 되는 거 아닙니까? 손님들 몰려오고 있는데."

"곧 내려오겠죠. 걱정 마십시오. 그럼 잠시 후 뵙겠습니다."

회사 참모진들이 줄줄이 들어오는 것을 본 도경이 젠틀한 미소를 지으며 고개를 꾸벅 숙이고는 입구 쪽으로 걸어갔다. 그 뒷모습을 보고 있던 곽수가 지유를 쿡쿡 찌르며 물었다.

"나 안 이상하냐? 저 양반은 나이도 있는데 뭐 저리 키도 크고 늘씬하다냐. 배도 하나도 안 나오고……. 사람 기죽게시리."

곽수가 넥타이를 이리저리 매만지며 지유에게 묻자 지유가 곽수의 재킷을 만져 주며 웃었다.

"아유, 걱정 마세요. 아빠. 형부가 장만해 준 이 옷이 얼마짜린 데? 가만있어도 귀티가 줄줄 흐르니까 걱정 말고 자신감 있게 대해 요."

"그, 그러냐? 귀티가 팍팍 나?"

지유의 말에 곽수는 흐뭇하게 웃었다. 그때 입구 쪽에 턱시도를 빼입고 서 있던 삼형제가 급히 다가와선 곽수에게 말했다.

"아버지! 마을 어르신들 왔어요!"

"어? 그래? 그럼 내가 얼른 가 봐야지!"

동네사람들이 왔다는 소리에 곽수가 넥타이를 추스르며 얼른 입구 쪽으로 걸어갔다. 황 씨, 최 씨와 양복점 서 씨를 비롯한 동네 사람들이 눈을 휘둥그레 뜨고 정신없이 사방을 둘러보며 안으로 들 어서고 있었다.

"아니, 앞마당에서 조촐하게 한다더니 이게 무슨 조촐이여? 그 리고 뭔 집이 대궐만 하대? 여기가 자네 큰딸이 살 집이란 말이 여?"

"지안이 갸 남편 될 사람이 무슨 커다란 회사 회장 어쩌고 하더 니, 이야……. 이거 대단하구만. 응? 대단혀."

연신 사방을 둘러보며 입을 다물지 못하는 마을 사람들을 보고 곽수가 뿌듯한 얼굴로 호쾌하게 웃었다.

"하핫. 나도 보통 놀랐던 게 아니었다니까? 여까지 힘들게 와 줬 다고 우리 사위가 좋은 호텔 잡아 뒀응께 결혼식 끝나면 나랑 같이 맛난 거 먹으면서 서울 관광이나 찐하게 하다 가자고."

"뭐시여? 아니 올 때는 뭔 비행기 표까지 보내더니 호텔까지 잡 아 줬대? 그라믄 우리야 고맙지만서도……. 크하하핫!"

곽수가 싱글벙글한 얼굴로 마을 사람들을 데리고 정원 구경을 시켜 준다고 데리고 가고 지유와 삼형제가 서서 손님들을 맞았다. 하객으로 온 젊은 여자들이 턱시도를 차려입은 삼형제를 연신 힐끗 거리며 바라보자 지유는 속으로 피식 웃었다. 평소에도 늘 보는 얼굴이라 잊고 있다가 이런 자리에선 동생들의 미모가 우월하다는 걸 여실히 깨닫게 되곤 한다.

"흥. 엄마를 닮았기에 망정이지……."

미인이던 엄마를 닮은 언니와 남동생들과 달리 자신은 산적 같은 아빠의 유전자를 타고 났다는 게 어릴 땐 많이 억울했었다. 이 젠 더 이상 서운하지 않을 정도로 익숙해졌지만 이런 자리에선 옆에 서 있는 것만으로도 비교가 되어 버려 지유는 슬쩍 동생들 옆을 피해 다른 곳으로 걸어갔다.

"언니는 왜 아직 안 나오는 거야?"

동생들과 멀찍이 떨어진 지유가 구시렁거리며 샴페인 잔을 들고 구석에서 홀짝이고 있는데 누군가가 앞을 툭 치고 지나갔다.

"어어."

그 바람에 손에 들고 있는 샴페인이 바닥으로 쏟아져 버리자 길쭉하게 키가 큰 남자가 돌아봤다.

"이런, 일 쳤군. 괜찮아요?"

"아, 네. 괜찮……."

지유가 머리칼을 넘기며 올려다보다가 순간 멈칫했다. 웬만한 미인보다 예쁘게 생긴 남자가 눈앞에서 자신을 내려다보고 있었다. 미남 밝힘증인 지유는 순간 숨이 턱하니 멎는 줄 알았다.

"정말 괜찮아요? 옷은 안 젖었고?"

"네? 네, 네."

순간 자기도 모르게 남자의 얼굴을 넋을 잃고 바라봤다는 걸 깨달은 지유가 얼굴이 화르륵 붉어지는 것을 느끼며 얼른 대답했다.

"다행이네요. 그럼."

남자는 지유의 불타는 고구마 같은 벌건 얼굴을 보고서도 익숙한 반응인 듯 전혀 개의치 않았다. 싱긋 웃고는 뒤돌아 걸어가던 남자가 휴대전화를 빼 들고 어디론가 전화를 거는 뒷모습을 지유가 홀린 듯 바라보고 있었다.

"진상진. 나야. 도착했는데 왜 주인공들이 안 보여?"

문혁이 상진에게 빠르게 말하며 걸어가자 지유만이 아닌 다른 여자들의 시선도 그에게 자석처럼 달라붙었다.

"곧 나간다니까. 기다려."

귀찮다는 듯 대꾸하고 전화를 끊은 상진이 휴대전화를 소파 위로 던져 버리고 하던 일을 계속 했다.

"저 상진 씨. 이제 나가야……."

지안이 난감한 목소리로 말했지만 상진은 그녀의 얼굴을 도망 못 가도록 꼭 붙들고 달콤한 입술을 쪽쪽 빨아들이며 대꾸했다.

"이거 마저 다 먹고. 어차피 다시 발라야 하잖아."

낮게 속삭인 상진이 통통하게 부어오른 지안의 촉촉한 입술을 강하게 빨아 당겼다. 잔뜩 예민하게 달아오른 입술이 뜨거운 입술에 붙잡혀 쪽쪽 빨리자 지안이 얕은 신음을 흘렸다.

"하아……."

입술이 떨어지자 열기에 들뜬 숨결이 터져 나왔다. 상진은 붉게 달아오른 지안의 얼굴을 만족스럽게 바라보며 매력적인 눈웃음을 짓고는 테이블 위에 올려 둔 립스틱을 들고 그녀의 입술에 발라 주기 시작했다.

"그거 발라 주고 또 먹으려고 그러죠."

지안이 새침한 눈을 하고 묻자 상진이 쿡쿡거리며 낮은 웃음을 흘렸다.

"이제 안 그럴게."

"거짓말. 좀 전에도 그래 놓고……. 이젠 정말 나가야 한단 말이에요."

벌써 몇 번째 자기가 발라 주고 자기가 먹어 버리기 스킬을 발휘 중인지 모를 상진에게 밉지 않게 눈을 흘기며 지안이 당부했다.

"네가 너무 예쁘니까 그렇지. 봐봐, 그렇게 쳐다보면 또 먹고 싶어진다니까?"

상진이 또 쪽 소리 나게 지안의 입술에 입을 맞추자 지안이 얼굴을 붉히며 곱게 이마를 찌푸렸다.

"아이, 정말."

애교스러운 지안의 목소리에 상진은 살살 녹을 것만 같았다.

"나도 좀 봐줘. 웨딩드레스 입은 당신 모습이 물론 예쁠 거라고 생각은 했지만 이렇게까지 예쁠 줄은 몰랐단 말이야. 지금 힘들어서 돌아 버릴 지경이야. 결혼식이고 뭐고 다 그만두고 이대로 침대에 눕히고 갖고 싶어서 돌겠다고."

그의 말에 지안이 귓불까지 붉게 물들이며 부끄러워하자 상진이 빙글거리며 의자에서 일어섰다.

"알아. 결혼식 끝날 때까진 참아야겠지? 빨리 끝내려면 그만 내려가 봐야겠군."

"아, 잠깐만요."

지안이 서둘러 일어서며 말하자 문 쪽으로 걸어간 상진이 돌아봤다.

"왜?"

웨딩드레스 자락을 들춰 들고 종종걸음으로 다가온 지안이 티슈를 들고 상진의 입술을 부드럽게 닦았다.

"립스틱…… 묻었어요."

그의 입술에 왜 립스틱이 묻었는지 누구보다 잘 알고 있는 지안이 볼을 붉힌 채로 정성껏 닦아 주자 그녀의 하얀 레이스 장갑이 끼워진 손을 잡고 상진이 싱긋 웃었다. 손을 붙잡히자 지안이 눈을 깜빡이며 그를 바라봤다.

"지금 상황에서 그 말, 왠지 에로틱한데?"

"……네? 앗!"

상진이 한 손을 뒤로 뻗어 방문을 걸어 잠그고 지안을 번쩍 들어 벽에 기대게 했다. 그러더니 팔로 그녀의 다리가 자신의 허리를 감도록 했다.

"사, 상진 씨?"

지안이 당황스러운 표정으로 눈앞의 상진을 바라봤다. 그가 뜨거운 욕망이 넘실거리는 검회색 눈동자로 그녀를 똑바로 바라봤다.

"아무래도 안 되겠어."

상진이 낮게 속삭이며 지안의 드레스 자락을 확 젖혀 올렸다.

"아! 안 돼요! 상진 씨……!"

드레스 안의 속치마와 거들을 순식간에 벗겨 내고 실크 브리프를 바짝 당기는 상진의 손가락에 지안이 놀란 목소리를 냈다. 그러다가 혹여 누군가 2층으로 올라와서 들을까 봐 황급히 손으로 자신의 입을 막았다.

"누가 오면 어떡해요. 안 돼요."

지안이 당황스러운 표정으로 상진을 바라보며 필사적으로 속삭였지만 상진은 지안의 귓가에 낮게 잠긴 허스키한 목소리로 속삭였다.

"조금만 먹게 해 줘. 조금만. 응? 정말 참을 수가 없어서 그래."

그녀의 귓가에 뜨거운 숨을 불어 넣으며 속삭인 상진이 바지 버클만 풀고 은밀한 속살 사이로 굵고 단단한 기둥을 대고 문질렀다. 그녀의 꽃잎이 촉촉이 젖어 있는 것을 확인하자 입술 끝을 올리며 단숨에 찔러 넣었다.

"······하앗!"

온몸이 출렁이는 강한 치받침에 지안이 그의 어깨를 힘껏 움켜잡았다. 상진이 찢을 듯 단단히 잡은 브리프를 더욱 팽팽히 당기며 자신의 몸을 깊숙이 밀어 넣었다.

좁은 여성 안을 가득 채우는 강한 남성이 푹푹 찔러 들어오자 지안은 순식간에 아찔한 쾌감의 늪으로 빠져들었다. 예민한 내부를 단단히 짓쳐들어왔다가 쑥 빠져나가는 쾌감에 온몸이 용암처럼 뜨겁게 달아올랐다.

"아, 아앗······. 하웃."

지안은 결혼식을 앞둔 상황이라는 것도 순식간에 하얗게 날려 버리고 날씬한 다리로 그의 탄탄한 몸을 힘껏 휘감으며 음란하게 허리를 움직였다.

눈앞에서 하얀 웨딩드레스를 입은 지안이 열락에 겨운 신음을 흘리며 관능적으로 흔들리는 모습에 상진의 남성은 더욱 빳빳하게 발기했다. 위로 강하게 치받치는 강한 힘에 새하얀 면사포의 레이스 자락이 정신없이 공중에서 흔들렸다.

"웃, 너무 조여……. 끊어져 버릴 것 같아."

허스키하게 갈라지는 그의 목소리가 거칠게 파고드는 움직임에 뚝뚝 끊겨 나왔다.

"하, 아훗, 아아……! 사, 상진 씨!"

점차 높아지는 지안의 신음 소리를 상진이 자신의 뜨거운 입술로 덮어 막았다. 축축한 혀가 순식간에 얽혀 들며 신음 소리가 삼켜지자 거세게 찔러 올리는 살과 살이 부딪히는 질척한 소리만이 음란하게 방 안을 가득 울렸다.

Rrrr. Rrrr.

상진의 벨소리가 울리기 시작했지만 뜨겁게 달아오른 두 사람에겐 들리지 않았다. 그가 우윳빛 애액에 흠뻑 젖은 두꺼운 남성을 뿌리까지 힘껏 밀어 넣으며 빠르게 속도를 올렸다. 그러자 지안의 신음 소리가 참을 수 없다는 듯 꽉 막힌 입술 사이에서 터져 나왔다.

"으음, 음! 으으음!!"

지안이 힘이 바짝 들어간 날씬한 다리로 그의 엉덩이를 휘감아 힘껏 끌어당기며 절정으로 치솟아 올라갔다. 온몸이 타 버릴 듯한 뜨거운 오르가즘의 순간까지 좁은 여성을 꽉 채운 채 강하게 짓쳐 올리는 단단한 남성을 느끼자 지안은 비명을 지를 것만 같은 날카로움 쾌감을 느꼈다.

"하아, 하아……."

발갛게 달아오른 지안의 얼굴에 살짝 키스를 한 상진이 자신의 몸을 빼내고 재킷에서 행거치프를 꺼내 지안의 흥건한 속살을 닦아 줬다.

"으음……."

실크 행거치프가 뜨겁게 달아오른 예민한 속살을 부드럽게 쓸며 자극하자 지안의 부풀어 오른 입술에서 달짝지근한 한숨이 새어 나왔다.

"이런. 안 되겠는데?"

상진이 입술 끝을 비스듬히 기울이곤 행거치프를 뒤로 던지고 무릎을 세워 바닥에 앉았다. 그의 머리가 드레스 자락을 들추고 들어오자 지안이 당혹스러운 얼굴을 했다.

"아, 안 돼요……. 훗!"

팽팽히 당기고 있는 속옷 아래 우윳빛 애액에 젖은 말캉한 속살이 그의 뜨거운 입술에 삼켜졌다.

"아, 아아……."

축축한 혀를 날카롭게 세워 꽃잎 사이사이를 길게 훑고 지나가자 등골을 타고 올라오는 강렬한 쾌감에 지안이 파르르 몸을 떨었다. 그가 뜨거운 혀를 유려하게 움직이며 속살을 부드럽게 핥아 올리고 잔뜩 피가 몰린 동그랗게 부푼 정점을 살짝 깨물자 지안이 자지러지듯 몸을 꺾었다.

"흐앗!"

쾌감에 젖어 흘러나온 뜨거운 샘을 남김없이 빨아들인 상진이 번들거리는 입술을 제 혀로 핥으며 몸을 일으켰다.

"이제 깨끗해졌군."

싱긋 웃는 상진의 잘생긴 얼굴을 할딱거리며 바라보던 지안이 새치름하게 눈을 흘겼다.

"하아, 하아. 너……무해요."

"이래 봬도 최대한 참은 거야. 나머진 식이 끝나면."

관능적인 낮은 목소리로 귓가에 속삭이며 태연한 표정으로 그녀의 드레스를 정리해 주는 상진의 얼굴을 지안이 여전히 거친 숨을 몰아쉬며 바라봤다. 그때 상진의 전화벨 소리가 다시 울리기 시작했다.

지안의 입술에 다시 립스틱을 발라 주고 흐트러진 드레스를 마저 정리해 준 상진이 제 입술을 핥으며 닦으며 싱긋 웃었다.

"더 늦어지면 쳐들어오겠군. 일단 나갈까?"

"……네."

지안이 겨우 호흡을 진정시키며 끄덕이자 상진이 팔을 슥 내밀었다. 그 팔에 하얀 장갑을 낀 손을 살짝 끼우고 지안이 자신의 드레스를 훑어보며 물었다.

"나 이상하지 않아요?"

상진이 지안을 내려다보며 부드럽게 눈꼬리를 늘렸다.

"예뻐. 삼키고 싶을 정도로."

"정말요?"

지안이 환하게 웃으며 그를 따라 문 밖으로 나갔다. 기장이 많이 길지 않은 드레스 자락을 말아 쥐고 천천히 계단을 내려와 현관문을 열고 나서자 기다렸다는 듯 결혼식 축가가 울려 퍼지기 시작했다. 한참 기다린 신랑 신부가 나타나자 사람들은 환호의 박수를 치며 그들을 맞았다.

햇살처럼 밝은 웃음을 머금은 채 팔짱을 끼고 버진로드를 걷는 두 사람의 머리 위로 바구니에 가득 담고 있던 꽃송이가 쏟아져 내렸다. 버진로드의 양옆에 길게 늘어선 사람들의 축하에 일일이 화답하며 걸어가던 두 사람이 문혁의 앞에 다다랐다. 환하게 웃으며 박수를 치고 있던 문혁이 이상하다는 눈빛으로 상진에게 물었다.

"어? 너 행거치프 어디 갔어?"

"……!"

그 말에 지안의 얼굴이 단숨에 벌겋게 달아올랐다. 잘 익은 사과처럼 붉어진 지안의 얼굴은 식이 끝날 때까지 본래의 색으로 돌아오지 않았다. 그 얼굴이 귀여워 미치겠다는 듯 상진이 사람들의 시선을 의식하지 않고 연신 베이비키스를 해 댔기 때문이다.

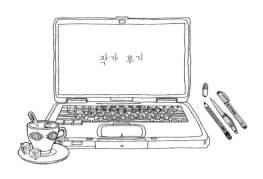

작가 후기

바나이옵니다.

또다시 작가 후기를 쓰게 되다니, 정말 감동스럽네요. 그 감동을 함께 느끼려는 듯 저희 집 열두 살 고양이가 제 옆에서 올락올락 헤어볼을 하고 있군요. 자식……. 정말 귀여운 녀석이에요.

그나저나 벌써 다섯 번째 종이책이네요.

매번 머리털 빠지게 고민하지만 새로 돋아나는 잔머리들처럼 늘 새로운 이야기가 탄생되…… 제가 지금 무슨 소리를 하고 있는 걸까요? 마감의 감격에 제정신이 아닌 모양이네요. 후후……. 이런, 저 녀석. 또 헤어볼을…… 후후후. 이놈 게 섰거라!

헥헥. 아슬아슬하게 휴지를 받쳐 주고 돌아온 바나이옵니다.

늘 후기 때마다 제가 감사의 인사를 표하는 분들이 계시죠.(이 분위기에 이런 말을……?) 언제나 채찍과 맥주로 저를 격하게 다스려주시는 시혁 씨와,(저의 편집자님이신데 애칭입니다. 늘 이렇게 썼는데 혹 아시는 분 계실까요?) 항상 모자란 저를 이해해 주시고 배려해 주시는 뿔미디어 식구들께 감사의 인사 남기고 싶네요.

앞으로도 이 몸이 죽고 죽어 일백 번 고쳐 죽어 백골이 진토 되도록 가열차게 써 나가겠습니다!

그리고 항상 부족한 제 글을 봐 주시는 독자님들에게 무한한 욕망……이 아니라 사랑을 돌려 드리겠습니다! 그럼 다음 글에서 뵈어요!

—바나 드림.

보일락 말락

초판 1쇄 찍음 2013년 12월 30일
초판 1쇄 펴냄 2014년 1월 7일

지은이 | 바 나
펴낸이 | 정 필
펴낸곳 | 도서출판 **뽈미디어**

편집장 | 이재권
기획 · 편집 | 정시연
편집디자인 | 이진선

출판등록 | 2002년 9월 11일 (제1081-1-132호)
주소 | 경기도 부천시 원미구 상동로 117번길 49(상동) 503호
전화 | 032)651-6513 / 팩스 | 032)651-6094
E-mail | dahyangs@naver.com
블로그 | http://blog.naver.com/dahyangs
홈페이지 | http://bbulmedia.com

값 9,000원

ISBN 978-89-6775-980-3 03810

드
향

사랑, 그 설렘에 취하고 향기에 물들다.

드
향

사랑, 그 설렘에 취하고 향기에 물들다.